U0639525

國家社科基金重大委託項目"《子海》整理與研究"成果

山東省社科規劃重大委託項目成果

子海精華編

主編　王承略　聶濟冬

酉陽雜俎校釋

[唐] 段成式　撰　曾雪梅　校釋

山東人民出版社·濟南

國家一級出版社　全國百佳圖書出版單位

圖書在版編目（CIP）數據

酉陽雜俎校釋/（唐）段成式撰；曾雪梅校釋. -- 濟南：山東人民出版社, 2018.9
（子海精華編/王承略，聶濟冬主編）
ISBN 978 - 7 - 209 - 11530 - 8

Ⅰ. ①酉… Ⅱ. ①段… ②曾… Ⅲ. ①筆記小說—中國—唐代 Ⅳ. ①I242.1

中國版本圖書館 CIP 數據核字（2018）第 180174 號

責任編輯：李　濤　助理編輯：呂士遠
封面設計：武　斌

酉陽雜俎校釋
YOUYANG ZAZU JIAOSHI
　［唐］段成式 撰　曾雪梅 校釋

主管部門　山東出版傳媒股份有限公司
出版發行　山東人民出版社
出 版 人　胡長青
社　　址　濟南市英雄山路 165 號
郵　　編　250002
電　　話　總編室（0531）82098914
　　　　　市場部（0531）82098027
網　　址　http：//www. sd - book. com. cn
印　　裝　山東臨沂新華印刷物流集團有限責任公司
經　　銷　新華書店

規　　格　32 開（148mm ×210mm）
印　　張　13
字　　數　245 千字
版　　次　2018 年 9 月第 1 版
印　　次　2018 年 9 月第 1 次
ISBN 978 - 7 - 209 - 11530 - 8
定　　價　80. 00 圓
　　　　　如有印裝質量問題，請與出版社總編室聯繫調換。

國家社科基金重大委托項目"《子海》整理與研究"成果之一

《子海精華編》

《子海精華編》出版説明

"子海"，即"子書淵海"的簡稱。"《子海》整理與研究"課題係國家社科基金重大委托項目、山東省社科規劃重大委托項目。該課題分《珍本編》《精華編》《研究編》《翻譯編》四個版塊，力圖把子部珍稀文獻、精華文獻進行深層次的整理、研究和譯介，挖掘子部文獻的價值，促進子學研究的發展。

山東大學向來以文史見長。古籍整理與子學研究，是其中的傳統研究方向。"《子海》整理與研究"，是在山東大學前輩學者高亨先生積三十年之力陸續做成的《先秦諸子研究文獻目録》的基礎上，由已故著名古籍整理與研究專家董治安先生參與策劃、設計的大型綜合研究課題。課題立項後，得到了宣传部、教育部、財政部、山東省政府和山東大學的大力支持，學界同仁踴躍參與。《精華編》的整理研究團隊近兩百人，來自海内外四十八所高校和研究機構。在組織管理上，《精華編》努力探索傳統文化研究協同創新的新體制、新機制，現已呈現出活力和實效。

華夏文明是由多元文化構築而成的。中國古代子部典籍，以歷代士人個性化作品的形式,系統性地展示了華夏民族的世界觀和方法論,立體性地反映了中華民族對世界文明發展的貢獻。其中,無論是宏篇大論,還是叢殘小語,都激蕩着歷史的聲音,閃爍着智慧的光芒,構成中國古代思想、藝術、科技和生活方式的主體内容。《精華編》通過對子部最优秀的典籍的整理,一方面擷英取粹,爲華夏文明的傳播提供可靠的資源和文本;另一方面以古鑒今,爲當下社會的發展提供智力支持和精神支撑。並希望進而梳理中華傳統文化的多元結構,繼承中華優秀傳統文化的一貫文脈。

根據漢代以後子學發展和子部典籍的實際情況,參照官私目錄的分類與著錄,《精華編》選取先秦諸子、儒學、兵家、法家、農家、醫家、曆算、術數、藝術、雜家、小説家、譜録、釋道、類書等十四個類目的要籍幾百種,編爲目録,作爲整理的依據,而在成果展現上則不出現具體的類目。爲統一體例,便於工作,《精華編》編有詳細的《整理細則》,并有簡明的《整理要則》,供整理者遵循使用。

《精華編》整理原則是,對每種子書的整理,突出學術性、資料性和創新性,力求吸納已有的整理成果,推出更具參考價值、更方便閱讀的整理文本。所采用的整理方式,大體有三種:一、部頭較大且前人未曾整理者,采用標點、校勘的方式整理;二、前人曾經標點、校勘者,或采用抽換更好或別具學術特色底本的方式整理,或采用集校、集注的方式整理,或采用校箋、疏證的方式整理,或綜合使用以上方式;三、前人已有較好的注本者,則采用集注、彙評、補正等方式整理。

《精華編》采用五次校審、遞進推動的管理程式,即:一、初校全稿。子海編纂中心組織碩、博研究生,修改文稿錯别字,規範異體字,調整格式,發現並標明校點中的不妥之處。二、初審文稿。子海編纂中心的編纂人員根據情况,解決初校時發現的問題,並判斷書稿的整體質量。三、匿名評審。聘請資深教授通審全稿,全面進行學術把關,消滅硬傷,寫出審稿意見。四、修改文稿。子海編纂中心及時把專家審稿意見反饋給整理者。整理者根據審稿意見修改,做出新文稿。五、終審文稿。待新文稿返回子海編纂中心後,總編纂做最後的學術質量把關。五步程序完成後,將文稿交付出版社。

五次校審的目的是爲了保證學術質量,提高整理水平,減少錯訛硬傷。但校書如掃塵埃落葉,隨掃隨有,《精華編》雖經多道程序嚴加把關,仍難免有錯,懇請方家不吝指教。子海編纂中心將及時總結經驗,吸取教訓,把工作做得更好,以實現課題設計的初衷。

目　録

整理説明

　　唐段成式撰筆記小説《酉陽雜俎》，前集二十卷，續集十卷。成式字柯古，約生於唐德宗貞元十九年（803），卒於懿宗咸通四年（863），祖籍齊郡鄒平（今山東濱州市鄒平）①，出生地爲西川成都②。據史實，段氏祖上爲望族。成式之五世祖段雄（598—642），字志玄，早年隨父徙居太原，後領千人從高祖李淵起兵反隋，因平定王世充、竇建德有功，升任秦王府右二護軍。玄武門之變，助李世民登帝位，遷左驍衛大將軍，封樊國公，實封九百户。貞觀年間，改封褒國公，累任金州刺史、右衛大將軍、鎮軍大將軍。貞觀十六年

---

①　關於段成式之祖籍，學術界爭議較多。唐貞觀十六年（642）刻立段成式五世祖段雄墓志銘載："公諱雄，字志玄，齊郡鄒平人也。"（見《唐故輔國大將軍右衛大將軍揚州都督褒忠壯公段公碑銘》）據此可認爲段成式祖籍爲齊郡鄒平。至於《酉陽雜俎》各本均於正文卷端次行題署"臨淄段成式撰"，《新》《舊唐書》本傳亦作段雄爲齊州臨淄人，則是因爲歷史上秦、唐時鄒平曾一度劃屬臨淄郡。《新唐書·地理志》載："齊州濟南郡，上，本齊郡，天寶元年更名臨淄。"並注"又領臨濟、鄒平"。

②　《舊唐書》本傳記載，成式父段文昌"家於荆州，倜儻有氣義，節度使裴胄知之而不能用"，故於貞元十五年（799）舉家自荆返蜀，追隨愛其才的西川節度使（治地成都）南康郡王韋皋。筆者故推定段成式出生地爲成都。

1

（642）因病逝世，享年四十五歲，追贈輔國大將軍、揚州都督，謚號忠壯。這位唐開國元勛去世後，唐太宗將其畫像位列凌烟閣二十四功臣之第十，可見其顯赫地位。段志玄有三子，長子段瓚，曾任右屯衛大將軍。次子段瑾，朝邑令。三子段珪，宣州長史。段瑾生子三，即懷昶、懷晏、懷皎。懷皎，贈給事中，生子諤。段諤曾出任榮州（今四川榮縣）刺史，生子文昌，即段成式之父。段文昌（773—835），字墨卿，一字景初，少時在蜀，後移居荆州。貞元十五年（799），因未受到荆南節度使裴胄重用，舉家返蜀投入西川節度使（治地成都）南康郡王韋臯（746—805）幕府，授校書郎，後升任靈池縣尉。憲宗元和二年（807），受知於宰相李吉甫，擢登封縣尉、集賢校理，旋拜監察御史，遷左補闕，改祠部員外郎。十一年授翰林學士，並升任祠部郎中。十五年拜爲宰相，授中書侍郎、同中書門下平章事。穆宗長慶元年（821），爲相不及一年的段文昌上疏請辭相位，被改任爲西川節度使。在蜀任上，法紀嚴明，治理有功，入遷兵部尚書。文宗時，拜御史大夫，進封鄒平郡公。後歷任淮南節度使、荆南節度使、檢校左僕射等。太和六年（832），再次出任西川節度使。九年三月猝卒於任上，終年六十三歲，追贈太尉。出入將相二十年的段文昌，性情疏朗，不拘小節，爲晚唐鐵腕宰相、武則天曾侄孫、著名詩人武元衡之女婿，不僅政績卓著，而且文采非凡，著有文集三十卷、詔誥二十卷，還曾自編《食經》五十卷，但至今大多已佚，《全唐文》收其文章四篇，《全唐詩》收其詩作四首。段文昌之子成式，早年赴浙西往依李德裕。① 父卒後歸長安，居於修行里（亦作修竹里）私第，並以父蔭入官，爲秘書省校書郎（正九品上）。文宗開成初（836）至武宗會昌六年（846），加宣德郎守秘書省著作郎（從五品上），充任集賢殿修撰，擢累尚書郎。② 宣宗大中元年（847），出任吉州（今江西吉安）刺史。七年返歸長安。九年遷任處州（治地縉雲，今屬浙江麗水）刺史。③ 約十三年坐累李德裕遭貶，解印寓居襄陽，時與文人

① 《酉陽雜俎》續集卷四載："予太和初，從事浙西贊皇公幕中，嘗因與曲宴。"贊皇公即指李德裕。

② 關於段成式在唐開成、會昌年間之任職，《新》《舊唐書》無明確記載，《舊唐書》本傳只記"累遷尚書郎"，《新唐書》本傳則記"擢累尚書郎"。段成式在《酉陽雜俎》續集卷四云："開成初，予職在集賢，頗獲所未見書。"又在續集卷五云："武宗癸亥三年夏，予與張君希復善繼，同官秘書鄭君符夢復，連職仙署。……後三年，予職於京洛，及刺安成，至大中七年歸京。"清王昶著《金石萃編》卷一百八載《唐安國寺寂照和尚碑》（又名《大唐安國寺故內外臨壇大德寂照和尚碑銘並序》），此碑石現存藏在陝西咸陽市博物館，碑文爲段成式於文宗開成五年（840）撰，且署題"宣德郎守秘書省著作郎充集賢殿修撰上柱國段成式篆"。這些材料足見段成式在開成、會昌年間之歷經任職情況。

③ 《新》《舊唐書》本傳均未載段成式任處州刺史事。段成式撰《好道廟記》云："予大中九年到郡，越月方謁。"意爲大中九年來到處州縉雲郡，越月纔去拜謁當地麗水縣之好道廟。清曹掄彬修《處州府志》中載錄唐代詩人方干《贈處州段刺史》詩一首，詩曰："幸見仙才鎮栝初，郡城孤峭似仙居。山嵐色裏登臺閣，瀑布聲中閱簿書。德重自將天地合，情高原與世人疏。寒潭是處青蓮界，賓席何心望食魚。"詩中"栝"疑爲"括"，指括州，即處州；"寒潭"指位於麗水東之惡溪。《新唐書·地理志》注"縉雲郡麗水"云："東十里有惡溪，多水怪，宣宗時刺史段成式有善政，水怪潛去，民謂之好溪。"宋歐陽忞撰《輿地廣記》卷二十三載："縉雲縣……有好溪，本名惡溪，多水怪。唐大中，刺史段成式有善政，怪族自去，因改曰好溪。"以上史料所記，充分說明段成式曾任處州刺史，並治理了常危害百姓生命之險灘河道惡溪。

雅士以文往還唱和。懿宗咸通初年，歷任江州（今江西九江）刺史、太常少卿（正四品上）。①咸通四年（863）六月卒，享年約六十一歲。《新》《舊唐書》有其傳，分別附錄於段志玄傳、段文昌傳後。成式生子安節，乾寧中爲國子司業，善樂律，能自度曲，撰有《樂府雜錄》一卷②、《琵琶故事》一卷③，爲唐晚期音樂理論家。有名段公路者，唐懿宗時人，曾任京兆萬年縣尉，是否爲段成式之子、段安節之弟，有待史料證實，在此存疑。《新唐書·藝文志》地理類"雜記之屬"載，段文昌孫段公路撰有《北户雜録》三卷④，未指明公路爲段成式之子。清陸心源於光緒年間校輯刊刻《十萬樓叢書》本《北户録》三卷，陸氏在《重刻北户録叙》中説，公路"爲段文昌之孫，成式之子，安節之弟"，不知何據。

　　段成式出生於名門望族、書香門第，其性情瀟灑閒適，放達不羈，因恩蔭入仕却志不在此。一生好交游，廣涉獵，

---

　　① 《新唐書》本傳記段成式"終太常少卿"，而《舊唐書》則云："咸通初，出爲江州刺史，解印，寓居襄陽，以閒放自適。"《全唐文》卷七百八十七載段成式撰《塑像記》云："（大中）十三年，予閒居漢上。"漢上，指襄陽。據史目記載，段成式編有詩文集《漢上題襟集》十卷，久佚，内容背景爲宣宗大中十年至十四年間段成式在徐商襄陽節度幕府中與詩人温庭筠、温庭皓、韋蟾、周繇、余知古等之唱和酬答。顯然，段成式寓居襄陽的時間在唐大中末年，咸通年解印江州刺史後應是回歸長安被授任太常少卿，《舊唐書》所記有誤。
　　② 見《新唐書》本傳段志玄傳之附録及《新唐書·藝文志》。
　　③ 見宋陳振孫撰《直齋書録解題》卷十四"音樂類"。
　　④ 《新唐書·藝文志》著録之《北户雜録》，清内府寫本《四庫全書》收録此書，但題名作《北户録》，《四庫全書總目提要》云："《唐書·藝文志》作《北户雜録》，疑傳寫誤衍一'雜'字。"

喜閲讀，博文强記，縱意詩文筆墨詞賦，文名遠盛於仕名，成爲中國歷史上著名之文學家，唐代晚期成就卓越之志怪小説家。宋王讜撰《唐語林》卷二云："段郎中成式，博學文章，著書甚多。守廬陵，嘗游山寺，讀一碑，二字不過，曰：'此碑無用於世矣。成式讀之不過，更何用乎？'客有以此二字遍問人，果無知者。"段成式學富五車且性情狂放可見一斑。關於其著述，據宋官方重要書目《新唐書·藝文志》，著有筆記小説《酉陽雜俎》三十卷、《廬陵官下記》二卷，輯有詩文集《漢上題襟集》十卷。《廬陵官下記》今已亡佚，宋陳振孫《直齋書録解題》著録此書，云："段成式撰，爲吉州刺史時也。"知此書作於段成式大中年間吉州刺史任上。宋黄伯思《東觀餘論》卷下《跋段太常語録後》云："此卷本是《廬陵官下記》上篇，亦段太常作。"則知《廬陵官下記》内容爲段成式語録，分上下兩篇。宋曾慥編《類説》，明初陶宗儀輯《説郛》，明末清初陶珽《重編説郛》，都收録有《廬陵官下記》語録條文，但大多已由作者本人收寫入《酉陽雜俎》中，這或許是《廬陵官下記》漸爲後世遺失之原因。詩文集《漢上題襟集》亦佚，但宋代公私書目皆有著録，宋明清之類、叢書亦有收録，讓我們得以窺見其内容概貌。該書爲唐大中年間山南東道節度使徐商和他的幕僚段成式等一批著名作家在襄陽唱和及往來簡牘之詩文集，正如宋晁公武《郡齋讀書志》云："《漢上題襟集》十卷，唐段成式輯，其與温庭筠、余知古酬和詩筆箋題。"儘管此書全帙不存，但其内容風貌可在《全唐詩》《全唐文》中粗略見到，《全唐詩》録存五十六首，《全唐文》録存十八篇。段成式詩歌駢文方面的才能，唐時就與李商隱、温庭筠齊名，因三人都在家中排行第十六，所以被稱爲"文壇三十六"。體現段成式文學成就最高者，是其流傳至今的筆記小説《酉陽雜俎》。"酉陽"一詞，本指地名，秦漢時置，屬荆州武陵郡，其名之由來，《資治通鑑·魏紀十》胡三省注曰："酉陽屬武陵郡，縣在酉溪之陽。"位於酉水陽之酉陽縣，即今之湖南永順王村古鎮。酉陽有逸典之説，是從南朝宋文學家盛弘之的文學作品《荆州記》和梁元帝蕭繹賦詩開始的。宋類書《太平御覽》卷四十九載："盛弘之《荆州記》曰：小酉山，山上石穴中有書千卷，相傳秦人於此而學，因留之。故梁湘東王云'訪酉陽之逸典'，是也。"借鑒酉陽石穴秘藏典籍這一傳説，段成式直接賦予酉陽"逸典"之意，並以此用於書名中，蓋取義其所藏所閱之秘籍豐富也。傳爲金元好問編《唐詩鼓吹》亦曰："秦人隱學於小酉山中石穴中，所藏書千餘卷，梁湘東王尤好聚書，故其賦曰'訪酉陽之逸典'，唐段成式著書有異乎世俗，故取諸逸典之意名曰《酉陽雜俎》。"總之，"酉陽"配以"雜俎"，喻示其書内容廣博龐雜且具神秘。

《酉陽雜俎》分前後集，計三十卷，篇目包括忠志、禮異、天咫、玉格、壺史、貝編、境異、喜兆、禍兆、物革、詭習、怪術、藝絶、器奇、樂、酒食、醫、黥、雷、夢、事感、盜俠、物異、廣知、語資、冥迹、尸穸、諾皋記、廣動植、肉攫部、支諾皋、貶誤、寺塔記、金剛經鳩異、支動、支植等三十六門，内容涉及社會政治、文化藝術、醫藥科技、礦産植物、天文地理、佛道鬼怪，甚至街坊俚談野語，可謂包羅萬象，豐富多彩，成爲唐晚期筆記小説中最具代表性的文學作品。其重要學術價值主要表現在以下三點：

一、内容廣博，爲後世留下了大量珍貴史料。如所記唐宫帝王秘聞軼事，南北朝時期諸國間交往禮儀，唐及唐以前婚喪嫁娶、紋身刺膊、服飾飲食之習俗，唐長安十餘所寺院之建築、塑像、壁畫，以及中外文化、物産之交流等，爲我們後世留下了大量珍貴的歷史資料，具有非常重要的研究價值。所記礦物、植物、動物之特性，尤爲後世研究古代科學史提供了幫助。

二、創作手法奇異，在志怪小説作品創作上具有承前啓後之作用。《酉陽雜俎》之重要特性之一，便是記叙手法奇異，用詞簡潔，風格詭秘，語言生動。即使目録篇目，也是充滿奇異色彩。如記天象名曰“天咫”，記道術名曰“壺史”，記佛法名曰“貝編”，記盜墓名曰“尸穸”，記鬼怪名曰“諾皋記”。篇目上“支”字的應用也是有異於常人，如“支諾皋”“支動”“支植”，明藏書家孫允伽對此解讀云：“吴曾《漫録》解諾皋之義最爲明了，惟支諾皋不知何意，又有支動、支植二目，因悟支者干支之支，蓋《雜俎》諾皋之外更出此條，猶今類書者以甲乙、子丑等分配，此則借干支之支以别于前目之諸皋耳。支動、支植者，前集有廣動植四卷，觸類伸之，支諸皋之義益明矣。"①更爲奇異的是全書内容，虚虚實實，亦真亦假，極富想像力，游走於現實與夢幻的邊沿，讀來引人入勝，目眩神迷。如續集卷一記載的灰姑娘"葉限"故事，含有童話"灰姑娘"故事所具有的"金鞋"這一奇幻元素，其創作時代早於西方格林童話中"灰姑娘"故事近千年，世界上廣爲流傳的衆多"灰姑娘"版本童話故事源頭或出自古老東方的中國。再如前集卷十"陸鹽"條記"月滿如雪之陸鹽"故事、"人木"條記"人首花"故事，前集卷十一"荆州陟屺寺"條記"虎目化爲琥珀"故事，前集卷四"嶺南溪洞"條記"夜間飛頭"故事，這些充滿幻想且奇異驚悚之記叙，是對前代類似諸多作品的繼承和發展，同時又啓迪了後世小説的創作與創新。宋洪邁之《夷堅志》，明羅本之《三國志通俗演義》，清蒲松齡之《聊齋志異》，其文體、取材、思想等方面，都或多或少地深受《酉陽雜俎》之影響。

三、漢語詞彙量多豐富，對研究漢語發展史具有重大作用。《酉陽雜俎》用詞豐富，其中有相當一部分詞彙是當時的口語，具有強烈的唐風色彩。如關於"黥"之詞彙：膚札、點青、札青、刺、印黥。又如關於"晝"的詞彙：白晝、

---

① 見清蔣光煦撰《東湖叢記》卷五"酉陽雜俎續集"條，載於《續修四庫全書》第 1162 册。

筆力、古樣精巧、粉本、規彩鑠目、設色、目隨人轉。再如關於"鷹"的詞彙：放巢、拔毛入籠、苽子、條、吸筒。另有温涼、懸鐘、鬱栖、新婦、導騎等大量社會生活用詞。這些詞彙，對研究漢語發展史意義重大。王鍈編《唐宋筆記語詞匯釋》，劉堅編《近代漢語虛詞研究》，江藍生、曹廣順編《唐五代語言詞典》，都將《酉陽雜俎》一類筆記小説作爲重要語料。漢語大辭典出版社出版的大型語言工具書《漢語大辭典》，收有《酉陽雜俎》中的很多詞語，是我們現代社會文字工作者必備之工具書。總而言之，《酉陽雜俎》作爲晚唐一部詞彙豐富之筆記小説，其價值不僅表現在内容上，還表現在漢語發展史上，它極大地豐富和完善了漢語詞彙，是漢語言研究必不可少之文獻。

《酉陽雜俎》始刊於南宋，有三刻，即嘉定七年（1214）永康周登刊本（前集二十卷），嘉定十六年（1223）武陽鄧復刊本（前集二十卷續集十卷），淳祐十年（1250）廣文彭氏刊本（前集二十卷續集十卷），但皆亡佚。各宋本行款版式，無從知曉，對此有記載的，是清蔣光煦輯校的《校補隅録·酉陽雜俎》，其首行題"酉陽雜俎"下雙行注曰："津逮本以影宋本校補，蔣光煦校。影宋本每半葉十一行行二十字。"① 所題"影宋本"，是影宋刻本還是影宋鈔本，蔣氏未明説。至於元刊，未見存世本，僅見《愛日精廬藏書志》卷

---

① 見清光緒九年（1883）別下齋刻本《校補隅録·酉陽雜俎》。

二十七載："《酉陽雜俎》二十卷，元刊本，唐臨淄段成式撰。"① 據筆者考查，如今我們所能見到的古代《酉陽雜俎》，主要是明清本。明刻本六種如下：

一、明初刻本（簡稱"明初本"），刊前集二十卷，半葉十行，行十九字，上下黑口，雙對黑魚尾，四周雙邊，國家圖書館有藏。它大概是目前《酉陽雜俎》存世本中最早的版本，所據底本爲南宋嘉定七年周登本，其字體版式隱約呈現宋槧元刊特徵，具有重要的版本研究和校勘價值。

二、明嘉靖本，刊前集二十卷，公文紙印，半葉十行，行二十三字，白口，單黑魚尾，四周雙邊，據明初本翻刻，國家圖書館、上海圖書館有藏。

三、明萬曆三十六年（1608）李雲鵠刻本（簡稱"李雲鵠本"），刊前集二十卷續集十卷，半葉十行，行二十一字，白口，單黑魚尾，四周單邊，據宋刻本校刊。前有李雲鵠趙琦美兩序、宋淳祐十年序、嘉定十六年鄧復序，前集卷末有宋嘉定七年周登序，續集卷末有跋，摘録宋吳曾《能改齋漫録‧諸皋》。

四、明萬曆新都汪士賢刻本（簡稱"新都本"），刊前集二十卷，半葉九行，行二十字，白口，白魚尾，左右雙邊，所據底本爲嘉靖本。北京大學圖書館有藏，乃李盛鐸舊藏。

---

① ［清］張金吾撰，馮惠民整理：《愛日精廬藏書志》，中華書局，2012 年，第 364 頁。

國家圖書館亦有藏，乃清藏書家黄丕烈舊藏。

五、明萬曆商濬刻《稗海》叢書本（簡稱"稗海本"），刊前集二十卷，半葉九行，行二十字，白口，單黑魚尾，四周單邊，據新都本重刻。

六、明崇禎常熟毛晋汲古閣刻《津逮秘書》叢書本（簡稱"津逮本"），刊前集二十卷續集十卷，半葉九行，行十九字，白口，左右雙邊，源出新都本或稗海本。

明本中，還有一續集十卷本鈔本，爲清蔣光煦舊藏，遺憾的是現今不知藏於何處，未見刊布，或許已損毀。蔣光煦在其撰著《東湖叢記》卷五"酉陽雜俎續集"條著録曰："此明人鈔本，有跋云：'按：吴曾《漫録》解諸皋之義最爲明了，惟支諾皋不知何意……萬曆戊戌七月既望生洲居士孫允伽識。'"

清版本四種，即清乾隆内府寫《四庫全書》叢書本（簡稱"四庫全書本"）、清嘉慶張氏照曠閣刻《學津討源》叢書本（簡稱"學津本"）、清道光二十九年（1849）小瑯嬛山館刻本、清光緒三年（1877）湖北崇文書局刻本。由於《酉陽雜俎》雅俗共賞，影響甚大，流播海外。域外刊本有朝鮮成宗二十三年，即明弘治五年（1492）官刻本，刊前集二十卷，半葉十行，行十九字，黑口，雙黑魚尾，四周雙邊，現藏日本國會圖書館，所據底本應爲宋本。此朝鮮刻本有李士高、李宗準、崔應賢題於弘治五年的跋文。民國年間，《酉陽雜俎》以影印出版爲主，有民國八年（1919）上海商務印書館

11

據李雲鵠本影印的《四部叢刊（初編）》本，十一年（1922）上海博古齋影印的“津逮本”，十二年（1923）盧氏慎始基齋據明本影印的《湖北先正遺書》本。另有民國三十五年至三十七年（1946—1948）商務印書館《叢書集成》排印本（以學津本爲底本）。

本書校注整理，以民國八年上海商務印書館《四部叢刊（初編）》影印李雲鵠本爲底本，以明初本、津逮本、學津本爲校本，以稗海本、四庫全書本爲參校本，再參以歷史上相關之重要文獻，如《山海經》《爾雅》《説文解字》《抱朴子》《正法念處經》《無上秘要》《三洞珠囊》《雲笈七籤》《真誥》《混元聖記》《證類本草》《太平廣記》《太平御覽》《説郛》《全唐文》《校補隅録》等。之所以選擇《四部叢刊（初編）》影印的李雲鵠本爲底本，乃因它爲現存版本中最佳者，正如蔣光煦在其《東湖叢記》卷五“酉陽雜俎”條曰：“《酉陽雜俎》，明內鄉李雲鵠刊本，有宋周登、鄧復二序，後有趙清常琦美一序，備詳宋本原委，亦明刻中不易購之佳本也。”具體來説，一是其內容較完備，不僅前集、續集卷數完整，而且搜遺補漏。書前趙琦美序曰：“搜《廣記》、類書及雜記所引，隨類續補。”二是從書中李、趙兩序內容及所刊録宋周登、鄧復序來看，該本所據底本爲宋本，離原著時間近，傳抄刊刻過程中訛誤自然較少。三是該書校刊者用力至勤，一絲不苟，反復校勘，書的內容與品相都得到了保證。趙氏序中亦説：“其間錯誤，如數則合爲一則者，輒分之，脱者輒補之，魚亥者就正之。”

　　近幾十年來，整理研究《酉陽雜俎》成果顯著，論著較多。本書整理除慎重選用底本、校本、參校本外，還廣泛採納吸收了近幾十年來的研究成果，尤其是 1981 年中華書局出版的方南生先生點校本《酉陽雜俎》，因其校點詳實，對其考辨後較多采用。但總的來説，以往對《酉陽雜俎》的研究整理，深入系統之研究尚屬不足。對此，本書整理力求在校注和文字注釋方面有所突破：

　　一、點校方面。首次采用國家圖書館藏二十卷本明初本爲校本，解決了不少文字晦澀難懂的地方，爲此次校注工作增色不少。如前集卷三“荊州貞元初”條之“有狂僧些僧其名者”句，明初本作“有狂僧，此僧其名者”，似意更通順。再如前集卷十九“牡丹”條之“寺主綱復訴其狂率”句，“訴”，之後版本都作“訢”。顯然，“訢”在句中無法解讀，據明初本改作“訴”，句意立通。其次，針對《酉陽雜俎》校刊刻印過程中造成的錯訛舛漏，儘量查找其文字內容之源頭或出處，抑或找出之後所引之文獻，斟酌比對進而判別。如前集卷三“貝編”之“燋熱地獄”條，條中有“置之鼓牛，鼓出惡聲”，此內容不可解。經查，北魏般若流支譯《正法念處經》卷十二云：“彼地獄人，於一切時，常被燒煮，年歲無數。若脱彼處，閻魔羅人置之鼓中。既置鼓中，以惡業故，鼓出畏聲，聞則心破。散已更生，生已復散。彼人如是死已復活，活已復死。”以此推定，“鼓牛”應作“鼓中”，如此，句意立解。再次，充分尊重底本表述之文字，深入研讀校本、參校本改動之文字，經反復推敲後慎重做出選擇。如前集卷十二"梁徐君房勸魏使尉瑾酒"條之"鄉鄴飲酒"句，明初本作"卿鄴飲酒"，"津逮""學津""稗海""四庫全書"各本均作"卿在鄴飲酒"。其實，"鄉"通"嚮"，有"從前"之意，底本與各校本句意相通，校出異文即可。

二、字詞訓釋方面。目前出版的《酉陽雜俎》整理本，偏重於標點與校勘，即使有訓釋，也多選擇注釋那些閱讀性強之雜事類故事。本整理本通篇訓釋疑難詞語兼及人名、地名等，盡力疏通文義。

本書的整理，歷經八年，其間多次得到時任西北師範大學古籍整理研究所所長郝潤華教授的悉心指導，也得益於筆者所在單位甘肅省圖書館豐富而珍貴的歷史藏書。筆者從小愛讀歷史書，後來有幸考入蘭州大學歷史系學習，畢業後又幸運進入圖書館從事古籍工作，此次整理《酉陽雜俎》也算是與之有緣。需要特別指明的是，本整理本校記與注釋文字按順序合寫，置於每一標題的每一段文字之後。凡底本文字改動者，均出校勘記。凡注釋，均爲本書中首次出現之字詞，下文再出現時一般不再出注。書中之古體字、異體字，直接改從通用之規範正字，不出校。整理底本之各序跋按順序以《附錄》形式錄於後，便於讀者了解《酉陽雜俎》版本源流。

酉陽雜俎序①

　　夫《易》象一車之言，近於怪也。詩人南箕之奧，近乎戲也。固服縫掖者，肆筆之餘，及怪及戲，無侵於儒。無若詩書之味大羹，史爲折俎，子爲醯醢也。炙鴞羞鱉，豈容下箸乎？固役而不恥者，抑志怪小説之書也。成式學落詞曼，未嘗覃思，無崔駰真龍之嘆，②有孔璋畫虎之譏。飽食之暇，偶録記憶，號《酉陽雜俎》。凡三十篇，爲二十卷，不以此間録味也。

【校釋】

　　① 原序端首行題"酉陽雜俎序"，次行題"唐太常少卿段成式撰"。

　　② "駰"，原作"駰"，據清乾隆内府寫《四庫全書》叢書本（以下簡稱"四庫全書"本）改。崔駰（？—92）：字亭伯，涿郡安平（今河北安平）人，東漢文學家。南朝宋范曄《後漢書·崔駰傳》："崔爲文宗，世禪雕龍。"

酉陽雜俎前集卷之一①

忠 志

高祖少神勇。隋末，嘗以十二人破草賊號無端兒數萬。又龍門戰，盡一房箭，②中八十人。

太宗虬鬚，嘗戲張弓挂矢，好用四羽大笴，③長常箭一扶，④射洞門闔。

上嘗觀漁於西宮，見魚躍焉，問其故，漁者曰："此當乳也。"於是中網而止。⑤

骨利幹國獻馬百匹，⑥十匹尤駿，⑦上爲製名。決波騟者，近後足有距，走歷門三限不躓，上尤惜之。隋内庫有交臂玉猿，二臂相貫如連環，將表其彎。上後嘗騎與侍臣游，惡其飾，以鞭擊碎之一曰文皇御製十駿名。⑧

貞觀中，忽有白鵲構巢於寢殿前槐樹上。其巢合歡如腰鼓，左右拜舞稱賀。上曰："我常笑隋煬帝好祥瑞，瑞在得賢，此何足賀！"乃命毀其巢，鵲放於野外。

高宗初扶牀，將戲弄筆，左右試置紙於前，乃亂畫滿紙，角邊畫處成草書"勅"字，太宗遽令焚之，不許傳外。

則天初誕之夕，雌雉皆雊。右手中指有黑毫，左旋如黑子，引之長尺餘。

駱賓王爲徐敬業作檄，極疏大周過惡。則天覽及"蛾眉不肯讓人，狐媚偏能惑主"，微笑而已。至"一坏之土未乾，⑨六尺之孤安在"，不悅曰："宰相何得失如此人。"

中宗景龍中，召學士賜獵，作吐陪行，前方後圓也。有二大一作人雕，⑩上仰望之。有放挫嗁曰："臣能取之。"乃懸死鼠於鳶足，聯其目，放而釣焉。二雕果擊於鳶盤。狡兔起前，上舉搞擊毙之，帝稱那庚，從臣皆呼萬歲。

三月三日，賜侍臣細柳圈，言帶之免蠱毒。

寒食日，賜侍臣帖繰毬，⑪綉草宣臺。

立春日，賜侍臣綵花樹。⑫

臘日，賜北門學士口脂、蠟脂，盛以碧鏤牙筒。

上嘗夢日烏飛，⑬蝙蝠數十逐而墮地，驚覺，召萬回僧，曰："大家即是上天時。"翌日而崩。

睿宗嘗閱內庫，見一鞭，金色，長四尺，數節有蟲嚙處，狀如盤龍，靶上懸牙牌，題象耳皮，或言隋宮庫舊物也。上爲冀王時，寢齋壁上蝸迹成"天"字，上懼，遽掃之，經數日如初。及即位，雕玉鑄黃金爲蝸形，分置於釋道像前。

玄宗，禁中嘗稱阿瞞，亦稱鴉。壽安公主，曹野那姬所生也，以其九月而誕，遂不出降。⑭常令衣道服，主香火。小字蟲娘，上呼爲師娘。爲太上皇時，代宗起居，上曰："汝在東宮，甚有令名。"因指壽安："蟲娘是鴉女，汝後與一名號。"及代宗在靈武，遂令蘇澄尚之，封壽安焉。

天寶末，交趾貢龍腦，[15]如蟬蠶形。波斯言老龍腦樹節方有，禁中呼爲瑞龍腦。上唯賜貴妃十枚，香氣徹十餘步。上夏日嘗與親王棋，令賀懷智獨彈琵琶，[16]貴妃立於局前觀之。上數枰子將輸，[17]貴妃放康國㹤子於坐側，[18]㹤子乃上局，局子亂，上大悅。時風吹貴妃領巾於賀懷智巾上，良久，回身方落。賀懷智歸，覺滿身香氣非常，乃卸幞頭貯於錦囊中。及上皇復宮闕，追思貴妃不已，懷智乃進所貯幞頭，具奏他日事。上皇發囊，泣曰："此瑞龍腦香也。"

安禄山恩寵莫比，錫賚無數。[19]其所賜品目有：桑落酒、闊尾羊窟利、馬酪、音聲人兩部、野猪鮓、鯽魚并膾手刀子、清酒、大錦、蘇造真符寶舉、餘甘煎、遼澤野雞、五术湯、金石凌湯一劑及藥童昔賢子就宅煎、蒸梨、金平脱犀頭匙箸、金銀平脱隔餛飩盤、平脱着足叠子、金花獅子瓶、[20]熟綫綾接勒、金大腦盤、銀平脱破觚、八角花鳥屏風、銀鑿鏤鐵鎖、帖白一作花檀香牀、綠白平細背席、綉鵝毛氈兼令瑤令光就宅張設、金鸞紫羅緋羅立馬寶、雞袍、龍鬚夾帖、八斗金渡銀酒瓮、銀瓶平脱掏魁織錦筐、銀笊籬、銀平脱食臺盤、油畫食藏。又貴妃賜禄山金平脱裝具玉合、金平脱鐵面碗。

肅宗將至靈武一驛，黃昏有婦人長大，携雙鯉咤於營門曰："皇帝何在？"衆謂風狂，遽白上。潛視舉止，婦人言已，止大樹下。軍人有逼視，見其臂上有鱗。俄天黑，失所在。及上即位，歸京闕，虢州刺史王奇光奏女媧墳云：[21]“天寶十三載，大雨晦冥，忽沉。今月一日夜，河上有人覺風雷聲，曉見其墳涌出，上生雙柳樹，高丈餘，下有巨石。”兼畫圖進。上初克復，使祝史就其所祭之。[22]至是而見，衆疑向婦人其神也。

代宗即位日，慶雲見，黃氣抱日。初，楚州獻定國寶一十二，乃詔上監國。詔曰：“上天降寶，獻自楚州。神明生曆數之符，合璧定妖災之氣。”初，楚州有尼真如，忽有人接去天上，天帝言下方有災，令此寶鎮之，其數十二，楚州刺史崔侁表獻焉。一曰玄黃，形如筕，長八寸，有孔，辟人間兵疫。二曰玉雞，毛白玉也，王者以孝理天下則見。三曰穀璧，白玉也，如粟粒，無雕鐫之迹，王者得之，五穀豐熟。四曰西王母白環，二枚，所在處，外國歸伏。[23]五曰碧色寶。[24]六曰如意寶珠，大如雞卵。七曰紅靺鞨，大如巨栗。八曰琅玕珠，二枚，逾常珠，有逾徑一寸三分。九曰玉玦，形如玉環，四分缺一。十曰玉印，大如半手，理如鹿形，啗入印中。十一曰皇后采桑鈎，細如箸，屈其末。十二曰雷公石，斧形，無孔。諸寶置之日中，皆白氣連天。

【校釋】

① “酉陽雜俎前集卷之一”，原卷端作“唐段少卿酉陽雜俎前集卷之一”，次行“唐太常少卿臨淄柯古段成式撰”，再次行“明四川道監察御史內鄉李雲鵠校”。下每卷題同，不再出校。

② 一房箭：一匣箭，大概一百支。

③ 笴：箭杆。

④ "扶"，國家圖書館藏明初刻本（以下簡稱"明初"本）、明崇禎毛晉汲古閣刻《津逮秘書》叢書本（以下簡稱"津逮"本）、清嘉慶張氏照曠閣刻《學津討源》叢書本（以下簡稱"學津"本）、明萬曆商濬刻《稗海》叢書本（以下簡稱"稗海"本）均作"膚"。扶，通"膚"，量詞，古代長度計算單位，相當於四指並列的寬度。

⑤ 此條"明初""津逮""學津""稗海"各本均與上條相接合爲一條。

⑥ 骨利幹國：在瀚海（今貝加爾湖）北，產良馬和百合草。《唐書》載，唐太宗收骨利幹，其地夜短，煮羊脾未熟，天即明。唐貞觀二十一年（647）遣使獻馬，唐以其地爲玄闕州。龍朔（661—663）中改名余吾州，隸瀚海都督府。

⑦ "尤"，原作"猶"，據"明初""津逮""學津"本改。下之"上尤惜之"之"尤"，同。本書下文中多處原作"猶"改"尤"，不再出校。

⑧ "隋内庫有交臂玉猿……文皇御製十驗名"，"明初""津逮""學津""稗海""四庫全書"各本均提行另作一條。

⑨ "坯（péi）"，"明初"本作"培"，通。

⑩ "大一作人"，"明初""津逮"本作"人"，無注。"學津"本作"大"，無注。

⑪ "繰毯"，"明初""學津""稗海"本作"彩毯"。

⑫ "侍"，"明初"本無。"綵"，"明初"本作"採"。

⑬ "上嘗夢日烏飛"，"明初"本作"上嘗夢日一曰白烏飛"，"學津""稗海"本作"上嘗夢白烏飛"。

6

⑭ 出降（jiàng）：帝王之女出嫁。因帝王位處至尊，故稱降。

⑮ 交趾：古國名，今屬越南。早在漢武帝時曾於今越南北部地區設交趾、九真、日南三郡。

⑯ 賀懷智：宮廷樂師，很受唐玄宗李隆基器重。

⑰ “枰”，“明初”本爲空格，“津逮”“學津”本無。

⑱ 康國猧子：西域康國所進的一種寵物小狗。

⑲ “賚”，原作“賫”，據“津逮”“學津”本改。

⑳ “平脱着足疊子、金花獅子瓶”，“學津”“稗海”本作“金花獅子瓶、平脱着足疊子”。

㉑ 虢州：隋開皇三年（583）改東義州置。唐貞觀中移治弘農（今河南靈寶市）。

㉒ 祝史：司祭祀之官。《左傳·昭公十八年》：“郊人助祝史除於國北。”孔穎達疏：“祝史，掌祭祀之官。”唐李頎《与諸公游濟瀆泛舟》詩：“玄冥掌陰事，祝史告年豐。”

㉓ “歸伏”，“明初”“津逮”“學津”本作“歸服”。

㉔ “五曰碧色寶”，原作“五曰闕名”，據《舊唐書》補。

禮　異

西漢，帝見丞相，謁者贊曰：①“皇帝爲丞相起。”御史大夫見，皇帝稱謹謝。

漢木主緼以桔木皮置牖中，②張綿絮以障外。不出時，玄堂之上。以籠爲俑人，無頭，坐起如生時。

凡節，守國用玉節，守都鄙用角節，使山邦用虎節，土

邦用人節，澤邦用龍節，門關用符節，貨賄用璽節，道路用
旌節。古者，安平用璧，興事用圭，成功用璋，邊戎用珩，
戰鬥用璲，城圍用環，災亂用琽，③大旱用龍，龍節也，大喪
用琮。

北齊迎南使，太學博士監舍迎使。傳詔二人騎馬荷信在
前，羊車二人捉刀在傳詔後。監舍一人，典客令一人，並進賢
冠。生朱衣騎馬罩傘十餘，絳衫一人引從使車前。又絳衫騎馬
平巾幘六人，使主副各乘車，但馬在車後。鐵甲者百餘人，儀
仗百餘人，剪彩如衣帶，白羽間爲稍，鬅髮絳袍，帽凡五色，
袍隨鬅色，以木爲稍、刃、戟，畫彩爲蝦蟆幡。④

梁正旦，使北使乘車至闕下，入端門。其門上層題曰
“朱明觀”，次曰“應門”，門下有一大畫鼓。次曰太陽門，
左有高樓，懸一大鐘，門右有朝堂，門闕，左右亦有二大畫
鼓。北使入門，擊鐘磬，至馬道北、懸鐘內道西北立。引其
宣城王等數人後入，擊磬，道東北面立。其鐘懸外東西厢皆
有陛臣。馬道南，近道東，有茹茹、昆侖客。⑤道西近道有高
句麗、百濟客，及其升殿之官三千許人。位定，梁主從東堂
中出，云齋在外宿，故不由上閣來。擊鐘鼓，乘輿警蹕，侍
從升東階，南面幄內坐。幄是綠油天皁裙，甚高，用繩係着
四柱，憑黑漆曲几。坐定，梁諸臣從西門入，着具服、博山
遠游冠，纓末以翠羽、真珠爲飾，雙雙佩帶劍，黑舄。初入，
二人在前導引，次二人並行，次一人擎牙箱、班劍箱，別二
十人具省服，從者百餘人。至宣城王前數步，北面有重席爲

位，再拜，便次出，引王公登，獻玉，梁主不爲興。

魏使李同軌、陸操聘梁，入樂游苑西門內青油幕下。梁主備三仗乘興從南門入，操等東面再拜，梁主北入林光殿。未幾，引臺使入。梁主坐皂帳，南面，諸賓及群官俱坐定，遺中書舍人殷靈宣旨慰勞，⑥具有辭荅。其中庭設鐘懸及百戲，殿上流杯池中行酒具，進梁主者，題曰御杯，自餘各題官姓之杯，至前者即飲。又圖象舊事，令隨流而轉，始至訖於座罷，首尾不絕也。⑦

梁主常遺傳詔童賜群臣歲旦酒、辟惡散、卻鬼丸三種。

北朝婚禮，青布幔爲屋，在門內外，謂之青廬，於此交拜。迎婦，夫家領百餘人或十數人，隨其奢儉，挾車俱呼"新婦子，催出來"，⑧至新婦登車乃止。登拜閤日，⑨婦家親賓婦女畢集，各以杖打壻爲戲樂，至有大委頓者。登，《説文》壻字。⑩

律有甲娶，乙丙共戲甲。⑪旁有櫃，比之爲獄，舉置櫃中，復之，甲因氣絕，論當鬼薪。⑫

近代婚禮，當迎婦，以粟三升填臼，席一枚以覆井，枲三斤以塞窗，箭三隻置戶上。婦上車，壻騎而環車三匝。女嫁之明日，其家作黍臛。女將上車，以蔽膝覆面。婦入門，舅姑以下悉從便門出，更從門入，言當躡新婦迹。⑬又婦入門，先拜豬樴及竈。○娶婦，夫婦併拜，或共結鏡紐。○又娶婦之家，弄新婦。○臘月娶婦不見姑。

婚禮納彩有：合歡嘉禾、⑭阿膠、九子蒲、朱葦、雙石、綿絮、長命縷、乾漆。九事皆有詞，膠、漆取其固，綿絮取其調柔，蒲、葦爲心，可屈可伸也，嘉禾，分福也，雙石，義在兩固也。

北朝婦人常以冬至日進履襪及靴。正月進箕帚、長生花。立春進春書，以青繒爲幟—作青紒爲幟，[15]刻龍像銜之，或爲蝦蟆。五月進五時圖、五時花，施帳之上。是日又進長命縷、宛轉繩，皆結爲人像帶之。夏至日進扇及粉脂囊，皆有辭。

秦漢以來，於天子言陛下，於皇太子言殿下，將言麾下，使者言節下、轂下，二千石長史言閣下，父母言膝下，通類相言稱足下。[16]

【校釋】

① 謁者：古代官名，秦置，漢因之，執掌賓贊禮儀。

② "緷"，東漢衛宏撰《漢舊儀》作"纏"。木主：爲故去之人雕成的木偶人，用以祭拜。

③ "㻒"，"明初""津逮"本作"雋"，似是。"雋"當爲"㻒"之借字。《玉篇》："㻒，似睡切，玉名。"

④ "畫彩"，"津逮""學津""稗海"本作"畫絵"。

⑤ "茹茹、昆侖客"，原作"茹昆侖客"。茹茹，即柔然，當時爲一外族，活動在中國西北大漠地區。據文意改補。昆侖客，指今中印半島諸國来的使者。

⑥ "中"，原缺，據文意補。中書舍人，官名。魏晉時置中書通事舍人，南朝梁除"通事"二字，稱"中書舍人"，掌起草詔令，權力日重。

⑦ 此條"明初""津逮""學津"本與上條相接合爲一條。

⑧ 挾車：圍在車的周圍。挾，護衛之意。《荀子·正論》："天子出門而宗祝有事……諸侯持輪挾輿先馬。"楊倞注"挾輿"曰："在車之左右也。"

⑨ 拜閣：按南北朝婚俗，婚後，新郎禮拜於女家，女家爲之宴集，稱爲拜閣，亦稱拜門。

⑩ "聟，《説文》壻字"，"明初"本作"聟，《説文》云即壻字"。壻，同"婿"。此條"明初"本與上條相接合爲一條。

⑪ "共"，原作"其"，據"學津"本改。

⑫ 鬼薪：一種爲宗廟采集柴草的刑罰。東漢衛宏撰《漢舊儀》："鬼薪者，男當爲祠祀鬼神，閱山之薪蒸也；女爲白粲者，以爲祠祀擇米也，皆作三歲。"

⑬ "蹋"，"津逮""學津""稗海"本作"躪"，即"踏"之意。

⑭ "禾"，原作"木"，據"津逮""學津"本改。

⑮ "一作青縐爲幟"，"明初"本無此注。縐：古代對絲織品的統稱。

⑯ "稱足下"，"明初"本作"於足下"。稱，"稱"之俗字。

天 咫

舊言月中有桂，有蟾蜍，故異書言月桂高五百丈，下有一人常斫之，樹創隨合。人姓吳名剛，西河人，學仙有過，謫令伐樹。

釋氏書言，須彌山南面有閻扶樹，月過，樹影入月中。

或言月中蟾桂，地影也，空處，水影也，此語差近。①

僧一行博覽無不知，②尤善於數，鈎深藏往，當時學者莫能測。幼時家貧，鄰有王姥，前後濟之數十萬。及一行開元中承上敬遇，言無不可，常思報之。尋王姥兒犯殺人罪，③獄未具，姥訪一行求救。一行曰："姥要金帛，當十倍酬也。明君執法，難以請—作情求，如何？"王姥戟手大罵曰：④"何用識此僧！"一行從而謝之，終不顧。一行心計渾天寺中工役數百，乃命空其室內，徙大甕於中，又密選常住奴二人，⑤授以布囊，謂曰："某坊某角有廢園，汝向中潛伺，從午至昏，當有物入來，其數七，可盡掩之，失一則杖汝。"奴如言而往。至酉後，果有群豕至，奴悉獲而歸。一行大喜，令置甕中，覆以木蓋，封於六一泥，⑥朱題梵字數十，其徒莫測。詰朝，中使叩門急召。至便殿，玄宗迎問曰："太史奏昨夜北斗不見，是何祥也，師有以禳之乎？"一行曰："後魏時，失熒惑，至今帝車不見，古所無者，天將大警於陛下也。夫匹婦匹夫不得其所，則隕霜赤旱，盛德所感，乃能退舍。感之切者，其在葬枯出係乎？釋門以嗔心壞一切善，⑦慈心降一切魔。如臣曲見，莫若大赦天下。"玄宗從之。又其夕，太史奏北斗一星見，凡七日而復。成式以此事頗怪，然大傳衆口，不得不著之。

永貞年，東市百姓王布，知書，藏鏹千萬，商旅多賓之。有女年十四五，艷麗聰悟，鼻兩孔各垂息肉，如皂莢子，其根如麻綫，長寸許，觸之痛入心髓。其父破錢數百萬治之，不差。忽一日，有梵僧乞食，因問布："知君女有異疾，可一見，吾能止之。"布被問，大喜，即見其女。僧乃取藥，色正白，吹其鼻中，少頃，摘去之，出少黃水，都無所苦。布賞之百金，梵僧曰："吾修道之人，不受厚施，唯乞此息肉。"遂珍重而去，行疾如飛，布亦意其賢聖也。計僧去五六坊，復有一少年，美如冠玉，騎白馬，遂扣其門曰:⑧"適有胡僧到無？"布遽延入，具述胡僧事。其人吁嗟不悅，曰："馬小踠足，竟後此僧。"布驚異，詰其故，曰："上帝失樂神二人，近知藏於君女鼻中。我天人也，奉帝命来取，不意此僧先取之，當獲譴矣。"布方作禮，舉首而失。

長慶中，八月十五夜，有人玩月，見林中光屬天，⑨如匹布。其人尋視之，見一金背蝦蟆，疑是月中者。工部員外郎張周封嘗説此事，⑩忘人姓名。

太和中，鄭仁本表弟，不記姓名，常與一王秀才游嵩山，捫蘿越澗，境極幽夐，遂迷歸路。將暮，不知所之。徙倚間，忽覺叢中鼾睡聲，披榛窺之，見一人布衣，甚潔白，枕一襆物，方眠熟，即呼之，曰："某偶入此徑，迷路，君知向官道否？"其人舉首略視，不應，復寢。又再三呼之，乃起坐，顧曰："来此。"二人因就之，且問其所自，其人笑—作言曰："君知月乃七寶合成乎？⑪月勢如丸，其影日爍其凸處也。常有八萬二千户修之，予即一數。"因開襆，有斤鑿數事，玉屑飯兩裹，授與二人，曰："分食此，雖不足長生，可一生無疾

13

耳。"乃起，與二人指一支徑："但由此，^⑫自合官道矣。"言已不見。

【校釋】

① 差近：接近。此條"津逮""學津""稗海"本與上條相接合爲一條。

② 一行：唐代著名天文學家、佛學家。本名張遂，昌樂（今河南南樂）人，生於唐高宗弘道元年（683），卒於玄宗開元十五年（727）。二十一歲時隱於嵩山爲僧，法名一行。開元五年（717）唐玄宗召其至長安，九年命改訂曆法，編制有《大衍曆》。

③ "犯"，"明初"本爲空格。

④ 戟手：伸出食指和中指，形似戟，用以形容憤怒。

⑤ 常住奴：指渾天寺中之奴僕。

⑥ 六一泥：道家煉丹封爐用的泥。晉葛洪《抱朴子·金丹》："用雄黄水、礬石水、戎鹽、鹵鹽、礬石、牡蠣、赤石脂、滑石、胡粉各數十斤，以爲六一泥。"

⑦ "嗔心"，"明初"本作"瞋心"，同。

⑧ "其"，"津逮""學津""稗海"本無。

⑨ "八月十五夜，有人玩月，見林中光屬天"，"明初"本作"有人玩，八月十五夜，月光屬於林中"。

⑩ 張周封：字子望，唐穆宗、文宗時人，曾任四川節度使李德裕從事。著有《華陽風俗錄》。

⑪ "月乃七寶合成"，"明初"本作"有月七寶合成"。

⑫ "由此"，"明初"本作"由北"。

酉陽雜俎前集卷之二

玉　格

道列三界諸天，數與釋氏同，但名別耳。○三界外曰四人境，謂常融、玉隆、梵度、賈奕四天也。[①]○四人天外曰三清，大赤、禹餘、清微也。○三清上曰大羅，又有九天波利等九名。[②]

天圓十二綱，運關三百六十轉爲一周，天運三千六百周爲陽宇。地紀推機三百三十轉爲一度，地轉三千三百度爲陰蝕。[③]天地相去四十萬九千里，四方相去萬萬九千里。

名山三百六十，福地七十二，昆侖爲天地之齊。○又九地、四十六土、八酒仙宫，言冥讁陰者之所。

有羅酆山，在北方癸地，周迴三萬里，高二千六百里。

洞天六宫，周一萬里，高二千六百里，是爲六天鬼神之宫。[④]

六天，一曰紂絕陰天宫，二曰泰煞諒事宫，三曰明辰耐犯宫，四曰怙照罪氣宫，[⑤]五曰宗靈七非宫，六曰敢司連苑一作宛宮，⑥人死皆至其中，人欲常念六天宮名。○空洞之小天，三陰所治也。○又耐犯宮主生，紂絶天主死。○禍福續命，由怙照第四天，鬼官北斗君所治，即七辰北斗之考官也。項梁城《酆都宮頌》曰："紂絶標帝晨，諒事構重阿。炎如霄漢烟，勃若景耀華。⑦武陽帶神鋒，怙照吞清河。閶闔臨丹井，⑧雲門鬱嵯峨。七非通奇靈，連苑亦敷魔。六天橫北道，此是鬼神家。"凡有二萬言，此唯天宮名耳。夜中微讀之，辟鬼魅。

酆都稻名重思，其米如石榴子粒稍大，味如菱。杜瓊作《重思賦》曰："霏霏春暮，翠矣重思。雲氣交被，嘉穀應時。"⑨

夏啓爲東明公，文王爲西明公，邵公爲南明公，季扎爲北明公，四時主四方鬼。⑩至忠至孝之人，命終皆爲地下主者，一百四十年，乃授下仙之教，授以大道。有上聖之德，命終受三官書，爲地下主者，一千年，乃轉三官之五帝，復一千四百年，方得游行太清，爲九宮之中仙。又有爲善爽鬼者，三官清鬼者，或先世有功，在三官流，逮後嗣易世練化，改氏更生。⑪此七世陰德，根葉相及也。命終當遺脚一骨以歸三官，⑫餘骨隨身而遷。男左女右，皆受書爲地下主者，二百八十年，乃得進處地仙之道矣。

炎帝甲爲北太帝君，⑬主天下鬼神。三元品戒、⑭明真科、九幽章，皆律也。連苑曲泉、泰煞九幽、雲夜、⑮九都、三靈、萬掠、四極、九科，皆治所也。三十六獄、流沙赤等號溟澪獄、北岳獄也。又二十四獄，有九平、元正、女青、河伯等號。[16]人犯五千惡爲五獄鬼，六千惡爲二十八獄獄囚，萬惡乃墮薛荔也。

罪簿有黑録、[17]白簿，赤丹編簡。刑有搪蒙山石副太山、[18]搪夜山石塞河源、[19]汲西津水實東海、[20]風刀、電一作雷風、積夜河。

鬼官有七十五品。仙位有九太帝、二十七天君、一千二百仙官、二萬四千靈司、三十二司命、三品、九品、七城一作域，一作地、九階、二十七位、七十二萬之次弟也。[21]

老君西越流沙，歷八十一國。烏弋、身毒爲浮屠，化被三千國。有九萬品戒經，漢所獲大月支《復立經》是也。孔子爲元宮仙。

佛爲三十三天仙，延賓官主。[22]所爲道，在竺乾有古先生，善入無爲。[23]

《釋老志》亦曰：[24]"佛於西域得道。"陶勝力言，[25]小方諸國多奉佛，不死，服五星精，讀夏《歸藏》，[26]用之以飛行也。

藏經，菩薩戒也。[27]

方諸山在乙地。

太極真仙中，莊周爲闡編郎。八十一戒，千二百善，入洞天。二百三十戒，二千善，登山上靈官。萬善，升玉清。[28]

白志見腹，名在瓊簡者；目有綠筋，名在金赤書者；陰有伏骨，名在琳札青書者；胸有偃骨，名在星書者；眼四規，名在方諸者；掌理迴菌，名在綠籍者。有前相，皆上仙也，可不學，其道自至。其次，鼻有玄山，腹有玄丘，亦仙相也。或口氣不潔，性耐穢，則壞玄丘之相矣。

五藏、九宮、十二室、四支、五體、三焦、九竅、百八十機關、三百六十骨節，三萬六千神隨其所而居之。魂以精爲根，魄以目爲戶。三魂可拘，七魄可制。庚申日伏尸言人過，本命日天曹計人行。三尸一日三朝：上尸青姑伐人眼，中尸白姑伐人五藏，下尸血姑伐人胃。命亦曰玄靈。又曰：一居人頭中，令人多思欲，好車馬，其色黑；一居人腹，令人好食飲，恚怒，其色青；一居人足，令人好色，喜煞。七守庚申三尸滅，三守庚申三尸伏。

仙藥有：㉙鍾山白膠、閬風石腦、黑河珊瑚、㉚太微紫麻、太極井泉、夜津日草、青津碧荻、圓丘紫柰、白水靈蛤、八天赤薤、高丘餘粮、滄浪青錢、三十六芝、龍胎醴、九鼎魚、火棗交梨、鳳林鳴醋、中央紫蜜、崩岳電柳、玄郭綺葱、夜牛伏骨、神吾黃藻、炎山夜日、玄霜絳雪、環剛樹子、赤樹白子、個水玉精、白琅霜、紫醬一作漿、月醴、虹丹、鴻丹。

藥草異號：丹山魂——雄黃、青要女——空青、靈華汎幾腴——薰陸香、北帝玄珠——消石、東華童子——青木香、五精金羊——陽起石、㉛流丹白膏——胡粉、亭炅獨生——雞舌香、倒行神骨——戎鹽、白虎脫齒——金牙石、靈黃——

石流黃、陸虛遺生——龍骨、^㉜章陽羽玄——白附子、緑伏石母——慈石、絳晨伏胎——茯苓、七白靈蔬——薤。白華，一名守宅，一名家芝，凡二十四名。^㉝伏龍——李、蘇牙——樹。^㉞

圖籍有符圖七千章。雌一玉檢、四規明鏡、五柱中經、飛龜帙、飛黃子經、鹿盧蹻經、含景圖、卧引圖、園芝圖、木芝圖、大隗新芝圖、牽牛經、玉珍記、臘成記、玉案記、^㉟丹臺經一作記、日月厨食經、金樓經、三十六水經、中黃丈人經、協龍子鹿臺經、玉胎經、官氏經、鳳綱經、六陰玉女經、白虎七變經、九仙經、十上化經、滕中有首攝提經、三綱六紀經、白子變化經、隱首經、入軍經、泉樞經、赤甲經、金剛八叠録一作經。

老君母曰玄妙玉女，天降玄黃氣如彈丸，入口而孕。凝神瓊胎宫三千七百年，赤明開運，歲在甲子，誕於扶刀，蓋天西那王國鬱寥山丹玄之阿。○又曰：老君在胎八十一年，剖左腋而生，生而白首。○又曰：青帝劫末，元氣改運，托形於洪氏之胞。○又曰：李母本元君也，日精入口，吞而有孕。三色氣繞身，五行獸衛形，如此七十二年而生陳國苦縣賴鄉渦水之陽、九井西李下。具三十六號，七十二名，又有九名，又千二百。老君又曰九大一作天上皇洞真第一君、大千法王、九靈老子、太上真人、天老玄中法師、上清太極真人、上景君等號。形長九尺，或曰二丈九尺。耳三門，又耳附連環，又耳無輪郭。眉如北斗，色緑，中有紫毛，長五寸。目方瞳，綠筋貫之，有紫光。鼻雙柱，口方，齒數六八。頤若方丘，頰如橫壠，龍顏金容。額三理，腹三志，項三約，㊱把十，蹈五，身綠毛，白血，頂有紫氣。

人死形如生，足皮不青惡，目光不毀，頭髮盡脫，皆尸解也。白日去曰上解，夜半去曰下解，向曉、向暮謂之地下主者。太乙守尸，㊲三魂營骨，七魄衛肉，胎靈錄氣，所謂太陰練形也。趙成子後五六年，㊳肉朽骨在，液血於內，紫包發外。㊴又曰：若人暫死適太陰，權過三官，血沉脈散，而五藏自生，白骨如玉，三元惟息，㊵太神內閉，或三年至三十年。

又曰，白日尸解自是仙，非解尸也。㊶鹿皮公吞玉華而流蟲出尸，王西城漱龍胎而死訣，飲瓊精而扣棺。仇季子咽金液而臭徹百里，季主服霜散以潛升，而頭足異處。墨狄咽虹丹而投水，㊷寧生服石腦而赴火，柏成納氣而胃腸三腐。

句曲山五芝，求之者投金環二雙於石間，勿顧念，必得矣。第一芝名龍仙，食之爲太極仙。第二芝名參成，食之爲太極大夫。第三芝名燕胎，食之爲正一郎中。第四芝名夜光洞草，㊸食之爲太清左御史。第五芝名料玉，㊹食之爲三官真御史。

真人用寶劍以尸解者，蟬化之上品也。鍛用七月庚申、八月辛酉日，長三尺九寸，廣一寸四分，厚三分半，杪九寸，㊺名子干，字良非。

青鳥公入華山，四百七十一歲，十二試，三不過一作遇。

後服金汋而升太極，以爲試三不過，但仙人而已，不得
真人位。⁴⁶

有傅先生入焦山七年，老君與之木鑽，使穿一盤石，石
厚五尺，曰："此石穴，當得道。"積四十七年，石穿，得
神丹。

范零子隨司馬季主入常山石室。石室東北角有石匱，季
主戒勿開。零子思歸，發之，見其家父母大小，近而不遠，
乃悲思，季主遂逐之。經數載，復令守一銅匱，又違戒，所
見如前，竟不得道。

衛國縣西南有瓜穴，冬夏常出水，望之如練，時有瓜葉
出焉。相傳苻秦時有李班者，頗好道術，入穴中行，可三百
步，朗然有宮宇，⁴⁷牀榻上有經書。見二人對坐，鬢髮皓白，
班前拜於牀下。一人顧曰："卿可還，無宜久住。"班辭出，
至穴口，有瓜數個，欲取，乃化爲石。尋故道，得還。至家，
家人云，班去來已經四十年矣。

長白山，相傳古肅然一作肅慎山也。⁴⁸峴南有鐘鳴，燕世桑
門釋惠霄者，自廣固至此峴聽鐘聲。稍前忽見一寺，門宇炳
煥，遂求中食。見一沙彌，乃摘一桃與霄，須臾，又與一桃，
語霄曰："至此已淹留，可去矣。"霄出，迴頭顧，失寺。至
廣固，見弟子言失和尚已二年矣，霄始知二桃兆二年矣。

高唐縣鳴石山，岩高百餘仞，人以物扣岩，聲甚清越。
晉太康中，逸士田宣隱於岩下，葉風霜月，常捫石自娛，每
見一人着白單衣徘徊岩上，及曉方去。宣於後令人擊石，乃

於岩上潛伺。俄然，果來，因遽執袂一作袂詰之。自言姓王，字中倫，衛人。周宣王時，入少室山學道，比頻適方壺，去來經此，愛此石響，故輒留聽。宣乃求其養生，唯留一石如雀卵。初則凌空百餘步猶見，漸漸烟霧障之。宣得石，含輒百日不飢。

荊州利水間，有二石若闕，名曰韶石。晋永和中，有飛仙衣冠如雪，各憩一石，旬日而去，人咸見之。

貝丘西有玉女山，[49]傳云晋太始中，北海蓬球，字伯堅，入山伐木，忽覺異香，遂溯風尋之。至此山，廓然宮殿盤鬱，樓臺博敞。球入門窺之，見五株玉樹。復稍前，有四婦人，端妙絕世，自彈棋於堂上，見球俱驚起，謂球曰：“蓬君何故得來？”球曰：“尋香而至。”遂復還戲。一小者便上樓彈琴，留戲者呼之曰：“元暉，何爲獨升樓？”球樹下立，覺少飢，乃舌舐葉上垂露。[50]俄然，有一女乘鶴西至，[51]逆恚曰：“玉華，汝等何故有此俗人！王母即令王方平行諸仙室。”[52]球懼而出門，迴顧，忽然不見。至家，乃是建平中，其舊居閭舍皆爲墟墓矣。

晋許旌陽，吳猛弟子也。[53]當時江東多蛇禍，猛將除之，選徒百餘人。至高安，令具炭百斤，乃度尺而斷之，置諸壇上。一夕，悉化爲玉女，惑其徒。至曉，吳猛悉命弟子，無不涅其衣者，唯許君獨無，乃與許至遼江。及遇巨蛇，吳年衰，力不能制，許遂禹步救劍登其首，斬之。

孫思邈嘗隱終南山，與宣律和尚相接，每來往互參宗旨。

時大旱，西域僧請於昆明池結壇祈雨，詔有司備香燈，凡七日，縮水數尺。忽有老人夜詣宣律和尚求救，曰：“弟子昆明池龍也。無雨久，匪由弟子。胡僧利弟子腦，將爲藥，欺天子言祈雨。命在旦夕，乞和尚法力加護。”宣公辭曰：“貧道持律而已，可求孫先生。”老人因至思邈石室求救。孫謂曰：“我知昆明龍宮有仙方三千一作十首，(54)爾傳與予，予將救汝。”老人曰：“此方上帝不許妄傳，今急矣，固無所吝。”有頃，捧方而至。孫曰：“爾第還，無慮胡僧也。”自是池水忽漲，數日溢岸，胡僧羞恚而死。孫復著《千金方》三千卷，(55)每卷入一方，人不得曉。及卒後，時有人見之。

玄宗幸蜀，夢思邈乞武都雄黄，乃命中使齎雄黄十斤，送於峨眉頂上。中使上山未半，見一人幅巾被褐，鬚鬢皓白，二童青衣丸髻，夾侍立屏風側，以手指大盤石曰：“可致藥於此上，有表録上皇帝。”中使視石上朱書百餘字，遂録之，隨寫隨滅，寫畢，石上無復字矣。須臾，白氣漫起，因忽不見。

同州司馬裴沆常説，再從伯自洛中將往鄭州，在路數日，晚程偶下馬，覺道左有人呻吟聲，因披蒿萊尋之。荆叢下見一病鶴，垂翼俯咮，翅關上瘡壞無毛，且異其聲。忽有老人，白衣曳杖，數十步而至，謂曰：“郎君年少，豈解哀此鶴耶？若得人血一塗，則能飛矣。”裴頗知道，性甚高逸，遽曰：“某請刺此臂血不難。”老人曰：“君此志甚勁，然須三世是人，其血方中。郎君前生非人，唯洛中胡蘆生三世是人矣。郎君此行非有急切，可能卻至洛中干胡蘆生乎？”裴欣然而返。未信宿至洛，乃訪胡蘆生，具陳其事，且拜祈之。胡蘆生初無難色，開襆取一石合，大若兩指，援針刺臂，滴血下滿其合，授裴曰："無多言也。"及至鶴處，老人已至，喜曰："固是信士。"乃令盡其血塗鶴，言與之結緣，復邀裴曰："我所居去此不遠，可少留也。"裴覺非常人，以丈人呼之，因隨行。纔數里，至一莊，竹落草舍，庭廡狼籍。裴渴甚，求茗，老人指一土龕："此中有少漿，可就取。"裴視龕中有杏核一扇如笠，滿中有漿，漿色正白，乃力舉飲之，不復飢渴，漿味如杏酪。裴知隱者，拜請爲奴僕。老人曰："君有世間微禄，縱住亦不終其志。賢叔真有所得，吾久與之游，君自不知。今有一信，憑君必達。"因裹一襆物，大如羹碗，戒無竊開。復引裴視鶴，鶴所損處毛已生矣。又謂裴曰："君向飲杏漿，當哭九族親情，且以酒色爲誡也。"裴還洛中，路閲其附信，[56]將發之，襆四角各有赤蛇出頭，裴乃止。其叔得信即開之，有物如乾大麥飯升餘。其叔後因游王屋，不知其終。裴壽至九十七矣。

明經趙業，[57]貞元中選授巴州清化縣令，失志成疾，惡明，不飲食四十餘日。忽覺空中雷鳴，[58]頃有赤氣如鼓，輪轉至牀騰上，當心而住。初覺精神游散，奄如夢中。[59]有朱衣平幘者引之東行，出山斷處，有水東西流，人甚衆，久立視，又之東行，一橋飾以金碧。過橋北入一城，至曹司中，人吏甚衆。見妹婿賈弈，[60]與己爭殺牛事，疑是冥司，遽逃避至一

壁間，牆如石黑，^㉑高數丈，聽有呵喝聲。朱衣者遂領入大
院，吏通曰："司命過人。"復見賈弈，因與辯對。^㉒弈固執
之，無以自明。忽有巨鏡徑丈，虛懸空中，仰視之，宛見賈
弈鼓刀，趙負門有不忍之色，弈始伏罪。朱衣人又引至司人
院，一人被褐帔紫霞冠，狀如尊像，責曰："何故竊撥—作他
幞頭二事，^㉓在滑州市隱橡子三升。"^㉔因拜之無數。朱衣者復
引出，謂曰："能游上清乎？"乃共登一山，下臨流水，其水
懸注騰沫，人隨流而入者千萬，不覺身亦隨流。良久，住大
石上，有青白暈道。朱衣者變成兩人，一道之，一促之，乃
升石崖上立，坦然無塵。行數里，旁有草如紅藍，莖葉密，
無刺，其花拂拂然飛散空中。又有草如苴，附地，亦飛花，
初出如馬勃，破大如叠，赤黃色。過此，見火如山橫亙天，
候焰絕，乃前。至大城，城上重譙，街列果樹，仙子爲伍，
迭謠鼓樂，仙姿絕世。凡歷三重門，丹臒交煥，其地及壁，
澄光可鑒。上不見天，若有絳暈都覆之。正殿三重，悉列尊
像。見道士一人，如舊相識，趙求爲弟子，不許。諸樂中如
琴者，長四尺，九弦，近頭尺餘方廣，中有兩道橫，以變聲。
又如一酒榼，三弦，長三尺，腹面上廣下狹，背豐隆。頃有
過錄，^㉕乃引出闕南一院，中有絳冠紫霞帔，命與二朱衣人坐
廳事，乃命先過戊申錄。錄如人間詞狀，首冠人生辰，次言
姓名、年紀，下注生月日，別行橫布六旬甲子，所有功過，
日下具之，如無即書無事。趙自窺其錄，姓名、生辰日月一
無差錯也。過錄者數盈億兆。朱衣人言，每六十年天下人一

過錄，以考校善惡，增損其算也。朱衣者引出北門，至向路，執手別曰："游此是子之魂也，可尋此行，勿返顧，當達家矣。"依其言，行稍急，蹶倒。如夢覺，死已七日矣。趙著《魂游上清記》，叙事甚詳悉。

史論在齊州時，出獵，至一縣界，憩蘭若中，覺桃香異常。訪其僧，僧不及隱，言近有人施二桃，因從經案下取出，獻論，大如飯碗。時飢，盡食之，核大如雞卵，論因詰其所自，僧笑："向實謬言之。此桃去此十餘里，道路危險，貧道偶行脚見之，覺異，因掇數枚。"論曰："今去騎從，⑯與和尚偕往。"僧不得已，導論北去荒榛中。經五里許，抵一水，僧曰："恐中丞不能渡此。"論志決往，乃依。僧解衣載之而浮，登岸。又經西北，涉二小水。上山越澗數里，至一處奇泉怪石，⑰非人境也。有桃數百株，幹掃地，高二三尺，其香破鼻。論與僧各食一蒂，腹果然矣。論解衣將盡力苞之，僧曰："此或靈境，不可多取。貧道嘗聽長老説，昔日有人亦嘗至此，懷五六枚，迷不得出。"論亦疑僧非常，取兩個而返。僧切戒論不得言。論至州，使招僧，僧已逝矣。

【校釋】

① "賈奕"，"明初""津逮""學津""稗海"各本均作"覆奕"。

② 此條與下之五條，"明初"本相接合爲一條，之間空格。

③ "陰蝕"，原作"陽蝕"。唐王懸河編道教類書《三洞珠囊》卷九："天運三千六百周爲陽勃，地轉三千三百度爲陰蝕。天氣極於太陰，地氣窮於太陽。故陽激則勃，陰否則蝕。"據改。

④ "是"上，"明初""津逮""學津""稗海"各本均有"洞天六宫"四字。

⑤ "怙照"，北宋張君房所輯道教類書《雲笈七籤》卷四十五作"恬照"，似是。下同。

⑥ "一作宛"，"明初"本作"一曰究"，"津逮""稗海""四庫全書"本作"一作究"。

⑦ "炎如霄漢烟，勃若景耀華"，"漢"，《雲笈七籤》卷四十七作"中"；"若"，原缺，《雲笈七籤》卷四十七："炎如霄中烟，趣若景耀華。"據補。

⑧ "閶闔"，原作"開闔"。《雲笈七籤》卷四十七："閶闔臨丹井，雲門鬱嵯峨。"據改。閶闔，神話傳說中之天門。

⑨ "春暮""雲氣"，《真誥》作"春茂""靈氣"，似是。此條所記杜瓊《重思賦》，出自南朝陶弘景撰《真誥》卷十五："霏霏春茂，翠矣重思。靈氣交被，嘉穀應時。"此條與下二條，"明初"本相接合爲一條。

⑩ "四時"，《真誥》卷十五作"四明"，似是。"四明"即指東明公、西明公、南明公、北明公，更合文義。

⑪ "氏"，"明初""津逮""學津""稗海"各本均作"世"。

⑫ "當"下，原有"道"字。《真誥》卷十六、《雲笈七籤》卷八十六均云"既終當遺脚一骨"，疑"道"與"遺"形近誤衍，故據刪。

⑬ "炎帝甲"，《真誥》卷十五作"炎慶甲"。慶甲爲炎帝之名。

⑭ "戒"，原作"式"。道教書戒律類有"太上洞玄靈寶三元品戒功德輕重經"，簡稱"三元品戒"，故改。

⑮ "連苑曲泉、泰煞九幽、雲夜"，似作"連宛泉曲、泰煞九幽、

寒夜"。道教書戒律類"太上洞玄靈寶三元品戒功德輕重經"卷二云："北酆宮置左右中三府：左府號連宛泉曲府，主生，太陽火官考。右府號泰殺九幽府，主死，太陰水官考。"又云，寒夜、九都、三靈、萬掠、四極、九科等，均爲北酆宮置左右中三府所統。

⑯"河伯"，原作"河北"。《三洞珠囊》卷七載："山上有八地獄，主上三官。第一監天獄，第二平天獄，第三虛無獄，第四自然獄，第五九平獄，第六清詔獄，第七天玄獄，第八元正獄。中央有八地獄，主中三官。第一玄沙北獄，第二皇天獄，第三禁罰獄，第四玄沙獄，第五形正獄，第六律令獄，第七九天獄，第八清泠獄。山下有八地獄，主下三官。第一無量獄，第二太真獄，第三玄都獄，第四四十九獄，第五天一北獄，第六河伯獄，第七累劫獄，第八女真獄。"可見，河伯獄爲二十四獄之一，據改。

⑰"黑録"，原作"黑緑"。《上清道寶經》卷一："太陰諸死生有黑録、白簿，赤丹編簡。"據改。

⑱"揀"，原作"搪"。《雲笈七籤》卷七十四："傳非其人，宣洩寶文，身考三官，死爲下鬼，揀蒙山之石，填積夜之河。"揀，動詞，搬運之意。據改。下之"揀夜山石"，同。

⑲"塞"，原作"寒"。《上清大洞九微八道大經妙籙》："若有違犯，七玄父母考罰於幽宮，揀石負砂，以塞河源，明當慎之慎之，一如盟文律令。"可見，揀石塞河源爲刑罰之一。屬形誤，據改。

⑳"汲"，原作"及"。《太微靈書紫文琅玕華丹神真上經》："汲西津之水，致之東海，子其慎哉。"屬形誤，故改。

㉑"次弟"，"明初"本作"次第"，同。

㉒"延賓"，似作"延真"。南宋謝守灝編《混元聖記》卷五：

"釋加寂滅之後，上生三十二天，升賈奕天，居延真宮，爲種民天之長，號善惠真人。"後魏《釋老志》云："佛者昔於西胡成道，今在三十二天爲延真官主。"

㉓ 此條"津逮""學津""稗海"本與上條相接合爲一條。

㉔《釋老志》：《魏書》中的一篇，是中國最早關於佛教歷史和思想的記載。

㉕ 陶勝力：即陶弘景（456—536），或曰陶貞白，南朝齊、梁時期醫藥學家、道教家。字通明，自號華陽隱居，又號勝力菩薩。

㉖ "五星精"，原作"五笙精"。《真誥》卷九："大方諸之西，小方諸上，多有奉佛道者，有浮圖以金玉縷之，或有高百丈者，數十謂應作層字樓也。其上人盡孝順而不死，是食不死草所致也。皆服五星精，讀夏《歸藏經》，用之以飛行。"據改。夏《歸藏》：《周禮·春官·筮人》云："筮人掌三《易》，以辨九筮之名，一曰《連山》，二曰《歸藏》，三曰《周易》。"《周易正義》卷一《論三代易名》中引鄭玄《易贊》及《易論》云："夏曰《連山》，殷曰《歸藏》，周曰《周易》。"陶氏對《歸藏》之表述與鄭氏有異。

㉗ "藏經，菩薩戒也"，此條"明初"本與下條相接合爲一條，"津逮""學津""稗海"本與上條相接合爲一條。

㉘ "升玉清"至下條之"名在金赤"，"明初"本缺。

㉙ "有"，"津逮""學津""四庫全書"本無。

㉚ "黑河珊瑚"，原作"黑河蔡瑚"。北周武帝宇文邕纂《無上秘要》卷七十八載："上清藥品：……黑河珊瑚、蒙山白鳳……白水靈蛤。"據改。

㉛ "五精金羊—陽起石"，原作"五精金羊起石"。宋唐慎微編著

《證類本草》卷四："陽起石，一名白石，一名石生，一名羊起石，雲
母根也。生齊山山谷及琅邪或雲山、陽起山。"《三洞珠囊》卷四載：
"五精金羊五兩，口訣是陽起石。"《雲笈七籤》卷六十八載："藥名口
訣：第一，絳陵朱兒七兩，口訣是丹砂，巴越者是也。……第十一，五
精金羊五兩，口訣是陽起石。"據此補"陽"字。

㉜ "虛"，"津逮""學津""四庫全書"本作"虎"。

㉝ "绿伏石母——慈石、絳晨伏胎——茯苓、七白靈蔬——薤。
白華，一名守宅，一名家芝，凡二十四名"，原作"绿伏石、母慈石、
絳晨伏胎、茯苓七白靈、蔬薤日華，一名守宅，一名家芝，凡二十四
名"。《雲笈七籤》卷六十八："第二十三，绿伏石母五兩，口訣是磁
石，取懸針者可用。"卷七十四方藥部"太一餌瑰葩雲屑神仙上方"
曰："茯苓者，絳晨之伏胎也。"又卷七十四方藥部"太上巨勝腴煮五
石英法"曰："五光七白靈蔬者，薤菜也。"《三洞珠囊》卷四載："白
華者，一名章拒……一名家芝……一名守宮，一名守宅，凡二十四名，
上應天地二十四氣。"據改。

㉞ 伏龍——李、蘇牙——樹："伏龍"與"李"、"蘇牙"與
"樹"乃異號。《真誥》卷十三："昔高辛時有仙人展上公者，於伏龍地
植李，彌滿其地。"唐司馬承禎《上清侍帝晏桐柏真人真圖贊》卷六：
"泉則石髓金精，樹則蘇牙琳碧。"

㉟ "玉案記"，"津逮""學津"本置於"玉珍記"前。

㊱ "項"，原作"頂"。《三洞珠囊》卷八曰："項有三約，鶴素昂
昂；垂手過膝，手把十文；指有玉甲，身有綠毛。"據改。

㊲ "太乙"，"明初"本作"太一"，通。

㊳ "後"上，《正誥》有"死"字。

㊴ "紫包"，原作"紫色"。《真誥》卷四曰："後人晚山行，見此死尸在石室中，肉朽骨在，又見腹中五藏自生如故，液血纏裹於内，紫包結絡於外。"紫包，即"紫胞"，屬形誤，據改。

㊵ "三元"，原作"三光"。《真誥》卷四云："七魄營侍，三魂守宅，三元權息，太神内閉，或三十年二十年，或十年三年，隨意而出。"據改。

㊶ "解尸"，"津逮""學津""稗海"本作"尸解"。

㊷ "墨狄"，原作"黑狄"。《真誥》卷十四載："服金丹而告終者，臧延甫、張子房、墨狄子是也。"《無上秘要》"墨狄"作"墨翟"，其卷八十四云："墨翟，宋人，善機巧，咽虹丹以投水。"據改。

㊸ "夜光洞草"，原作"夜光洞鼻"。《雲笈七籤》卷一百一十四云："食夜光洞草者，總主左右御史之任。"《無上秘要》卷七十八曰："第四芝名夜光洞草芝，其色青，其實正白，大如李子……人得食一枚，拜爲太清仙官左御史。"據改。

㊹ "料玉"，《無上秘要》作"白科玉"。《無上秘要》卷七十八云："第五芝名白科玉芝，剖食其腦，拜爲三官真直御史。"

㊺ "杪"，原作"抄"，據"明初""津逮""學津""稗海"本改。杪，指劍的末端。

㊻ 此條"明初"本與上條相接，之間空格。

㊼ "朗然"，"明初""津逮""學津""稗海"各本均作"廓然"。

㊽ "一作蕭慎"，"明初"本無此注。

㊾ 貝丘：古地名，春秋時齊地，在今山東博興南。

㊿ "乃"下，"明初""津逮""學津""稗海"各本均有"以"字。

㋑ "乘鶴西至"，"明初""津逮""學津""稗海"各本均作"乘鶴而至”。

(52)“諸仙室”下，《雲笈七籤》卷一百一十二有“可令速去”四字。

(53) 許旌陽：即許遜（239—374），字敬之，汝南（郡治今河南汝南）人，晋代道士。曾爲旌陽縣（今湖北枝江縣北）令，後棄官周游江湖。學道於吴猛。世稱許真君，又稱許旌陽。吴猛：字世雲，祖籍濮陽（今河南濮陽縣），晋代道士。

(54)“一作十”，“明初”本無此注。

(55) 三千卷：孫思邈《千金要方》實爲三十卷，而非三千卷。

(56)“附信”，“津逮”“學津”本作“所持”。

(57) 明經：漢代察舉中有“明經”科。唐代設明經與進士二科爲科舉制度的基本科目。明經，即通曉經學之意。此指一位通過了明經考試的人趙業。

(58)“空中”，“津逮”“學津”“稗海”本作“室中”。

(59)“奄”，“津逮”“學津”本無。奄，恍惚之意。

(60)“賈弈”，原作“賈奕”，據“明初”本改。下文多處亦作“賈弈”，故當作“賈弈”。

(61)“石黑”，“津逮”“學津”本作“黑石”。

(62)“辯”，原作“辨”，據“明初”本改。

(63)“一作他”，“明初”本無此注。

(64) 滑州：隋開皇十六年（596）改杞州置。大業三年（607）改名東郡。唐武德元年（618）復爲滑州。天寶元年（742）改爲靈昌郡。乾元元年（758）復爲滑州。轄境相當今河南滑縣、延津、長垣等地。

⑥ 過録：檢閱簿録，此指檢閱簿録者。下之"過戊申録"，指檢閱戊申年出生者之簿録。

⑥ "今"，"學津"本作"願"。

⑥ "奇泉"，"明初"本作"布泉"。

壺　史

武攸緒，天后從子，年十四，潛於長安市中賣卜，一處不過五六日。因徙升中岳，遂隱居，服赤箭、伏苓。貴人王公所遺鹿裘、藤器，上積塵蘿，棄而不用。晚年肌肉始盡，目有紫光，晝見星月，又能辨數里外語。安樂公主出降，上遺璽書召，令勉受國命，暫屈高標。至京，親貴候謁，寒溫之外，不交一言。封國公，及還山，敕學士賦詩送之。

玄宗學隱形於羅公遠，或衣帶，或巾脚不能隱。上詰之，公遠極言曰："陛下未能脱屣天下，而以道爲戲，若盡臣術，必懷璽入人家，①將困於魚服也。"②玄宗怒，慢罵之。公遠遂走入殿柱中，極疏上失。上愈怒，令易柱破之。復大言於石礎中，③乃易礎觀之。礎明瑩，見公遠形在其中，長寸餘，因碎爲十數段，悉有公遠形。上懼，謝焉，忽不復見。後中使於蜀道見之，公遠笑曰："爲我謝陛下。"

邢和璞偏得黃老之道，善心算，作《潁陽書疏》，有叩一作印奇旋入空，④或言有草，初未嘗睹。成式見山人鄭昉説，崔司馬者，寄居荆州，與邢有舊。崔病積年且死，心常恃於邢。崔一日覺臥室北牆有人劚聲，命左右視之，都無所見。臥室之北，家人所居也。如此七日，劚不已。牆忽透，明如一粟，問左右，復不見。經一日，穴大如盤，崔窺之，牆外乃野外耳，有數人荷鍬钁立於穴前—作側，崔問之，皆云："邢真人處分開此，司馬厄重，倍費功力。"有頃，導騶五六，悉平幘朱衣，辟曰："真人至。"見邢輿中，白帢垂緌，執五明扇，侍衛數十，去穴數步而止，謂崔曰："公算盡，璞爲公再三論，⑤得延一紀，自此無苦也。"⑥言畢，壁如舊。旬日，病愈。○又曾居終南，好道者多卜築依之。崔曙年少，亦隨焉。伐薪汲泉，皆是名士。邢嘗謂其徒曰："三五日有一異客，君等可爲予辦一味也。"數日備諸水陸，遂張筵於一亭，戒無妄窺。衆皆閉户，不敢磬欬。邢下山延一客，長五尺，闊三尺，首居其半，緋衣寬博，橫執象笏，其睫疏長，⑦色若削瓜，鼓髯大笑，吻角侵耳。與邢劇談，多非人間事故也。崔曙不耐，因走而過庭。客熟視，顧邢曰："此非泰山老師乎？"邢應曰："是。"客復曰："更一轉則失之千里，⑧可惜。"及暮而去。邢命崔曙謂曰："向客，上帝戲臣也。言太山老師，頗記無？"⑨崔垂泣言："某實太山老師後身，不復憶，幼常聽先人言之。"○房琯太尉祈邢算終身之事，⑩邢言："若來由東南，止西北，禄命卒矣。降魄之處，⑪非館非寺，非途非署。病起於魚餐，休於龜茲板。"⑫後房自袁州除漢州，⑬及罷歸，至閬州，舍紫極宮。適雇工治木，房怪其木理成形，問之，道士稱："數月前，有賈客施數段龜茲板，今治爲屠蘇也。"[14]房始憶邢之言。有頃，刺史具饌邀房，房嘆曰："邢君神人也。"乃具白於刺史，且以龜茲板爲托。其夕，病饌而終。

王皎—作畋先生善他術，於數未嘗言。天寶中，偶與客夜中露坐，指星月曰："時將亂矣。"爲鄰人所傳。時上春秋高，頗拘忌，其語爲人所奏，上令密詔殺之。刑者鑷其頭數十方死，因破其腦視之，腦骨厚一寸八分。皎先與達奚侍郎來往，[15]及安史平，皎忽杖屨至達奚家，方知異人也。

翟天師名乾祐，峽中人，長六尺，手大尺餘，每揖人，手過胸前，卧常虛枕。晚年往往言將來事。常入夔州市，大言曰："今夕當有八人過此，可善待之。"人不知悟，其夜火焚數百家，"八人"乃火字也。每入山，虎群隨之。曾於江岸與弟子數十玩月，或曰："此中竟何有？"翟笑曰："可隨吾指觀。"弟子中兩人見月規半天，瓊樓金闕滿焉，[16]數息間不復見。

蜀有道士陽狂，俗號爲灰袋，翟天師晚年弟子也。翟每戒其徒："勿欺此人，吾所不及。"[17]常大雪中，衣布褐入青城山，暮投蘭若，求僧寄宿，僧曰："貧僧一衲而已，天寒如此，恐不能相活。"但言容一牀足矣。至夜半，雪深風起，僧慮道者已死，就視之。去牀數尺，氣蒸如炊，流汗袒寢，僧知其異人。未明，不辭而去。多住村落，每住不逾信宿。曾病口瘡，不食數月，狀若將死。人素神之，因爲設道場。齋散，忽起，就謂衆人曰："試窺吾口中有何物也？"乃張口如箕，五藏悉露，同類驚異，作禮問之，唯曰："此足惡，此足惡。"後不知所終。成式見蜀郡郭采真尊師說也。

秀才權同休友人，元和中落第，旅游蘇湖間，遇疾貧窘，走使者本村墅一作墅人，[18]雇已一年矣。疾中思甘豆湯，令其取甘草，[19]雇者久而不去，但具火湯水。[20]秀才且意其怠於祗承。復見折樹枝盈握，仍再三搓之，微近火上，忽成甘草。秀才心大異之，且意必有道者。[21]良久，取粗沙數掊挼挼，已成豆矣。及湯成，與飲無異，[22]疾亦漸差。秀才謂曰："余貧迫若此，無以寸步。"因裞垢衣授之："可以此辦少酒肉，[23]予將會村老，丐少道路資也。"雇者微笑："此固不足辦，某當營之。"乃斫一枯桑樹，成數筐札，聚於盤上噀之，悉成牛肉。復汲數瓶水，頃之，乃旨酒也。村老皆醉飽，獲束縑三千。[24]秀才慚，謝雇者曰："某本驕稚，不識道者久，今返請爲僕。"雇者曰："予固異人，有少失，謫于下賤，合役于秀才。若限未足，復須力於他人，請秀才勿變常，庶卒某事也。"秀才雖諾之，每呼指，面色上懟懟不安。[25]雇者乃辭曰："秀才若此，果妨某事也。"因說秀才修短窮達之數，且言萬物無不化者，[26]唯淤泥中朱漆筯及髮，藥力不能化。因去，不知所之也。

寶曆中，荆州有盧山人，常販燒朴石灰，[27]往來於白洑一作洑南草市，[28]時時微露奇迹，人不之測。賈人趙元卿好事，將從之游，乃頻市其所貨，設果茗，詐訪其息利之術。盧覺，

竟謂曰："觀子意，似不在所市，意有何也？"趙乃言："竊
知長者埋形隱德，洞過蓍龜，願垂一言。"盧笑曰："今且
驗，君主人午時有非常之禍也，若是吾言當免。㉙君可告之：
'將午，當有匠餅者負囊而至。囊中有錢二千餘，而必非意相
干也。可閉關，戒妻孥勿輕應對。及午必極罵，須盡家臨水
避之。'若爾，徒費三千四百錢也。"時趙停於百姓張家，即
遽歸語之。張亦素神盧生，乃閉門伺之。㉚欲午，果有人狀如
盧所言，叩門求糴，怒其不應，因蹴其戶。㉛張重簣捍之。㉜頃
聚人數百，張乃自後門率妻孥迴避之。差午，其人乃去，行
數百步，忽蹶倒而死。其妻至，眾人具告其所爲，妻痛切，
乃號適張所，誣其夫死有因。官不能評，眾具言張閉戶逃避
之狀。識者謂張曰：㉝"汝固無罪，可爲辦其死。"張欣然從
斷，其妻亦喜，及市槥就輿，㉞正當三千四百文。因是，人赴
之如市。盧不耐，竟潛逝，至復州界，維舟於陸奇秀才莊門。
或語陸："盧山人，非常人也。"陸乃謁。陸時將入京投相
知，因請決疑。盧曰："君今年不可動，憂旦夕禍作。君所居
堂後有錢一甆，覆以板，非君有也。錢主今始三歲，君慎勿
用一錢，用必成禍。能從吾戒乎？"陸矍然謝之。及盧生去，
水波未定，陸笑謂妻子曰："盧生言如是，吾更何求乎。"乃
命家僮鍬其地，未數尺，果遇板，徹之，有巨瓮，散錢滿焉。
陸喜，其妻以裙運紉草貫之。㉟將及一萬，兒女忽暴頭痛，不
可忍。陸曰："豈盧生言將徵乎？"因奔馬追及，且謝違戒。
盧生怒曰："君用之必禍骨肉，骨肉與利輕重，君自度也。"

37

棹舟去之不顧。陸馳歸，醮而瘥焉，兒女豁愈矣。盧生到復
州，又常與數人閒行，途遇六七人，盛服俱帶，酒氣逆鼻。
盧生忽叱之曰："汝等所爲不悛，性命無幾！"其人悉羅拜塵
中，曰："不敢，不敢。"其侶訝之，盧曰："此輩盡劫江賊
也。"其異如此。趙元和言，盧生狀貌，老少不常，亦不常見
其飲食。嘗語趙生曰："世間刺客隱形者不少，道者得隱形
術，能不試，二十年可易形，名曰'脫離'。後二十年，名
籍於地仙矣。"又言："刺客之死，尸亦不見。"所論多奇怪，
蓋神仙之流也。

　　長慶初，山人楊隱之在郴州，常尋訪道者。有唐居士，
土人謂百歲人，楊謁之，因留楊止宿。及夜，呼其女曰："可
將一下弦月子來。"其女遂帖月於壁上，如片紙耳。唐即起，
祝之曰："今夕有客，可賜光明。"言訖，一室朗若張燭。

　　南中有百姓行路遇風雨，與一老人同庇樹陰，其人偏坐
敬讓之。雨止，老人遺其丹三丸，言有急事即服。歲餘，妻
暴病卒。數日，方憶老人丹事，乃毀齒灌之，微有暖氣，顔
色如生。今死已四年矣，狀如沉醉，爪甲亦長。其人至今輿
以相隨，説者於四明見之矣。

【校釋】

　　①"懷"，原作"壞—作懷"，據"津逮""學津"本改。"入"，原
缺，據"津逮""學津"本補。宋類書《太平廣記》卷二十二之《神
仙》卷二十二云："若盡臣術，必懷璽入人家，困於魚服矣。"懷璽，
喻指帝王隱瞞身份出行。

②"魚服"，原作"魚腹"，據"津逮""學津"本改。魚服，指白龍化爲魚，被漁者射傷事，比喻帝王化民後的危險。典出漢劉向《説苑》卷九之《正諫》：吳王欲從民飲酒，伍子胥諫曰："不可。昔白龍下清冷之淵，化爲魚，漁者預且射中其目，白龍上訴天帝。天帝曰：'當是之時，若安置而形？'白龍對曰：'我下清冷之淵化爲魚。'天帝曰：'魚，固人之所射也。若是，預且何罪？'夫白龍，天帝貴畜也；預且，宋國賤臣也。白龍不化，預且不射。今棄萬乘之位而從布衣之士飲酒，臣恐其有預且之患矣。"王乃止。

③ 石礎（xí），原作"五礎"，據"津逮""學津""稗海"本改。礎，柱下石。

④"一作印"，"明初"本無此注。

⑤"璞"，"明初"本作"僕"。

⑥"苦"，"明初"本作"若"。

⑦"疏長"，"明初"本作"疏揮"。

⑧"失之千里"，原作"先一作失之千里"，據"津逮""學津""稗海"本改，去注。

⑨"頗"上，"學津"本有"君"字。

⑩ 房琯（697—763）：字次律，河南人。少博學多聞。唐玄宗時，官至文部尚書，同中書門下平章事。肅宗即位後，命征討安史之亂，因兵力懸殊戰敗。後出任邠州、漢州刺史。代宗即位，寶應二年（763）召拜刑部侍郎，返京途中病卒於閬州（今四川閬中），追贈太尉。

⑪ 降魄：道家稱肉身終結爲降魄。

⑫"魚餐"，"明初"本作"魚殄"，似是。"休於"，"明初"本作"休材"。

⑬ 除：亦稱出除，意爲授官職於外郡。

⑭ 屠蘇：本爲一種闊葉草，民間風俗，有的房屋上畫屠蘇草作爲裝飾，這種房屋就叫“屠蘇”。楊愼《藝林伐山·屠蘇爲草名》：“屠蘇本草名，畫於屋上，因草名以名屋。”

⑮ “來往”，“明初”本作“還往”。

⑯ “見月規半天”，“明初”本作“見月視半天”。“瓊樓”，“明初”“津逮”“學津”本作“樓殿”。

⑰ “及”下，“明初”本有“之”字。

⑱ “戀一作墅人”，“明初”本作“戀人”，無注。“津逮”“學津”本作“壥人”，即“野人”，似是。

⑲ “取”，“明初”“津逮”“學津”本作“市”，似是。

⑳ “具火湯水”，“津逮”“學津”本作“具湯火來”。

㉑ “且意必有道者”，“明初”本作“且息咎，必道者”。

㉒ “與飲無異”，“明初”本作“與真無異”，“津逮”“學津”“稗海”本作“與甘豆無異”。

㉓ “辦少酒肉”，原作“辨少酒肉”，下文有“此固不足辦，某當營之”，據文意，屬形誤，當改“辨”爲“辦”。

㉔ “三千”，《太平廣記》引作“五十”，似是。

㉕ “面色上”，原作“色上面”，據“明初”本改。

㉖ “無不化”，“明初”本作“無不可化”，當是。

㉗ “橈朴”，“學津”本作“燒朴”。橈朴，做船槳之類的木材。

㉘ “白㳛”，“稗海”本作“白湫”。

㉙ “是”，“學津”本作“信”。

㉚ “之”，原作“也”，據“學津”本改。

㉛ "蹴"，原作"足"，據"學津"本改。蹴，踢、踏之意。

㉜ 重簀（chóng zé）：重，重叠。簀，用竹片編成的牀墊子。

㉝ "識者"，"學津"本作"理者"。

㉞ 槥（huì）：粗陋的小棺材。

㉟ "以裙運"，"學津"本作"亦搬運"。

酉陽雜俎前集卷之三

貝　編

釋門三界二十八天、四洲至華嚴藏世界、八寒八熱地獄等，法自三身、五位、四果、七支至十八界、三十七道品等，入釋者率能言之。今不復具，録其事尤異者。

鬘持天，十住處。十六分中，輪王樂不及其一。①

四種樂，②一無怨，二隨念，及天女不念餘天等。身香百由旬。迦留波陀天，此由象迹，有十地也。③

目不瞬，④衆蜂出妙音。○六天香風，皆入此天。○四天王，十地，彩地。○質多羅地，八林。⑤○箜篌天，十地，金流河。○無影山。○有影游鳥，隨其行處，地同其色。⑥○衆鳥說偈。○白身天，身色如拘勿頭花。⑦○無足柔軟。○隨足上下。○樂游戲天。○乘鵝殿。○寶樹枝葉如殿。⑧○三十三天，九十九那由天女。○憶念樹，物隨意而出。⑨○十花池。○千柱殿。○六時林，一日具六時。

千輻輪殿，天妃舍友所坐也。⑩○衣無經緯。○將死者塵

42

着身。○馬殿，千鵝駕。○金剛綖帶。○行林隨天所至。○
衆鳥金臆。○大象百頭，頭有十牙，牙端有百浴池。頂有山，
名曰界莊嚴。鼻有河，如閻牟那河水，散落世界爲霧。脅有
二園，一名喜林，二名樂林。象名伊羅婆那。○光明林，四
維有意樹，帝釋將與修羅戰，入此林四樹間，自見勝敗之相。
○甲冑林，甲冑從樹而生，不可破壞。

蓮出摩偷美飲也。修一千二百善業者，此生天。[11]上妙之
觸，如觸迦旃鄰提鳥，此鳥輪王出世方見。

開合林，開目常見光明。

夜摩天住虛空，閻婆風所持也。

積崖山，高三百由旬，有七榻七箱。[12]

始生天者五相：一、光覆身而無衣，二、見物生希有心，
三、弱顏，四、疑，五、怖。○又五木：一、近蓮池花不開，
二、近林蜂離樹，三、聽天女歌而生墊離，四、近樹花萎，
五、殿不行空。[13]○又見身光衣，觸如金剛，及照毗琉璃鏡，
不見其頭。[14]

天女九退相：一、皮緩。二、頭花散落。三、赤花在頭
變爲黃。四、風吹無縷衣，如人衣觸。[15]五、飛行意倦。六、
觸水而濁。七、取樹花高不可及。八、見天子無媚。九、髮
散粗澀。○又唇動不止，瓔珞花鬘皆重。

十二種離垢布施生此天。群鳥青影，覆萬由旬。

摩尼珠中有金字偈。

四天王天，有十二失壞，常與修羅鬥戰等。^⑯○三十三
天，八種失壞，有劣天不爲帝釋所識等。^⑰○夜摩天，六失
壞，食劣生慚等。

兜率陀天，四失壞，不樂鵝王說法聲等。○化樂天，四
失壞，天業將盡，其足有影等。^⑱

他化自在天，四失壞，寶翅蜂捨去等。^⑲

色界天下石，經十萬八千三百八十三年，^⑳方至地。

閻浮提人生三肘半至四肘，骨四十五，^㉑脈十三。身蟲有
毛燈、瞋血。^㉒○禪都摩羅蟲，^㉓流行血中。○善色蟲處糞中，
令人安樂。○起根蟲飽則喜。^㉔○歡喜蟲能見衆夢。○又有瘕
瘀菁等。

賒婆羅人穿唇。○駝面目有諸人二足。師子有翼，女人
狗面。有林名吱多迦，羅刹所住，眴目間行百千由旬。^㉕洲有
赤地黑玉銅康白等。

鬱單越，雞多迦等天河七十。

自在無畏四天王否如鴨音林。○麒麟陀樹。○迦吱多那
等。○二十五鹿名。有山多牛頭旃檀，天人與阿修羅鬥，傷
者於此塗香。^㉖

提羅迦樹花，見月光即開。^㉗○拘尼陀樹花，見月光即
開。^㉘○無憂樹，女人觸之，花方開。○尸利沙樹，足蹋即長。
○又白龍活、^㉙鵝旋、鼻境界等花。

瞿陀尼，女人三乳，有十億聚落，一萬二千城。^㉚○大

國，名伽多支。五大河，^㉛月力等。○弗婆提，^㉜三大林，峪蠻等。○三大城，^㉝大者三億五十萬三千五百五十六聚落。

南洲耳髮莊嚴。○北洲眼莊嚴。○西洲項腹莊嚴。○東洲肩胜莊嚴。^㉞

生贍部者，見白甉。生鬱林越，^㉟見赤甉，見母如鵝。生瞿陀夷，生黃屋，見母如牛。生弗婆提，見青甉，見母如馬。

阿修羅，以鬼攝魔，^㊱及鬼有神通者。二畜攝，在海地下八萬四千由旬。

酒樹。○又有樹，群蜂流蜜，其色如金。○婆羅婆樹，^㊲其實如瓮。

四媒女如影等，各有十二億那由他侍女。壽五千歲。地名月蠻。○不見頂山。十三處，鹿迷、蜂旋、赤目魚、正走、水行、住空、住山窟、^㊳愛池、魚口等。○黃蠻林。

鎔毗羅城。○戰時手足斷而更生，半身及首即死。^㊴

鬼怪，閻浮提下五百由旬，有三十六種。魔羅令蠻鬼，此言鬼子魔。^㊵遮吒迦鳥，唯得食雨，捨餓鬼受此身。^㊶

畜生有三十四一作六億種。龍住閻浮提者，五十七億。龍於瞿陀尼，不降濁水，西洲人食濁水則夭。單越人惡冷風。○龍不發冷。於弗婆提洲不作雷聲，不起電光，東洲惡也。○其雷聲，兜率天作歌唄音，閻浮提作海潮音。○其雨，兜率天上雨摩尼，護世城雨美膳，海中注雨不絕如連輪。阿修羅中雨兵仗，閻浮提中雨清淨水。

地獄一百三十六。○三角生死，善無記也。○團生死，諸天也。○青生死，地獄。○黃生死，餓鬼。○赤業畜生。[42]

活地獄十六別處，下天五千年，此獄一晝夜。金剛蟲。瓮熱。黃藍花。心彌泥魚。○排筒。

黑繩地獄。○旃茶處。[43]○畏鷲。

處合地獄，上中下苦。銅汁河中，身洋如蘇。[44]○鷲腹火人。割剺處，堅鞕。炎口夜干。[45]朱誅蟲。○鐵蟻。○淚火出處，以佉佗羅灰致眼中。鐺池黿。[46]

號叫地獄。○髮火流處。○火末蟲處，四百四痛。火厚二百肘。[47]

大號叫地獄。○闊廣三居賒，口生碓蟲。火鬘處，[48]金舒迦色，肉泥色也。○赤樹魚腹苦。[49]

燋熱地獄。[50]○十二炎處。○火生十方及飢渴火也。○針風生龍口中。彌泥魚。○鑊量五十由旬。沸沫高半由旬。吹下三十六億由旬。鬘塊烏處。地盆蟲。○置之鼓中，[51]鼓出惡聲。○千頭龍。

阿鼻十六別處。衣裳健破，完而速垢。[52]○將生阿鼻之相。死時見身如八歲兒，面在下，空中風吹，三千年受苦，勝如阿迦尼吒天樂。獄中臭氣能壞欲界六天，有出没之二山遮之。烏口處，黑肚處，一角二角處。[53]

八寒地獄，多與常說同。[54]

凡生地獄有三種形，罪輕作人形，其次畜形，極苦無形，如肉軒、肉屏等。今佛寺中畫地獄變，唯子隔獄稍如經說，[55]其苦具悉，圖人間者曾無一據。

舊説地獄中蔭，[56]牛頭阿傍，無情業所感現。

人漸死時，足後最冷，[57]出地獄之相也。

器世將壞，無生地獄者。

阿修羅有一切觀見池，戰之，勝敗悉見池中。

鬘持天，鏡林中，天人自見善惡因緣。○正行天，頗梨樹，見人行與非法。○毗留博天，常於此觀之。○忉利天及人中七生事，見於殿壁中。○無法第八生波利邪多天，有波利邪多樹，見閻浮提人善不善相。行善則照百由旬，行不善則凋枯，半行善則半榮。○微細行天寶樹枝葉，悉見天人影像，上中下業亦見其中。○閻摩那婆羅天，娑羅樹中見果報。其殿淨如鏡，悉見天人所作之業果報。○又第二樹中，有千柱殿，有業網，諸地獄十六隔處，悉見其中。

夜摩天，撫垢鏡池，池中見自身額上所見過，見業果。

又閻浮那施塔影中，見欲界罪福及三惡，趣言天象異者，若有將一作所食肥膩沉水。鳥下飛，日將蝕，諸方赤。[58]

二十八宿。昴一作角爲首，[59]一夜行三十一有六字時，形如剃刀，姓鞞耶尼，祭用乳，屬火。○畢形如笠，又屬木，祭用鹿肉，祭頗羅墮。○觜屬日一無日字，月之子，姓毗梨佉耶尼，形如鹿頭，祭用果。○參屬日，姓天婆斯失絺，[60]形如婦人臒，祭用醍醐。○井屬日，姓同參，[61]形如足迹，祭用粳米和蜜。○鬼屬木，姓炮波羅毗，形如佛胸，祭同井。○柳屬蛇，[62]姓、祭與參同，形如蛇。　星屬火，形如河岸，[63]姓賓伽耶尼，祭用烏麻。○張屬福德天，姓瞿曇，[64]形、祭如井。
○翼屬林天，姓憍陳如，祭用黑豆，形同上。○軫屬毗沙梨
帝，形如人手，姓迦遮延，祭用蕎稗。○角屬喜樂天，姓貨
多羅，[65]形如上，祭用花。○亢姓迦旃延，祭用菉豆。○氐姓
多羅尼，以花祭。○房屬慈天，姓阿藍婆，形如瓔珞，祭用
酒肉。○心屬忉利天，姓迦羅延，形如大麥，祭用粳米。
○尾屬臘師天，姓遮耶尼，形如蝎尾，祭用果根。○箕屬清
淨天，姓持父迦，[66]形如牛角。○斗姓莫迦還，[67]形如人拓石，
祭如井。○牛屬梵天，姓梵嵐摩，形如牛頭，祭如參。○女
屬毗紐天，姓帝利迦遮耶尼，形如心，祭以鳥肉。○虛姓同
翼，形如鳥，祭用烏豆汁。○危姓單羅尼，形如參一作心，祭
以粳米。○室屬蛇頭天，蝎天之子，姓閻浮都迦，祭用血。
○壁姓陀難闍。○奎姓阿瑟吒，祭用酪。○婁屬乾闥婆天，
姓阿含婆，形如馬頭，祭用大麥。○胃姓馱伽毗，形如鼎足。

亢、虛、參、胃四星，不得入陣。

軫宿生人，七步無蛇。○角宿生人，好嘲戲。○女宿生
人，亢、參、危三宿日，作事不成。　虛、角一有事字勝。[68]

一千六百剎那爲一迦那，倍六十名橫呼律多，倍三十名
爲一日夜。

夜义口烟爲彗。○龍王身光曰憂流迦，此言天狗。[69]

漢明帝始造白馬寺。[70]寺中懸幡，影入內，帝怪問左右
曰："佛有何神，人敬事之?"

烏仗那國有佛迹，隨人身福壽，量有長短。

那揭羅曷國城東塔中，有佛頂骨，周二尺，欲知善惡者，以香塗印骨，其迹焕然，善惡相悉見。

北天健馱羅國有大窣堵波，佛懸記，七燒七立，佛法方盡，玄奘言，成壞已三。⑦

西域佛金剛座，有標界銅觀自在像兩軀，國人相傳菩薩身没，佛法亦盡。隋末已没過胸臆矣。

乾陀國頭河岸有繫白象樹，⑦花葉似棗，季冬方熟。相傳此樹滅，佛法亦滅。

北朝時，徐州角成縣之北，僧尼着白布法服，時有青布袈裟者。

波斯屬國有阿舍茶國，城北大林中有伽藍音佛，於此聽比丘着函縛屐。函縛，此言靴也。

寧王憲寢疾，⑦上命中使送醫藥，相望於道。僧崇一療憲稍瘳，上悦，持賜崇一緋袍、魚袋。

梁簡文帝有《謝賜鬱泥納袈裟表》。

魏使陸操至梁，梁王座小輿，使再拜，遣中書舍人殷灵宣旨勞問。至重雲殿，引升殿。梁主着菩薩衣，北面，太子已下皆菩薩衣，侍衛如法，操西向以次立，其人悉西廂東面，一道人讚禮佛詞，凡有三卷。其讚第三卷中，稱爲魏主、魏相高並南北二境士女。⑦禮佛訖，臺使與其群臣俱再拜矣。

魏李騫、崔劼至梁同泰寺，主客王克、舍人賀季及三僧迎門引接，⑦至浮圖中，佛傍有執板筆者，僧謂騫曰：“此是尸頭，專記人罪。”騫曰：“便是僧之董狐。”復入二堂，佛前有銅鉢，中燃燈。劫曰："可謂日月出矣，爝火不息。"

盧縣東有金榆山，昔朗法師令弟子至此采榆莢，詣瑕丘市易，皆化爲金錢。

後魏胡后嘗問沙門—作法師寶志國祚，且言把粟與雞喚朱朱，蓋爾朱也？⑯○有趙法和請占，志公曰："大竹箭，不須羽。束厢屋，⑰急手作。"法和尋喪父。

歷城縣光政寺有磬石，形如半月，膩光若滴，扣之，聲及百里。北齊時移於都内，使人擊之，其聲杳絶。卻令歸本寺，扣之，聲如故。士人語曰："磬神聖，戀光政。"

國初，僧玄奘往五印取經，⑱西域敬之。成式見倭國僧金剛三昧言，嘗至中天，寺中多畫玄奘麻屩及匙箸，以彩雲乘之，蓋西域所無者。每至齋日，輒膜拜焉。

又言郍蘭陀寺僧食堂中，熱際有巨蠅數萬至，僧上堂時，悉自飛集於庭樹。

僧萬迴，⑲年二十餘，貌癡不語。其兄戍遼陽，久絶音問，或傳其死，其家爲作齋。萬迴忽卷餅茹，大言曰："兄在，我將餽之。"出門如飛，馬馳不及。及暮而還，得其兄書，緘封猶濕。計往返，一日萬里，因號焉。

天后任酷吏羅織，位稍隆者日別妻子。博陵王崔玄暉，⑳位望俱極，其母憂之，曰："汝可一迎萬迴，此僧寶志之流，可以觀其舉止禍福也。"及至，母垂泣作禮，兼施銀匙箸一雙。萬迴忽下階，擲其匙箸於堂屋上，掉臂而去。一家謂爲不祥。經日，^㉛令上屋取之，匙箸下得書一卷，觀之，讖緯書也，遽令焚之。數日，有司忽即其家，大索圖讖不獲，得雪。時酷吏多令盜夜埋蠱遺讖於人家，經月，告密籍之。^㉜博陵微萬迴，則滅族矣。

梵僧不空，^㉝得總持門，能役百神，玄宗敬之。歲常旱，上令祈雨。不空言：“可過某日令祈之，必暴雨。”上乃令金剛三藏設壇請雨。連日暴雨不止，坊市有漂溺者，遽召不空，令止之。不空遂於寺庭中捏泥龍五六，當溜水，胡言罵之。^㉞良久，復置之，乃大笑。有頃，雨霽。

玄宗又嘗召術士羅公遠與不空同祈雨，互校功力。上俱召問之，不空曰：“臣昨焚白檀香龍。”上令左右掬庭水嗅之，果有檀香氣。

又與羅公遠同在便殿，羅時反手搔背，不空曰：“借尊師如意。”殿上花石瑩滑，遂激—作擊窣至其前，羅再三取之不得。上欲取之，不空曰：“三郎勿起，此影耳。”因舉手示羅如意。^㉟○又邙山有大蛇，樵者常見頭若丘陵，夜常承露氣，見不空，作人語曰：“弟子惡報，和尚何以見度？常欲翻河水陷洛陽城，以快所居也。”不空爲受戒，說苦空，且曰：“汝以嗔心受此苦，復忿恨，吾力何及。當思吾言，此身自捨昔而來。”後旬月，樵者見蛇死於澗中，臭達數十里。不空每祈雨，無他軌則，但設數繡座，手簸旋數寸木神，念咒擲之，自立於座上，伺水神吻角牙出，目瞬，則雨至。

僧一行窮數有異術。開元中嘗旱，玄宗令祈雨。一行言：

“當得一器，上有龍狀者，方可致雨。”上令於內庫中遍視之，皆言不類。數日後，指一古鏡，鼻盤龍，喜曰：“此有真龍矣。”乃持入道場，一夕而雨。或云是楊州所進，初範模時，有異人至，請閉戶入室，數日開戶，模成，其人已失，有圖并傳于世。此鏡五月五日於揚子江心鑄之。⑱

荆州貞元初，有狂僧些僧其名者，⑲善歌《河滿子》。常遇醉五百塗辱之，⑳令歌，僧即發聲，其詞皆五百從前非愿也，㉑五百驚而自悔。

蘇州貞元中，有義師狀如風狂。有百姓起店十餘間，義師忽運斤壞其檐，禁之不止。其人素知其神，禮曰：“弟子活計賴此。”顧曰：“爾惜乎？”乃擲斤於地而去。其夜市火，唯義師所壞檐屋數間存焉。常止於廢寺殿中，無冬夏常積火，壞幡木象悉火之。好活燒鯉魚，不待熟而食。垢面不洗，洗之輒雨，吳中以爲雨候。將死，飲灰汁數斛，乃念佛而坐，不復飲食。百姓日觀之，坐七日而死。時盛暑，色不變，支不摧。安國寺僧熟地，常燒木佛，往往與人語，頗知宗要，寺僧亦不之測。

睿宗初生含涼殿，則天乃於殿内造佛氏，有玉像焉。及長，閒觀其側，玉像忽言：“爾後當爲天子。”㉒

【校釋】

① “不及其一”，原作“不及其二”。北魏般若流支譯《正法念處經》卷二十二：“所受快樂，十六分中，轉輪王樂，不及其一。”據改。

② 四種樂：《正法念處經》卷二十二：“生彼天已，受四種樂。何

等爲四，一者無怨，二者隨念能行，三者餘天不能勝其威德，四者天女不念餘天。”

③ “迦留波陀天，此由象迹，有十地也”，原文出自《正法念處經》卷二十三：“觀迦留波陀天（此言象迹天）所住之地，有幾種地，自作善業，受樂果報，彼以聞慧，見迦留天，有十種地。”

④ 瞚（shùn）：同“瞬”，眨眼。《莊子·庚桑楚》：“終日視而目不瞚。”

⑤ 八林：指八林樹。《正法念處經》卷二十三：“境界之樂，有八林樹，七寶所成。一名四歡喜，二名游戲行，三名意清涼，四名風樂林，五名音樂聲，六名葉音，七名花林，八名如意林。”

⑥ “有影游鳥，隨其行處，地同其色”，原作“有影游一作隨。鳥隨一作衆。　其行處池同其色”。《正法念處經》卷二十四：“復有衆鳥，名曰影游，隨其行處，地則同色。”據改，不空格斷開。

⑦ “白身天，身色如拘勿頭花”，原作“白身天〇身色如拘勿頭花”，在“天”與“身”字間以圈斷開。《正法念處經》卷二十四：“是人命終，生白身天，生彼天者，服白色衣，如珂如雪，如拘牟頭華。”拘勿頭花亦作“拘牟頭華”，爲印度佛經中記載的一種蓮花。據改，去圈。

⑧ “寶樹枝葉如殿”，原文出自《正法念處經》卷二十三：“寶樹枝葉，如屋如殿。”

⑨ “憶念樹，物隨意而出”，原文出自《正法念處經》卷三十七：“彼處多有隨憶念樹，天有所念，從彼樹得。”

⑩ “天妃舍友”，“津逮”“學津”“稗海”本作“天妃舍支一曰女”。《正法念處經》卷二十五作“天后舍脂”，當是。

53

⑪"此生天","津逮""學津""稗海"本作"生此天"。

⑫"積崖山""七榻",《正法念處經》卷三十八作"聚積崖山""七楞"。此條至下條之"五、怖","明初"本相接合爲一條,之間空格。

⑬"花不開"下,原有注"一無不字";"蜂"下,原有注"一作絳";"生壓離",原作"出壓離",據《正法念處經》卷三十九改。另"生壓離","津逮""學津"本作"生厭離",清蔣光煦輯《校補隅録·酉陽雜俎》(清光緒九年別下齋刻本)以影宋本校注津逮本(以下簡稱"蔣氏校本影宋本")作"生壓離"。"又五木"至"殿不行空","明初""津逮""學津"本均提行另作一條。

⑭"頭",原作"道"。《正法念處經》卷三十九:"若毗琉璃石等壁中,或於鏡中,或於異處,看自身像,則不見頭,又退相現,或見自頭,乃在於地。見如是相,死近不遠。"屬形近誤,據改。下條中"赤花在頭變爲黃"之"頭"亦原作"道",一同改之。"又見身光衣"至"不見其頭","明初""津逮""學津"本提行另作一條。

⑮"衣",原作"依",據《正法念處經》卷四十改。

⑯"天女九退相"條至"常與修羅鬥戰等","明初"本相接合爲一條,之間空格。

⑰"三十三天,八種失壞,有劣天不爲帝釋所識等","明初"本提行另作一條。

⑱"有",原作"無"。《正法念處經》卷四十六:"觀化樂天復見失壞,彼見如是天勝妙樂,猶故而有四種失壞。何等爲四?所謂一者,善業盡故,腳則有影。普餘身分,皆有光明,腳上則無,是故彼天,腳則有影。"據改。

⑲“天女九退相”條至此條，“津逮”“學津”本相接合爲一條。“四天王天”條之“夜摩天，六失壞”至此條，“明初”本相接合爲一條，之間空格。

⑳“萬”，原作“方”，據“津逮”“學津”本改。

㉑“四”下，原有注“一作五”，據《正法念處經》改，去注。“閻浮提人生”至“提羅迦樹花”條之“足蹈即長”，“明初”本相接合爲一條，之間空格。“閻浮提人生”至下之“酒樹”條之“婆羅婆樹，其實如甕”，“津逮”“學津”本相接合爲一條。

㉒“瞋”，原作“嗔”，據蔣氏校本影宋本改。瞋，同“嗔”；嗔，又同“闐”，充滿之意。

㉓“羅”，原缺，據《正法念處經》補。

㉔“起根蟲飽則喜”，原文出自《正法念處經》卷六十五：“見起根蟲住在胞中，若尿滿胞，蟲則歡喜。既歡喜已，以尿因緣，令身根起。”胞，指膀胱。

㉕“眴目”，原作“眴目”。《正法念處經》卷六十八：“於此山北，有一大林，名吱多迦林。有羅刹，名曰惡夢，住在此林，其行速疾，於眴目頃，能行至於百千由旬。”據改。

㉖“旃檀”至“於此塗香”，原提行另作一條，據“明初”本改，與上條相接。旃檀，香樹名，出自牛頭山，故名牛頭旃檀，故此條應與上條合爲一條。其內容原文出自《正法念處經》卷六十九：“第二銀峰，銀樹具足。峰中多有牛頭栴檀。若諸天衆，與阿修羅共鬥戰時，爲刀所傷，以此牛頭栴檀，塗之即愈。以此山峰，狀似牛頭，於此峰中，生栴檀樹，故名牛頭。”

㉗“月光”，原作“日光”。《正法念處經》卷六十九：“復有提羅

迦樹，若見月光，即便開敷。"據改。

㉘"拘尼陀""見月光"，《正法念處經》卷六十九作"拘牟陀""無日"。

㉙"白龍活"，疑作"白龍舌"。《正法念處經》卷六十九："鬱單越國，復有何等可愛山河花池？以鬱單越人善業力故，時樂山中於孟夏時，復有諸花，名吱多迦花，次名鳩吒闍花……次名龍舌花……次名鼻境界花……有如是等二十種花生於孟夏。以鬱單越人善業報故，時樂山中於季夏時，復有異花，所謂笑花，次名蘇摩那花……次名鵝旋花……有如是等二十種花生於季夏。""又白龍活"至下之"酒樹"條之"婆羅婆樹，其實如瓮"，"明初"本相接合爲一條。

㉚"三"，原作"主"。《正法念處經》卷七十："見瞿陀尼，多饒牛犢，一切女人，皆有三乳。"據改。"千"，原缺。《正法念處經》卷七十："有瞿陀尼，縱廣九十由旬，有十億聚落，一萬二千城。"據補。

㉛"大國"，原置於上段"二千城"後；"名"，原作"多"。《正法念處經》卷七十："復有大國，名伽多支。"據改。五大河：《正法念處經》卷七十："瞿陀尼國，有五大河，一名廣河，二名均周師波帝河，三名月力河，四名樂水河，五名僧吱那河。"

㉜"弗婆提"，原置於上段"月力等"後。《正法念處經》卷七十："見弗婆提國，縱廣八千由旬，多有眷屬，小洲具足，聚落城邑，河池林樹，洲渚山窟，行列樹林，果果禽獸，一切具足。有六大山，一名大波睒山……大波睒山，縱廣三千由旬。於此山中，有三大林，其一一林，皆悉縱廣一千由旬，一名須彌林，二名流水林，三名峪甃林。"據改。

㉝"三"下，原有注"一作王"。《正法念處經》卷七十："弗婆

提國，有三大城，一名善門城，二名山樂城，三名普游戲城。……第一最大，復有三億五十萬三千五百五十六聚落。"據改，去注。

㉞"項腹"，原作"頂腹"。《正法念處經》卷七十："此等衆人，其面圓滿，像地洲形。閻浮提人，耳髮莊嚴。鬱單越人，眼爲莊嚴。瞿陀尼人，項腹莊嚴。弗婆提人，肩髀莊嚴。四天下人，自身嚴好。"據改。"胜"，《正法念處經》作"髀"，似是。

㉟"林"，《正法念處經》作"單"。《正法念處經》卷三十四："生鬱單越，則見細軟赤甤可愛之色。"

㊱"魔"，原作"摩"，據"明初""津逮""學津""稗海"本改。此段原文出自《正法念處經》卷十八："知大海地下天之怨敵，名阿修羅。略説二種，何等爲二？一者鬼道所攝，二者畜生所攝。鬼道攝者，魔身餓鬼，有神通力。畜生所攝阿修羅者，住大海底須彌山側，在海地下八萬四千由旬。"

㊲"婆羅婆樹"，《正法念處經》作"婆那娑樹"。《正法念處經》卷十八："婆那娑樹，其果如瓮。"

㊳"蜂旋"下、"住山窟"下，原有圈隔開，據《正法念處經》卷十九文意，去圈。"赤目魚"，《正法念處經》卷十九作"赤魚目"。

㊴"首"，原作"道"。《正法念處經》卷二十一："如是鬥時，若天被害，斬截手足，尋復還生，無所患害，一切身分亦復如是，無所患苦，色相不異，妙色具足，唯除斬首及斷半身。"是知"道"當爲"首"之誤，故改。

㊵"魔羅令鬘鬼，此言鬼子魔"，《正法念處經》卷十六作"魔羅食鬘餓鬼，此言九子魔"，似是。

㊶"遮吒迦鳥，唯得食雨，捨餓鬼受此身"，"吒"原作"叱"，

"雨"原作"魚","餓"原作"鵝"。《正法念處經》卷十六："於畜生中，受遮吒迦鳥身（此鳥唯食天雨，仰口承天雨水而飲之，不得食餘水），常患飢渴，受大苦惱。"據改。此條"津逮""學津"本與上條相接，不另起。

㊷"青生死"，原作"青出死"；"黃生死"，原作"黃出死"；"赤業"，原作"赤業一作出"。《正法念處經》卷四載："何者是青？不善業攝，地獄之人，入闇地獄，是青生死。……何者是黃？黃色業攝，生餓鬼中，互相加惡。迭共破壞，如是餓鬼，是黃生死。……何者是赤？赤業所攝，生畜生中，迭相食血，於血生愛，是赤生死。"據改。"地獄一百三十六"至"團生死，諸天也"，"明初""津逮""學津"本與上條相接合爲一條。"青生死"至"赤業畜生"，"明初""津逮""學津"本與下條相接合爲一條。

㊸"旃茶處"，原作"旃茶一作茶劇"。《正法念處經》卷六："俗人愚癡覆藏惡業，若自殺羊，若他教殺，如婆羅門外道所誑，彼人以是惡業因緣，身壞命終墮於惡處黑繩地獄，生旃茶處，受大苦惱。"據此，"茶"徑作"茶"，"劇"作"處"。

㊹"苦"，原作"笘"。《正法念處經》卷五："生合地獄，彼上惡業，則生如是根本地獄，中下惡業則生別處，有上中下三種苦受。"屬形誤，據改。"銅汁河中，身洋如蘇"，原作"銅汁河中身○洋如蘇"，字"身"與"洋"之間圈斷。"身洋"實爲一詞，佛教用語。《正法念處經》卷六："河中非水，熱赤銅汁，漂彼罪人，猶如漂本，流轉不停。如是漂燒，受大苦惱。彼鐵鈎河既燒漂已，彼地獄人，或有身如日初出者，有身沉沒如重石者，有著河岸不沒入者。或有罪人，身如水衣，有爲炎嘴鐵鷲食之如食魚者。或有身洋，其身猶如生酥塊者，有以

鐵磚而打之者，或有身破。"據改。

㊺鷲腹火人：原文出自《正法念處經》卷六："彼鷲腹中，亦有火人，來向罪人，到即吞之。彼地獄人，入鷲腹中，即爲火人。本侵他妻罪業所致。""堅鞕"，原作"堅鞕一作鞾"。《正法念處經》卷六："於地獄中，見本男子，熱焰頭髮，一切身體皆悉熱焰。其身堅鞕，猶如金剛。"鞕，當爲"鞕"，鞕（yìng），古通"硬"，屬形誤，據改。"炎口夜干"，原作"炎口夜于一作干"。《正法念處經》卷六："於彼炎人，極生怖畏。走避而去，墮於險岸。下未至地，在於空中，有炎嘴鳥，分分攫斫，令如芥子。尋復還合，然後到地。既到地已，彼地復有炎口野干而啗食之，唯有骨在。"據此，"于"徑爲"干"，去注。炎口即焰口，指餓鬼。"夜干"即"野干"，獸名。《翻譯名義集》卷二"悉伽羅"："此云'野干'，似狐而小，形色青黃，如狗群行，夜鳴如狼。"

㊻"淚火出處"，原作"淚火處"。《正法念處經》卷七："次復觀察合大地獄，復有何處，彼見聞知，復有異處，名淚火出，是合地獄第十別處。"據補"出"字。鎬池霭：《康熙字典·金部·十三》：鎬，《集韻》與鑊同，故亦作"鑊池霭"。關於鑊池霭，《正法念處經》卷七："彼處唯有熱白鑊汁，滿彼池等。彼欲澡洗，即便入中。既入彼處，以惡業故，即有大霭，取而沈之，熱白鑊汁，煮令極熟。如是無量百千年歲，乃至不善惡業破壞無氣盡已，如是大霭爾乃放之。"

㊼"髮火流"，原作"髮流火"。《正法念處經》卷七："復觀叫喚之大地獄，復有何處，彼見如是叫喚地獄有十六處。何等十六，一名大吼，二名普聲，三名髮火流，四名火末蟲，五名熱鐵火杵，六名雨炎火石，七名殺殺，八名鐵林曠野，九名普闇，十名閻魔羅遮約曠野，十一名劍林，十二名大劍林，十三名芭蕉烟林，十四名有烟火林，十五名火

雲霧，十六名分别苦。此十六處叫喚地獄所有别處。”據改。“火末蟲處”，原作“火未蟲處”，注中上題“四名火末蟲”，據改。“火厚二百肘”，原文出自《正法念處經》卷八：“彼地獄中，地獄火滿，厚二百肘。”“彼地獄”指叫喚地獄雲火霧處。

㊽“確蟲”，原作“確一作碓蟲”。《正法念處經》卷八：“彼地獄人，口中有蟲，名曰碓蟲。”據改，去注。“鬘”，原作“鬢一作鬚”。《正法念處經》卷九：“彼見聞知復有異處，名火鬘處，是彼地獄第十四處。”據改。

㊾“黑繩地獄”條至此條，“明初”本相接合爲一條，之間空格。此條“津逮”“學津”本與上條相接合爲一條。

㊿“燋”，《正法念處經》作“焦”。

(51)“中”，原作“牛”。《正法念處經》卷十二：“彼地獄人，於一切時，常被燒煮，年歲無數。若脱彼處，閻魔羅人置之鼓中。既置鼓中，以惡業故，鼓出畏聲，聞則心破。散已更生，生已復散。彼人如是死已復活，活已復死。”據改。

(52)“别處”，原作“别劇”。《正法念處經》卷十三：“觀察阿鼻大地獄處。……普此地獄有十六處。何等十六，一名烏口，二名一切向地……十六名十一焰。普彼阿鼻最大地獄，有如是等十六别處。”據改。下“鬘持天”條之“諸地獄十六隔處”之“處”同。《正法念處經》卷三十四：“所謂活地獄、黑繩地獄、衆合地獄、叫喚地獄、大叫喚地獄、焦熱大地獄等，及衆隔處，受大苦處。”衆隔處，即指諸地獄十六隔處。“完”，“津逮”“學津”本作“浣”。

(53) 此條“明初”“津逮”“學津”本與上條相接，之間空格。

(54) 此條至下“鬘持天”條之“常於此觀之”，“明初”本相接合爲一條。

(55)“子隔”，“津逮”“學津”本作“隔子”。

(56)“中蔭”，《正法念處經》作“中陰”。《正法念處經》卷三十四：“復説地獄中陰有相，本所不見。”佛教認爲，人死後至往生輪迴，須經四十九天，此時期的亡者靈體叫中陰。

(57)“冷”上，原衍“令”字，據“津逮”“學津”“稗海”本删。

(58)“八寒地獄，多與常説同”至此條，“津逮”“學津”本相接合爲一條。“鬘持天”條之“忉利天及人中七生事”至此條，“明初”本相接合爲一條。

(59)“昴一作角爲首”，二十八星宿中，角星爲首，似應去注徑改爲“角爲首”，但角宿屬木，與下文所説“屬火”不符。故似應徑作“昴，一夜行三十一有六字時”，“角爲首”則可置於下文中提到的角星之處，作“角爲首，屬喜樂天，姓貨多羅，形如上，祭用花”。

(60)“失”，“津逮”“學津”“稗海”本無。

(61)“同”，原缺，據“津逮”“學津”本補。

(62)“蛇”，原缺，據“津逮”“學津”本補。

(63)“河”，原作“何”，屬形誤，據“津逮”“學津”“稗海”本改。

(64)“瞿曇”下，“津逮”“學津”本有“彌”字。

(65)“貨”，“津逮”“學津”本作“質”，似是。唐釋道世撰《法苑珠林》卷四《日月篇·星宿部》載：“復次置角爲第五宿，屬喜樂天，姓質多羅延尼。”

(66)“父”，“津逮”“學津”本作“叉”，似是。《法苑珠林》卷四《日月篇·星宿部》載：“次復置箕爲第四宿，屬於水天，姓模叉迦栴延尼。箕有四星形如牛角，一日一夜行三十時。屬箕宿者，取尼拘陀皮汁祭之。”

⑥⑦ “還”，“津逮”“學津”本作“邅”，似是。《法苑珠林》卷四《日月篇·星宿部》載：“次復置鬥爲第五宿，屬於火天，姓模伽邏尼。鬥有四星如人拓地，一日一夜行四十五時。屬鬥宿者，以糠米華和蜜祭之。”

⑥⑧ 此條“津逮”“學津”本與上條相接合爲一條。

⑥⑨ “夜义”，“明初”本作“夜叉”，同。“义”爲“叉”之俗字，同“叉”。元李文仲《字鑒》卷二“平聲”：“叉，初牙切，《説文》手指相錯也，從又象丨之形，俗作义。”夜义，同“夜叉”；野义，同“野叉”。“夜义口烟爲彗”，“津逮”“學津”本與上條相接合爲一條。“二十八宿”條至此條之“夜义口烟爲彗”，“明初”本相接合爲一條。“龍王身光曰憂流迦，此言天狗”，“明初”本提行另作一條。

⑦⓪ “漢明帝”，原作“魏明帝”，據《魏書·釋老志》改。漢明帝，即劉莊，其年號永平（58—75）。漢明帝永平十一年（68）於今河南洛陽老城以東創建白馬寺，該寺成爲中國第一古刹。

⑦① “佛法方盡”，原作“佛方城”；“成壞已三”，原作“城壞已三年”。《大唐西域記》卷二記載，健馱羅國有“窣堵波者，如來懸記，七燒七立，佛法方盡，先賢記曰：成壞已三”。故據改。

⑦② 乾陀國：又譯作犍陀衛，健馱羅，《魏書》作乾陀，位於庫納爾河和印度河之間的喀布爾河流域，即今阿富汗坎大哈一帶。

⑦③ 寧王憲：即唐寧王李憲（679—741），原名成器，唐睿宗李旦長子。文明元年（684）立爲皇太子，後以皇帝位讓於弟李隆基。歷任太子太師、太尉，封寧王。因其恭謹自守，不預朝政，爲唐玄宗隆基所

重，死後追謚"讓皇帝"。

⑦④ 魏主：指北魏孝武帝元修。魏相高：指魏丞相高歡。

⑦⑤ "賀季"，原作"賀季友"，《酉陽雜俎》前集卷七"酒食"條提到"梁賀季"，據改。賀季爲賀瑒子，賀革弟，累遷步兵校尉、中書黃門郎。主客王克：主客爲官名，主管外交事務之官員。王克，王績孫，仕梁，歷司徒右長史、尚書僕射。入陳，位尚書右僕射。

⑦⑥ 寶志（418—514）：南朝梁僧人，俗姓朱，世稱寶公、志公。"粟"，原作"棗"，據周祖謨《洛陽伽藍記校釋》卷四改。爾朱：即爾朱榮（493—530），字天寶，今山西朔縣人，契胡族，北魏末年將領。北魏武泰元年（528），胡太后毒死孝明帝元詡，自居攝政。爾朱榮以報仇爲借口，率軍入洛陽將胡太后殺死。爾朱榮後被孝莊帝元子攸誘殺。句中"朱朱"，即是"二朱"之隱意，"二"音近"爾"，實指爾朱榮。

⑦⑦ "大竹箭"，原作"大箭"；"東廂屋"，原作"東箱屋"，據周祖謨《洛陽伽藍記校釋》卷四改。

⑦⑧ 五印：指五印度，或稱五天竺，簡稱五天，即東天、南天、西天、北天、中天。

⑦⑨ 萬迴：唐初僧人。據《太平廣記》卷九十二記載，萬迴爲閿鄉（今屬河南靈寶）人，俗姓張，生而癡玩，有異能。武則天曾迎入內庭，指畫吉祥。

⑧⓪ "崔玄暉"，《唐書》本傳作"崔玄暐"。崔玄暐（639—706），名曄，以字行，博陵安平（今屬河北）人。武則天年間，歷任天官侍郎、鳳閣侍郎、同鳳閣鸞臺平章事。後與張柬之、敬暉等人發動神龍革命，迎立中宗復辟，封中書令、博陵郡王。旋遭韋皇后與武三思排擠，

被流放白州，途中病死。

㉛“經日”，“津逮”“學津”“稗海”本作“一日”。

㉜“告”，“津逮”“學津”“稗海”本作“乃”。

㉝ 不空（705—774）：唐初高僧。原籍天竺婆羅門族，梵名阿月佉跋折羅。幼時隨舅父來中國，開元十二年（724）在洛陽出家。二十九年（741）奉唐玄宗令出使獅子國（今斯里蘭卡），游歷五天竺（印度），於天寶五載（746）返回長安。

㉞“胡”上，“明初”“津逮”“學津”“稗海”各本均有“作”字。

㉟“又與羅公遠同在便殿”至“因舉手示羅如意”，“明初”“津逮”“學津”“稗海”各本均與上條相接，不另起。

㊱“或云是楊州所進”至“揚子江心鑄之”，“明初”“津逮”“稗海”本缺。

㊲“有狂僧些僧其名者”，“明初”本作“有狂僧，此僧其名者”。

㊳“五百”，“津逮”“稗海”本作“伍伯”。下同。

㊴“非”，“明初”“學津”本作“隱”。

㊵ 此條原缺，據“津逮”“學津”本補。

酉陽雜俎前集卷之四

境異

東方之人鼻大，竅通於目，筋力屬焉。南方之人口大，竅通於耳。西方之人面大，竅通於鼻。北方之人竅通於陰，短頸。中央之人竅通於口。

無啓民居穴食土，其人死，其心不朽，埋之，百年化爲人。錄民膝不朽，埋之，百二十年化爲人。細民肝不朽，埋之，八年化爲人。

息土人美，耗土人醜。

帝女子澤，性妒，有從婢散逐四山，無所依托。東偶狐狸，生子曰㻳。南交猴，有子曰溪。北通玃猥，所育爲傖。

突厥之先曰射摩。舍利海神，[①]神在阿史德窟西。射摩有神異。海神女每日暮，以白鹿迎射摩入海，至明送出，經數十年。後部落將大獵，至夜中，海神女謂射摩曰：[②]"明日獵時，爾上代所生之窟當有金角白鹿出，爾若射中此鹿，畢形與吾來往。或射不中，即緣絶矣。"至明入圍，果所生窟中有金角白鹿起,^③射摩遣其左右固其圍。將跳出圍,遂煞之。射摩怒,遂手斬呵咄首領,仍誓之曰:"自煞此之後,須人祭天,即取阿咄部落子孫斬之以祭也。"至今,突厥以人祭纛,常取阿咄部落用之。射摩既斬阿咄,^④至暮還,海神女報射摩曰:"爾手斬人,血氣腥穢,因緣絕矣。"^⑤

突厥事祆神,^⑥無祠廟,刻氈爲形,盛於皮袋。行動之處,以脂酥塗之。或繫之竿上,四時祀之。

堅昆部落非狼種,其先所生之窟在曲漫山北。自謂上代有神與牸牛交於此窟。其人髮黃、目綠、赤髭髯。其髭髯俱黑者,漢將李陵及其兵衆之胤也。

西屠俗,染齒令黑。^⑦

獠在牂牁,其婦人七月生子,死,則豎棺埋之。

木耳夷,舊牢西,以鹿角爲器。其死則屈而燒之,埋其骨。木耳夷人黑如漆,小寒則掊沙自處,但出其面。

木飲州,珠崖一州,其地無泉,民不作井,皆仰樹汁爲用。

木僕,尾若龜,長數寸,居木上,食人。

阿薩部多獵蟲鹿,剖其肉,重叠之,以石壓瀝汁。稅波斯、拂林等國米及草子,釀於肉汁之中,經數日即變成酒,飲之可醉。

孝億國界周三千餘里,在平川中,以木爲柵,周十餘里,柵內百姓二千餘家,周國大柵五百餘所。氣候常暖,冬不凋落。宜羊馬,無駝牛。俗性質直,好客侶。軀貌長大,褰鼻黃髮，綠眼赤髭，被髮，面如血色。戰具唯稍一色。宜五穀，出金鐵，衣麻布，舉俗事祆，不識佛法。有祆祠三百一作千餘所，馬步甲兵一萬。不尚商販，自稱孝億人。丈夫、婦人俱佩帶。每一日造食，一月食之，常吃宿食。

仍建國，無井及河澗，所有種植，待雨而生。以紫礦泥地，承雨水用之。穿井即若海水，又鹹。土俗俟海潮落之後，平地爲池，收魚以作食。⑧

婆彌爛國，去京師二萬五千五百五十里。此國西有山，巉巖峻險，上多猿，猿形絕長大。常暴田種，每年有二三十萬。國中起春以後，屯集甲兵與猿戰。雖歲殺數萬，不能盡其巢穴。

撥拔力國，在西南海中，不食五穀，⑨食肉而已。常針牛畜脈，取血和乳生食。⑩無衣服，唯腰下用羊皮掩之。其婦人潔白端正，國人自掠賣與外國商人，其價數倍。土地唯有象牙及阿末香。波斯商人欲入此國，團集數千，⑪齎綵一作彩布，沒老幼共刺血立誓，乃市其物。自古不屬外國。戰用象牙排、野牛角爲稍，衣甲弓矢之器。步兵二十萬。大食頻討襲之。

昆吾國，累塹爲丘，象浮屠，有三層，尸乾居上，尸濕居下，以近葬爲至孝。集大氈，居中懸衣服彩繪，哭祀之。⑫

龜茲國，元日鬥牛馬駝，爲戲七日，觀勝負，以占一年羊馬減耗繁息也。

婆羅遮，並服狗頭猴面，男女無晝夜歌舞。八月十五日，行像及透索爲戲。

焉耆國，元日、二月八日婆摩遮，三日野祀，四月十五游林，五月五日彌勒下生，七月七日祀先祖，九月九日牀一作麻撒，十月十日王爲猒法。⑬王出酋家，酋領騎王馬，⑭一日一夜處分王事。十月十四日作樂至歲窮。

拔汗那，十二月十九日，⑮王及酋領分爲兩朋，⑯各出一人着甲，衆人執瓦石捧杖，東西互擊，甲人先死即止，以占當年豐儉。⑰

蘇都識匿國有夜义城，城舊有野义，其窟見在。人近窟住者五百餘家，窟口作舍，設關籥，一年再祭。人有逼窟口，烟氣出，先觸者死，因以尸擲窟中。⑱其窟不知深淺。

馬伏波有餘兵十家不返，居壽洽縣，自相婚姻，有二百户，以其流寓，號馬流，⑲衣食與華同。山川移易，銅柱入海，以此民爲識耳，亦曰馬留。

峽中俗，夷風不改。武寧蠻好着芒心接離，⑳名曰苧綏。嘗以稻記年月。㉑葬時以笄向天，謂之刺北斗。相傳盤瓠初死，置於樹，以笄刺之下，其後爲象。㉒

臨邑縣有雁翅泊，泊傍無樹木。土人至春夏常於此澤羅雁鳥，取其翅以禦暑。

烏秏西有懸渡國，山溪不通，引繩而渡，朽索相引二千里。其土人佃于石間，壘石爲室，接手而飲，所謂猿飲也。

鄯鄯之東，龍城之西南，地廣千里，㉓皆爲鹽田。行人所經，牛馬皆布氈卧焉。㉔

嶺南溪洞中往往有飛頭者，故有飛頭獠子之號。頭將飛一日前，頸有痕，匝項如紅縷，妻子遂看守之。其人及夜狀如病，頭忽生翼，脫身而去，乃於岸泥尋蟹蚓之類食之，將曉飛還，如夢覺，其腹實矣。○梵僧菩薩勝又言，闍婆國中有飛頭者，其人目無瞳子，聚落時，有一人據。○《于氏志怪》：南方落民，其頭能飛。其俗所祠，名曰蟲落，因號落民。○晉朱桓有一婢，其頭夜飛。^㉕

《王子年拾遺記》言，漢武時，因墀國使言，^㉖南方有解形之民，^㉗能先使頭飛南海，左手飛東海，右手飛西澤。至暮，頭還肩上。兩手遇疾風，飄於海水外。

近有海客往新羅，吹至一島上，滿島悉是黑漆匙箸。^㉘其處多大木，客仰窺匙箸，乃木之花與鬚也，因拾百餘雙還。用之，肥不能使，後偶取攪茶，隨攪而消焉。

【校釋】

① "舍利海神"，《太平廣記》卷四百八十引作"舍利海有神"，似是。

② "女"，原缺，據上下文意補。

③ "金角白鹿"，原作"白鹿金角"，據"津逮""學津"本改。

④ "既"，原作"即"，據"學津"本改。

⑤ 此條"明初"本與上條相接合爲一條。

⑥ 祆：波斯（今之伊朗）拜火教神名。其教亦名祆教，廟稱祆廟。

⑦ 此條"津逮""學津""稗海"本與上條相接合爲一條。

⑧ "收"，"津逮""學津"本作"取"。此條"明初"本與上條相接，之間空格。

⑨ "食"，"學津"本作"識"。

⑩ "食"，"學津"本作"飲"。

⑪ "數千"下，"明初""津逮""學津"本有"人"字。

⑫ 此條"明初"本與下條相接，之間空格。

⑬ 猒法：即猒勝法，古代方士的一種巫術，言能以詛咒制服人或物。猒（yā），通"壓"。

⑭ "王出酉家""酉領騎王馬"，"明初"本分別作"王出首領家""首領騎王馬"。

⑮ 拔汗那：中亞古國，在錫爾河中游谷地，漢代稱大宛。"十九日"，原作"及元日"，據"津逮""學津"本改。

⑯ "酉領"，"明初""津逮""學津""稗海"各本均作"首領"。

⑰ 此條"明初"本與上條相接，之間空格。

⑱ "窟中"，"明初""津逮""學津"本作"窟口"。

⑲ "流"，原作"留"，據文意改。

⑳ 蠻：即蠻人，古代稱南方的民族爲"蠻"。好着芒心接離：喜歡戴尖頂帽子。

㉑ "嘗"，"明初"本無。

㉒ "刺之下"，"津逮""學津""稗海"本作"刺其下"。"象"下，原衍"臨"字，蓋因下條首字"臨"重複所致，故刪。

㉓ "千里"，"明初""津逮""學津""稗海"各本均作"十里"。

㉔ 此條"明初"本與上條相接，之間空格。

㉕ "梵僧菩薩勝又言"至"因號落民"；"晋朱桓有一婢，其頭夜飛"，"明初""津逮""學津""稗海"各本均分別提行另作一條。

㉖ "言"，原缺，據東晋王嘉撰《王子年拾遺記》補。

㉗ “南”,《王子年拾遺記》作“東”。

㉘ “島”,“津逮”“學津”本作“山”。

喜 兆

集賢張希復學士嘗言,李揆相公將拜相前一月,日將夕,有蝦蟆大如牀,見於寢堂中,俄失所在。又言,初授新州,將拜相,井忽漲水,深尺餘。

鄭絪相公宅在招國坊南門,[①]忽有物投瓦礫,五六夜不絕。乃移於安仁西門宅避之,瓦礫又隨而至。經久復歸招國。鄭公歸心釋門,禪室方丈。及歸,將入丈室,蟢子滿室懸絲,去地一二尺,不知其數。其夕,瓦礫亦絕。翌日,拜相。

成式見大理丞鄭復禮説,[②]淮西用兵時,劉沔爲小將,[③]軍頭頗易之。[④]每捉生踏伏,沔必在數,前後重創,將死數四。後因月黑風甚,又令沔捉生。沔憤激深入,意必死。行十餘里,因坐將睡,忽有人覺之授以雙燭,曰:“君方大貴,但心存此燭在,無憂也。”沔後拜將,常見濁影在雙旌上,及不復見燭,乃詐疾歸宗。[⑤]

【校釋】

① “招國”,本書續集卷五《寺塔記上》“東廊之南”條作“昭國”。昭國坊,唐長安城的街巷。

② “禮”,原缺,據本書前集卷十六《羽篇》“鴿”條所題“大理丞鄭復禮言”補。鄭復禮,史無傳,《太平廣記》卷一百五十五引《野

史》記有其事，説其應舉數次，最後在會昌二年（842）中進士，後任大理丞。

③ 劉沔（？—846）：字子汪，徐州彭城人，唐著名將領，父劉廷珍。據《舊唐書》記載，劉沔初從李光顔討淮西，前後遇賊血戰，鋒刃所傷，幾死者數四。嘗傷重臥草中，月黑不知歸路，昏然而睡，夢人授之雙燭，曰："子方大貴，此行無患，可持此而還。"既行，炯然有雙光在前。自後破虜危難，每行常有此光。

④ 軍頭：唐官名。統軍之下有軍頭，即一支軍隊的領兵官。易：輕視。

⑤ "詐疾"，"明初""稗海"本作"詐變"。"宗"，《太平廣記》卷一百四十三引作"京"，似是。

禍　兆

楊慎矜兄弟富貴，常自不安。[①]每詰朝禮佛像，默祈冥衛。或一日，像前土榻上聚塵三堆，如冢狀，慎矜惡之，且慮兒戲，命掃去。一夕如初，尋而禍作。

姜楚公皎，[②]常游禪定寺，京兆辦局甚盛，及飲酒，座上一妓絶色，獻杯整鬟，未嘗見手，衆怪之。有客被酒，戲曰："勿六指乎？"乃強牽視。妓隨牽而倒，乃枯骸也。姜竟及禍焉。

蕭澣初至遂州，造二幡刹施於寺，[③]設齋慶之。齋畢作樂，忽暴雷霹靂，刹各成數十片。至來年，當雷霹日，澣死。

【校釋】

①“自不安”，“明初”“津逮”“學津”“稗海”各本均作“不自安”。

②“皎”，“明初”“津逮”“學津”“稗海”本無。

③“刹”，“明初”“津逮”“學津”“稗海”各本均作“竿”。刹，即相輪，指佛塔上的圓環，爲佛塔頂部的一種裝飾。

物　革

諮議朱景玄見鮑容説，①陳司徒在揚州時，東市塔影忽倒。老人言，海影翻則如此。

崔玄亮常侍在洛中，常步沙岸，得一石子，大如雞卵，黑潤可愛，玩之。行一里餘，君然而破，有鳥大如巧婦飛去。②

進士段碩常識南孝廉者，③善斫膾，④縠薄絲縷，輕可吹起，操刀響捷，若合節奏。因會客衒技，先起魚架之，⑤忽暴風雨，雷震一聲，膾悉化爲胡蝶飛去。南驚懼，遂折刀，誓不復作。⑥

開成末，河陽黃魚池，冰作花如纈。

河陽城南百姓王氏莊，⑦有小池，池邊巨柳數株。⑧開成末，葉落池中，旋化爲魚，大小如葉，食之無味。至冬，其家有官事。

婺州僧清簡，家園蔓菁，忽變爲蓮。

【校釋】

① "鮑容"，"明初""稗海"本、《説郛》作"鮑客一曰容"。

② 巧婦：即鷦鷯，鳥名。這種鳥所築巢十分精巧，故亦稱"巧婦鳥"。

③ "段碩"，"明初"本作"段斫"。

④ 斫鱠（kuài）：切生鱠魚片。

⑤ "起，操刀響捷，若合節奏。因會客衒技，先起"，"明初"本缺。

⑥ 此條"明初"本與上條相接合爲一條。

⑦ "河陽"，"明初"本缺。

⑧ "數株"，"明初"本作"數栽"，"栽"，同"栽"。

酉陽雜俎前集卷之五

詭 習

大曆中，東都天津橋有乞兒，無兩手，以右足夾筆寫經乞錢。欲書時，先再三擲筆，高尺餘，未曾失落。書迹官楷，手書不如也。[①]

于頔在襄州，嘗有山人王固謁見于。于性快，見其拜伏遲緩，不甚知書生。[②]別日游宴，不復得進，王殊怏怏。因至使院造判官曾叔政，頗禮接之。王謂曾曰："予以相公好奇，故不遠而來，今實乖望矣。予有一藝，自古無者，今將歸，且荷公見待之厚，[③]今爲一設。"遂詣曾所居，懷中出竹一節及小鼓，規縷運寸。良久，去竹之塞，折枝連擊鼓子，筒中有蠅虎子數十，[④]分行而出，爲二隊，[⑤]如對陣勢。每擊鼓，或三或五，隨鼓音變陣，天衡地軸，魚麗鶴列，無不備也。進退離附，人所不及。凡變陣數十，乃行入筒中。曾觀之大駭，方言於于公，王已潛去。于悔恨，令物色求之，不獲。

張芬曾爲韋南康親隨行軍，曲藝過人，力舉七尺碑，定雙輪水磑。⑥常於福感寺趯鞠,⑦高及半塔。彈力五斗。⑧常揀向陽巨筍,織竹籠之,隨長旋培,常留寸許,度竹籠高四尺,然後放長。秋深方去籠伐之,一尺十節,其色如金,用成弓焉—作彈弓。⑨每塗牆方丈,彈成"天下太平"字。字體端嚴,如人模成焉。⑩

建中初,有河北軍將姓夏者,⑪彎弓數百斤。嘗於球場中累錢十餘,⑫走馬以擊鞠杖擊之,⑬一擊一錢飛起六七丈,其妙如此。又於新泥牆安棘刺數十,取爛豆,相去一丈,一一擲豆,貫於刺上,百不差一。又能走馬書一紙。

元和中,江淮術士王瓊,嘗在段君秀家,令坐客取一瓦子,畫作龜甲懷之。一食頃取出,乃一龜,放於庭中,循垣西行,經宿卻成瓦子。又取花含默封於密器中,一夕開花。⑭

元和末,均州鄖鄉縣有百姓,⑮年七十,養獺十餘頭,捕魚爲業,隔日一放出。⑯放時,⑰先閉於深溝斗門內令飢,然後放之。無網罟之勞,而獲利相若。老人抵掌呼之,群獺皆至,緣衿藉膝,馴若守狗。戶部郎中李福親觀之。

【校釋】

① "手","明初"本缺。

② "不甚知書生","學津"本作"不甚禮之"。

③ "荷公","明初"本作"賀公"。

④ "十"下,"學津"本有"枚"字。

⑤ "分行而出,爲二隊","明初"本作"行而出,分爲二隊","學津"本作"列行而出,分爲二隊"。

⑥ 定：拉住，定住（使之不動）。水磑（wèi）：水磨。

⑦ 趯（yuè）鞠：古代軍中習武之戲，類似今之足球運動，又稱"蹴鞠"。

⑧ 彈力：拉射彈弓之力。

⑨ "用成弓焉一作彈弓"，"明初""津逮""學津""稗海"各本均缺。

⑩ "字體端嚴，如人模成焉"，"明初""津逮""學津""稗海"各本均缺。

⑪ "者"，"明初"本無。

⑫ "嘗"，"明初"本作"當"。

⑬ 鞠杖：古代打球的棍棒。

⑭ 此條"津逮""學津"本列於本卷《怪術》篇"衆言石旻"條之後。此條"明初""稗海"本缺。

⑮ "鄖鄉縣"，"明初"本作"勛鄉縣"。

⑯ "出"，"明初"本無。

⑰ "放時"上，"明初"本有"將"字。

怪　術

大曆中，荆州有術士從南來，止於陟屺寺。好酒，少有醒時。因寺中大齋會，人衆數千，術士忽曰："余有一伎，可代抃瓦盧珠之歡也。"①乃合彩色於一器中，驊步抓目，②徐祝數十言，方欲一作飲水再三噀壁上，③成維摩問疾變相，五色相宣如新寫。逮半日餘，色漸薄，至暮都滅。唯金粟綸巾鶖子衣上一花，④經兩日猶在。成式見寺僧惟肅說，忘其姓名。

丞相張魏公延賞在蜀時，⑤有梵僧難陀，得如幻三昧，入水火，貫金石，變化無窮。初入蜀，與三少尼俱行，或大醉狂歌，戌將將斷之。及僧至，且曰：“某寄迹桑門，別有樂術。”⑥因指三尼：“此妙於歌管。”戌將反敬之，遂留連爲辦酒肉。夜會客，與之劇飲。僧假裲襠巾幗，⑦市鉛黛，伎其三尼。⑧及坐，含睇調笑，逸態絕世。飲將闌，僧謂尼曰：“可爲押衙踏某曲也。”⑨因徐徐對舞，⑩曳緒回雪，迅赴摩跌，技又絕倫也。良久，曲終而舞不已。僧喝曰：“婦女風邪？”忽起，取戌將佩刀，衆謂酒狂，各驚走。僧乃拔刀斫之，皆踣於地，血及數丈。戌將大懼，呼左右縛僧。僧笑曰：“無草草。”徐舉尼，三支筇杖也，血乃酒耳。又嘗在飲會，令人斷其頭，釘耳於柱，無血。身坐席上，酒至，瀉入脰瘡中，面赤而歌，手復抵節。會罷，自起提首安之，初無痕也。時時預言人凶衰，皆謎語，事過方曉。成都有百姓供養數日，僧不欲住，閉關留之，僧因是走入壁角，百姓遽牽，漸入，唯餘袈裟角，頃亦不見。來日壁上有畫僧焉，其狀形似，日日色漸薄，積七日，空有黑迹。至八日，迹亦滅，僧已在彭州矣。後不知所之。

虞部郎中陸紹，元和中，嘗看表兄於定水寺，⑪因爲院僧具蜜餌時果，鄰院僧亦陸所熟也，遂令左右邀之。良久，僧與一李秀才偕至，乃環坐，笑語頗劇。院僧顧弟子煮新茗，巡將匝而不及李秀才。陸不平曰：“茶初未及李秀才，何也？"僧笑曰："如此秀才，亦要知茶味？且以餘茶飲之。"鄰院僧曰："秀才乃術士，座主不可輕言。"其僧又言："不逞之子弟，何所憚？"秀才忽怒曰："我與上人素未相識，焉知予不逞徒也？"僧復大言："望酒旗玩變場者，豈有佳者乎？"李乃白座客："某不免對貴客作造次矣。"因奉手袖中，據兩膝，叱其僧曰："粗行阿師，爭敢輒無禮！柱杖何在？⑫可擊之。"其僧房門後有筇杖子，忽跳出，⑬連擊其僧。時眾亦爲蔽護，杖伺人隙捷中，若有物執持也。李復叱曰："捉此僧向牆。"僧乃負牆拱手，色青氣短，⑭唯言乞命。李又曰："阿師可下階。"僧又趨下，自投無數，⑮衄鼻敗顙不已。眾爲請之，李徐曰："緣對衣冠，不能煞此爲累。"因揖客而去。僧半日方能言，如中惡狀，竟不之測矣。

元和末，鹽城腳力張儼，遞牒入京。至宋州，遇一人，因求爲伴。其人朝宿鄭州，因謂張曰："君受我料理，可倍行數百。"乃掘二小坑，深五六寸，令張背立，垂踵坑口，⑯針其兩足。張初不知痛，又自膝下至骭，⑰再三拔之，黑血滿坑中。張大覺舉足輕捷，纔午至汴。復要於陝州宿，張辭力不能。又曰："君可暫卸膝蓋骨，且無所苦，當日行八百里。"張懼，辭之，其人亦不強，乃曰："我有事，須暮及陝。"遂去，行如飛，頃刻不見。

蜀有費雞師，目赤無黑睛，本濮人也。成式長慶初見之，已年七十餘。或爲人解災，必用一雞設祭於庭，又取江石如雞卵，令疾者握之，乃踏步作氣噓叱，^⑱雞旋轉而死，石亦四破。成式舊家人永安，初不信。嘗謂曰：“爾有大厄。”^⑲因丸符逼令吞之。復去其左足鞋及襪，符展在足心矣。又謂奴滄海曰：“爾將病。”令祖而負户，以筆再三畫於户外，大言曰：“過！過！”墨遂透背焉。

長壽寺僧誓言，他時在衡山，村人爲毒蛇所噬，須臾而死，髮解腫起尺餘。其子曰：“眘老若在，何慮！”遂迎眘至。乃以灰圍其尸，開四門，先曰：“若從足入，則不救矣。”遂踏步握固，久而蛇不至。眘大怒，乃取飯數升，搗蛇形詛之，忽蠕動出門。有頃，飯蛇引一蛇從死者頭入，徑吸其瘡，尸漸低。^⑳蛇疱縮而死，村人乃活。

王潛在荊州，百姓張七政善止傷折。^㉑有軍人損脛，求張治之。張飲以藥酒，破肉去碎骨一片，大如兩指，塗膏封之，數日如舊。經二年餘，脛忽痛，復問張。張言前爲君所出骨，寒則痛，可遽覓也，果獲於牀下。令以湯洗貯於絮中，其痛即愈。王公子弟與之狎，嘗祈其戲術。張取馬草一掬，再三接之，悉成燈蛾飛。又畫一婦人於壁，酌酒滿杯飲之，酒無遺滴。逡巡，畫婦人面赤，半日許可盡，濕起壞落。其術終不肯傳人。

韓佽在桂州，有妖賊封盈，能爲數里霧。先是常行野外，見黃蛺蝶數十，因逐之，至一大樹下忽滅。掘之，得石函，素書大如臂，遂成左道，百姓歸之如市。乃聲言某日將攻桂州，有紫氣者，我必勝。至期，果紫氣如匹帛，自山亘于州城。白氣直沖之，紫氣遂散。天忽大霧，至午稍開霽，州宅諸樹滴下小銅佛，大如麥，不知其數。其年韓卒。

海州司馬韋敷曾往嘉興，道遇釋子希遁，深於繕生之術，又能用日辰可代藥石。見敷鑷白，[22]曰："貧道爲公擇日拔之。"經五六日，僧請鑷其半。及生，色若黳矣。凡三鑷之，鬢不復變。座客有祈鑷者，僧言取時稍差。別後，髭色果帶綠，其妙如此。

衆言石旻有奇術。在揚州，成式數年不隔旬與之相見，言事十不一中。家人頭痛、嚏咳者，服其藥，未嘗效也。至開成初，在城親故間，往往説石旻術不可測。盛傳寶曆中，石隨錢徽尚書至湖州，嘗在學院，子弟皆以"文丈"呼之。[23]於錢氏兄弟求兔湯餅，時暑月，獵師數日方獲，因與子弟共食，笑曰："可留兔皮，聊志一事。"遂釘皮於地，壘墼塗之，上朱書一符，獨言曰："恨校遲，恨校遲。"錢氏兄弟詰之，[24]石曰："欲共諸君共記卯年也。"至太和九年，錢可復鳳翔遇害，歲在乙卯。

江西人有善展竹，數節可成器。○又有人熊葫蘆云：翻葫蘆易於翻鞠。[25]

厭鼠法。七日，以鼠九枚置籠中，埋於地。秤九百斤土覆坎，[26]深各二尺五寸，築之令堅固。《雜五行書》曰："亭部地上土，塗竈，水火盜賊不經；塗屋四角，鼠不食蠶；塗倉，鼠不食稻；[27]以塞坎，百鼠種絶。"

雍益堅云："主夜神咒，持之有功德，夜行及寐，可已恐怖惡夢。"咒曰"婆珊婆演底"。

宋居士説，擲骰子，咒云"伊諦彌諦彌揭羅諦"，念滿萬遍，彩隨呼而成。

雲安井，㉓自大江溯別派，凡三十里。近井十五里，澄清如鏡，舟楫無虞。近江十五里，皆灘石險惡，難于沿溯。天師翟乾祐，㉔念商旅之勞，於漢城山上結壇，考召追命群龍，凡一十四處，皆化爲老人應召而止。乾祐諭以灘波之險，害物勞人，使皆平之。一夕之間，風雷震擊，一十四里盡爲平潭矣。惟一灘仍舊，龍亦不至。乾祐復嚴敕神吏追之。又三日，有一女子至焉。因責其不伏應召之意，女子曰："某所以不來者，欲助天師廣濟物之功耳。且富商大賈，力皆有餘，而傭力負運者，力皆不足。雲安之貧民，自江口負財貨至近井潭，以給衣食者衆矣。今若輕舟利涉，平江無虞，即邑之貧民無傭負之所，絶衣食之路，所困者多矣。余寧險灘波以贍傭負，不可利舟楫以安富商，所以不至者，理在此也。"乾祐善其言，因使諸龍皆復其故。風雷頃刻，而長灘如舊。天寶中，詔赴上京，恩遇隆厚。歲餘，還故山，尋得道而去。

玄宗既召見一行，謂曰："師何能?"對曰："惟善記覽。"玄宗因詔掖庭取宮人籍以示之，周覽既畢，覆其本，記念精熟，如素所習讀。數幅之後，玄宗不覺降御榻，爲之作禮，呼爲聖人。先是，一行既從釋氏，師事普寂於嵩山。㉚師嘗設食於寺，大會群僧及沙門，居數百里者，皆如期而至，聚且千餘人。時有盧鴻者，道高學富，隱於嵩山。因請鴻爲文贊嘆其會。至日，鴻持其文至寺，其師受之，致於几案上。鐘梵既作，鴻請普寂曰：“某爲文數千言，況其字僻而言怪，盍於群僧中選其聰悟者，鴻當親爲傳授。”乃令召一行。既至，伸紙微笑，止於一覽，復致於几上。鴻輕其疏脫而竊怪之。俄而群僧會於堂，一行攘袂而進，抗音興裁，一無遺忘。鴻驚愕久之，謂寂曰：“非君所能教導也，當從其游學。”一行因窮大衍，自此訪求師資，不遠數千里。嘗至天臺國清寺，見一院，古松數十步，門有流水。一行立於門屏間，聞院中僧於庭布算，其聲籤籤。既而謂其徒曰：“今日當有弟子求吾算法，已合到門，豈無人道達耶？”即除一算，又謂曰：“門前水合卻西流，弟子當至。”一行承言而入，稽首請法，盡受其術焉。而門水舊東流，今忽改爲西流矣。邢和璞嘗謂尹愔曰：“一行，其聖人乎？漢之洛下閎造大衍曆，云後八百歲當差一日，則有聖人定之，今年期畢矣。而一行造大衍曆，正在差謬，㉛則洛下閎之言信矣。”一行又嘗詣道士尹崇，借揚雄《太玄經》，數日，復詣崇還其書。崇曰：“此書意旨深遠，吾尋之數年，尚不能曉。吾子試更研求，何遽還也？”一行曰：“究其義矣。”因出所撰《太衍玄圖》及《義訣》一卷以示崇，崇大嗟服，曰：“此後生顏子也。”至開元末，裴寬爲河南尹，深信釋氏，師事普寂禪師，日夕造焉。居一日，寬詣寂，寂云："方有小事，未暇款語，且請遲回休憩也。"寬乃屏息，止於空室。見寂潔正堂，焚香端坐。坐未久，忽聞叩門，連云："天師一行和尚至矣。"一行入，詣寂作禮。禮訖，附耳密語，其貌絕恭，但頷云無不可者。[32]語訖禮，禮訖又語，如是者三，寂惟云："是，是。"無不可者。一行語訖，降階入南室，自闔其户。寂乃徐命弟子云："遣鐘，一行和尚滅度矣。"左右疾走視之，一行如其言滅度。後寬乃服衰絰葬之，自徒步出城送之。

【校釋】

① 抃瓦：鼓掌（使）瓦碎。廬（è）珠：藏珠。廬，本指山旁洞穴，意爲隱藏。

② 驒（diàn）步抓目：驒步，如馬一樣縱步；抓目，抬眼。

③ "一作飲"，"明初"本無此注。

④ 金粟：指維摩詰的前身金粟如來。鶖子衣：佛大弟子舍利弗（鶖子）所穿之衣，泛指袈裟。

⑤ "丞相張魏公延賞在蜀時"，"明初""津逮""學津""稗海"各本均作"張魏公在蜀時"。

⑥ 桑門：梵語"沙門"，即僧徒。"樂"，原作"藥"，據"津逮""稗海"本改。

⑦ "裲襠"，原作"裲裆"，據"學津"本改。裲襠，即馬甲、坎肩或背心之類的上衣。巾幗：婦女的頭巾和髮飾。

⑧ "伎"，民國吳曾祺編《舊小說》引作"飾"。

⑨ "某曲也"，原作"其曲也"，據"學津"本改。

⑩ "徐徐對舞"，原作"徐對對舞"，潘建國所撰《〈酉陽雜俎〉明

初刊本考——兼論其在東亞地區的版本傳承關係》一文中述及《酉陽雜俎》之朝鮮刻本"徐對對舞"作"徐徐對舞",據此改。"學津"本作"徐進對舞"。

⑪ "看","學津"本作"謁"。

⑫ "柱","津逮""學津"本作"拄"。

⑬ "有筇杖子,忽跳出","明初""津逮""學津""稗海"各本均作"有筇杖子子跳出"。子子,突然之意。

⑭ "氣短","明初""津逮""學津"本作"短氣"。

⑮ 投:投地,指磕頭。

⑯ "踵","津逮""學津""稗海"本作"足"。

⑰ "骬",原作"鼾",據"明初""津逮""學津""稗海"本改。

⑱ "嘘叱","明初"本作"虛叱"。

⑲ "大","明初""津逮""學津"本無。

⑳ "低","明初"本作"伍",同。

㉑ "止","明初"本作"正"。

㉒ 鑷白:拔除白髮和白鬚。

㉓ "以","明初""津逮""學津"本缺。

㉔ "詰",原作"語",據"津逮""學津""稗海"本改。

㉕ 此條至"玄宗既召見一行"條,"明初""稗海"本缺。

㉖ "土",原作"上",據"學津"本改。

㉗ "稻","津逮""學津"本作"穀"。

㉘ 雲安井:地名,今四川雲安。

㉙ 翟乾祐:據《仙傳拾遺》記載,他是雲安人,在陸地能治服虎豹,在水裡能降服蛟龍,言將來之事,無不應驗。

㉚ 普寂（650—739）：唐朝佛教禪宗高僧，俗姓馮，蒲州河東（今山西永濟西）人。幼年即修學經律，後被召到長安，王公大臣競來禮謁。卒年八十九歲，謚號大慧禪師或曰大照禪師。

㉛ “正在”，疑作“在正”。

㉜ “頷云”，原作“額云”，據“學津”本改。頷，點頭之意。

酉陽雜俎前集卷之六

藝　絕

南朝有姥善作筆，蕭子雲常書用，筆心用胎髮。開元中，筆匠名鐵頭，能瑩管如玉，莫傳其法。

成都寶相寺偏院小殿中有菩提像，其塵不集，如新塑者。相傳，此像初造時，匠人依明堂先具五藏，^①次四肢百節。將百餘年，纖塵不凝焉。

李叔詹常識一范陽山人，^②停於私第，時語休咎必中，兼善推步禁咒。止半年，^③忽謂李曰："某有一藝，將去，欲以爲別，所謂水畫也。"乃請後廳上掘地爲池，方丈，深尺餘，泥以麻灰，日汲水滿之。^④候水不耗，具丹青墨硯，先援筆叩齒良久，乃縱筆毫水上。就視，但見水色渾渾耳。經二日，拓以絺一作緻絹四幅，^⑤食傾，舉出觀之，古松、怪石、人物、屋木，無不備也。李驚異，苦詰之，惟言善能禁彩色，不令沉散而已。

天寶末，術士錢知微嘗至洛，遂榜天津橋表柱賣卜，一

87

卦帛十匹。歷旬，人皆不詣之。一日，有貴公子意其必異，命取帛如數卜焉。錢命蓍，布卦成，曰："予筮可期一生，君何戲焉？"其人曰："卜事甚切，先生豈誤乎？"錢云："請爲韻語曰：兩頭點土，中心虛懸。人足踏跂，不肯下錢。"其人本意賣天津橋紿之，其精如此。⑥

舊記藏彄令人生離，⑦或言古語有徵也。舉人高映，善意彄。成式嘗於荆州藏鈎，每曹五十餘人，十中其九。同曹鈎亦知其處，當時疑有他術。訪之，映言，但意舉止辭色，若察囚視盜也。

山人石旻，尤妙打彄，與張又新兄弟善。暇夜會客，因試其意彄，注之必中。張遂置鈎於巾襞中，旻曰："盡張空拳。"有頃，⑧眼鈎在張君幞頭左翅中，其妙如此。旻後居揚州，成式因識之，曾祈其術，石謂成式曰："可先畫人首數十，遣胡越異辦則相授。"疑其見欺，竟不及畫。⑨

【校釋】

①明堂：人體結構圖，標明經脈、孔穴等，舊稱明堂圖或明堂孔穴圖。

②"詹"，原作"簷"，屬形誤，據"明初"本改。

③"止"，原作"上"，據"明初""津逮""學津""稗海"本改。

④"汲水"，"明初"本作"没水"。

⑤"稚一作緻絹"，"明初"本作"褌絹"，無注。"津逮"本作"稚絹"，無注。"學津"本徑作"緻絹"，似是。緻絹即一種細絹，這種絹細膩不漏水。

⑥ 此條"明初"本缺。

⑦ 藏彄（kōu）：亦稱藏鈎，是古代的一種民間游戲。彄即鈎，指戒指一類的圓環。這種游戲分兩組，一組藏鈎，一組意（猜測）鈎，輪流藏與猜。

⑧ "有頃"上，原衍"左"字，據《太平廣記》引刪。

⑨ 此條"津逮""學津"本與上條相接合爲一條。

器　奇

開元中，河西騎將宋青春，驍果暴戾，爲衆所忌。及西戎歲犯邊，青春每陣常運稍大呼，①執蒇而旋，未嘗中鋒鏑。西戎憚之，一軍始賴焉。②後吐蕃大北，③獲生口數千。軍帥令譯問衣大蟲皮者："爾何不能害青春？"答曰："嘗見龍突陣而來，④兵刃所及，若叩銅鐵，我爲神助將軍也。"青春乃知劍一作鈎之有靈。⑤青春死後，劍爲瓜州刺史李廣琛所得，或風雨後，迸光出室，環燭方丈。哥舒鎮西知之，求易以他寶，廣琛不與，因贈詩："刻舟尋化去，彈鋏未酬恩。"

鄭雲逵少時得一劍，鱗鋏星鐔，有時而吼。常在莊居，晴日藉膝玩之。忽有一人，從庭樹窣然而下，衣朱紫，糾髮，⑥露劍而立，黑氣周身，狀如重霧。鄭素有膽氣，佯若不見。其人因言："我上界人，知公有異劍，願借一觀。"鄭謂曰："此凡鐵耳，不堪君玩。上界豈籍此乎？"其人求之不已。鄭伺便良久，疾起斫之，不中，忽墮黑氣着地，⑦數日方散。

成式相識温介云："大曆中，高郵百姓張存，以踏藕爲業。嘗於陂中見旱藕，稍大如臂，遂併力掘之，深二丈，大至合抱，以不可窮，乃斷之，中得一劍，長二尺，色青，無刃，存不之寶。[8]邑人有知者，以十束薪獲焉。其藕無絲。"

元和末，海陵夏侯乙，庭前生百合花，大於常數倍，異之。因發其下，得甓匣十三重，各匣一鏡。第七者光不蝕，照日光環一丈，其餘規銅而已。

高瑀在蔡州，有軍將田知迴易折欠數百萬。迴至外縣，去州三百餘里，高方令錮身勘田。[9]憂迫，[10]計無所出，其類因爲設酒食開解之。坐客十餘，中有稱處士皇甫玄真者，衣白若鵝羽，貌甚都雅。衆皆有寬勉之辭，皇但微笑曰："此亦小事。"衆散，乃獨留，謂田曰："予嘗游海東，獲二寶物，當爲君解此難。"田謝之，請具車馬，悉辭，行甚疾。其晚至州，舍於店中，遂晨謁高。高一見，不覺敬之。因謂高曰："玄真此來，特從尚書乞田性命。"高遽曰："田欠官錢，非瑀私財，如何？"皇請避左右："某於新羅獲一巾子，辟塵，欲獻此贖田。"於懷內探出授高。高纔執，已覺體中虛涼，驚曰："此非人臣所有，且無價矣，田之性命，恐不足酬也。"皇甫請試之。翌日，因宴於郭外。時久旱，埃塵且甚。高顧視馬尾、鬣及左右騶卒數人，並無纖塵。監軍使覺，問高："何事尚書獨不沾塵坌？豈遇異人獲

至寶乎？"高不敢隱。監軍固求見處士，^⑪高乃與俱往。監軍
戲曰："道者獨知有尚書乎？更有何寶，願得一觀。"皇甫
具述救田之意，且言："藥出海東，今餘一針，力弱不及
巾，可令一身無塵。"監軍拜請曰："獲此足矣！"皇即於巾
上抽與之。針，金色，大如布針。監軍乃札於巾試之，驟
於塵中，塵唯及馬鬃尾焉。高與監軍日日禮謁，將請其道
要。^⑫一夕，忽失所在矣。

【校釋】

① "運稍"，"明初"本作"運臂"，"學津"本作"運劍"。

② "始"，"學津"本作"咸"。

③ "北"，原作"地"，據"學津"本改。北，敗北、敗逃之意。

④ "龍"上，"明初""津逮""學津""稗海"各本均有"青"字。

⑤ "劍一作鈎"，"明初"本徑作"鈎"，"學津"本作"劍"，無注。

⑥ "衣朱紫，糺髮"，"明初"本作"紫衣，朱糺髮"，"津逮""學
津""稗海"本作"紫衣，朱虬髮"。

⑦ "墮"，"明初""津逮""學津"本作"墜"。

⑧ "不"下，"明初"本有"識"字。

⑨ 錮身：身體套上枷鎖，古代的一種刑罰。

⑩ "憂"上，"學津"本有"田"字。

⑪ "監軍固求見處士"，"明初""津逮""學津""稗海"各本均
作"監軍不悅，固求見處士"。

⑫ "請"，"明初""津逮""學津""稗海"各本均作"討"。

樂

　　咸陽宮中有鑄銅人十二枚，坐皆三五尺，列在一筵上。琴筑笙竽，各有所執，皆組綬花彩，儼若生人。筵下有銅管，吐口高數尺。[①]其一管空，內有繩大如指，使一人吹空管，一人紐繩，則琴瑟竽筑皆作，與真樂不異。有琴長六尺，安十三弦，二十六徽，皆七寶飾之，銘曰“璵璠之樂”。玉笛長二尺三寸，二十六孔，吹之則見車馬出山林，隱隱相次，息亦不見，銘曰“昭華之管”。

　　魏高陽王雍美人徐月華，能彈臥箜篌，爲《明妃出塞》之聲。

　　有田—作由僧超，[②]能吹笛，爲“壯士歌”“項羽吟”。將軍崔延伯出師，每臨敵，令僧超爲壯士聲，遂單馬入陣。

　　古琵琶弦用鵾雞筋。[③]開元中，段師能彈琵琶，用皮弦。賀懷智破撥彈之，不能成聲。

　　蜀將軍皇甫直，別音律，擊陶器能知時月。好彈琵琶，元和中，嘗造一調，乘涼臨水池彈之，本黃鐘而聲入蕤賓。因更弦再三奏之，聲猶蕤賓也。直甚惑，不悅，自意爲不祥。隔日，又奏於池上，聲如故。試彈於他處，則黃鐘也。直因調蕤賓，[④]夜復鳴彈於池上，覺近岸波動，有物激水如魚躍，及下弦則没矣。[⑤]直遂集客車水竭池，窮池索之。數日，泥下丈餘，得鐵一片，乃方響蕤賓鐵也。[6]

王沂者，平生不解弦管。忽旦睡，至夜乃寤，索琵琶弦之，成數曲，一名《雀啅蛇》，一名《胡王調》，一名《胡瓜苑》，人不識聞，聽之莫不流涕。其妹請學之，乃教數聲，須臾總忘，後不成曲。[7]

有人以猿臂骨爲笛吹之，其聲清圓，勝於絲竹。

琴有氣，常識一道者，相琴知吉凶。

【校釋】

① "吐"，"學津"本作"上"。

② "田一作由"，"明初"本徑作"由"，無注。

③ "弦"，原缺；"筋"，原作"股"，據"學津"本補改。

④ "調"上，"學津"本有"切"字。

⑤ 下弦：停止彈奏。

⑥ 方響：唐代燕樂中常用的打擊樂器，由十六枚厚薄不一的鐵片組成，懸於架上，演奏時用小鐵錘擊打。

⑦ 此條與下二條，"明初""稗海"本缺。

酉陽雜俎前集卷之七

酒　食

魏賈璪家累千金，博學善著作。有蒼頭善別水，常令乘小艇於黃河中，以瓠匏接河源水，一日不過七八升。經宿，器中色赤如絳，以釀酒，名昆侖觴。酒之芳味，世中所絶。曾以三十斛上魏莊帝。

歷城北有使君林。魏正始中，鄭公慤—作殼三伏之際，①每率賓僚避暑於此。取大蓮葉置硯格上，盛酒三升，②以簪刺葉，令與柄通，屈莖上輪菌如象鼻，③傳吸之，名爲碧筒杯。歷下敩之，④言酒味雜蓮氣，香冷勝於水。

青田核，莫知其樹實之形。核大如六升瓠，注水其中，俄頃水成酒，一名青田壺，亦曰青田酒。蜀後主有桃核兩扇，每扇着仁處，約盛水五升，良久，水成酒，味醉人。更互貯水，以供其宴，即不知得自何處。

武溪夷田強，遣長子魯居上城，次子玉居中城，小子倉居下城。三壘相次—作望，以拒王莽。光武二十四年，遣武威

94

將軍劉尚征之。尚未至，倉獲白鱉爲臛，舉烽請兩兄。兄至，無事。及尚軍來，倉舉火，魯等以爲不實，倉遂戰而死。

梁劉孝儀食鯖鮓，曰：“五侯九伯，令盡征之。”魏使崔劼、李騫在坐，劼曰：“中丞之任，未應已得分陝？”⑤騫曰：“若然，中丞四履，當至穆陵—作穆陸陵。”⑥孝儀曰：“鄴中鹿尾，乃酒肴之最。”劼曰：“生魚，熊掌，孟子所稱。雞跖，猩唇，呂氏所尚。鹿尾乃有奇味，竟不載書籍，每用爲怪。”孝儀曰：“實自如此，或是古今好尚不同。”梁賀季白：“青州蟹黄，乃爲鄭氏所記，此物不書，未解所以。”騫曰：“鄭亦稱益州鹿尾，但未是珍味。”

何胤侈於味，食必方丈，⑦後稍欲去其甚者，猶食白魚、鮧腊、糖蟹，⑧使門人議之。學士鍾岏一作岍議曰：⑨“鮧之就脯，⑩驟於屈伸，而蟹之將糖，躁擾彌甚。仁人用意，深懷惻怛。⑪至於車螯、⑫母蠣，眉目內闕，慚渾沌之奇；唇吻外緘，非金人之慎；不榮不悴，曾草木之不若；無馨無臭，與瓦礫而何異？故宜長充庖厨，永爲口實。”

後梁韋琳，京兆人，南遷于襄陽。天保中爲舍人，涉獵有才藻，善劇談，常爲《鮧表》以譏刺時人。其詞曰：“臣鮧言：伏見除書，以臣爲粽—作糝熬將軍、油蒸校尉、臛州刺史，脯腊如故。肅承將命，含灰屏息。憑籠臨鼎，載兢載惕。臣美愧夏鱣，味慚冬鯉。常懷鮐腹之誚，每懼鱉巖之譏。是以噉流湖底，枕石泥中。不意高賞殊私，曲蒙鈎拔，遂得超升綺席，忝預玉盤。遠厠玳筵，猥頒象箸，澤覃紫膘一作腴，^⑬恩加黃腹。方當鳴薑動椒，紆蘇佩橙。輕瓢纔動，則樞盤如烟；濃汁暫停，則蘭肴成列。^⑭宛轉綠臺之中，逍遙朱唇之內。銜恩噬澤，九殞弗辭。不任屏營之誠，謹到銅鐺門，奉表以聞。"^⑮詔答曰："省表具知，^⑯卿池沼搢紳，陂池俊乂。^⑰穿蒲入荇，肥滑有聞。允堪茲選，無勞謝也。"^⑱

伊尹干湯，言天子可具三群之蟲，^⑲謂水居者腥，肉玃者臊，草食者羶也。

五味、三材、九沸、九變、三爨、七菹、具酸、楚酪、芍藥之醬、秋黃之蘇、楚苗、山膚太一作大苦、挫槽。^⑳

甘而不噮，酸而不嚛，鹹而不減，辛而不糧，淡而不薄，肥而不腴。

猩唇、玃炙、^㉑鱅翠、搊腴、縻腱、^㉒述蕩之掔、旄象之約、桂蠹石鰒、^㉓河隈之蘇、鞏洛之鱏、洞庭之鮒、灌水之鯉一作鰡、珠翠之珍、菜黃之鮐、臑鱉、炮羔、騰鳧、蠯臛、御宿青粲一作粢、瓜州紅菱、冀野之粱、芳菰、精稗、會稽之菰、不周之稻、玄山之禾、楊山之稷、南海之秬、壽木之華、玄木之葉、夢澤之芹、具區之菁、楊樸之薑、招搖之桂、越酪之菌、長澤之卵、三危之露、昆侖之井、黃頷臛、醒酒鯖、餰餬飱饐、粗粆、寒具、小蛳、熟蜆、炙糁、蛆子、蟹螠、葫精、細烏賊、細飄一作魚鰾、梨酴、鱟醬、乾栗、曲阿酒、麻酒、掾酒、新鰍子、石耳、蒲葉菹、西揮、竹根粟、^㉔菰首、鰡子魪、熊蒸、麻胡麥、藏荔支、綠施筍、紫蘼、千里蒜、

鱠曰萬丈、蚊一作蟲足、紅綷精細曰萬、鑿百煉、㉕蠅首如蚯、
張掖九蒸豉、一丈三節蔗、一歲二花梨、㉖行米、丈松、魚鰍、
蚶醬、蘇膏、糖䫌蜼子、新烏蜽、繝釀法、樂浪酒法、㉗二月
二日法酒、醬釀法、緑䤖法、豬骽羹、白羹、麻羹、鴿臛、
隔冒法、肚銅法、大貃炙、蜀檮炙、路時腊、棋腊、攫天
腊、㉘細麫法、飛麫法、薄演法、籠上牢丸、湯中牢丸、櫻桃
鎚、蝎餅、阿韓特餅、凡當餅、兜豬肉、懸熟、杏炙、蛙炙、
脂血、大扁餳、馬鞍餳、黃醜、白醜、白龍舍、黃龍舍、荆
餳、竿炙、羌煮一作炙、疏餅、䬫䭔餅。　餅謂之托、㉙或謂之
餦餛。飴謂之餯一作䬾，飽䭑謂之䭖一作餶。㉚餋䬼飴鈷本二字皆從
魚。茹、噄，食也。膜一作餤、䐿、胹、脹、膰，肉也。㉛膠、
䐊，膜也。騰、臏一作臍、㉜脈，臛也。䊟、糈、粎、梳，饊也。
饆一作饛、醑、𨡜、𫗱、𫗯，餌也。醦、醶、酠、㉝醆，醋也。
酪、䣂、醇、㉞漿也。𫗲、𬪫、釀、䤬，鹽也。醯、醝、酳、
醲、䤂，醬也。

折粟米法：取簡勝粟一石，加粟奴五斗舂之，粟奴能
令馨香。　乳煮羊胯利法：檳榔詹闊一寸，長一寸半，胡飯
皮。　鯉鮒鮓法：次第以竹枝賁頭置日中，書復爲記。

賨字五色餅法：㉟刻木蓮花，藕禽獸形按成之，合中累積
五色堅作道，名爲鬭釘。　色作一合者皆糖蜜，副起粄法、
湯肱法、沙棋法、甘口法。

蔓菁藕菹法：飽霜柄者，合眼掘取作樗蒲形。

蒸餅法：用大例麫一升，練豬膏三合。　梨婪法、腜肉

法、膵肉法、瀹鮎法。　治犢頭，去月骨，舌本近喉，有骨如月。木耳膾、漢瓜菹切用骨刀、豆牙菹、肺餅法、覆肝法、起起肝如起魚箱。㊱菹族並乙去法一作升。㊲

又膾法：鯉一尺，鯽八寸，去排泥之羽，鯽員天肉腮後鬐前，用腹腴拭刀，亦用魚腦，皆能令膾縷不着刀。

魚肉凍胜法：渌肉酸胜，用鯽魚、白鯉、魴、鯠、鱖、鮆，煮驢馬肉用助底。鬱驢肉，驢作臚貯反。炙肉，鱭魚第一，白其次，已前日味。㊳

今衣冠家名食，有蕭家餛飩，漉去湯肥，可以瀹茗。庾家粽子，白瑩如玉。韓約能作櫻桃饆饠，其色不變。又能造冷胡突、膾醴魚，㊴臆連蒸詐草草一本無蒸字，草草作獐獐、㊵皮索餅。將軍曲良翰能爲驢鬃駝峰炙。

貞元中，有一將軍家出飯食，每說："物無不堪吃，唯在火候，善均五味。"嘗取敗障泥、胡祿一作鹿，㊶修理食之，㊷其味極佳。

道流陳景思說，敕使齊日昇養櫻桃，至五月中，皮皺如鴻柿不落，其味數倍，人不測其法。㊸

【校釋】

① "愨一作愍"，"明初"本作"殻"，無注。

② "三升"，"明初"本作"二升"。

③ "輪菌"，原作"輪茵"，據"津逮""學津"本改。輪菌，捲曲貌。

④ "歷下"，原作"以下"，據"明初""津逮""學津""稗海"

各本改。歷下，指歷城（今山東濟南）。"敦"，"明初"本作"學"。

⑤ 分陝：陝即今河南陝縣。《公羊傳》隱公五年載，周公旦和召公奭分陝而治。後人遂以中央官員出任地方官爲"分陝"。此指崔劼反譏劉孝儀。

⑥ "一作穆陸陵"，"明初"本無此注。

⑦ 方丈：喻指極爲豐盛的菜肴。語出《孟子·盡心下》："食前方丈，侍妾數百人。"趙岐注："極五味之饌食，列於前，方一丈。"晉葛洪《抱朴子·詰鮑》亦云："食則方丈，衣則龍章。"

⑧ 鮿腊：用黃鱔做成的鱔魚干。鮿，同"鱔"，指鱔魚，似蛇。糖蟹：用飴糖腌製的螃蟹。

⑨ "鍾岏一作岮"，"明初""津逮""學津"本作"鍾岏"，無注，似是。鍾岏，字長岳，潁川長社（今河南長葛東北）人。《梁書》卷四十九有傳。

⑩ "腤"，原作"品"，據"明初"本改。腤（ān），古代一種烹煮肉或魚的方法，據下文"驟於屈伸"，作"腤"文意纔通。

⑪ "惻"，原作"如"，據"津逮""學津"本改。

⑫ "車熬"，"明初"本作"車鰲"，"津逮""學津"本作"車螯"。

⑬ "一作腜"，"明初"本無此注。

⑭ "蘭肴"，《太平廣記》引作"蘭膏"。蘭膏，指澤蘭煉成的油，可點燈。

⑮ "謹到"，"津逮""學津""稗海"本作"謹列"。銅鎗：即銅鼎，用來煮食物。此處爲喻意。"奉表"下，"學津"本有"致謝"兩字。

⑯ "具知"，"明初"本作"具之"。

⑰ "池"，"津逮""學津"本作"渠"。

⑱ 此條"津逮""學津""稗海"本與上條相接合爲一條。

⑲ 天子可具三群之蟲：做了天子之後纔可擁有天下的美味。三群之蟲即三類動物，意指天下美味。

⑳ "挫槽"，"津逮""學津""稗海"本列於"山膚"之前。

㉑ "玃"，原作"獲"，玃（jué），大母猴，疑形誤，故改。

㉒ "縻"，"明初""津逮""學津"本作"糜"。

㉓ "桂蠹石鰒"，"津逮""學津"本"桂蠹"與"石鰒"間有空格，分作兩味。

㉔ "西捭、竹根粟"，"津逮""學津""稗海"本作"西椑、青根粟"。

㉕ "鱠曰萬丈、蚊—作蟲足、紅綷精細曰萬、鑿百煉"，"明初""津逮""學津"本未斷開，據文意，似應作"鱠曰萬丈蚊—作蟲足、紅綷精細曰萬鑿百煉"。

㉖ "二花梨"，"明初""津逮""學津"本作"一花梨"。

㉗ "纞釀法"，"明初""津逮""學津""稗海"各本均作"纞膠法"。樂浪：漢武帝在公元前108年設置的朝鮮四郡之一，管轄朝鮮半島西北部。

㉘ "攫天臘"，"津逮""學津""稗海"本作"玃天臘"。

㉙ 托：不托，亦作餺飥，一種煮食的麵食。歐陽修《歸田録》卷二："湯餅，唐人謂之不托，今俗謂之餺飥矣。"

㉚ "飴謂之餳—作餧，飽餕謂之餭—作餉"，當作"飴謂之餳—作餧、餕，飽謂之餭"。《集韻·迄韻》："餕，飴和豆也。"可見，"餕"爲飴

的一種，當上屬。《説文》："餉，猒也。"又説："飽，猒也。"

㉛ "膜一作餤"，似作"胅"；"脤"，似作"脤"。《廣雅·釋器》："肌、膚、肴、胅、腝、脼、膳、膋、腱、脤、䐴，肉也。"

㉜ "膭一作膭"，似作"膭"。《説文》："膭，臞也。"

㉝ "酻"，當作"酺"。《廣雅·釋器》："醠、醴、醶、酺、醸，酢也。"《齊民要術·作酢法》："酢，今醋也。"

㉞ "醇"，當作"醇"。《廣雅·釋器》："酪、䴸、醇，漿也。"

㉟ "賫字五色餅法"，"明初""津逮""學津""稗海"各本均與上條相接，之間亦未空格，故"賫字五色餅法"之"賫字"似當接上條末，作"書復爲記賫字"。

㊱ "葙"，"津逮""學津"本作"葅"。

㊲ "一作升"，"明初""津逮""學津""稗海"各本均作"一曰汁"。

㊳ "折粟米法"條至本條，"明初"本相接合爲一條。"折粟米法"條之"鯉鮒鮓法"至本條，"津逮""學津"本相接合爲一條。

㊴ "醴"，"明初""津逮""學津"本作"鱧"。

㊵ "臆連蒸詐草草一本無蒸字，草草作猙猙"，"明初""津逮"本作"臆連蒸詐草草"，無注。"學津"本作"臆連蒸詐草猙"，無注。

㊶ "胡禄"，"津逮""學津"本作"胡盠"。胡禄，亦作"胡鹿""胡簏""胡籙"，盛箭矢之器具。

㊷ 修理：烹調。

㊸ 此條"明初"本與上條相接合爲一條。

醫

盧城之東有扁鵲冢，^①云魏時針藥之士，以厄腊禱之，所謂盧醫也。

魏時有句驪客，善用針。取寸髮，斬爲十餘段，以針貫取之，言髮中虚也，其妙如此。

王玄策俘中天竺王阿羅那順以詣闕，^②兼得術士那羅邇一有娑字婆，言壽二百歲。太宗奇之，館於金飈門內，造延年藥，令兵部尚書崔敦禮監主之。言婆羅門國有藥名畔茶佉水，出大山中石臼內，有七種色，或熱或冷，能消草木金鐵，人手入則消爛。若欲取水，以駱駝髑髏沉於石臼，取水轉注瓠蘆中。每有此水，則有石柱似人形守之。若彼山人傳道此水者則死。又有藥名咀賴羅，在高山石崖下。山腹中有石孔，孔前有樹，狀如桑樹。孔中有大毒蛇守之。取以大方箭射枝葉，^③葉下便有烏鳥銜之飛去，則衆箭射烏而取其葉也。後死於長安。

荆人道士王彥伯，天性善醫，尤別脈斷人生死壽夭，百不差一。裴冑尚書子，忽暴中病，衆醫拱手，或説彥伯，遽迎使視。脈之良久，曰：“都無疾。”乃煮散數味，入口而愈。裴問其狀，彥伯曰：“中無腮鯉魚毒也。”其子因膾得病，裴初不信，乃膾鯉魚無腮者，令左右食之，其候悉同，始大驚異焉。

柳芳爲郎中，子登疾重。④時名醫張方福初除泗州，⑤與芳故舊，芳賀之，且言子病，唯恃故人一顧也。張詰旦候芳，芳遽引視登。遙見登頂曰："有此頂骨，何憂也。"因按脈五息，⑥復曰："不錯，壽且逾八十。"乃留方數十字，謂登曰："不服此亦得。"登後爲庶子，年至九十而卒。

【校釋】

① "冢"，"明初"本作"家"。

② "王玄策"，原作"王玄榮"。《新唐書》卷一百四十六《西域傳》載：唐貞觀二十一年（647），王玄策以正使身份第二次出使天竺戒日王朝，途經吐蕃、泥婆羅。時戒日王死，臣阿羅那順篡位，要抓捕王玄策等人。王玄策發檄文請求援軍七千泥婆羅軍和一千二百吐蕃軍，大破天竺軍，生擒阿羅那順。據此改"王玄榮"爲"王玄策"。

③ "射"，原缺，據"津逮""學津"本補。

④ 登：即柳登（？—822），字成伯，柳芳之子。元和初爲大理少卿，遷右庶子。

⑤ "張方福"，《太平廣記》引作"張萬福"。

⑥ "五息"，"學津"本作"五六息"。

酉陽雜俎前集卷之八

黥

上都街肆惡少，率髡而膚札，備衆物形狀。恃諸軍，[①]張
拳強劫—作弓劍，至有以蛇集酒家，捉羊胛擊人者。今京兆薛
公元賞，[②]上三日，令里長潛捕約三十餘人，[③]悉杖煞，尸於
市。市人有點青者，皆炙滅之。時大寧坊力者張幹，札左膊
曰"生不怕京兆尹"，右膊曰"死不畏閻羅王"。又有王力
奴，以錢五千召札工，可胸腹爲山、亭院、池榭、[④]草木、鳥
獸，無不悉具，細若設色。公悉杖殺之。○又賊趙武建，札
一百六十處番印、[⑤]盤鵲等，左右膊刺言："野鴨灘頭宿，朝
朝被鶻梢。忽驚飛入水，留命到今朝。"○又高陵縣捉得鏤身
者宋元素，刺七十一處，左臂曰："昔日已前家未貧，苦將錢
物結交親。如今失路尋知己，行盡關山無一人。"右臂上刺葫
蘆，上出人首，如傀儡戲郭公者。[⑥]縣吏不解，問之，言葫蘆
精也。[⑦]

李夷簡，元和末在蜀。蜀市人趙高，好鬥，常入獄，滿

背鏤毗沙門天王，吏欲杖背，見之輒止。恃此轉爲坊市患害。
左右言於李，李大怒，擒就廳前，索新造筋棒，頭徑三寸，
叱杖子打天王，盡則已，數三十餘不絕。經旬日，祖衣而歷
門，叫呼乞修理功德錢。

　　蜀小將韋少卿，韋表微堂兄也。少不喜書，嗜好札青。
其季父嘗令解衣視之，胸上刺一樹，樹杪集鳥數十。其下懸
鏡，鏡鼻繫索，有人止於側牽之。⑧叔不解，問焉，少卿笑曰：
"叔不曾讀張燕公詩否？'挽鏡寒鴉集'耳。"⑨

　　荆州街子葛清，勇不膚撓，自頸已下，遍刺白居易舍人
詩。成式常與荆客陳至呼觀之，令其自解，背上亦能暗記。
反手指其札處，至"不是此花偏愛菊"，則有一人持杯臨菊
叢。又"黃夾纈林寒有葉"，則指一樹，樹上挂纈，纈窠鎖
勝—作滕絕細。⑩凡刻三十餘首，⑪體無完膚，陳至呼爲"白舍
人行詩圖"也。

　　成式門下騶路神通，每軍較力，⑫能戴石簦䩅六百斤石，⑬
嚙破石粟數十。背刺天王，自言得神力，入場神助之則力
生。⑭常至朔望日，具乳糜，焚香祖坐，使妻兒供養其背而
拜焉。

　　崔承寵，少從軍，善轤鞠，逗脫杖捷如膠焉。後爲黔南
觀察使。少遍身刺一蛇，始自右手，口張臂食兩指，繞腕匝
頸，齟齬在腹，拖股而尾及骭焉。對賓侶常衣覆其手，然酒
酣輒袒而努臂戟手，捉優伶輩曰："蛇咬爾。"優伶等即大叫
毀而爲痛狀，以此爲戲樂。

寶曆中，長樂里門有百姓剌臂，數十人環矙之。忽有一人，白襴屠蘇，頫首微笑而去。⑮未十步，百姓子剌血如衄，痛苦次骨。食頃，出血斗餘。衆人疑向觀者所爲，⑯令其父從而求之。其人不承，其父拜數十，乃捻撮土若祝：⑰"可傅此。"如其言，血止。

成式三從兄遘，貞元中，嘗過黃坑，有從者拾髑髏顱骨數片將爲藥，一片上有"逃走奴"三字，⑱痕如淡墨，方知黥踪入骨也。從者夜夢一人，掩面從其索骨曰："我羞甚，幸君爲我深藏之，當福君。"從者驚覺毛戴，遽爲埋之。後有事，鬼仿佛夢中報之，以是獲財，欲至十萬而卒。

蜀將尹偓，營有卒，晚點後數刻，偓將責之。卒被酒自理，聲高，偓怒，杖數十，幾至死。卒弟爲營典，性友愛，不平偓，乃以刀劗肌作"殺尹"兩字，以墨涅之。偓陰知，乃以他事杖殺典。及太和中，南蠻入寇，偓領衆數萬保邛崍關。偓膂力絕人，常戲左右，以棗節杖擊其脛，隨擊筋漲擁腫，初無痕撻。恃其力，悉衆出關逐蠻。數里，蠻伏發，夾攻之，大敗，馬倒，中數十槍而死。初出關日，忽見所殺典，擁黃案，大如轂，在前引，心惡之，問左右，咸無見者，竟死於陣。

房孺復妻崔氏，性忌，⑲左右婢不得濃妝高髻，月給燕脂一豆，粉一錢。有一婢新買，妝稍佳，崔怒，謂曰："汝好妝耶？我爲汝妝！"乃令刻其眉，以青填之，燒鎖梁，灼其兩眼角，皮隨手燋卷，以朱傅之。及痂脫，瘢如妝焉。

楊虞卿爲京兆尹，時市里有三王子，力能揭巨石，遍身圖刺，體無完膚。前後合抵死數四，皆匿軍以免。一日有過，楊令五百人捕獲，^⑳閉門杖殺之。判云："鑿刺四支，只稱王子，何須訊問，便合當辜。"^㉑

蜀人工於刺，分明如畫。或言以黛則色鮮，成式問奴輩，言但用好墨而已。

荆州貞元中，市有鬻刺者，有印，印上簇針爲衆物狀，如蟾蝎杵臼，隨人所欲。一印之，刷以石墨，瘡愈後，細於隨求印。

近代妝尚靨，如射月，曰黃星—作是靨。靨鈿之名，蓋自吳孫和鄧夫人也。和寵夫人，嘗醉舞如意，誤傷鄧頰，血流，嬌婉彌苦。命太醫合藥，醫言得白獺髓，雜玉與虎魄屑，當滅痕。和以百金購得白獺，乃合膏。琥珀太多，及差，^㉒痕不滅。左頰有赤點如痣，^㉓視之更益甚妍也。諸嬖欲要寵者，^㉔皆以丹點頰而進幸焉。^㉕

今婦人面飾用花子，起自昭容上官氏所製，以掩點迹。大曆已前，士大夫妻多妒悍者，婢妾小不如意，輒印面，故有月點、錢點。

百姓間有面戴青志如黥，舊言婦人在草蓐亡者，以墨點其面，不爾，則不利後人。

越人習水，必鏤身以避蛟龍之患。今南中繡面狇子，蓋雕題之遺俗也。

《周官》：墨刑罰五百。㉖鄭言，先刻面，以墨窒之，窒墨者，使守門。《尚書刑德考》曰：涿鹿者，鑿人顙也；黥人者，馬羈笮人面也。鄭云：涿鹿黥，世謂之刀墨之民。

《尚書大傳》：虞舜象刑，犯墨者皁巾。《白虎通》：墨者，額也。取漢法，火之勝金。

《漢書》：除肉刑，當黥者髡鉗爲城旦舂。

又《漢書》：使王烏等窺匈奴。匈奴法，漢使不去節，不以墨黥面，不得入穹廬。王烏等去節，黥面，得入穹廬，單于愛之。

晉令：㉗奴始亡，加銅青若墨，黥兩眼；從再亡，㉘黥兩頰上；三亡，橫黥目下，皆長一寸五分。

梁朝雜律：凡囚未斷，先刻面作“劫”字。

釋僧祇律：涅槃印者，比丘作犯王法，㉙破肉，以孔雀膽、銅青等畫身，作字及鳥獸形，名爲印黥。

《天寶實錄》云：日南厩山連接，不知幾千里，裸人所居，白民之後也。刺其胸前作花，有物如粉而紫色，畫其兩目下。去前二齒，以爲美飾。成式以君子恥一物而不知，陶貞白每云，一事不知，以爲深恥。況相定黥布當王，淫著紅花欲落，刑之墨屬，布在典冊乎？偶錄所記寄同志，愁者一展眉頭也。

【校釋】

①“恃”，“明初”本作“時”。

②“元賞”，“明初”“津逮”“學津”“稗海”本無。

③ "上三日，令里長潛捕約三十餘人"，原作"上言白，令里長潛部約三千—作十餘人"，據《太平廣記》引改。《舊唐書·薛元賞傳》亦載："元賞到府三日，收惡少，杖死三十餘董，陳諸市。餘黨懼，爭以火滅其文。"

④ "池榭"，"明初"本作"池樹"。

⑤ "一百六十處"，"明初"本作"一百六處"。

⑥ 傀儡戲：民間戲劇表演中的一種。傀儡古代又名郭郎、郭禿、郭公、鬼公、傀儡頭、鬼頭，是傀儡戲中形貌極醜、滑稽可笑的引場者。

⑦ "又賊趙武建"至"言葫蘆精也"，"津逮""學津""稗海"本提行另作一條。

⑧ "於"，"明初"本無。

⑨ 張燕公：即張説（667—730），唐代文學家，詩人，玄宗時拜中書令，封燕國公。"挽鏡寒鴉集"即"晚景寒鴉集"，爲燕公《岳州晚景》詩句之一。"挽鏡"乃"晚景"之諧音。

⑩ "一作滕"，"明初"本無此注。

⑪ "首"上，原衍"處"字，據《太平廣記》引刪。

⑫ "較"，"明初"本作"設"。

⑬ 簦：古代有柄的笠，類似後世的雨傘。鞡（tā）：本指拖鞋，引深爲拖着走。意爲路神通能頂着六百斤重的石笠走路。

⑭ "神助之"，原作"人助多"，據《太平廣記》引改。

⑮ "頃首"，"明初"本作"少頃"。

⑯ "所爲"，原缺，據"學津"本補。

⑰ "捻撮土"，"明初"本作"捻轍土"。

⑱ "三"，原缺，據"津逯""學津""稗海"本補。

⑲ "忌"上，"學津"本有"妒"字。

⑳ 五百人：亦作"五百""伍佰"，古代隋唐前爲官名，掌導從、護衛、行杖等事。唐時，一般指胥吏及差役，亦稱"所由"。

㉑ "便"，原作"何"，據"明初""津逯""學津""稗海"本改。

㉒ "差"，原缺，據《太平廣記》引補。

㉓ "如痣"，原作"如意"，據《太平廣記》引改。

㉔ "嬖"，"津逯""學津"本作"婢"。

㉕ "丹"下，"明初"本有"青"字。"而"下，"明初"本有"後"字。

㉖ "五百"，原作"三百"，據"明初""津逯""學津"本改。《周禮·秋官·司寇》云："司刑掌五刑之法，以麗萬民之罪，墨罪五百，劓罪五百，宮罪五百，刖罪五百，殺罪五百。"明田藝蘅《留青日札·文身》亦云："蓋《周官》有墨刑罰五百，故曰刁墨皂巾之民。"

㉗ "晋令"，"明初"本作"晋人"。

㉘ "從"，《太平御覽》引作"後"。

㉙ "作犯"，原作"作梵"。此條內容出自東晋佛陀跋陀羅與法顯共譯的《摩訶僧祇律》卷二十三："印癩者。佛住舍衛城，廣說如上。爾時比丘度印癩人出家，爲世人所譏，云何沙門釋子度犯王法印癩人出家，出家之人宜當完淨，此壞敗人何道之有？諸比丘以是因緣，往白世尊。乃至佛言：從今日後印癩人不應與出家。印癩者，破肉，以孔雀膽、銅青等畫作字，作種種鳥獸像，不應與出家。若已出家者，不應驅出。若與出家受具足者，越比尼罪。是名印癩。"據此，"作梵"應爲"作犯"。

雷

安豐縣尉裴顥，士淹孫也。言玄宗嘗冬月召山人包超，令致雷聲。超對曰："來日及午有雷。"遂令高力士監之。一夕醮式作法，及明至巳矣，天無纖翳，力士懼之。超曰："將軍視南山，當有黑氣如盤矣。"力士望之，如其言。有頃，風起，黑氣彌漫矣，雷數聲。①明皇又每令隨哥舒翰西征，②每陣常得勝風。

貞元初，鄭州百姓王幹有膽勇，夏中作田，忽暴雨雷，因入蠶室中避雨。有頃，雷電入室中，黑氣陡暗。③幹遂掩户，把鋤亂擊。聲漸小，雲氣亦斂，幹大呼，擊之不已，氣復如半牀，已至如盤，翕然墜地，變成熨斗、折刀、小折脚鐺焉。

李鄘在北都，介休縣百姓送解牒，夜止晉祠宇下。夜半，有人叩門云："介休王暫借霹靂車，某日至介休收麥。"良久，有人應曰："大王傳語，霹靂車正忙，不及借。"其人再三借之，遂見五六人秉燭，自廟後出，介山使者亦自門騎而入。④數人共持一物如幢扛，上環綴旗幡，授與騎者曰："可點領。"騎者即數其幡，凡十八葉，每葉有光如電起。百姓遂遍報鄰村，⑤令速收麥，將有大風雨，村人悉不信，乃自收刈。至其日，百姓率親情，據高阜，候天色，及午，介山上有黑雲氣如窰烟，斯須蔽天，注雨如緪，風吼雷震，凡損麥千餘頃，數村以百姓爲妖訟之。工部員外郎張周封親睹其推案。

成式至德坊三從伯父，少時於陽羨家乃親故也。夜遇雷雨，每電起，光中見有人頭數十，大如栲栳。

柳公權侍郎嘗見親故說，元和末，止建州山寺中，夜半覺門外喧鬧，因潛於窗櫺中觀之，見數人運斤造雷車，如圖畫者。久之，一噫氣，忽陡暗，其人兩目遂昏焉。

處士周洪言，寶曆中，邑客十餘人，逃暑會飲。⑥忽暴風雨，有物墜如玃，兩目眒眒。眾人驚，伏牀下。倏忽上階，歷視眾人，俄失所在。及雨定，稍稍能起，相顧，耳悉泥矣。邑人言，向來雷震，牛戰鳥墮，邑客但覺殷殷而已。

元稹在江夏襄州賈塹有庄，新起堂，上梁纔畢，疾風甚雨。時庄客輸油六七瓮，忽震一聲，油瓮悉列於梁上，一滴不漏。其年，元卒。

貞元年中，宣州忽大雷雨，一物墜地，猪首，手足各兩指，執一赤蛇嚙之。俄頃，雲暗而失。時皆圖而傳之。⑦

【校釋】

①"黑氣彌漫矣，雷數聲"，"明初""津逮""學津"本作"黑氣彌漫，疾雷數聲"。

②"明皇"，"明初"本作"明宗"。"翰"，"明初"本無。"明皇又每令……"，"明初"本提行另作一條。

③"陡暗"，"明初"本作"斗暗"。下之"柳公權侍郎嘗見親故說"條中之"陡暗"同。斗，古同"陡"。

④"山"，"津逮""學津"本作"休"。

⑤ "遂"，"明初"本無。

⑥ "逃暑"，"明初"本作"陶暑"。

⑦ 此條"明初""稗海"本缺。

夢

魏楊元慎能解夢，[①]廣陽王元淵夢著袞衣倚槐樹，問元慎，元慎言："當得三公。"退謂人曰："死後得三公耳，槐字木傍鬼。"果爲葛榮所殺，[②]贈司徒。

許超夢盜羊入獄，元慎曰："當得城陽令。"後封城陽侯。

補闕楊子孫一作干，又作玉堇，善占夢。一人夢松生戶前，一人夢棗生屋上，堇言："松，丘壟間所植。棗字重來，重來呼魄之象。"二人俱卒。

侯君集與承乾謀通逆，[③]意不自安，忽夢二甲士録至一處，見一人高冠鼓髯，[④]叱左右："取君集威骨來！"俄有數人操屠刀，開其腦上及右臂間，各取骨一片，狀如魚尾。因噦噫而覺，腦臂猶痛。自是心悸力耗，至不能引一鈞弓。欲自首不決而敗。

揚州東陵聖母廟主女道士康紫霞，自言少時夢中被人録於一處，言天符令攝將軍巡南岳，遂擐以金鎖甲，令騎，道從千餘人，馬蹀虛南去。[⑤]須臾至，岳神拜迎馬前。夢中如有處分，岳中峰嶺溪谷，無不歷也，恍惚而返，雞鳴驚覺，自是生鬚數十根。

司農卿韋正貫應舉時，嘗至汝州，汝州刺史柳凌留署軍事判官。柳嘗夢有一人呈案，中言欠柴一千七百束。因訪韋解之，韋曰："柴，薪木也。公將此不久乎！"月餘，柳疾卒。素貧，韋爲部署，米麥鑼帛，悉前請於官數月矣，唯官中欠柴一千七百束。韋披案方省柳前夢。

道士秦霞霽，少勤香火，存想不怠。嘗夢大樹，樹忽穴，有小兒青摺鬟髮，自穴而出，語秦曰："合土尊師。"因驚覺，自是休咎之事，小兒仿佛報焉。凡五年，秦意爲妖。偶以事訪於師，師遽戒勿言，此修行有功之證。因此遂絕。舊說夢不欲數占，信矣。

蜀醫昝殷言，藏氣陰多則數夢，⑥陽壯則夢少，⑦夢亦不復記。《周禮》有掌三夢，又以日月星辰各占六夢，謂日有甲乙，月有建破，星辰有居直，星有扶—作符刻也。又曰：舍萌于四方，以贈惡夢。謂會民方相氏，四面逐送惡夢至四郊也。

漢儀大儺侲子辭有"伯奇食夢"。⑧道門言夢者魄妖，或謂三尸所爲。釋門言有四：一善惡種子，二四大偏增，三賢聖加持，四善惡徵祥。成式嘗見僧首素言之，言出《藏經》，亦未暇尋討。又言夢不可取，取則著，著則怪入。夫瞽者無夢，則知夢者習也。

成式表兄盧有則，夢看擊鼓，及覺，小弟戲叩門爲街鼓也。

又成式姑婿裴元裕言，群從中有悦鄰居女者，⑨夢女遺二櫻桃，食之。及覺，核墜枕側。⑩

李鉉著《李子正辯》言，⑪至精之夢，則夢中身人可見。如劉幽求見妻，夢中身也，則知夢不可以一事推矣。愚者少夢，不獨至人；問—作聞之驪皁，百夕無一夢也。

秘書郎韓泉，善解夢。衛中行爲中書舍人時，有故舊子弟赴選，⑫投衛論屬，衛欣然許之。駮榜將出，其人忽夢乘驢蹶，墜水中，登岸而靴不濕焉。選人與韓有舊，訪之，韓被酒半戲曰："公今選事不諧矣。據夢，衛生相負，足下不沾。"及榜出，果駮放。韓有學術，韓僕射猶子也。

威遠軍小將梅伯成善占夢。⑬近有優人李伯怜游涇州乞錢，得米百斛。及歸，令弟取之，過期不至。晝夢洗白馬，訪伯成占之。伯成佇思曰："凡人好反語，洗白馬，瀉白米也。君所憂或有風水之虞乎？"數日，弟至，果言渭河中覆舟，一粒無餘。

卜人徐道昇言，江淮有王生者，榜言解夢。⑭賈客張瞻將歸，夢炊於臼中。問王生，生言："君歸不見妻矣，臼中炊，固無釜也。"賈客至家，妻果卒已數月，方知王生之言不誣矣。

【校釋】

①"楊元慎"，原作"楊元積"，據《洛陽伽藍記》卷二改。下同。楊元慎生活於北魏孝明帝時期，爲解夢高手，其解夢故事在《洛陽伽藍記》中多有記載。

② "葛榮"，原作 "爾朱榮"。史料記載，葛榮（？—528）爲北魏末河北農民起事首領，他擒斬了魏廣陽王、驃騎大將軍元淵。後魏柱國大將軍爾朱榮擊敗起事軍並斬殺了葛榮。故改。

③ "謀通逆"，"學津" 本作 "通謀逆"。

④ "鼓髯"，"學津" 本作 "奮髯"。

⑤ 蹀虛：騰空升起。蹀，頓足，用腳踏。

⑥ "數"，"明初" 本無。

⑦ "夢少"，"明初" "津逮" "學津" 本作 "少夢"。

⑧ 大儺（nuó）侲（zhēn）子：儺，古時臘月驅逐疫鬼之儀式，"大儺" 一般在臘歲前一日舉行。侲子，即參加大儺儀式上驅鬼的童子。伯奇：大儺儀式中的神人。

⑨ "居"，"明初" 本無。

⑩ 此條與上二條，"明初" "津逮" "學津" 本相接合爲一條。

⑪ 李鉉：北齊人，字寶鼎，渤海南皮（今河北南皮）人。精通文字，删正謬字，寫就《李子正辯》。

⑫ "赴"，原缺，據 "學津" 本補。

⑬ "善" 上，原有 "以" 字，據文意當屬衍文，故删。威遠軍：即威遠營，分左右，屬鴻臚寺，改隸金吾衛，是唐朝的禁軍。

⑭ "言"，"明初" 本作 "召"。

酉陽雜俎前集卷之九

事　感

平原高菀城東有漁津，[①]傳云，魏末平原潘府君，字惠延，自白馬登舟之部，手中算囊，遂墜於水，囊中本有鍾乳一兩。在郡三年，濟水泛溢，得一魚，長三丈，廣五尺。剖其腹，中有得一墜水之囊，金針尚在，鍾乳消盡。其魚得脂數十斛，時人異之。

譙郡有功曹嵋。天統初，[②]濟南來府君出除譙郡。時功曹清河崔公恕，弱冠有令德，於時春夏積旱，送別者千餘人，至此嵋上，衆渴甚思水，升直萬錢矣，來公有思水色。恕獨見一青鳥於嵋中，乍飛乍止，怪而就焉。鳥起，見一石，方五六寸，以鞭撥之，清泉涌出。因盛以銀瓶，瓶滿水立竭，唯來公與恕供療而已。議者以爲盛德所感致焉。時人異之，故以爲目。

李彥佐在滄景，太和九年，有詔詔浮陽兵北渡黄河。[③]時冬十二月，至濟南郡，使擊水延舟，冰觸舟，舟覆詔失。李

117

公驚懼，不寢食六日，鬢髮暴白，至貌侵膚削，從事亦訝其儀形也。乃令津吏："不得詔盡死。"吏懼，且請公一祝，沉浮于河，吏憑公誠明，以死索之。李公乃令具爵酒，言祝傳語詰河伯，其旨曰："明天子在上，川瀆山岳，祝史咸秩。予境之內，祝未嘗匱，④爾河伯泪鱗之長，當衛天子詔，何返溺之？予或不獲，予齋告於天，天將謫爾。"吏酹冰，⑤辭已，忽有聲如震，河冰中斷可三十丈。吏知李公精誠已達，乃沉鉤索之，一釣而出，封角如舊，唯篆印微濕耳。李公所至，令務嚴簡，推誠於物，著於官下。如河水色渾，駛流大木與纖芥，頃而千里矣，安有舟覆六日，一酹而堅冰陷，一釣而沉詔獲，得非精誠之至乎！

【校釋】

① "高菀城"，《漢書·地理志》作"高苑縣"，治所在今山東博興西南。

② "初"，"明初""津逮""學津"本作"中"。

③ 浮陽：今河北滄州東關鎮。

④ "祝"，"明初""津逮""學津""稗海"各本均作"祀"。

⑤ 酹（lèi）冰：灑酒於冰，表示祭奠或立誓。

盜　俠

魏明帝起凌雲臺，峻峙數十丈，即韋誕白首處。①有人鈴下能着屐登緣，不異踐地，明帝怪而煞之，腋下有兩肉翅，長數寸。

高堂縣南有鮮卑城，舊傳鮮卑聘燕，停於此矣。城傍有盜跖冢，冢極高大，賊盜嘗私祈焉。齊天保初，土鼓一本無土鼓二字縣令丁永興，有群賊劫其部內，興乃密令人冢傍伺之，果有祈祀者，乃執諸縣案煞之，自後祀者頗絕。[②]《皇覽》言，[③]盜跖冢在河東，按盜跖死於東陵，此地古名東平陵，疑此近之。

或言刺客，飛天夜义術也。[④]韓晋公在浙西時，瓦官寺因商人無遮齋，[⑤]衆中有一年少請弄閣，乃投蓋而上，單練鬊履膜皮，猿挂鳥跂，捷若神鬼。復建臖水於結脊下，先溜至檐，空一足，敧身承其溜焉，睹者無不毛戴。

馬侍中嘗寶一玉精碗，夏蠅不近，盛水經月不腐不耗，或目痛，含之立愈。嘗匣於卧內，有小奴七八歲，偷弄墜破焉。時馬出未歸，左右驚懼，忽失小奴。馬知之大怒，鞭左右數百，將殺小奴。三日尋之，不獲。有婢晨治地，見紫衣帶垂於寢牀下，視之，乃小奴蹷張其牀而負焉，不食三日而力不衰。馬睹之大駭，曰：“破吾碗乃細過也。”即令左右撲殺之。

韋行規自言少時游京西，暮止店中，更欲前進，店前老人方工作，[⑥]謂曰：“客勿夜行，此中多盜。”韋曰：“某留心弧矢，無所患也。”因進發。行數十里，天黑，有人起草中尾之，韋叱不應，連發矢中之，復不退。矢盡，韋懼，奔馬。有頃，風雷總至，[⑦]韋下馬負一樹，見空中有電光相逐如鞠杖，勢漸逼樹杪，覺物紛紛墜其前。韋視之，乃木札也。須臾,積札埋至膝。韋驚懼,投弓矢,仰空乞命,拜數十,電光漸高而滅,風雷亦息。韋顧大樹,枝幹童矣。鞍馱已失,遂返前店,見老人方箍桶,韋意其異人,拜之,且謝有誤也。老人笑曰:"客勿恃弓矢,須知劍術。"引韋入院後,指鞍馱言:"卻須取,相試耳。"又出桶板一片,昨夜之箭悉中其上。韋請役力汲湯,⑧不許,微露擊劍事,韋亦得其一二焉。

相傳黎幹爲京兆尹時,曲江塗龍祈雨,觀者數千。黎至,獨有老人植杖不避,幹怒,杖背二十,如擊鞭革,掉臂而去。黎疑其非常人,命老坊卒尋之。至蘭陵里之內,入小門,大言曰:"我今日困辱甚,可具湯也。"坊卒遽返白黎,黎大懼,因弊衣懷公服,與坊卒至其處。時已昏黑,坊卒直入,通黎之官閥。黎唯而趨入,拜伏曰:"向迷丈人物色,罪當十死。"老人驚起,曰:"誰引君來此?"即牽上階。黎知可以理奪,徐曰:"某爲京兆尹,威稍損則失官政。丈人埋形雜迹,非證惠眼,不能知也。若以此罪人,是釣人以賊,非義士之心也。"老人笑曰:"老夫之過。"乃具酒設席於地,招坊卒令坐。夜深,語及養生之術,言約理辯。黎轉敬懼,因曰:"老夫有一伎,請爲尹設。"遂入。良久,紫衣朱鬢,擁劍長短七口,舞於庭中,迭躍揮霍,掜光電激,或橫若裂盤,旋若規尺。⑨有短劍二尺餘,時時及黎之衽,黎叩頭股栗。食頃,擲劍植地如北斗狀,顧黎曰:"向試黎君膽氣。"黎拜曰:"今日已後,性命丈人所賜,乞役左右。"老人曰:"君骨相無道氣,非可遽教,別日更相顧也。"揖黎而入。黎歸,氣色如病，臨鏡方覺鬚剃落寸餘。翌日復往，室已空矣。

　　建中初，士人韋生，移家汝州，中路逢一僧，因與連鑣，言論頗洽。⑩日將銜山，僧指路謂曰：“此數里是貧道蘭若，郎君豈不能左顧乎？”士人許之，因令家口先行。僧即處分步者先排比。⑪行十餘里，不至，韋生問之，即指一處林烟曰：“此是矣。”又前進，日已沒，韋生疑之。素善彈，乃密於靴中取弓卸彈，懷銅丸十餘，方責僧曰：“弟子有程期，適偶貪上人清論，勉副相邀。今已行二十里不至，何也？”僧但言：“且行。”至是，僧前行百餘步，韋知其盜也，乃彈之，正中其腦。⑫僧初不覺，凡五發中之，僧始捫中處，徐曰：“郎君莫作惡劇。”⑬韋知無奈何，亦不復彈。見僧方至一莊，數十人列炬出迎。僧延韋坐一廳中，喚云：“郎君勿憂。”因問左右：“夫人下處如法無？”復曰：“郎君且自慰安之，即就此也。”韋生見妻女別在一處，供帳甚盛，相顧涕泣。即就僧，僧前執韋生手曰：“貧道，盜也。本無好意，不知郎君藝若此，非貧道亦不及也。今日故無他，幸不疑也。適來貧道所中郎君彈悉在。”乃舉手摭腦後，五丸墜地焉。蓋腦銜彈丸而無傷，雖列言“無痕撻”、孟稱“不膚撓”，⑭不啻過也。⑮有頃，布筵，具蒸犢，犢札刀子十餘，以蠆餅環之。揖韋生就坐，復曰：“貧道有義弟數人，欲令伏謁。”言未已，朱衣巨帶者五六輩，列於階下。僧呼曰：“拜郎君！汝等向遇郎君，則成蠆粉矣。”食畢，僧曰：“貧道久為此業，今向遲暮，欲改前非。不幸有一子，技過老僧，欲請郎君為老僧斷之。”乃呼：“飛飛，出參郎君。”飛飛年才十六七，碧衣長袖，皮肉如臘。⑯僧叱曰：“向後堂侍郎君。”僧乃授韋一劍及五丸，且曰：“乞郎君盡藝殺之，無爲老僧累也。”引韋入一堂中，乃反鎖之。堂中四隅，明燈而已。飛飛當堂執一短馬鞭，韋引彈，意必中，丸已敲落。不覺跳在梁上，循壁虛攇，捷若猱玃，彈丸盡不復中。韋乃運劍逐之，飛飛倏忽逗閃，去韋身不尺。韋斷其鞭數節，⑰竟不能傷。僧久乃開門，問韋：“與老僧除得害乎？”韋具言之。僧悵然，顧飛飛曰：“郎君證成汝爲賊也，知復如何？”僧終夕與韋論劍及弧矢之事。天將曉，僧送韋路口，贈絹百匹，垂泣而別。

元和中，江淮有唐山人者，涉獵史傳，好道，常游名山，自言善縮錫，⑱頗有師之者。後於楚州逆旅遇一盧生，氣相合，⑲盧亦語及爐火，稱唐族乃外氏，遂呼唐爲舅。唐不能相捨，因邀同之南岳。盧亦言：“親故在陽羨，將訪之，今且貪舅山林之程也。”中途止一蘭若，夜半語笑方酣，盧曰：“知舅善縮錫，可以梗概語之？”唐笑曰：“某數十年重跰從師，⑳只得此術，豈可輕道耶！”盧復祈之不已，唐辭以師授有時日，可達岳中相傳。㉑盧因作色：“舅今夕須傳，勿等閒也。”唐責之：“某與公風馬牛耳，不意盱眙相遇，㉒實慕君子，何至驥卒不若也。”盧攘臂瞋目，眄之良久曰：“某刺客也。如不得，舅將死於此。”㉓因懷中探烏韋囊，出匕首，刃勢如偃月，執火前熨斗削之如札。唐恐懼，具述。盧乃笑語唐：“幾悟殺，舅此術十得五六。”方謝曰：“某師，仙也，令某等十人索天下妄傳黃白術者殺之。至添金縮錫，傳者亦死。某久得乘蹻之道者。"㉔因拱揖唐，忽失所在。唐自後遇道流，輒陳此事戒之。

李廓在潁州，獲光火賊七人，前後殺人，必食其肉。獄具，廓問食人之故，其首言："某受教於巨盜，食人肉者夜入，人家必昏沉，或有魘不悟者，㉕故不得不食。"兩京逆旅中，多畫鸚鵒及茶碗，㉖賊謂之鸚鵒辣者，記嘴所向；碗子辣者，亦示其緩急也。

【校釋】

① 韋誕（179—253）：字仲將，曹魏時書法家，官至侍中。諸書並善，尤精題署匾額。據史料記載，魏明帝修造凌雲臺初成，誤先釘榜而未題。以籠盛誕，使就榜書之。榜去地二十五丈，因危懼，下，頭鬚皆白。乃擲其筆，焚之，告誡子孫絕此楷法，著之家令。

② "後"，"明初"本作"彼"。

③ "《皇覽》言……"，"明初"本提行另作一條。

④ "夜义"，"明初"本作"野叉"，同。

⑤ "瓦官寺因商人無遮齋"，《説郛》作"瓦官寺商人設無遮齋"，似是。

⑥ "作"，"明初"本無。

⑦ "風雷總至"，"明初"本作"風雨揔至"。總，同"揔"，通"忽"，忽然之意。

⑧ 汲湯：本指挑水燒飯，意爲韋行規欲拜店中老人爲師。

⑨ "盤"，"學津"本作"帛"。"尺"，"學津"本作"火"。

⑩ "言論"，"明初"本作"有論"。

⑪ "步者先排比",《太平廣記》引作"從者供帳具食"。

⑫ "正中"上,"明初"本有"僧"字。

⑬ "作惡劇","明初""津逮""學津""稗海"各本均作"惡作劇"。

⑭ 列言"無痕撻":列子所言,砍撻不留痕迹。語出《列子·黃帝篇》:"入水不溺,入火不熱,砍撻無傷痛。"孟稱"不膚撓":孟子所言,肌膚爲人刺痛亦不撓。語出《孟子·公孫丑》:"北宮黝之養勇也,不膚撓,不目逃。"

⑮ "不啻","明初"本作"不翅",通。

⑯ "腊","津逮""學津"本作"脂"。

⑰ "數","明初"本無。

⑱ 縮錫:一種煉金術。

⑲ "氣"上,"學津"本有"意"字。

⑳ "跰(jiǎn)"下,原有注"一作迹",據"明初""津逮""學津"本改,去注。

㉑ "日","明初""津逮""學津"本無。"達","明初""津逮""學津"本作"遲"。

㉒ "耳","明初"本作"焉"。"盱眙",原作"盱暗一作盱眙",據"明初""學津""稗海"本改,去注。盱眙爲地名,今屬江蘇。

㉓ "如不得,舅將死於此",原作"舅不得,將死於此",據"學津"本改。

㉔ 乘蹻:道家飛行之術。蹻(jué),草鞋。

㉕ "魘",原作"魘",據"津逮""學津"本改。

㉖ "畫",原作"盡一作畫",據"津逮""學津""稗海"本改,去注。

酉陽雜俎前集卷之十

物　異

秦鏡。儴溪古岸石窟有方鏡，[①]徑丈餘，照人五藏，秦皇世號爲照骨寶，在無勞縣境山。

風聲木。東方朔西那汗國迴，得風聲木枝，帝以賜大臣。人有疾則枝汗，將死則折。里語曰"生年未半枝不汗"。

漢高祖入咸陽宮，寶中尤異者有青玉燈。檠高七尺五寸，下作蟠螭，以口銜燈，燈燃則鱗甲皆動，炳焕若列星。

珊瑚。漢積草池中珊瑚，[②]高一丈二尺，一本三柯，上有四百六十二條，是南越王趙佗所獻，號爲烽火樹。夜有光影，常似欲燃。[③]

石墨。無勞縣山出石墨，爇之彌年不消。

異字。境山西有石壁，壁間千餘字，色黃，不似鐫刻，狀如科斗，莫有識者。

田公泉。華陽雷平山有田公泉，飲之除腸中三蟲，用以浣衣，勝灰汁。

螢火芝。良常山有螢火芝，其葉似草，實大如豆，紫花，夜視有光。食一枚，心中一孔明。食至七，心七竅洞徹，可以夜書。

石人。尋陽山上有石人，高丈餘，虎至此，輒倒石人前。

冬瓜。晉高衡爲魏郡太守，戍石頭，其孫雅之，在厠中，有神來降，自稱白頭公，所柱杖，光照一室。又有一物如冬瓜，眼遍其上也。

豫章船。昆明池漢時有豫章船一艘，載一千人。

銅駝。漢元帝竟寧元年，長陵銅駝生毛，毛端開花。

籤。晉時錢塘有人作籤，年收魚億計，號萬匠籤。④

碑龜。臨邑縣北有華—作燕公墓，⑤碑尋失，唯趺龜存焉。石趙世，⑥此龜夜常負碑入水，至曉方出，其上常有萍藻。有伺之者，果見龜將入水，因叫呼，龜乃走，墜折碑焉。

陸鹽。昆吾國陸鹽周十餘里，⑦無水自生末鹽，月滿則如積雪，味甘；月虧則如薄霜，味苦；月盡亦全盡。

潁陽碑，魏曹丕受禪處，後六字生金。司馬氏金行，明六世遷魏也。

泉。元街縣有泉，泉眼中水交旋如盤龍。或試撓破之，尋手成龍狀。驢馬飲之，皆驚走。

石漆。高奴縣石脂水，水膩浮水上如漆，采以膏車及燃燈，⑧極明。

麝橙。晉時有徐景於宣陽門外得一錦麝橙，至家開視，有蟲如蟬，五色，兩足各綴一五銖錢。⑨

玉龍。梁大同八年，戍主楊光欣獲玉龍一枚，長一尺二寸，高五寸，雕鏤精妙，不似人作。腹中容斗餘，頸亦空曲。置水中，令水滿，倒之，水從口出，水聲如琴瑟，水盡方止。⑩

木字。齊永明九年，秫陵安明寺有古樹，伐以爲薪，木理自然，有“法大德”三字。

木簡。齊建元初，延陵季子廟舊有涌井，井北忽有金石聲，掘深二尺，得沸泉。泉中得木簡，長一尺，廣一寸二分，隱起字曰“廬山道士張陵再拜謁”，木堅而白，字色黃。

赤木。宗廟地中生赤木，人君禮名得其宜也。⑪

紅沫。練丹砂爲黃金，碎以染筆，書入石中，削去逾明，名曰紅沫。

鏡石。濟南郡有方山，相傳有奐生得仙於此。山南有明鏡崖，石方三丈，魑魅行伏，了了然在鏡中。南燕時，鏡上遂使漆焉。俗言山神惡其照物，故漆之。

承受石。筑陽縣水中有孤石挺出，其下澄潭，時有見此石根如竹根，色黃，見者多凶，俗號承受石。

錐。中牟縣魏任城王臺下池中，有漢時鐵錐，長六尺，入地三尺，頭西南指，不可動。

釜石。夷道縣有釜瀨，其石大者如釜，小者如斗，形色亂真，唯實中耳。

魚石。衡陽湘鄉縣有石魚山，山石色黑，理若生雌黃，開發一重，輒有魚形，鱗鰭首尾有若畫，長數寸，燒之作魚腥。

銅神。衡陽唐安縣東有略塘，塘有銅神，往往銅聲激水，水爲變綠作銅腥，魚盡死。

材。中宿縣山下有神宇，溱水至此，沸騰鼓怒，^⑫槎木泛至此淪没，竟無出者，世人以爲河伯下材。^⑬

鼓杖。含洭縣翁水口下東岸有聖鼓杖，即陽山之鼓杖也，橫在川側，沖波所激，未嘗移動。衆鳥飛鳴，莫有萃者，船人悮以篙觸，必患瘧。

井。石陽縣有井，水半青半黄，黄者如灰汁，取作粥飲，悉作金色，氣甚芬馥。

燃石。建城縣出燃石，色黄理疏，以水灌之則熱，安鼎其上，可以炊也。

石鼓。冀縣有天鼓山，山有石如鼓，河鼓星搖動則石鼓鳴，鳴則秦土有殃。

半湯湖。句容縣吳瀆塘有半湯湖，湖水半冷半熱，熱可以瀹雞。皆有魚，魚交入輒死。^⑭

鹽。胸腮一曰朐縣鹽井，^⑮有鹽方寸，中央隆起如張傘，名曰傘子鹽。

泉。玉門軍有蘆葭泉，周二丈，深一丈，駝馬千頭飲之不竭。

茯苓。沈約謝始安王賜伏苓一枚，重十二斤八兩，有表。

古鑊。虢州陵縣石城崗有古鑊一口，樹生其內，大數圍。

君王鹽。白鹽崖有鹽如水精，名爲君王鹽。

手板。宋山陽王休祐，[16]屢以言語忤顏。有庾道敏者，善相手板。休祐以己手板托言他人者，庾曰："此板乃貴，然使人多忤。"休祐以褚淵詳密，乃換其手板。別日，褚於帝前稱"下官"，帝甚不悦。

鼠丸。王肅造逐鼠丸，以銅爲之，晝夜自轉。

木囚。《論衡》言，李子長爲政，欲知囚情，以梧桐爲人，象囚之形。鑿地爲臼，以蘆葦爲郭，籍卧木囚於其中。囚當罪，木囚不動。囚或冤，木囚乃奮起。

蘇秦金。魏時，洛陽令史高顯掘得黃金百斤，銘曰"蘇秦金"。

梨。洛陽報德寺梨，重六斤。

甑花。滕景真在廣州七層寺，永徽中罷職歸家。婢炊，釜中忽有聲如雷，米上芃芃隆起。滕就視，聲轉壯，甑上花生數十，漸長似蓮花，色赤，有光似金，俄頃萎滅。旬日，滕得病卒。

官金中螻頂金最上，六兩爲一垛，有卧螻蛄穴及水皋形，當中陷處名曰趾腹。又鋌上凹處有紫色，[17]名紫膽。開元中，有大唐金一有印字，即官金也。

玄金。太宗時，汾州言青龍、白龍吐物在空中，[18]有光如火，墜地陷入二尺，掘之，得玄金，廣尺餘，高七寸。

芝。天寶初，[19]臨川人李嘉胤所居柱上生芝草，狀如天尊，太守張景佚拔柱獻焉。

龜。建中四年，趙州寧晋縣沙河北有大棠梨樹，百姓常祈禱，忽有群蛇數十自東南來，[20]渡北岸，集棠梨樹下爲二積，留南岸者爲一積。俄見三龜徑寸，繞行積傍，積蛇盡死。乃各登其積，視蛇腹悉有瘡，[21]若矢所中。刺史康日知圖甘棠梨、三龜來獻。[22]

雪。貞元二年，長安大雪，平地深尺餘，雪上有薰黑色。

雨木。貞元四年，雨木於陳留，大如指，長寸許。每木有孔通中，所下其立如植，遍十餘里。

齒。梵那衍國有金輪王齒，長三寸。

石柱。劫化他國有石柱，高七十餘尺，無憂王所建，[23]色紺光潤，隨人罪福影其上。

旃檀鼓。于闐城東南有大河，溉一國之田，忽然絕流，其國王問羅洪僧，言龍所爲也。王乃祠龍，水中有一女子，凌波而來，拜曰：“妾夫死，願得大臣爲夫，水當復舊。”有大臣請行，舉國送之。其臣車駕白馬，入水不溺。中河而後白馬浮出，負一旃檀鼓及書一函。發書，言大鼓懸城東南，寇至，鼓當自鳴。後寇至，鼓輒自鳴。

石靴。于闐國剎利寺有石靴。

石皁石。河目縣有石皁石，破之，有祿馬迹。

舍利。東迦畢誠國有窣堵波，舍利常見，如綴珠幡，循繞表樹_{一作柱}。

蟻像。健馱邏國石壁上有佛像，初，石壁有金色蟻，大者如指，小者如米，嚙石壁如雕鐫，成立佛狀。

燋米。乾陀國昔尸毗王倉庫爲火所燒，其中粳米燋者，於今尚存，服一粒，永不患瘧。

辟支佛靴。于闐國贊摩寺有辟支佛靴，非皮非彩，歲久不爛。

石駝溺。拘夷國北山有石駝溺，水溺下，以金、銀、銅、鐵、瓦、木等器盛之皆漏，掌承之亦透，唯瓢不漏。服之，令人身上臭毛落盡，得仙。出《論衡》。

人木。大食西南二千里有國，山谷間樹枝上化生人首，如花，不解語，人借問，笑而已，頻笑輒落。

馬。俱位國以馬種蒔，大食國馬解人語。

石人。萊子國海上有石人，長一丈五尺，大十圍。昔秦始皇遣此石人追勞山不得，[24]遂立於此。

銅馬。俱德建國烏滸河中，灘洄中有火祅祠，相傳祅神本自波斯國乘神通來此，常見靈異，因立祅祠。内無象，於大屋下置大小爐，舍檐向西，人向東禮。有一銅馬，大如次馬，國人言自天下，屈前脚在空中而對神立，後脚入土。自古數有穿視者，深數十丈，竟不及其蹄。西域以五月爲歲，每歲日，[25]烏滸河中有馬出，其色金，[26]與此銅馬嘶相應，俄復入水。近有大食王不信，[27]入祅祠，將壞之，忽有火燒其兵，遂不敢毀。

蛇磧。蘇都瑟匿國西北有蛇磧，[28]南北蛇原五百餘里，中間遍地毒氣如烟，飛鳥悉墜地，蛇吞食，[29]或大小相噬，及食生草。

　　石罌。私呵條國金遼山寺中有石罌，衆僧飲食將盡，向石罌作禮，於是飲食悉具。

　　神厨。俱振提國尚鬼神，城北隔珍珠江二十里有神，^㉚春秋祠之，時國王所須什物金銀器，神厨中自然而出，祠畢亦滅。天后使驗之，不妄。

　　毒槊。南蠻有毒槊，無刃，狀如朽鐵，中人無血而死。言從天雨下，入地丈餘，祭地方撅得之。^㉛

　　甲。遼城東有鎖甲，高麗言前燕時自天而落。

　　土檳榔，狀如檳榔，在孔穴間得之，新者猶軟，相傳蟾蜍矢也。不常有之，主治惡瘡。

　　鬼矢，^㉜生陰濕地，淺黃白色，或時見之，主瘡。

　　石欄干，生大海底，高尺餘，有根，莖上有孔如物點，漁人網罥取之。初出水正紅色，見風漸漸青色，主石淋。

　　壁影。高郵縣有一寺，不記名，講堂西壁枕道，每日晚，人馬車輿影悉透壁上，衣紅紫者，影中鹵莽可辨。壁厚數尺，難以理究。辰午之時則無。相傳如此二十餘年矣，或一年半年不見。成式太和初揚州見寄客及僧説。

　　醋石。成式群從有言，少時嘗毀鳥巢，得一黑石如雀卵，圓滑可愛。後偶置醋器中，忽覺石動，徐視之，有四足如綖，^㉝舉之，足亦隨縮。

　　桃核。水部員外郎杜陟，常見江淮市人以桃核扇量米，正容一升，言於九嶷山溪中得。

　　人足。處士元固言，貞元初，常與道侶游華山，谷中見一人股，襪履甚新，斷如膝頭，初無瘡迹。

瓷碗。江淮有士人莊居，其子年二十餘，常病魘。[34]其父一日飲茗，甌中忽匏起如漚，高出甌外，瑩淨若琉璃。中有一人，長一寸，立於漚，高出甌中。細視之，衣服狀貌乃其子也。食頃，爆破，一無所見，茶碗如舊，但有微璺耳。數日，其子遂着神，譯神言，斷人休咎不差謬。

鐵鏡。荀諷者，善藥性，好讀道書，能言名理，樊晃常給其絮帛。[35]有鐵鏡，徑五寸餘，鼻大如拳，言於道者處傳得，[36]亦無他異。但數人同照，各自見其影，不見別人影。

大蟲皮。永寧王鹽鐵，舊有大蟲皮，大如一掌，鬚尾班點如犬者。

人腊。李章武有人腊，長三尺一作寸餘，頭項骬肋成就，[37]云是憔僥國人。

牛黃。牛黃在膽中，牛有黃者，或吐弄之。集賢校理張希復言，嘗有人得其所吐黃剖之，[38]中有物如蝶飛去。

上清珠。肅宗爲兒時，常爲玄宗所器。每坐於前，熟視其貌，謂武惠妃曰：“此兒甚有異相，他日亦吾家一有福天子。”因命取上清玉珠，以絳紗裹之，繫于頸。是開元中罽賓國所貢，光明潔白，可照一室，視之，則仙人玉女、雲鶴降節之形搖動於其中。及即位，寶庫中往往有神光。異日，掌庫者具以事告，帝曰：“豈非上清珠耶？”遂令出之，絳紗猶在，因流泣遍示近臣曰：“此我爲兒時，明皇所賜也。”遂令貯之，以翠玉函置之於臥內。四方忽有水旱兵革之災，則虔懇祝之，無不應驗也。[39]

漢帝相傳以秦王子嬰所奉白玉璽、高祖斬白蛇劍。劍上皆用七彩珠、九華玉以爲飾，雜厠五色琉璃爲劍匣。劍在室中，其光景猶照於外，與挺劍不殊。十二年一加磨龍，刃上常若霜雪。開匣板鞘，輒有風氣，光彩射人。[40]

楚州界有小山，山上有室而無水。僧智一掘井，深三丈遇石。鑿石穴及土，又深五十尺，得一玉，長尺二，闊四寸，赤如榴花，[41]每面有六龜子，紫色可愛，[42]中若可貯水狀。僧偶擊一角，視之，遂瀝血，半月日方止。[43]

虞鄉有山觀，[44]甚幽寂，有滁陽道士居焉。太和中，道士嘗一夕獨登壇，望見庭忽有異光，自井泉中發。俄有一物，狀若兔，其色若精金，隨光而出，環繞醮壇，久之，復入于井。自是每夕輒見。道士異其事，不敢告于人。後因淘井得一金兔，甚小，奇光爛然，即置于巾箱中。時御史李戎職于蒲津，與道士友善，道士因以遺之。其後戎自奉先縣令爲忻州刺史，其金兔忽亡去，後月餘而戎卒。

李師古治山亭，掘得一物，類鐵斧頭。時李章武游東平，師古示之，武驚曰："此禁物也，可飲血三斗。"驗之而信。

【校釋】

① 僰溪：水名，今之舞水，也寫作潕水，沅江支流，在湖南西部和貴州東部，爲少數民族集聚地。

②"草"，"津逮""學津""稗海"本作"翠"。《西京雜記》《三輔黄圖》作"草"。

③ 此條“明初”本與上條相接合爲一條。

④ “號”下，“明初”本有“爲”字。

⑤ “一作燕”，“明初”本無此注。

⑥ 石趙世：石氏建立後趙政權的年代。後趙政權由羯族石勒於公元319年（晉元帝大興二年）建立，公元350年（晉穆帝永和六年，即後趙石祇永寧元年）滅亡。

⑦ “國”，“明初”本無。

⑧ 膏車：車軸涂潤滑劑。

⑨ “兩足”上，“明初”“津逮”“學津”“稗海”各本均有“後”字。“銖”，“明初”本作“鐵”。

⑩ “方”，“明初”本作“乃”。

⑪ 此條“明初”本與上條相接合爲一條。

⑫ “沸”，“津逮”“學津”本作“涌”。

⑬ “材”，原缺，據“明初”“津逮”“學津”本補。

⑭ “魚交入”，原作“髪入”。宋王象之《輿地紀勝》卷十七：“半湯湖，在城（按：指建康府，即今之南京）東四十里，水同一塹，而冷熱相半。《酉陽雜俎》：句容縣吳瀆塘有湖水，半冷半熱，可以瀹雞。皆有魚，魚交入輒死。”據改。瀹雞：將雞放入熱水中以燙去雞毛。

⑮ “胸膈一曰朐縣”，原作“胸膈”，據“明初”“津逮”“學津”本改。胸膈（朐）縣即巴東郡朐忍縣，在今重慶市雲陽縣西。

⑯ 休祐：即平剌王劉休祐（445—471），宋文帝劉義隆第十三子。宋孝武帝孝建二年（455）封山陽王，食邑二千户。

⑰ 鋌：古代稱未經冶鑄的金銀銅鐵。漢許慎注《淮南子》云：“鋌者，金銀銅等未成器，鑄作片，名曰鋌。”

⑱ "太宗"上，"明初"本有"唐"字。"白龍"，"津逮""學津""稗海"本作"白虎"。

⑲ "天寶"，原作"天保"，據《太平廣記》引改。

⑳ "群蛇"，"明初"本作"群仙"。

㉑ "悉"，"津逮""學津"本作"各"。

㉒ "圖甘棠梨、三龜"，"明初""津逮""學津""稗海"各本均作"圖甘棠，奉三龜"，似是。圖，圖畫，此指把甘棠樹畫下來。

㉓ 無憂王：即阿育王，音譯阿輸迦，意譯無憂，故又稱無憂王，約前304—前232年爲印度孔雀王朝的第三代君主，頻頭娑羅王之子。

㉔ 追勞山：驅趕勞山（入海）。勞山，即今之嶗山，位於山東黃海之濱。

㉕ "西域"，"明初"本作"西城"。歲日：農曆正月初一。

㉖ "金"上，"明初"本有"如"字。

㉗ "王"，"明初"本無。

㉘ "瑟"，本書前集卷四"蘇都識匿國有夜义城"條，"瑟"作"識"。

㉙ "悉"，"明初"本無。"吞食"上，"明初"本有"因"字。

㉚ "珍"，"明初""津逮""學津""稗海"各本均作"真"，《太平廣記》亦引作"真"。

㉛ "祭地方撅得之"下，"學津"本有"蠻中人呼爲鐸刀"七字。

㉜ 鬼矢：一種接近於煤絨菌的粘菌，亦稱"鬼屎"。唐陳藏器（683—757）撰《本草拾遺》記載："鬼屎"，"生陰濕地，如屎，亦如地錢，黃白色"。

㉝ "綖"，原作"蜓"，據"明初""津逮""學津"本改。

㉞ “魘”，原作“猒”，據“津逮”“學津”本改。

㉟ 樊晃：唐詩人，玄宗開元時登進士第。“常”，“明初”本作“當”。

㊱ “傳”，“明初”“津逮”“學津”本無。

㊲ “長三尺—作寸餘，頭項骱肋成就”，“明初”本作“長三寸餘，頭項骱肋成就”。“學津”“稗海”本作“長三寸餘，頭項中骨筋成就”，似是。

㊳ “之”，原缺，據“津逮”“學津”本補。

㊴ 此條至下之“李師古治山亭”條，“明初”“稗海”本缺。

㊵ 此條原作：“漢太上皇爲秦王子嬰所奉白玉璽、高祖斬白蛇劍。劍彩九華玉以爲飾，雜厠五色琉璃爲劍匣。劍在匣中，景猶照於外，與挺劍不昧。十二年一加磨龍，刃雪。開匣板鞘，輒有風氣，光彩射人。”據《太平廣記》卷二百二十九引校改。東晋葛洪（一説漢劉歆）《西京雜記》卷一“漢帝相傳”條“磨龍”作“磨瑩”，“開匣板鞘”作“開匣拔鞘”。“津逮”“學津”本缺此條内容。

㊶ “榴花”，原爲墨丁，據《太平廣記》引補。

㊷ “紫色”，原爲墨丁，據《太平廣記》引補。

㊸ 此條“津逮”“學津”本缺。

㊹ 虞鄉：今山西永濟。山觀：山間道觀。

酉陽雜俎前集卷之十一

廣　知

俗諱五月上屋，言五月人蛻，上屋見影，魂當去。

金，曾經在丘冢及爲釵釧、溲器，陶隱居謂之辱金，不可合煉。

煉銅時，與一童女俱以水灌銅，銅當自分爲兩段，有凸起者牡銅也，凹陷者牝銅也。

爨釜不沸者，有物如㹠居之，去之無也。

竈無故自濕潤者，赤蝦蟆名鈞注居之，去則止。

飲酒者，肝氣微則面青，心氣微則面赤也。

脈勇怒而面青，骨勇怒而面白，血勇怒而面赤。

山氣多男，澤氣多女，水氣多喑，風氣多聾，木氣多傴，石氣多力，阻險氣多癭，暑氣多殘，雲氣多壽，谷氣多痹，丘氣多尪，衍氣多仁，陵氣多貪。

身神及諸神名異者：腦神曰覺元，髮神曰玄華，目神曰虛監，鼻神曰冲龍玉，舌神曰始梁。

夫學道之人，須鳴天鼓以召衆神也。左相叩爲天鐘，卒遇凶惡不祥叩之。右相叩爲天磬，[①]若經山澤邪僻威神大祝叩之。中央上下相叩名天鼓，存思念當道鳴之。叩之數三十六，或三十二，或二十七，或二十四，或十二。

玉女以黃玉爲志，大如黍，在鼻上，無此志者，鬼使也。[②]

入山忌日。大月忌三日、十一日、十五日、十八日、二十四日、二十六日、三十日，小月忌一日、五日、十三一作二日、十六日、二十六日、二十八日。

凡夢五藏得五穀，肺爲麻，肝爲麥，心爲黍，腎爲菽，脾爲粟。

凡人不可北向理髮、脫衣，及唾、大小便。

月朔日勿怒。

三月三日不可食百草心，四月四日勿伐樹木，五月五日勿見血，六月六日勿起土，七月七日勿思忖惡事，八月四日勿市履屣，九月九日勿起牀席，十月五日勿罰責人，十一月十一日可沐浴，十二月三日可戒齋，如此忌，三官所察。凡存修不可叩頭，叩頭則傾九天，覆泥丸，[③]天帝號於上境，太乙泣於中田，但心存叩頭而已。

老子拔白日：正月四日、二月八日、三月十二日、四月十六日、五月二十一有六字日、六月二十四日、七月二十八日、八月十九日、九月十六日、十月十三日、十一月十日、十二月七日。

《隱訣》言太清外術。生人髮挂果樹，烏鳥不敢食其實。茄兩鼻兩蒂，食之殺人。檐下滴菜，有毒，菫、黃花及赤芥一曰芥，殺人。瓠牛踐苗則子苦。大醉不可臥黍穰上，汗出眉髮落。婦人有娠，食乾薑，令胎內消。④十月食霜菜，令人面無光。三月不可食陳菹。莎衣結治蟰蛸瘡。井口邊草主小兒夜啼，⑤着母臥薦下，勿令知之。船底苔，療天行。寡婦稿薦草節去小兒霍亂。自縊死繩主顛狂。孝子衿灰傅面皯。東家門雞栖木作灰，治失音。砧垢能蝕人履底。古櫬板作琴底，合陰陽，通神。魚有睫，及目合，腹中自連珠，二目不同，連鱗、白鬐，腹下丹字，並殺人。鱉目白，腹下五一曰丹字、卜一曰十字者不可食。蟹腹下有毛，殺人。蛇以桑柴燒之，則見足出。獸歧尾，鹿斑如豹，羊心有竅，悉害人。馬夜眼，五月以後食之殺人。犬懸蹄肉有毒。白馬鞍下肉食之，⑥傷人五臟。烏自死，目不閉，鴨目白，烏四距，卵有八字，並殺人。凡飛鳥投人家井中，必有物，當拔而放之。水脈不可斷，井水沸不可飲，酒漿無影者不可飲。蝮與青蛙，⑦蛇中最毒，蛇怒時，毒在頭尾。凡冢井間氣，秋夏中之殺人。先以雞毛投之，毛直下，無毒，迴旋而下，不可犯，當以醋數斗澆之，方可入矣。頗梨，千歲冰所化也。琉璃、馬腦先以自然灰煮之令軟，可以雕刻。自然灰生南海。馬腦，鬼血所化也。《玄中記》言：「楓脂入地爲琥珀。」《世說》曰：「桃瀋入地所化也。」《淮南子》云：「兔絲，琥珀苗也。」

鬼書有業煞，刁斗出於古器。

百體中有懸針書、垂露書、秦王破冢書、[8]金鵲書、虎爪書、倒薤書、偃波書、信幡書、飛帛書、籀書、謬一云繆篆書、制書、列書、日書、月書、風書、署書、蟲食葉書、胡書、篷書、天竺書、楷書、橫書、芝英隸、鍾隸、鼓隸、龍虎篆、麒麟篆、魚篆、蟲篆、鳥篆、鼠篆、牛書、兔書、草書、龍草書、狼書、犬書、雞書、震書、反左書、行押書、檄書、景書、半草書。

召奏用虎爪書,[9]爲不可學,以防詐僞。誥下用偃波書。謝章詔板用蚸脚書。節信用鳥書。朝賀用慎書一曰塡,亦施於婚姻。

西域書有驢脣書、蓮葉書、節分書、大秦書、駝乘書、牸牛書、樹葉書、起尸書、石旋書、覆書、天書、龍書、鳥音書等,有六十四種。

胡綜博物。[10]孫權時掘得銅匣,[11]長二尺七寸,以琉璃爲蓋。又一白玉如意,所執處皆刻龍虎及蟬形,莫能識其由。使人問綜,綜曰:"昔秦皇以金陵有天子氣,平諸山阜,處處輒埋寶物,以當王氣,此蓋是乎?"

鄧城西百餘里有穀城,穀伯綏之國。城門有石人焉,刊其腹云:"摩兜鞬,摩兜鞬,鞬慎言。"[12]疑此亦同太廟金人緘口銘。

歷城北二里有蓮子湖,周環二十里。湖中多蓮花,紅綠間明,乍疑濯錦。又漁船掩映,罟罾疏布,遠望之者,若蛛網浮杯也。魏袁翻曾在湖燕集,參軍張伯瑜謔公言:"向爲血羹，頻不能就。"公曰："取洛水必成也。"遂如公語，果成。時清河王怪而異焉，乃詻公："未審何義得爾？"公曰："可思湖目。"清河笑而然之，而實未解。坐散，語主簿房叔道曰："湖目之事，吾實未曉。"叔道對曰："藕能散血，湖目蓮子，故令公思。"清河嘆曰："人不讀書，其猶夜行。二毛之叟，不如白面書生。"

梁主客陸緬謂魏使尉瑾曰："我至鄴，見雙闕極高，圖飾甚麗，此間石闕亦爲不下。我家有荀勖所造尺，[13]以銅爲之，金字成銘，家世所寶此物。往昭明太子好集古器，[14]遂將入內。此闕既成，用銅尺量之，其高六丈。"瑾曰："我京師象魏，固中天之華闕，此間地勢過下，理不得高。"魏肇師曰：[15]"荀勖之尺，是積黍所爲，[16]用調鍾律，阮咸譏其聲有漱隘之韻，後得玉尺度之，過短。"

舊説不見輔星者將死，成式親故常會修行里，有不見者，未周歲而卒。

相傳識人星不患瘧，成式親識中，識者悉患瘧。又俗不欲看天獄星，有流星入，當被髮坐哭之，候星卻出，災方弭。《金樓子》言："余以仰占辛苦，[17]侵犯霜露，又恐流星入天牢。"方知俗忌之久矣。

荊州陟屺寺僧那照善射，每言射之法，[18]凡光長而搖者鹿，[19]帖地而明滅者兔，低而不動者虎。又言，夜格虎時，必見三虎並來，夾者虎威，[20]當刺其中者。虎死威乃入地，得之可卻百邪。虎初死，記其頭所藉處，候月黑夜掘之。欲掘時而有虎來吼攫前後，㉑不足畏，此虎之鬼也。深二尺，當得物如虎珀，蓋虎目光淪入地所爲也。

又言，雕翎能食諸鳥羽，復善作風羽。風羽法：去括三寸鑽小孔，令透笴及鏃風渠深一粒，自括達于孔，則不必羽也。

道士郭采真言，人影數至九。成式常試之，至六七而已，外亂莫能辨，郭言漸益炬則可别。又説九影各有名，影神，一名右皇，二名魍魎，三名泄節樞，四名尺鳧，五名索關，六名魄奴，七名竈圂一曰圂，舊抄九影名在麻面紙中，向下兩字，魚食不記，八名亥靈胎，九，魚全食不辨。

寶曆中，有王山人取人本命日，五更張燈相人影，知休咎。言人影欲深，深則貴而壽。影不欲照水、照井及浴盆中，古人避影亦爲此。古蠻蜮、短狐、踏影蠱，皆中人影爲害。近有人善炙人影治病者。

都下佛寺往往有神像鳥雀不污者。鳳翔山人張盈善飛化甲子，言或有佛寺金剛鳥不集者，非其靈驗也，蓋由取土處及塑像時，偶與日辰旺相相符也。㉒

又言，相寺觀當陽像，可知其貧富。故洛陽修梵寺有金剛二，鳥雀不集。元魏時，梵僧菩提達摩稱得其真相也。

或言龍血入地爲琥珀。《南蠻記》："寧州沙中有折腰蜂，岸崩則蜂出，土人燒治以爲琥珀。"

李洪山人善符籙，博知，常謂成式，瓷瓦器墼者可棄。昔遇道者，言雷蠱及鬼魅多遁其中。

　　近佛畫中有天藏菩薩、地藏菩薩，近明諦觀之，規彩鑠目，若放光也。或言以曾青和璧魚設色，則近目有光。又往往壁畫僧及神鬼，目隨人轉，點眸子極正則爾。

　　秀才顧非熊言，釣魚當釣其有旋繞者，失其所主，衆鱗不復去，頃刻可盡。

　　慈恩寺僧廣昇言，貞元末，閬州僧靈鑒善彈，^㉓其彈丸方，用洞庭沙岸下一曰上土三斤，^㉔炭末三兩，瓷末一兩，榆皮半兩，泔澱二勺，紫礦二兩，細沙三分，藤紙五張，^㉕渴搨汁半合，九味和搗三千杵，齊手丸之，陰乾。鄭彙爲刺史時，有當家名寅，^㉖讀書，善飲酒，彙甚重之。後爲盜，事發而死。寅常詣靈鑒角放彈，^㉗寅指一樹節，其節目相去數十步，曰：“中之獲五千。”一發而中，彈丸反射不破。至靈鑒，乃陷節碎彈焉。

　　王彥威尚書在汴州之二年，^㉘夏旱，時袁王傅季玘寓汴，^㉙因宴。王以旱爲言，季醉曰：“欲雨甚易耳。可求蛇醫四頭，^㉚十石瓮二枚，每瓮實以水，浮二蛇醫，以木蓋密泥之，分置於鬧處，瓮前後設席燒香。選小兒十歲已下十餘，令執小青竹，晝夜更擊其瓮，不得少輟。”王如言試之，一日兩夜雨大注。舊說龍與蛇師爲親家焉。

【校釋】

　　① “叩”，原缺，據句意補。

　　② 此條至下之“老子拔白日”條，“明初”“津逮”“稗海”本缺。

③ "丸"，原作 "九"，屬形誤，據 "學津" 本改。

④ "内"，"學津" 本作 "肉"。

⑤ "主"，"津逮" "學津" "稗海" 本作 "止"。

⑥ "食之"，原缺，據 "津逮" "學津" "稗海" 本補。

⑦ 青蛙（kuí）：一種毒蛇，亦作 "青蜲"。隋巢元方等撰《諸病源候總論》卷三十六："青蛙蛇螫候：青蛙蛇者，正綠色，喜緣樹及竹上自挂，與竹樹色一種，人看不覺。"

⑧ "秦王破冢書"，唐張彥遠撰《書法要錄》卷二作 "秦望書、汲冢書"。下之 "信幡書" 作 "幡信書"，"飛帛書" 作 "飞白篆"，"景書" 作 "槁書"。

⑨ "書"，原缺，據文意補。

⑩ 胡綜（183—243）：字偉則，豫州汝南郡固始（今安徽阜陽市臨泉縣）人。三國時東吳官員，擅作辭賦。孫權掌權時的很多誥文、策封任命文書及致鄰國的書函都出自胡綜之手。

⑪ "掘" 上，"學津" 本有 "有" 字。

⑫ "鞬慎言"，"明初" "津逮" "學津" "稗海" 各本均作 "慎莫言"。

⑬ "所造"，"明初" "津逮" "學津" "稗海" 本無。

⑭ 昭明太子：指蕭統（501—531），南朝梁武帝長子。天監元年（502）被立爲皇太子。中大通三年（531）卒，謚昭明。

⑮ 魏肇師：生平不詳，東魏使臣。

⑯ 積黍：古代度量以黍爲單位，中等黍粒的長度定爲一分，積百黍爲一尺。

⑰ "余"，"明初" 本作 "予"。

⑱ "射之法"，"明初""津逮""學津""稗海"本無。

⑲ "凡"，"明初""津逮""學津"本無。

⑳ "夾"，"明初"本作"挾"。

㉑ "而"，"明初""津逮""學津""稗海"各本均作"必"。

㉒ "旺"，"明初""津逮""學津""稗海"各本均作"王"。

㉓ "彈"，原作"強"，據"津逮""學津"本改。

㉔ "一曰上"，"津逮""學津"本作"一曰畔"。

㉕ 藤紙：唐宋時，越中多以古藤製紙，故名"藤紙"，亦稱"剡藤""剡紙""溪藤"，爲浙江傳統名紙。

㉖ "當家"，原作"富家"，據《太平廣記》引改。當家，管家之意。

㉗ 角：通"較"，較量、競爭之意。

㉘ "之"，"明初"本無。

㉙ "寓"，原作"遇"，據"津逮""學津"本改。

㉚ 蛇醫：即蠑螈，一種有尾兩栖動物，體形和蜥蜴相似。

酉陽雜俎前集卷之十二

語　資

歷城縣魏明寺中有韓公碑，大和中所造也。魏公曾令人遍録州界石碑，言此碑詞義最善，常藏一本於枕中，故家人名此枕爲麒麟函。韓公諱麒麟。

庾信作詩用《西京雜記》事，旋自追改，曰：“此吴均語，恐不足用也。”魏肇師曰：“古人托曲者多矣，然《鸚鵡賦》，禰衡、潘尼二集並載；《弈賦》，曹植、左思之言正同。古人用意，何至於此？”君房曰：“詞人自是好相采取，一字不異，良是後人莫辯。”魏尉瑾曰：“《九錫》或稱王粲，《六代》亦言曹植。”信曰：“我江南才士，今日亦無。舉世所推如温子升，獨擅鄴下，常見其詞筆，亦足稱是遠名。近得魏收數卷碑，製作富逸，特是高才也。”①

梁遣黄門侍郎明少遐、②秣陵令謝藻、信威長史王纘冲、宣城王文學蕭愷、兼散騎常侍袁狎、兼通直散騎常侍賀文發，宴魏使李騫、崔劼。温涼畢，③少遐咏騫贈其詩曰：“蕭蕭一日

147

蕭風簾舉，依依然可想。"騫曰："未若'燈花寒不結'，最
附時事。"少遐報詩中有此語。劼問少遐曰："今歲奇寒，江
淮之間，不乃冰凍？"④少遐曰："在此雖有薄冰，亦不廢行，
不似河冰一合，便勝車馬。"狎曰："河冰上有狸迹，便堪人
渡。"劼曰："狸當爲狐，應是字錯。"少遐曰："是，狐性多
疑，鼬性多預，⑤狐疑猶預，因此而傳耳。"劼曰："鵲巢避
風，雉去惡政，乃是鳥之一長；狐疑鼬預，可謂獸之一
短也。"

梁徐君房勸魏使尉瑾酒，一吸即盡，笑曰："奇快！"瑾
曰："鄉鄰飲酒，⑥未嘗傾巵。武州已來，舉無遺滴。"君房
曰："我飲實少，亦是習慣。微學其進，非有由然。"庾信
曰："庶子年之高卑，酒之多少，與時升降，便不可得而
度。"魏肇師曰："徐君年隨情少，酒因境多，未知方十復
作，若爲輕重？"

梁宴魏使，魏肇師舉酒勸陳昭曰：⑦"此席已後，便與卿
少時阻闊，念此甚以淒眷。"昭曰："我欽仰名賢，亦何已
也。路中都不盡深心，便復乖隔，泫嘆如何！"俄而酒至鸚鵡
杯，徐君房飲不盡，屬肇師。肇師曰："海蠡蜿蜒，尾翅皆
張。非獨爲玩好，亦所以爲罰，卿今日真不得辭責。"信曰：
"庶子好爲術數。"遂命更滿酌。君房謂信曰："相持何乃
急！"肇師曰："此謂直道而行，乃非豆萁之喻。"⑧君房乃覆
碗。信謂瑾、肇師曰："適信家餉致灊酺酒數器，⑨泥封全，但

不知其味若爲。必不敢先嘗，謹當奉薦。"肇師曰："每有珍旨，⑩多相費累，顧更以多慚。"

魏僕射收臨代，⑪七月七日登舜山，徘徊顧眺，謂主簿崔曰："吾所經多矣，至於山川沃壤，襟帶形勝，天下名州，不能過此。唯未審東陽何如？"崔對曰："青有古名，齊得舊號，二處山川，形勢相似，曾聽所論，不能逾越。"公遂命筆爲詩。於時新故之際，司存缺然，求筆不得，乃以五伯杖畫堂北壁爲詩曰："述職無風政，復路阻山河。還思麾蓋日，留謝此山阿。"⑫

舜祠東有大石，廣三丈許，有鑿"不醉不歸"四字於其上。公曰："此非遺德。"令鑿去之。

梁宴魏使李騫、崔劼，樂作，梁舍人賀季曰："音聲感人深也。"劼曰："昔申喜聽歌愴然，知是其母，理實精妙然也。"梁主客王克曰："聽音觀俗，轉是精者。"劼曰："延陵昔聘上國，實有觀風之美。"季曰："卿發此言，乃欲挑戰？"騫曰："請執鞭、弭，與君周旋。"季曰："未敢三舍。"⑬劼曰："數奔之事，久已相謝。"季曰："車亂旗靡，恐有所歸。"劼曰："平陰之役，先鳴已久。"克曰："吾方欲館、穀而旌武功。"騫曰："王夷師熸，將以誰屬？"遂共大笑而止。樂欲訖，有馬數十匹馳過，末有閹人，騫曰："巷伯乃同趣馬，詎非侵官？"季曰："此乃貌似。"劼曰："若值袁紹，恐不能免。"

歷城房家園，齊博陵君豹之山池，[14]其中雜樹森竦，泉石崇邃，歷中祓禊之勝也。[15]曾有人折其桐枝者，公曰："何謂傷吾鳳條。"自後人不復敢折。公語參軍尹孝逸曰："昔季倫金谷山泉，何必逾此。"孝逸對曰："曾詣洛西，游其故所。彼此相方，誠如明教。"孝逸常欲還鄴，詞人餞宿於此。逸爲詩曰："風淪歷城水，月倚華山樹。"時人以此兩句，比謝靈運"池塘"十字焉。[16]

單雄信幼時，學堂前植一棗樹。至年十八，伐爲槍，長丈七尺，拱圍不合，刃重七十斤，號爲寒骨白。常與秦王卒相遇，秦王以大白羽射中刃，火出，因爲尉遲敬德拉折。

秦叔寶所乘馬，號忽雷駁，常飲以酒。每於月明中試，能豎越三領黑氈。及胡公卒，嘶鳴不食而死。

徐敬業年十餘歲，好彈射。英公每曰："此兒相不善，將赤吾族。"射必溢鏑，走馬若滅，老騎不能及。英公常獵，命敬業入林趁獸，因乘風縱火，意欲殺之。敬業知無所避，遂屠馬腹，伏其中。火過，浴血而立，英公大奇之。

玄宗常伺察諸王，寧王常夏中揮汗鞔鼓，[17]所讀書乃龜茲樂譜也。上知之，喜曰："天子兄弟，當極醉樂耳。"

寧王常獵於鄠縣界，搜林，忽見草中一櫃，扃鎖甚固。王命發視之，乃一少女也。問其所自，女言："姓莫氏，父亦曾作仕，[18]叔伯莊居。昨夜遇光火賊，賊中二人是僧，因劫某至此。"動婉含嚬，[19]冶態横生。王驚悦之，乃載以後乘。時

慕犖者方生獲一熊,^⑳置櫃中,如舊鎖之。時上方求極色,王
以莫氏衣冠子女,即日表上之,具其所由。上令充才人。經
三日,京兆奏鄠縣食店有僧二人,以錢一萬,獨賃店一日一
夜,言作法事,唯舁一櫃入店中。夜久,膈膊有聲。店户人
怪日出不啓門,撤户視之,有熊沖人走出,二僧已死,骸骨
悉露。上知之,大笑,書報寧王:"寧哥大能處置此僧也。"
莫才人能爲秦聲,當時號"莫才人囀"焉。^㉑

一行公本不解弈,因會燕公宅,觀王積薪棋一局,^㉒遂與
之敵,笑謂燕公曰:"此但爭先耳,若念貧道四句乘除語,則
人人爲國手。"

晋羅什與人棋,拾敵死子,空處如龍鳳形。或言王積薪
對玄宗棋局畢,悉持一曰時出。

黃㼐兒,矮陋機惠,玄宗常憑之行。問外間事,動有錫
賚,號曰"肉机"。一日入遲,上怪之,對曰:"今日雨淖,
向逢捕賊官與臣爭道,臣掀之墜馬。"因下階叩頭。上曰:
"外無奏,汝無懼。"復憑之。有頃,京兆上表論,^㉓上即叱
出,令杖殺焉。

王勃每爲碑頌,先墨磨數升,引被覆面而卧。忽起,一
筆書之,初不竄點,時人謂之腹稿。少夢人遺以丸墨盈袖。

燕公常讀其《夫子學堂碑頌》,^㉔頭自"帝車"至"太
甲"四句,悉不解,訪之一公,公言:^㉕"北斗建午,^㉖七曜在
南方,有是之祥,無位聖人當出。""華盖"已下,卒不
可悉。

李白名播海内，玄宗於便殿召見，神氣高朗，軒軒然若霞舉。上不覺亡萬乘之尊，因命納履，白遂展足與高力士曰："去靴。"力士失勢，遽為脱之。及出，上指白謂力士曰："此人固窮相。"白前後三擬詞選，不如意，悉焚之，唯留《恨》《别賦》。及禄山反，製《胡無人》言："太白入月敵可摧。"㉗及禄山死，太白蝕月。衆言李白唯戲杜考功"飯顆山頭"之句，㉘成式偶見李白《祠亭上宴别杜考功》詩，今錄首尾曰："我覺秋興逸，誰言秋興悲？山將落日去，水共晴空宜。""烟歸碧海夕，雁度青天時。相失各萬里，茫然空爾思。"

薛平司徒常送太僕卿周皓，㉙上諸色人吏中，末有一老人，八十餘，著緋。㉚皓獨問："君屬此司多少時？"老人言："某本藝正傷折，天寶初，高將軍郎君被人打，下頷骨脱，某爲正之。高將軍賞錢千萬，兼特奏緋。"皓因頷遣之，唯薛覺皓顔色不足，伺客散，獨留從容，㉛謂周曰："向卿問著緋老吏，似覺卿不悦，何也？"皓驚曰："公用心如此精也。"乃去僕，邀薛宿，曰："此事長，可緩言之。某年少常結豪族爲花柳之游，㉜竟蓄亡命。訪城中名姬，如蠅襲膻，無不獲者。時靖恭坊有姬，字夜來，稚齒巧笑，歌舞絶倫，貴公子破産迎之。予時數輩富於財，㉝更擅之。會一日，其母白皓曰：'某日夜來生日，豈可寂寞乎？'皓與往還，竟求珍貨，合錢數十萬，會飲其家。㉞樂工賀懷智、紀孩孩，皆一時絶手。扃方合，忽覺擊門聲，皓不許開。良久，折關而入。有少年紫

裘，騎從數十，大詬其母。㉟母與夜來泣拜，諸客將散，皓時
氣方剛，且恃扛鼎，顧從者敵。因前讓其怙勢，攘臂毆之，
踣於拳下，遂突出。時都亭驛有魏貞，有心義，好養私客，㊱
皓以情投之。貞乃藏於妻女間。時有司追捉急切，貞恐踪露，
乃夜辦裝具，腰白金數挺，㊲謂皓曰：'汴州周簡老，義士也。
復與郎君當家，今可依之，且宜謙恭不怠。'周簡老，蓋大俠
之流，㊳見魏貞書，甚喜。皓因拜之爲叔，遂言狀，簡老命居
一船中，戒無妄出，供與極厚。居歲餘，忽聽船上哭泣聲，
皓潛窺之，見一少婦，縞素甚美，與簡老相慰。其夕，簡老
忽至皓處，問：'君婚未？某有表妹，嫁與甲，甲卒，無子，
今無所歸，可事君子。'皓拜謝之，即夕其表妹歸皓。有女二
人，男一人，猶在舟中。簡老忽語皓：'事已息，君貌寢，㊴
必無人識者，可游江淮。'乃贈百餘千。皓號哭而別，簡老尋
卒。皓官已達，簡老表妹尚在，兒娶女嫁，將四十餘年，人
無所知者。適被老吏言之，不覺自愧。不知君子察人之微
也。"㊵有人親見薛司徒說之也。

大歷末，禪師玄覽住荆州陟岵寺，道高有風韻，人不可
得而親。張璪常畫古松於齋壁，符載贊之，衛象詩之，㊶亦一
時三絶，覽悉加垩焉。人問其故，曰："無事疥吾壁也。"僧
那即其甥，爲寺之患，發瓦探鷇，壞牆薰鼠，㊷覽未嘗責。有
弟子義詮，布衣一食，覽亦不稱。或怪之，乃題詩於竹曰：
"大海從魚躍，長空任鳥飛。欲知吾道廓，不與物情違。"㊸忽

一夕，有梵僧撥戶而進，曰：“和尚速作道場。”覽言：“有爲之事，吾未嘗作。”僧熟視而出，反手闔戶，門扃如舊。覽笑謂左右：“吾將歸歟！”遂遽浴訖一曰蚤起，隱几而化。^⑭

馬僕射一日侍中既立勛業，頗自矜伐，常有陶侃之意，故呼田悅爲錢龍，至今爲義士非之。當時有揣其意者，乃先著謠於軍中，曰：“齋鐘動也，和尚不上堂。”月餘，方異其服色，謁之，言善相。馬遽見，因請遠左右，曰：“公相非人臣，然小有未通處，當得寶物直數千萬者，可以通之。”馬初不實之，客曰：“公豈不聞謠乎？正謂公也。‘齋鐘動’，時至也。‘和尚’，公之名。‘不上堂’，不自取也。”馬聽之始惑，^⑮即爲具肪玉、紋犀及貝珠焉。客一去不復知之，馬病劇，方悔之。^⑯

信都民蘇氏有二女，擇良婿。張文成往相，^⑰蘇曰：“子雖有財，不能富貴，得五品官即死。”時魏知古方及第，蘇曰：“此雖黑小，^⑱後必貴。”乃以長女妻之。女髮長七尺，黑光如漆，相者云大富貴，後知古拜相，封夫人云。^⑲

明皇封禪太山，張説爲封禪使。説女婿鄭鎰，本九品官。舊例，封禪後，自三公以下，皆遷轉一級，惟鄭鎰因説驟遷五品，兼賜緋服。因大脯次，玄宗見鎰官位騰躍，怪而問之，鎰無詞以對。黃幡綽曰：^⑳“此乃太山之力也。”

成式曾一夕堂中會，時妓女玉壺忌魚炙，見之色動。因訪諸妓所惡者，有蓬山忌鼠，金子忌蝨尤甚。坐客乃競徵蝨拏鼠事，⑤ 多至百餘條。予戲摭其事，作《破蝨録》。

【校釋】

① 此條原與上條相接，據"明初""津逮""學津""稗海"各本提行另作一條。

② 明少遐：字處默，南朝梁平原鬲（今山東陵縣）人。曾任青州刺史。後奔魏仕北齊。

③ 温涼：本指寒暖，借指生活情況，此處爲"寒暄"意。

④ 不乃：豈不。

⑤ "預"及下之兩"預"字，"津逮""學津""稗海"本作"豫"。

⑥ "鄉鄰飲酒"，"明初"本作"卿鄰飲酒"，"津逮""學津""稗海""四庫全書"各本均作"卿在鄰飲酒"。"鄉"，通"嚮"，從前之意。

⑦ 陳昭：梁將陳慶之子，慶之卒，承襲永興縣侯。

⑧ 豆萁之喻：煮豆燃萁，比喻兄弟相逼。典出曹植七步詩："煮豆持作羹，漉豉（菽）以爲計。萁在釜下燃，豆在釜中泣。本自同根生，相煎何太急。"

⑨ 家餉：家做的食物。醾酒：即醾醾酒，當時一種美酒。

⑩ "珍旨"，"津逮""學津""稗海"本作"珍藏"。

⑪ "收"，"明初"本無。

⑫ 此條"明初""津逮""學津""稗海"各本均置於本卷"玄宗常伺察諸王"條後。

⑬ 未敢三舍：不敢退避三舍，意即迎接挑戰。軍隊行進三十里爲一舍。

155

⑭ 豹：即房豹，字仲干，北齊時，曾拜爲西河太守（今山西汾陽），後遷博陵（今河北安平）太守、樂陵太守。北齊亡後，回歸故里，堆山築池以爲園，被後人稱之爲“歷城房家園”。

⑮ 祓禊：古代民間每逢農曆三月三，人們去水邊祭祀，用浸泡香草的水沐浴，認爲這樣可以除去疾病和不祥，這種禮儀被稱之爲“禊”或“祓禊”。

⑯ 池塘：指晋文學家謝靈運的代表作《登池上樓》詩中“池塘生春草，園柳變鳴禽”句。

⑰ 鞔（mán）鼓：製鼓，即把皮革繃緊，固定在鼓框上，做成鼓面。

⑱ “父亦曾作仕”，“明初”“津逮”“學津”“稗海”各本均缺。

⑲ “動婉含嚬”，“津逮”“學津”“稗海”本作“含嚬上訴”。嚬，同“顰”。

⑳ 慕挈者：以網捕獸之獵人。慕挈亦作“幕絡”。

㉑ 本條與下三條，“明初”“津逮”“學津”本置於“歷城房家園”條前。

㉒ 王積薪：唐玄宗時圍棋國手。

㉓ “京兆”，“明初”“津逮”“學津”本作“京尹”。

㉔ 《夫子學堂碑頌》：即《益州夫子廟碑》，由唐代詩人、文學家王勃（650—676）撰文。

㉕ “公言”，“明初”本作“一公言”。

㉖ “午”，原作“干”，據“明初”“津逮”“學津”“稗海”本改。

㉗ “摧”，“明初”本作“催”。

㉘ 飯顆山頭：指李白作的《戲贈杜甫》詩，其詩曰：“飯顆山頭

逢杜甫，頭戴笠子日卓午。借問別來太瘦生，總爲從前作詩苦。”

㉙ 薛平（751—830）：字坦途，唐絳州萬泉（今山西新絳）人。曾進封魏國公，任左僕射，兼戶部尚書，加檢校司徒。

㉚ “末有”，“津逮”本作“來有”。緋：紅袍。唐制，官員三品以上服紫，四品、五品服緋，六品、七品服綠，八品、九品服青。

㉛ 從容：交談，唐宋時習語。

㉜ “年少”，原作“少年”，據“津逮”“學津”本改。

㉝ “時”下，“明初”本有“與”字。

㉞ “會飲其家”，“明初”“津逮”“學津”本缺。

㉟ “大”，“明初”本作“萬”，“津逮”“學津”本無。

㊱ “都亭驛有魏貞，有心義”，“明初”“津逮”“學津”本作“都亭驛所由魏貞，有心義”，似是。“私客”，“明初”本作“私名”，通。

㊲ “具腰”，“明初”“津逮”“稗海”本作“腰其”，“學津”本作“腰具”。

㊳ “之流”，“明初”本作“之”，“津逮”“學津”本作“也”。

㊴ 貌寢：相貌普通、不出衆。

㊵ “也”，“津逮”“學津”本無。

㊶ 符載：又名苻載，字厚之，唐代文學家，官終監察御史。衞象：唐詩人，貞元初任長林令，後佐荆南幕，檢校侍御史。

㊷ “牆”，“明初”本作“培”。

㊸ “欲知吾道廓，不與物情違”，“明初”“津逮”“學津”“稗海”本缺。

㊹ “隱几”，“明初”本作“隱机”，同。

㊺ “馬聽之始惑”，原作“馬不聽之”，據“明初”“學津”本改。

㊻“悔之”下，“明初”“津逮”“學津”本有“也”字。

㊼“相”，原作“成”，據“學津”本改。

㊽“黑”，“津逮”本作“官”。

㊾ 此條與下二條，“明初”“稗海”本缺。

㊿ 黄幡綽：唐玄宗時宫廷樂官，涼州（今甘肅武威）人，爲人滑稽諧趣，曾譏諷張説以封禪提拔己婿鄭鎰。亦善參軍戲，能勸諫玄宗，頗得寵愛。

(51)“競”，原作“兢”，據“學津”本改。

酉陽雜俎前集卷之十三

冥　迹

　　魏韋英卒後，妻梁氏嫁向子集。嫁日，英歸至庭，呼曰："阿梁，卿忘我耶？"子集驚，張弓射之，即變爲桃人、茅馬。

　　長白山西有夫人墓，魏孝昭之世，搜揚天下才俊，清河崔羅什，弱冠有令望，被徵詣州，夜經於此。忽見朱門粉壁，樓臺相望，俄有一青衣出，語什曰："女郎須見崔郎。"什恍然下馬，入兩重門，内有一青衣通問引前。什曰："行李之中，忽蒙厚命，素既不叙，無宜深入。"青衣曰："女郎乃平陵劉府君之妻，[1]侍中吳質之女。府君先行，故欲相見。"什遂前，入牀就坐。其女在户東立，與什叙温凉。[2]室内二婢秉燭，呼一婢令以玉夾膝置什前。什素有才藻，頗善風咏，雖疑其非人，亦惬心好也。女曰："比見崔郎息駕庭樹，嘉君吟嘯，故欲一叙玉顔。"什遂問曰："魏帝與尊公書，稱尊公爲元城令，然否？"女曰："家君元城之日，妾生之歲。"什乃與論漢魏時事，[3]悉與《魏史》符合，言多不能備載。什曰：

159

“貴夫劉氏，願告其名。”女曰：“狂夫劉孔才之第二子，名瑤，字仲璋。比有罪被攝，乃去不返。”什乃下牀辭出，女曰：“從此十年，當更相逢。”什遂以玳瑁簪留之，女以指上玉環贈什。什上馬行數十步，回顧乃一大冢。④什屆歷下，以爲不祥，遂請僧爲齋，以環布施。天統末，什爲王事所牽，築河於垣—作桓家冢，⑤遂於幕下話斯事於濟南奚叔布，因下泣曰：“今歲乃是十年，可如何也作罷。”⑥什在園中食杏，唯云：⑦“報女郎信，俄即去。”⑧食一杏未盡而卒。什十二爲郡功曹，爲州里推重，及死，無不傷嘆。

南巨川常識判冥者張叔言，因撰《續神異記》，具載其靈驗。叔言判冥鬼十人，十人數內，兩人是婦人。

又鳥龜狐亦判冥。⑨

于襄陽頔在鎮時，⑩選人劉某入京，逢一舉人，年二十許，言語明晤，⑪同行數里，意甚相得。因藉草，⑫劉有酒，傾數杯。日暮，舉人指支徑曰：“某弊止從此數里，⑬能左顧乎？”劉辭以程期，舉人因賦詩曰：⑭“流水涓涓芹努—曰吐牙，織鳥雙飛客還家。荒村無人作寒食，殯宮空對棠梨花。”至明旦，劉歸襄州，尋訪舉人，殯宮存焉。

顧況喪一子，年十七。其子魂游，恍惚如夢，不離其家。顧悲傷不已，因作詩，吟之且哭，詩云：“老人喪一子，日暮泣成血。心逐斷猿驚，迹隨飛鳥滅。⑮老人年七十，不作多時別。”其子聽之感慟，因自誓：“忽若作人，當再爲顧家子。”經日，如被人執至一處，若縣吏者，斷令托生顧家，復都無所知。忽覺心醒，開目認其屋宇，兄弟親愛滿側，[16]唯語不得。當其生也，已後又不記。年至七歲，其兄戲批之，忽曰："我是爾兄，何故批我。"一家驚異，方叙前生事，歷歷不誤，弟妹小名，悉遍呼之。抑知羊叔子事非怪也。即進士顧非熊。成式常訪之，涕泣爲成式言。釋氏《處胎經》，言人之住胎，與此稍差。

【校釋】

① "乃"，"明初""津逮""學津"本無。

② "東立"，"學津"本作"東坐"。"叙"，"明初""津逮"本無。

③ "時事"，"明初""津逮""學津""稗海"各本均作"大事"。

④ "乃"下，"明初""津逮""學津"本有"見"字。

⑤ "築河於垣—作桓家冢"，"津逮"本作"築河堤於桓家冢"，"明初""學津"本作"築河堤於垣冢"。

⑥ "也作罷"，"學津"本缺。

⑦ "唯云"，"學津"本作"忽見一人云"。

⑧ "俄"，"明初"本作"我"。

⑨ 此條"津逮""學津""稗海"本與上條相接合爲一條。

⑩ "頓"，"明初"本無。

⑪ "晤"，"學津"本作"朗"。

⑫ 藉草：藉，憑藉、依靠，此指坐在地上休息。《荀子·禮論》："齊衰苴（jū）杖，居廬食粥，藉草枕塊，所以爲至痛飾也。"

⑬ 弊止：對自己住址的謙稱。

⑭ "曰"，"明初"本無。

⑮ "心逐斷猿驚，迹隨飛鳥滅"，"明初""津逮""學津""稗海"

本缺。宋孫光憲《北夢瑣言》卷八亦缺此二句，且“喪一子”作“喪愛子”。《全唐詩》卷二百六十四收顧況《傷子》詩則曰：“老夫哭愛子，日暮千行血。聲逐斷猿悲，迹隨飛鳥滅。老夫已七十，不作多時別。”

⑯“愛”，“明初”本缺。

尸穸

近代喪禮，初死内棺，而截亡人衣後幅留之。又内棺加盖，以肉飯黍酒著棺前，摇盖叩棺，呼亡者名字，言起食，三度然後止。

琢釘及漆棺止哭，哭便漆不乾也。

銘旌出門，衆人掣裂將去。送亡人不可送韋革、鐵物及銅磨鏡使盖，言死者不可使見明也。董勛言：“《禮》：‘弁服鞢韐。’此用韋也一曰茅韋。”

刻木爲屋舍、車馬、奴婢，抵蟲等，周之前用塗車、蒭靈，周以來用俑。

送亡者又以黄卷、蠟錢、菟毫、弩機、紙疏、挂樹之屬，又作轜車。車，古蔞也，蔞似屏。

世人死者有作伎樂，名爲樂喪。魌頭，[1]所以存亡者之魂氣也，一名蘇衣被，蘇蘇如也。一曰狂阻，一曰觸壙。四目曰方相，兩目曰僛。據費長房識李娥一曰俄藥丸，謂之方相腦，則方相或鬼物也，前聖設官象之。

又忌狗見尸，令有重喪。

亡人坐上作魂衣，謂之上天衣。

送亡者不賫鏡奩盖。

裞，鬼衣也。桐人起虞卿，明衣起左伯桃，挽歌起綿謳。故舊律發冢棄市。冢者，重也，言爲孝子所重，發一繭土則坐，不須物也。

"弔"字，矢貫弓也。古者葬棄中野，《禮》：貫弓而弔，以助鳥獸之害。[2]

後魏俗竟厚葬，棺厚高大，多用柏木，兩邊作大銅鐶鈕，不問公私貴賤，悉白油絡幰輀車，迥素稍仗，打虜鼓，哭聲欲似南朝。傳哭挽歌無破聲，亦小異於京師焉。

《周禮》："方相氏驅罔象。"罔象好食亡者肝，而畏虎與柏。墓上樹柏，路口致石虎，爲此也。

昔秦時陳倉人，獵得獸若彘而不知名，道逢二童子，曰："此名弗述，常在地中食死人腦。欲殺之，當以柏插其首。"

遭喪婦人有面衣，[3]期已下婦人著簂，不著面衣。

又婦人哭，以扇掩面，或有帷幄內哭者。[4]

漢平陵王墓，墓多狐，狐自穴出者皆毛上坌灰。魏末有人至狐穴前，得金刀鑷、玉唾壺。

貝丘縣東北有齊景公墓，近世有人開之，下入三丈，石函中得一鵝，鵝迴轉翅以撥石。復下入一丈，便有青氣上騰，望之如陶烟，飛鳥過之輒墮死，遂不敢入。

元魏時，菩提寺僧多一曰達多發冢取磚，⑤得一人，自言姓崔名涵，字子洪，在地下十二年，如醉人，時復游行，不甚辨了。畏日及水火兵刃。常走，疲極則止。洛陽奉終里多賣送死之具，⑥涵言："作柏棺莫作桑櫬，吾地下見發鬼兵，一鬼稱是柏棺，主者曰：'雖是柏棺，乃桑櫬也。'"

南朝薨卒贈予者以密，⑦應著貂蟬者以雁代之，⑧綬者以書。

先賢大臣家墓，揭杙題其官號姓名，⑨五品以上漆棺，六品以下但得漆際。

南陽縣民蘇調女死三年，自開棺還家，言夫將軍事。赤小豆、黃豆，死有持此二豆一石者，無復作苦。又言可用梓木爲棺。

劉晏判官李遆，莊在高陵，莊客懸欠租課，積五六年。遆因官罷歸莊，方欲勘責，見倉庫盈羨，輸尚未畢。遆怪問，悉曰："某作端公莊客二三年矣，久爲盜。近開一古冢，冢西去莊十里，極高大，入松林二百步方至墓。墓側有碑，斷倒草中，字磨滅不可讀。初，旁掘數十丈，遇一石門，固以鐵汁，累日洋糞沃之方開。開時箭出如雨，射殺數人。衆懼欲出，某審無他，必機關耳，乃令投石其中，每投箭輒出，投十餘石，箭不復發，因列炬而入。至開第二重門，有木人數十，張目運劍，又傷數人，衆以棒擊之，兵仗悉落。四壁各畫兵衛之像。南壁有大漆棺，懸以鐵索，其下金玉珠璣堆

164

積。[10]衆懼，未即掠之。棺兩角忽颯颯風起，有沙迸撲人面。須臾，風甚，沙出如注，遂没至膝，衆驚恐走，比出，門已塞矣。一人復一日後爲沙埋，死。乃同酹地謝之，[11]誓不發冢。"

《水經》言：越王勾踐都琅琊，欲移允一曰元常冢，冢中風生，飛沙射人，人不得近，遂止。按《漢舊儀》，將作營陵地，内方石，外沙演，户交横莫耶，設伏弩、伏火、弓矢與沙，蓋古製有其機也。○又侯白《旌異記》曰一作言：盗發白茅冢，棺内大吼如雷，野雉悉雊。穿内火起，飛焰赫然，盗被燒死，得非伏火乎？[12]

永泰初，有王生者，住在揚州孝感寺北。夏月被酒，手垂於牀。其妻恐風射，將舉之，忽有巨手出於牀前，牽王臂墜牀，身漸入地。其妻與奴婢共曳之，不禁，地如裂狀，初餘衣帶，頃亦不見。其家併力掘之，深二丈許，得枯骸一具，已如數百年者，竟不知何怪。

江淮元和中有百姓耕地，地陷，乃古墓也。棺中得裩五十腰。

處士鄭賓于言，嘗客河北，有村正妻新死，未殮。日暮，其兒女忽覺有樂聲漸近，至庭宇，尸已動矣。及入房，如在梁棟間，尸遂起舞，樂聲復出，尸倒，旋出門，隨樂聲而去。其家驚懼，時月黑，亦不敢尋逐。一更，村正方歸，知之，乃折一桑枝如臂，被酒大罵尋之。入墓林約五六里，復聞樂聲在一柏林上，及近樹，樹下有火熒熒然，尸方舞矣。村正舉杖擊之，尸倒，樂聲亦住，遂負尸而返。

醫僧行儒説，福州有弘濟上人，齋戒清苦，常於沙岸得一顱骨，遂貯衣籃中歸寺。數日，忽眠中有物嚙其耳，以手撥之落，聲如數升物，疑其顱骨所爲也。及明，果墜在牀下，遂破爲六片，零置瓦溝中。夜半，有火如雞卵，次第入瓦下，燭之，弘濟責曰："爾不能求生人天，憑朽骨何也？"於是怪絕。⑬

近有盜發蜀先主墓，墓穴，盜數人齊見兩人張燈對奕，⑭侍衛十餘，盜驚懼拜謝。一人顧曰："爾飲乎？"乃各飲以一杯，兼乞與玉腰帶數條，命速出。盜至外，口已漆矣，帶乃巨蛇也，視其穴，已如舊矣。

【校釋】

① 魌頭：古時打鬼驅疫時扮神者所戴的面具。

② 助：通"鋤"，除去之意。

③ 面衣：喪儀中用以遮蔽臉面的服飾。

④ 此條"明初""津逮""學津"本與上條相接合爲一條。

⑤ "僧多"，"明初"本作"增多"。

⑥ "奉終里"，原作"奉洛里"，據《洛陽伽藍記》卷三改。奉終里，地名，專賣棺椁的市肆。

⑦ 密：相近，此指隨葬贈予之物應爲相近之替代品。

⑧ "著"，原作"看"，據"四庫全書"本改。

⑨ "揭杕"，"明初"本作"揭祄"，似是。祄，《康熙字典》："集

韻：逸職切；類篇：黑衣也。又《酉陽雜俎》：……揭衳題其官號姓名。"

⑩ "積"，"津逮""學津"本作"集"。

⑪ "酹"，原作"醉"，屬形誤，據"四庫全書"本改。酹地：以酒灑地表示祭奠或起誓。

⑫ "又侯白"至"得非伏火乎"，"津逮""學津"本提行另作一條。

⑬ 此條"明初"本與上條相接合爲一條。

⑭ "對奕"，"明初"本作"對棋"。

酉陽雜俎前集卷之十四

諾皋記上

夫度朔司刑，可以知其情狀；葆登掌祀，將以著於感通。有生盡幻，游魂爲變。乃聖人定璇璣之式，立巫祝之官，考乎十煇之祥，正乎九黎之亂。當有道之日，鬼不傷人，在觀德之時，神無乏主。若列生言竈下之駒掇，莊生言戶内之雷霆，楚莊爭隨兕而禍移，齊桓睹委蛇而病愈，徵祥變化，無日無之，在乎不傷人，不乏主而已。成式因覽歷代怪書，偶疏所記，題曰《諾皋記》。街談鄙俚，輿言風波，①不足以辯九鼎之象，廣七車之對，然游息之暇，足爲鼓吹耳。

昆侖之墟，帝之下都，百神所在也。

大荒中有靈山，有十巫：咸、即、盼、彭、姑、真、禮、抵、謝、羅，從此升降。②

天山有神，是爲渾潡，狀如橐而光，其光如火，六足重翼，無面目，是識一曰嗜音歌舞，實爲帝江。③形天與帝爭神，④帝斷其首，葬之常羊山，乃以乳爲目，臍爲口，操干戚而

168

舞焉。

漢竹宮用紫泥爲壇，天神下若流火，玉飾器七千枚一作枝，舞女三百人。〇一曰漢祭天神用萬二千杯，養牛五歲，重三千斤。

太一君諱臘，天秩萬二千石。

天翁姓張名堅，字刺渴，漁陽人。少不羈，無所拘忌。常張羅得一白雀，愛而養之。夢天劉翁責怒，每欲殺之，白雀輒以報堅，堅設諸方待之，終莫能害。天翁遂下觀之，堅盛設賓主，乃竊騎天翁車，乘白龍，振策登天，天翁乘餘龍追之，不及。堅既到玄宮，易百官，杜塞北門，封白雀爲上卿侯，改白雀之胤不產於下土。劉翁失治，徘徊五岳作災。堅患之，以劉翁爲太山太守，主生死之籍。

北斗魁第一星神名執一曰報陰，第二星曰叶詣一作諧，[⑤]第三星曰視金，第四星曰拒一作洹理，第五星曰防仵，第六星曰開寶，第七星曰招搖一曰始。

東王公諱倪，[⑥]字君明。天下未有人民時，秩二萬六千石，佩雜色綬，綬長六丈六尺，從女九千，以丁亥日死。

西王母姓楊，諱回，治昆侖西北隅。以丁丑日死。一曰婉妗。[⑦]

竈神名隗，狀如美女。又姓張名單，字子郭。夫人字卿忌，有六女皆名察一作祭洽。[⑧]常以月晦日上天白人罪狀，大者奪紀，紀三百日，小者奪算，算一百日。故爲天帝督使，下爲地精。己丑日，日出卯時上天，禺中下行署，此日祭得福。

其屬神有天帝嬌孫、天帝大夫、天帝都尉、天帝長兄、硎上童子、突上紫官君、太和君、玉池夫人等。一曰竈神，名壤子也。

河伯，人面，乘兩龍，一曰冰夷，一曰馮夷。又曰人面魚身。《金匱》言，一名馮循—作修。⑨《河圖》言，姓呂名夷，《穆天子傳》言無夷。《淮南子》言馮遲。《聖賢記》言：服八石，得水仙。《抱朴子》曰：八月上庚日溺河。

甲子神名弓隆，欲入水內，呼之，河伯九千導引，入水不溺。

甲戌神名執明，呼之，入火不燒。

《太真科經》說有鬼仙：丙戌日鬼名龖生，丙午日鬼名挺髇，乙卯日鬼名天陪，⑩戊午日鬼名耳述，壬戌日鬼名逹，辛丑日鬼名延，乙酉日鬼名蟲左，丙辰日鬼名天遯，辛卯日鬼名愁，酉蟲鬼名髮廷迁，厠鬼名項天竺—曰笙。語忘、敬遺二鬼名，婦人臨産呼之，不害人，長三寸三分，上下烏衣。馬鬼名賜，蛇鬼名側石圭—曰釜，⑪井鬼名瓊，衣服鬼名甚遼。神茶、鬱壘領萬鬼。舊儺詞曰："申作食。"狒胃食虎，雄伯食魅，騰蘭—曰簡食祥，攬—曰攬諸食咎，伯倚食夢，強梁祖名共，食磔—曰磔死。寄生、窮奇、騰根、共食蠱。王延壽所夢有游光、禀毅、諸渠、印堯、夔瞿、偹僔、將劇、摘脈、堯峴寺—曰堯峴等。⑫

吐火羅國縛底野城，古波斯王烏瑟多習之所築也。⑬王初築此城，高二三尺即壞，嘆曰："吾應無道，天令築此城不成矣！"有小女名那息，見父憂恚，問曰："王有鄰敵乎？"王曰："吾是波斯國王，領千餘國，今至吐火羅國中，欲築此城，垂功萬代。既不遂心，所以憂耳。"女曰："願王無憂，明旦，令匠視我所履之迹築之，即立。"王異之。至明，女起，步西北，自截右手小指，遺血成踪，匠隨血築之，逐日轉踪匝，女遂化爲海神。其海神至今猶在堡子下，澄清如鏡，周五百餘步。⑭

古龜茲國王阿主兒者，有神異，力能降伏毒龍。時有賈人買市人金銀寶貨，至夜中，錢並化爲炭，境內數百家皆失金寶。王有男先出家，成阿羅漢果。⑮王問之，羅漢曰："此龍所爲，龍居北山，其頭若虎，今在某處眠耳。"王乃易衣持劍默出，至龍所，見龍卧，將欲斬之，因曰："吾斬寐龍，誰知吾有神力。"遂叱龍。龍驚起，化爲獅子，王即乘其上。龍怒，作雷聲，騰空至城北二十里。王謂龍曰："爾不降，當斷爾頭。"龍懼王神力，乃作人語曰："勿殺我，我當與王乘，欲有所向，隨心即至。"王許之，後常乘龍而行。

乾陀國昔有王神勇多謀，號伽當一曰加色伽當，討襲諸國，所向悉降。至五天竺國，得上細絲二條，自留一，一與妃。妃因衣其絲謁王，絲當妃乳上有鬱金香手印迹，王見驚恐，謂妃曰："爾忽著此手迹之服，何也？"妃言："向王所賜之絲。"王怒問藏臣，藏臣曰："絲本有是，非臣之咎。"王追商者問之，商言："南天竺國娑陀婆恨王，有宿願，每年所賦細絑，⑯並重叠積之，手染鬱金柝於絑上，千萬重手印悉透。丈夫衣之，手印當背；婦人衣之，手印當乳。"王令左右披之，皆如商者言。王因叩劍曰："吾若不以此劍裁娑陀婆恨王手足，⑰無以寢食。"乃遣使就南天竺索娑陀婆恨王手足。使至其國，娑陀婆恨王與群臣紿報曰："我國雖有王名娑陀婆恨，原無王也，⑱但以金爲王，設於殿上，凡統領教習，在臣下耳。"王遂起象馬兵南討其國，其國隱其王於地窟中，鑄金人來迎。伽色伽王知其僞，⑲且自恃福力，因斷金人手足，娑陀婆恨王於窟中，手足亦自落也。

齊郡接歷山，上有古鐵鎖，大如人臂，繞其峰再浹。相傳本海中山，山神好移，故海神鎖之，挽鎖斷，飛來於此矣。

太原郡東有崖山，天旱，土人常燒此山以求雨。俗傳崖山神娶河伯女，故河伯見火，必降雨救之。今山上多生水草。

華不注泉，⑳齊頃公取水處，方圓百餘步。北齊時，有人以繩千尺沉石試之不窮，石出，赤如血，其人不久坐事死。

荆州永豐縣東鄉里有卧石一，長九尺六寸。其形似人，而舉體青黄隱起，㉑狀若雕刻。境若旱，便齊手—作祭，無齊字而舉之，小舉小雨，大舉大雨。相傳此石忽見於此，本長九尺，今加六寸矣。

荆之清—曰淯水宛—曰穴口傍，㉒義興十二年，㉓有兒群浴此水，忽然岸側有錢出如流沙，因競取之，手滿置地，隨復去，乃衣襟結之，㉔然後各有所得。流錢中有銅車，以銅牛牽之，勢甚迅速。㉕諸童奔逐，掣得車一脚，徑可五寸許。猪鼻轂有六幅，㉖通體青色，轂內黃銳，狀如常運。於時沈敬一作敞守南陽，㉗求得車脚錢，行時貫草輒便停破，竟不知所終往。

虎窟山，相傳燕建平中，濟南太守胡諧於此山窟得白虎，因名焉。

烏山下無水，魏末，有人掘井五丈，得一石函。函中得一龜，大如馬蹄，積炭五枝於函傍。復掘三丈，遇盤石，下有水流洶洶然，遂鑿石穿，水北流甚駛。㉘俄有一船觸石而上，㉙匠人窺船上得一杉木板，板刻字曰"吳赤烏二年八月十日，武昌王子義之船"。

平原縣西十里，舊有杜林。南燕太上時，㉚有邵敬伯者，家於長白山。有人寄敬伯一函書，言："我吳江使也，令吾通問於濟伯。今須過長白，幸君為通之。"仍教敬伯，但於杜林中取樹葉，㉛投之於水，當有人出。敬伯從之，果見人引入，㉜敬伯懼水，其人令敬伯閉目，似入水中，豁然宮殿宏麗。見一翁，年可八九十，坐水精牀，發函開書曰："裕興超滅。"㉝侍衛者皆圓眼，具甲冑。敬伯辭出，以一刀子贈敬伯曰："好去，但持此刀，當無水厄矣。"敬伯出，還至杜林中，而衣裳初無沾濕。果其年宋武帝滅燕。敬伯三年居兩河間，夜中忽大水，舉村俱沒，唯敬伯坐一榻牀，至曉著岸，敬伯下看之，乃是一大黿一曰龜也。敬伯死，刀子亦失。世傳杜林下有河伯家。㉞

臨清有妒婦津。㉟相傳言，晋大始中，劉伯玉妻段氏，字明光，性妒忌。伯玉常於妻前誦《洛神賦》，語其妻曰："娶婦得如此，吾無憾矣。"明光曰："君何得以水神美而欲輕我？㊱吾死，何愁不爲水神。"其夜乃自沈而死。死後七日，托夢語伯玉曰："君本願神，吾今得爲神也。"伯玉寤而覺之，遂終身不復渡水。有婦人渡此津者，皆壞衣一作攘衣袿妝，㊲然後敢濟，不爾，風波暴發。醜婦雖妝飾而渡，其神亦不妒也。婦人渡河無風浪者，以爲己醜，不致水神怒；醜婦諱之，無不皆自毀形容，以塞嗤笑也。故齊人語曰："欲求好婦，立在津口。婦立水傍，好醜自彰。"

虞道施，義熙中，乘車山行。忽有一人，烏衣，徑上車言寄載，㊳頭上有光，口目皆赤，面被毛，行十里方去，臨別語施曰："我是驅除大將軍，感爾相容。"因留贈銀環一雙。

晋隆安中，吳興有人年可二十，自號聖公，姓謝，死已百年。忽詣陳氏宅，言是己舊宅，可見還，不爾燒汝。一夕火發蕩盡，因有鳥毛插地，繞宅周匝數重，百姓乃起廟。

大足初，有士人隨新羅使，風吹至一處，人皆長鬚，語與唐言通，號長鬚國。人物茂盛，棟宇衣冠，稍異中國，地曰扶桑洲，其署官品，有正長、戢波、目役一作日波、㊴島邏等號。士人歷謁數處，其國皆敬之。忽一日，有車馬數十，言大王召客，行兩日方至一大城，甲士守門焉。使者導士人入伏謁，殿宇高敞，儀衛如王者。見士人拜伏，小起，乃拜士人爲司風長，兼駙馬。其主甚美，有鬚數十根。士人威勢烜赫，富有珠玉，然每歸見其妻則不悦。其王多月滿夜則大會。後遇會，士人見姬嬪悉有鬚，因賦詩曰："花無蕊不妍，女無鬚亦醜。丈人試遣惣無，未必不如惣有。"王大笑曰："駙馬竟未能忘情於小女頤頷間乎？"⑩經十餘年，士人有一兒二女。忽一日，其君臣憂戚，士人怪問之。王泣曰："吾國有難，禍在旦夕，非駙馬不能救。"士人驚曰："苟難可弭，性命不敢辭也。"王乃令具舟，令兩使隨士人，謂曰："煩駙馬一謁海龍王，但言東海第三汊第七島長鬚國有難求救。我國絕微，須再三言之。"因涕泣執手而別。士人登舟，瞬息至岸。岸沙悉七寶，人皆衣冠長大。士人乃前，求謁龍王。龍宮狀如佛寺所圖天宮，光明迭激，目不能視。龍王降階迎士人，齊級升殿，訪其來意，士人具説，龍王即令速勘。良久，一人自外白曰："境内並無此國。"其人復哀祈，言長鬚國在東海第三汊第七島。龍王復叱使者："細尋勘，速報。"經食頃，使者返，曰："此島蝦合供大王此月食料，前日已追到。"龍王笑曰："客固爲蝦所魅耳。吾雖爲王，所食皆稟天符，不得妄食。今爲客減食。"乃令引客視之，見鐵鑊數十如屋，滿中是蝦。有五六頭色赤，大如臂，見客跳躍，似求救狀。引者曰："此蝦王也。"士人不覺悲泣，龍王命放蝦王一鑊，令二使送客歸中國。一夕至登州，迴顧二使，乃巨龍也。

天寶初，安思順進五色玉帶，又於左藏庫中得五色玉杯。上怪近日西賣—作貢無五色玉，⑪令責安西諸蕃。蕃言：比常進，皆爲小勃律所劫，不達。上怒，欲征之，群臣多諫，獨李右座林甫贊成上意，⑫且言武臣王天運謀勇可將。乃命王天運將四萬人，兼統諸蕃兵伐之。及逼勃律城下，勃律君長恐懼請罪，悉出寶玉，願歲貢獻。天運不許，即屠城，虜三千人及其珠璣而還。勃律中有術者言，將軍無義，不祥，天將大風雪矣。行數百里，忽風四起，⑬雪花如翼，風激小海，水成冰柱，起而復摧。經半日，小海漲涌，四萬人一時凍死，唯蕃漢各一人得還。具奏，玄宗大驚異，即令中使隨二人驗之。至小海側，冰猶崢嶸如山，隔冰見兵士尸，立者、坐者，瑩澈可數。中使將返，冰忽消釋，衆尸亦不復見。

郭代公常山居，中夜有人，面如盤，瞋目，出於燈下。公了無懼色，徐染翰題其頰曰："久戍人偏老，長征馬不肥。"公之警句也。題畢吟之，其物遂滅。數日，公隨樵閒步，見巨木上有白耳，大如數斗，所題句在焉。

大曆中，有士人莊在渭南，遇疾卒於京，妻柳氏因莊居。一子年十一二，夏夜，其子忽恐悸不眠。三更後，忽見一老人，白衣，兩牙出吻外，熟視之。良久，漸近牀前。牀前有婢眠熟，因扼其喉，咬然有聲，衣隨手碎，攫食之。須臾骨露，乃舉起飲其五藏。見老人口大如簸箕，子方叫，一無所見，婢已骨矣。數月後亦無他。士人祥齋，日暮，柳氏露坐逐涼，有胡蜂繞其首面，柳氏以扇擊墮地，乃胡桃也。柳氏遽取玩之掌中，遂長，初如拳、如碗，驚顧之際，已如盤矣。㘁然分爲兩扇，空中輪轉，聲如分蜂，忽合於柳氏首。柳氏碎首，齒著於樹。其物因飛去，竟不知何怪也。

賈相公耽在滑州，^㊹境内大旱，秋稼盡損。賈召大將二人，謂曰：“今歲荒旱，煩君二人救三軍百姓也。”皆言：“苟利軍州，死不足辭。”賈笑曰：“君可辱爲健步，乙一作明日當有兩騎，^㊺衣慘緋，所乘馬蕃步鬣長，經市出城，君等踪之，識其所滅處，則吾事諧矣。”二將乃裹糧，衣皂衣，尋之。^㊻一如賈言，自市至野二百餘里，映大冢而滅，遂壘石標表志焉。經信而返，賈大喜，令軍健數百人具畚鍤，^㊼與二將偕往其所。因發冢，獲陳粟數十萬斛，人竟不之測。

胡珦爲虢州時，獵人殺得鹿，重一百八十斤。蹄下貫銅鐶，鐶上有篆字，博物者不能識之。^㊽

博士丘濡説，汝州傍縣，五十年前，村人失其女。數歲忽自歸，言初被物寐中牽去，條止一處，及明，乃在古塔中。見美丈夫，謂曰：“我天人，分合得汝爲妻。自有年限，勿生疑懼。”且戒其不窺外也。日兩返，下取食，有時炙餌猶熱。經年，女伺其去，竊窺之，^㊾見其騰空如飛，火髮藍膚，磔磔耳如驢焉，至地乃復人矣，驚怖汗洽。其物返，覺曰：“爾固窺我，我實野义，與爾有緣，終不害汝。”^㊿女素惠，謝曰：“我既爲君妻，豈有惡乎？君既靈異，何不居人間，使我時見父母乎？”其物言：“我輩罪業，或與人雜處，則疫癘作。今形迹已露，任爾縱觀，⁵¹不久當爾歸也。”其塔去人居止甚近，女常下視，其物在空中不能化形，至地方與人雜。或有白衣塵中者，其物斂手側避；或見挽其頭，⁵²唾其面者，行人悉若不見。及歸，女問之：“向見君街中有敬之者，有戲狎之者，何也?"物笑曰:"世有吃牛肉者,予得而欺之。或遇忠直孝養,釋道守戒律、法籙者,吾懼犯之,當爲天戮。"又經年,忽悲泣語女:"緣已盡,候風雨送爾歸。"因授一青石,大如雞卵,言至家可磨此服之,能下毒氣。後一夕風雷,^⑤其物遽持女曰:"可去矣。"如釋氏言,屈伸臂頃,^⑤已至其家,墜之庭中。其母因磨石飲之,下物如青泥斗餘。

李公佐大曆中在廬州,有書吏王庚請假歸,夜行郭外,忽值引騶呵辟,^⑤書吏遽映大樹窺之,且怪此無尊官也。導騎後一人紫衣,儀衛如節使,後有車一乘,方渡水,御者前白:"車軔索斷。"紫衣者言:"檢簿。"遂見數吏檢簿曰:"合取廬州某里張某妻脊筋修之。"^⑤乃書吏之姨也。頃刻吏迴,持兩條白物,各長數尺,乃渡水而去。至家,姨尚無恙,經宿忽患背疼,半日而卒。

元和初,有一士人失姓字,因醉卧廳中。及醒,見古屏上婦人等悉於牀前踏歌,歌曰:"長安女兒踏春陽,無處春陽不斷腸。舞袖弓腰渾忘卻,蛾眉空帶九秋霜。"其中雙鬟者問曰:"如何是弓腰?"歌者笑曰:"汝不見我作弓腰乎?"乃反首,髻及地,腰勢如規焉。士人驚懼,因叱之,忽然上屏,亦無其他。

鄭相餘慶在梁州,^⑤有龍興寺僧智圓,善摁持敕勒之術,制邪理痛多著效,日有數十人候門。智圓臈高稍倦,^⑤鄭公頗敬之,因求住城東隙地。鄭公爲起草屋種植,有沙彌、行者各一人。居之數年,暇日,智圓向陽科腳甲,有婦人布衣,甚端麗，至階作禮。智圓遽整衣，怪問："弟子何由至此？"
婦人因泣曰："妾不幸夫亡而子幼小，老母危病。知和尚神咒
助力，乞加救護。"智圓曰："貧道本厭城隍喧啾，兼煩於招
謝，弟子母病，可就此爲加持也。"婦人復再三泣請，且言母
病劇，不可舉扶，智圓亦哀而許之。乃言："從此向北二十餘
里至一村，村側近有魯家莊，但訪韋十娘所居也。"智圓詰朝
如言行二十餘里，歷訪悉無而返。來日婦人復至，僧責曰：
"貧道昨日遠赴約，何差謬如此？"婦人言："只去和尚所止
處二三里耳。和尚慈悲，必爲再往。"僧怒曰："老僧衰暮，
今誓不出。"婦人乃聲高曰："慈悲何在耶？今事須去。"因
上階牽僧臂。僧驚迫，[59]亦疑其非人，恍惚間以刀子刺之，婦
人遂倒，乃沙彌悮中刀，流血死矣。僧忙然，遽與行者瘞之
於飯甕下。沙彌本村人，家去蘭若十七八里。其日，其家悉
在田，有人皂衣揭襆，乞漿於田中。村人訪其所由，乃言居
近智圓和尚蘭若。沙彌之父欣然訪其子耗，其人請問，具言
其事，蓋魅所爲也。沙彌父母盡皆號哭詣僧，僧猶紿焉。其
父乃鍬索而獲，即訴於官。鄭公大駭，俾求盜吏細按，意其
必冤也。僧具陳狀："貧道宿債，有死而已。"按者亦已死
論。僧求假七日，令持念爲將來資糧，鄭公哀而許之。僧沐
浴設壇，急印契縛，爆考其魅。凡三夕，婦人見於壇上，言：
"我類不少，[60]所求食處輒爲和尚破除。沙彌且在，能爲誓不
持念，必相還也。"智圓懇爲設誓，婦人喜曰："沙彌在城南
某村幾里古丘中。"僧言於官，吏用其言尋之，沙彌果在，神

已癡矣。發沙彌棺，中乃苕帚也。僧始得雪，自是絶珠貫，^⑥不復道一梵字。

元和初，洛陽村百姓王清，傭力得錢五鐶。因買田畔一枯栗樹，將爲薪以求利。經宿，爲鄰人盜斫，剏及腹，忽有黑蛇舉首如臂，人語曰："我王清本也，汝勿斫。"其人驚懼，失斤而走。及明，王清率子孫薪之，復掘其根，根下得大瓮二，散錢實之。王清因是獲利而歸。十餘年巨富，遂甃錢成龍形，^⑥號王清本。

元和中，蘇湛游蓬鵲山，裹糧鑽火，境無遺址。^⑥忽謂妻曰："我行山中，睹倒崖有光如鏡，^⑥必靈境也。明日將投之，今與卿訣。"妻子號泣，止之不得。及明遂行，妻子領奴婢潛隨之。入山數十里，遥望巖有白光，圓明徑丈，蘇遂逼之。纔及其光，長叫一聲，妻兒遽前救之，身如繭矣。有蜘蛛黑色，大如鈷鏴，走集巖下。奴以利刃決其網，方斷，蘇已腦陷而死。妻乃積薪燒其崖，^⑥臭滿一山中。

相傳裴旻山行，有山蜘蛛垂絲如匹布，將及旻。旻引弓射殺之，大如車輪。因斷其絲數尺收之。部下有金創者，剪方寸貼之，血立止也。^⑥

【校釋】

①"輿"，原作"與"。《全唐文》卷七百八十七引《諸皐記序》曰："街談鄙俚，輿言風波。"應是，故改。

②"咸"下，衍"曰"字；"真"，原作"具"。《山海經·大荒西經》曰："有靈山，巫咸、巫即、巫盼、巫彭、巫姑、巫真、巫禮、巫

抵、巫謝、巫羅十巫，從此升降，百藥爰在。”據改。

③ 帝江：即帝鴻，古音“江”與“鴻”通。《左傳·文公十八年》有“帝鴻氏有不才子，天下之民謂之渾沌”。渾沌即“渾敦”“混沌”。帝江即黄帝。

④“形天”，原作“形夭”，據“學津”本、《山海經·海外西經》改。形天，又稱刑天，中國古代神話傳説中之人物，出自《山海經》。

⑤“一作諧”及下之“一作洰”，“明初”本無。

⑥ 東王公：又稱“木公”“東華帝君”。其與西王母共爲道教尊神，爲男仙領袖。東王公一詞，始見於晋葛洪《枕中書》，書中稱“扶桑大帝東王公”。

⑦“婉妗”，“明初”本作“婉衿”。

⑧“洽”，“明初”本作“治”。

⑨“《金匱》言，一名馮循”，原作“《金一匱》言，名馮循”，據“學津”本改。“一”誤置於“金匱”二字間。

⑩“陪”，“津逮”“稗海”本作“陪”。

⑪“一曰至”，“津逮”“學津”“稗海”本作“一曰屢”。

⑫“《太真科經》”條之“神荼、鬱壘領萬鬼”至“堯峴寺一曰堯峴等”，“津逮”“稗海”本缺。

⑬“烏”，“明初”本作“鳥”。

⑭ 此條“津逮”“稗海”本缺。

⑮ 阿羅漢果：即阿羅漢，梵文音譯。漢語常簡稱爲羅漢。在大乘佛教中，羅漢低於佛、菩薩，爲第三等。在小乘佛教中羅漢則是修行所能達到的最高果位，能斷盡一切煩惱，不再生死輪迴。

⑯“細綷”，“明初”本作“紬綷”。綷（xīng），絲麻織物。

⑰ "此"，"明初"本無。

⑱ "原"，"明初""津逮"本作"元"。

⑲ "伽色伽"，據上文當作"伽當"或"加色伽當"，"津逮""學津"本缺。

⑳ 華不注泉：即華泉，濟南七十二名泉之一，在華不注山下，華不注山在山東省濟南市東北，黃河南岸。

㉑ "而舉"，"明初""津逮""學津""稗海"本缺。

㉒ "荊之"，"明初""津逮""學津""稗海"本缺。

㉓ "義興"，無此年號，疑爲"義熙"之誤。義熙，東晉安帝司馬德宗的年號（405—418）。

㉔ "襟"上，"學津"本有"以"字。

㉕ "勢"，"明初"本缺，"津逮""學津""稗海"本作"行"。

㉖ "猪鼻"，"明初"本、蔣氏校本影宋本作"諸鼻"。"轂"，"明初"本無。

㉗ "一作敵"，"津逮""學津"本無此注。

㉘ "駛"，"明初"本作"駃"，似是。

㉙ "上"，"學津"本作"至"。

㉚ "時"，"津逮""學津""稗海"本作"末"。太上：十六國時期南燕末主慕容超的年號（405—410）。

㉛ "樹葉"，"明初"本作"杜葉"。

㉜ "引入"，"明初"本作"引出"。

㉝ 裕：指南北朝劉宋王朝開國皇帝宋武帝劉裕。超：指慕容超。

㉞ "家"，"津逮""稗海"本作"冢"，似是。

㉟ "臨清有"，"明初""津逮""學津""稗海"本缺。

㊱"得","明初""津逮"本無。"美","明初""津逮"本作"善"。

㊲"壞衣一作攘衣","明初"本徑作"攘衣",去注。

㊳"徑",原作"勁",據"津逮""學津"本改。

㊴"正長","津逮""學津"本作"王長"。"一作日波","明初""津逮""學津"本無此注。

㊵"頷",原作"額",據"明初""津逮""學津""稗海"本改。頤頷:腮頰。

㊶"一作貢","明初""津逮""學津"本無此注。

㊷"林甫","明初""津逮""學津""稗海"本無。

㊸"風"上,"學津"本有"驚"字。

㊹"耽","明初""津逮""學津""稗海"本無。

㊺"一作明","明初""津逮""學津"本無此注。

㊻"衣皂衣,尋之","明初""津逮""學津"本作"衣皂,行尋之"。皂衣,即黑衣。

㊼"畬鍤","明初"本作"畬鋪"。

㊽"者","明初"本無。

㊾"竊窺","明初"本作"切窺"。

㊿"野义",蔣氏校本影宋本作"夜义",同。"汝","明初"本作"爾"。

51"任爾縱觀","明初"本作"任爾踪觀","津逮"本作"任公縱觀"。

52"捥","明初""津逮""稗海"本作"枕"。捥,通"捥",打、擊之意。

� "後"，"津逮""學津"本無。

㊹"頃"，"明初"本作"項"。

㊺"驕"，"明初"本作"騂"，"津逮""學津"本作"騎"，指古代貴族的騎馬侍從。

㊻"某妻"，"明初"本作"其妻"。"修之"，原缺，據"學津"本補。

㊼"餘慶"，"明初""津逮""學津""稗海"本無。

㊽臘：古印度僧人在受戒後每過一年爲一臘。此指受戒的年齡。

㊾"僧"，原缺，據"學津"本補。

㊿"類"上，"明初""津逮"本有"其"字。

㉑"珠貫"，原缺，據"明初""津逮""學津"本補。珠貫，即念珠。

㉒"甃錢成龍形"，"明初"本作"甃錢形龍"。甃（zhòu），孔穎達疏引《子夏傳》曰："甃，亦治也。以磚磊井，修井之壞，謂之爲甃。"此指把錢修做成龍之形。

㉓"遺址"，"明初"本作"遺跡"，"津逮""學津""稗海"本作"遺跡"。

㉔"如"，原脱，據"學津"本補。

㉕"積薪"，"明初"本作"積柴"。

㉖此條"明初""津逮""學津"本與上條相接合爲一條。

酉陽雜俎前集卷之十五

諾皋記下

　　和州劉録事者，大曆中罷官，居和州旁縣，食兼數人，尤能食鱠，常言鱠味未嘗果腹。邑客乃網魚百餘斤，會於野亭，觀其下箸。初食鱠數叠，忽似哽，咯出一骨珠子，大如黑豆，乃置於茶甌中，以叠覆之。食未半，怪覆甌傾側，劉舉視之，向者骨珠已長數寸，如人狀，坐客競觀之，隨視而長。頃刻長及人，遂捽劉，因毆流血。①良久，各散走。一循廳之西，一轉廳之左，俱及後門，相觸，翕成一人，乃劉也，神已癡矣。半日方能言，訪其所以，皆不省。自是惡鱠。

　　馮坦者，常有疾，醫令浸蛇酒服之。初服一瓮子，疾減半。又令家人園中執一蛇，投瓮中，封閉七日。及開，蛇躍出，舉首尺餘，出門，因失所在。其過迹，地墳起數寸。陸紹郎中言，②常記一人浸蛇酒，前後殺蛇數十頭。一日，自臨瓮窺酒，有物跳出齧其鼻將落，視之，乃蛇頭骨。因瘡毀其鼻如劓焉。③

185

　　有陳朴，元和中住崇賢里北街。大門外有大槐樹，朴常黃昏徙倚窺外，見若婦人及狐犬老烏之類，[④]飛入樹中，遂伐視之。樹凡三槎：[⑤]一槎空中，一槎有獨頭栗一百二十，一槎中褁一死兒，長尺餘。

　　僧無可言，近傳有白將軍者，常於曲江洗馬，馬忽跳出驚走，前足有物，色白如衣帶，縈繞數匝。遽令解之，血流數升。白異之，遂封紙貼中，藏衣箱內。一日，送客至滻水，出示諸客，客曰：“盍以水試之？”白以鞭築地成竅，置蟲於中，沃盥其上。少頃，蟲蠕蠕而長，竅中泉涌，[⑥]倏忽自盤若一席，有黑氣如香烟，徑出檐外，衆懼曰：“必龍也。”遂急歸，未數里，風雨驟至，[⑦]大震數聲。

　　景公寺前街中，舊有巨井，俗呼爲八角井。元和初，有公主夏中過，見百姓方汲，令從婢以銀棱碗就井承水，[⑧]悮墜碗。經月餘，出於渭河。

　　東平未用兵，[⑨]有舉人孟不疑，客昭義。[⑩]夜至一驛，方欲濯足，有稱淄青張評事者，僕從數十，孟欲參謁，張被酒，初不顧，孟因退就西間。張連呼驛吏索煎餅，孟默然窺之，且怒其傲。良久，煎餅熟，孟見一黑物如猪，隨盤至燈影而立。如此五六返，張竟不察。孟因恐懼，無睡，張尋大鼾。至三更後，孟纔交睫，忽見一人皁衣，與張角力，久乃相揮入東偏房中，拳聲如杵。一餉間，張被髮雙袒而出，還寢牀上。入五更，張乃喚僕使張燭巾櫛，就孟曰：“某昨醉中，都不知秀才同廳。”因命食，談笑甚歡，時時小聲曰：“昨夜甚

慚長者，乞不言也。”孟但唯唯。復曰：“某有程須早發，秀
才可先也。”遂摸靴中，得金一挺，授曰：“薄貺，乞密前
事。”孟不敢辭，即爲前去。行數日，方聽捕殺人賊。孟詢諸
道路，皆曰淄青張評事至某驛早發，[11]遲明，空鞍失所在。驛
吏返至驛尋索，驛西閣中有席角，發之，白骨而已，無泊一
蠅肉也。地上滴血無餘，惟一隻履在旁。相傳此驛舊凶，竟
不知何怪。舉人祝元膺常言親見孟不疑説，每每戒夜食必須
發祭也。[12]祝又言，孟素不信釋氏，頗能詩，其句云：“白日
故鄉遠，青山佳句中。”後常持念游覽，不復應舉。

　　劉積中常於京近縣莊居。妻病重。於一夕，劉未眠，忽
有婦人白首，長纔三尺，自燈影中出，謂劉曰：“夫人病，唯
我能理，何不祈我。”劉素剛，咄之，姥徐戟手曰：“勿悔！
勿悔！”遂滅。妻因暴心痛，殆將卒。劉不得已，祝之，言已
復出，劉揖之坐，乃索茶一甌，向口如咒狀，顧命灌夫人。
茶纔入口，痛愈。後時時輒出，家人亦不之懼。經年，復謂
劉曰：“我有女子及笄，煩主人求一佳婿。”劉笑曰：“人鬼
路殊，固難遂所托。”姥曰：“非求人也，但爲刻桐木爲形稍
工者則爲佳矣。”[13]劉許諾，因爲具之，經宿，木人失矣。又
謂劉曰：“兼煩主人作鋪公、鋪母，[14]若可，某夕我自具車輪
奉迎。”劉心計無奈何，亦許之。[15]一日過酉，有僕馬車乘至
門，姥亦至，曰：“主人可往。”劉與妻各登其車馬，天黑至
一處，朱門崇墉，籠燭列迎，賓客供帳之盛，如王公家。引
劉至一廳，朱紫數十，有與相識者，有已歿者，各相視無言。

妻至一堂，蠟炬如臂，錦翠爭煥，亦有婦人數十，存殁相識各半，但相視而已。及五更，劉與妻恍惚間卻還至家，如醉醒，十不記其一二矣。經數月，姥復來，拜謝曰："小女成長，今復托主人。"劉不耐，以枕抵之，曰："老魅敢如此擾人。"姥隨枕而滅，妻遂疾發，劉與男女醮地禱之，不復出矣。妻竟以心痛卒。劉妹復病心痛，劉欲徙居，一切物膠着其處，輕若履屣亦不可舉。迎道流上章，梵僧持咒，悉不禁。劉常暇日讀藥方，⑯其婢小碧自外來，垂手緩步，大言："劉四頗憶平昔無？"既而嘶咽曰："省躬近從泰山回，路逢飛天野乂携賢妹心肝，⑰我亦奪得。"因舉袖，袖中蠕蠕有物，左顧似有所命，曰："可爲安置。"又覺袖中風生，沖簾幌，入堂中。乃上堂對劉坐，問存殁，叙平生事。劉與杜省躬同年及第，有分，⑱其婢舉止笑語，無不肖也。頃曰："我有事，不可久留。"執劉手嗚咽，劉亦悲不自勝。婢忽然而倒，及覺，一無所記。其妹亦自此無恙。

臨川郡南城縣令戴督，初買宅於館娃坊。暇日，與弟閒坐廳中，忽聽婦人聚笑聲，或近或遠，督頗異之。笑聲漸近，忽見婦人數十，散在廳前，倏忽不見。如是累日，督不知所爲。廳階前枯梨樹，大合抱，意其爲祥，因伐之。根下有石露如塊，掘之轉闊，勢如鏊形，乃火上，⑲沃醯，鑿深五六尺不透，⑳忽見婦人繞坑抵掌大笑。有頃，共牽督入坑，投於石上。一家驚懼之際，婦人復還，大笑，督亦隨出。督纔出，又失其弟。家人慟哭，督獨不哭，曰："他亦甚快活，何用哭也。"訾至死不肯言其情狀。

獨孤叔牙常令家人汲水，重不可轉，數人助出之，乃人也。戴席帽，攀欄大笑，卻墜井中。汲者攬得席帽，挂於庭樹。每雨，所溜雨處，輒生黃菌。

有史秀才者，元和中，曾與道流游華山。時暑，環憩一小溪，忽有一葉大如掌，紅潤可愛，隨流而下，史獨接得，置懷中。坐食頃，覺懷中漸重，潛起觀之，覺葉上鱗起，栗栗而動，史驚懼，棄林中，遽白衆曰：[21]"此必龍也，可速去矣。"[22]須臾，林中白烟生，彌於一谷。史下山未半，[23]風雷大至。

史論作將軍時，忽覺妻所居房中有光，異之，因與妻遍索房中，且無所見。[24]一日，妻早妝開奩，[25]奩中忽有五—作金色龜，[26]大如錢，吐五色氣，彌滿一室，後常養之。

工部員外郎張周封言，舊莊城東狗脊觜《水經注》言此狗架觜西，常築牆於太歲上，一夕盡崩。且意其基虛，工不至，[27]乃率莊客指揮築之，高未數尺，炊者驚叫曰："怪作矣！"遽視之，飯數斗悉躍出，蔽地著牆，勻若蠶子，無一粒重者，蟲牆之半如界焉。因詣巫醊地謝之，亦無他焉。

山蕭，一名山臊，《神異經》作猨—曰操，《永嘉郡記》作山魅，一名山駱，一名蛟—曰蚾，一名濯肉，一名熱肉，一名暉，一名飛龍。如鳩，青色，亦曰治烏。巢大如五斗器，飾以土堊，赤白相間，[28]狀如射侯。犯者能役虎害人，燒人廬

舍，俗言山魈。㉙

伍相奴，或擾人，許於伍相廟多已。舊説一姓姚，二姓王，三姓汪。昔值洪水，食都樹皮，餓死，化爲鳥都，皮骨爲猪都，婦女爲人都。㉚鳥一曰鳥都左腋下有鏡印，㉛闊二寸一分，右脚無大指，右手無三指，左耳缺，右目盲。在樹根居者名猪都，在樹半可攀及者名人都，在樹尾者名鳥都。其禁有打土壟法、山鵲法。其掌訣，右手第二指上節邊禁山都眼，左手目禁其喉。南中多食其巢，味如木芝。窠表可爲履屩，治脚氣。

舊説野狐名紫狐，夜擊尾火出，將爲怪，必戴髑髏拜北斗。髑髏不墜，則化爲人矣。

劉元鼎爲蔡州。蔡州新破，食一曰倉場狐暴，劉遣吏生捕，日於球場縱犬逐之爲樂。經年，所殺百數。後獲一疥狐，縱五六犬，皆不敢逐，狐亦不走。劉大異之，令訪大將家獵狗，及監軍亦自誇巨犬，至皆弭耳環守之。狐良久緩迹直上設廳，㉜穿臺盤出廳後，及城牆，㉝俄失所在，劉自是不復令捕。道術中有天狐別行法，言天狐九尾金色，役於日月宮，有符有醮日，可洞達陰陽。

南中有獸名風狸，如狙，眉長好羞，見人輒低頭，其溺能理風疾。術士多言風狸杖難得於翳形草。㉞南人以上長繩繫於野外大樹下，人匿於旁樹穴中以伺之。㉟三日後知無人至，乃於草中尋摸，忽得一草莖，折之長尺許，窺樹上有鳥集，指之，隨指而墮，因取而食之。人候其怠，勁走奪之。見人遽嚙食之，或不及，則棄於草中。若不可得，㊱當打之數百，方肯爲人取。有得之者，禽獸隨指而斃，有所欲者，指之如意。

開成末，永興坊百姓王乙掘井，過常井一丈餘無水。忽聽向下有人語及雞聲，甚喧鬧，近如隔壁。井匠懼，不敢掘。街司申金吾韋處仁將軍，㊲韋以事涉怪異，不復奏，遽令塞之。據亡新求周秦故事，謁者閣上得驪山本。㊳李斯領徒七十二萬人作陵，鑿之以韋—作章程，三十七歲，㊴固地中水泉，奏曰："已深已極，鑿之不入，燒之不燃，叩之空空，如下天狀—曰如有天狀。"㊵抑知厚地之下，別有天地也。

大和三年，壽州虞侯景乙，京西防秋迴。其妻久病，纔相見，遽言我半身被斫去往東園矣，可速逐之。乙大驚，因趣園中。時昏黑，見一物長六尺餘，狀如嬰兒，裸立，挈一竹器。乙情急將擊之，物遂走，遺其器。乙就視，見其妻半身。乙驚倒，或亡所見。反視妻，自髮際、眉間及胸，有璺如指，映膜赤色。又謂乙曰："可辦乳二升，沃於園中所見物處。我前生爲人後妻，節其子乳致死，因爲所訟，冥斷還其半身，向無君則死矣。"

大和末，荊南松滋縣南，有士人寄居親故莊中肄業。初到之夕，二更後，方張燈臨案，忽有小人纔半寸，葛巾杖策，入門謂士人曰："乍到無主人，當寂寞。"其聲大如蒼蠅。士人素有膽氣，初若不見。乃登牀，責曰："遽不存主客禮乎？"

復升案窺書，詬罵不已，因覆硯於書上。士人不耐，以筆擊之墮地，叫數聲，出門而滅。頃有婦人四五，或姥或少，皆長一寸，呼曰："真官以君獨學，故令郎君言展，[41]且論精奧，何癡頑狂率，輒致損害，今可見真官。"其來索續如蟻，狀如驛卒，撲緣士人。士人恍然若夢，因齧四肢痛苦甚。復曰："汝不去，將損汝眼。"四五頭遂上其面，士人驚懼。隨出門，至堂東，遙望見一門，絕小，如節使之門。[42]士人乃叫："何物怪魅，敢凌人如此！"復被齧且衆齧之。恍惚間已入小門內，見一人峨冠當殿，階下侍衛千數，悉長寸餘，叱士人曰："吾憐汝獨處，俾小兒往，何苦致害，罪當腰斬。"乃見數十人，悉持刀攘臂迫之。[43]士人大懼，謝曰："某愚騃，肉眼不識真官，乞賜餘生。"久乃曰"且解知悔"，叱令曳出，不覺已在小門外。及歸書堂，已五更矣，[44]殘燈猶在。及明，尋其迹，東壁古培下有小穴如栗，[45]守宮出入焉。士人即率數夫發之，[46]深數丈，有守宮十餘石，大者色赤，長尺許，蓋其王也。壞土如樓狀，士人聚蘇焚之。後亦無他。

京宣平坊，有官人夜歸入曲，有賣油者張帽驅驢，馱桶不避，導者搏之，頭隨而落，遂遽入一大宅門，官人異之，隨入，至大槐樹下遂滅。因告其家，即掘之，深數尺，其樹根枯，下有大蝦蟆如疊，挾二筆鋚他荅反，捕器，又云器鋚，物頭也，[47]樹溜津滿其中也。及巨白菌如殿門浮漚釘，其蓋已落。蝦蟆即驢矣，筆鋚乃油桶也，菌即其人也。[48]里有沽其油者月餘，^⑭怪其油好而賤。及怪露，食者悉病嘔泄。

陵州龍興寺僧惠恪，不拘戒律，力舉石臼。好客，往來多依之。常夜會寺僧十餘，設煎餅。二更，有巨手被毛如胡鹿，大言曰："乞一煎餅。"衆僧驚散，惟惠恪掇煎餅數枚，置其掌中。魅因合拳，僧遂極力急握之。魅哀祈，聲甚切，惠恪呼家人斫之。及斷，乃鳥一羽也。明日，隨其血踪出寺，西南入溪，至一巖罅而滅。惠恪率人發掘，乃一坑礜石。

開成初，東市百姓喪父，騎驢市凶具。行百步，驢忽曰：^⑩"我姓白名元通，負君家力已足，勿復騎我。南市賣麩家，欠我五千四百，我又負君，錢數亦如之，今可賣我。"其人驚異，即牽行，旋訪主賣之。驢甚壯，報價只及五千。詣麩行，乃還五千四百，因賣之。兩宿而死。

鄆州闞司倉者，家在荊州，其女乳母鈕氏有一子，妻愛之，與其子均焉，衣物飲食悉等。忽一日，妻偶得林檎一蒂，戲與己子，乳母乃怒曰："小娘子成長，忘我矣。常有物與我子停，今何容偏？"因嚙吻攘臂，再三反覆主人之子。一家驚怖，逐奪之。其子狀貌長短，正與乳母兒不下也。妻知其怪，謝之，鈕氏復手簸主人之子，始如舊矣。闞爲災祥，密令人持钁闇擊之，^⑩正當其腦，騞然反中門扇。鈕大怒，詬闞曰："爾如此勿悔。"闞知無可奈何，與妻拜祈之，怒方解。鈕至今尚在，其家敬之如神，更有事甚多矣。

荊州處士侯又玄，常出郊，厠於荒冢上。及下，跌傷其肘，瘡甚。行數百步，逢一老人，問何所苦也，又玄見其肘。

老人言：“偶有良藥，可封之，十日不開必愈。”又玄如其言。及解視之，一臂遂落。又玄兄弟五六互病，病必出血月餘。又玄兄兩臂忽病瘡六七處，^㉜小者如榆錢，大者如錢，皆人面，至死不差。時荆秀才杜曄話此事於座客。

許卑山人言，江左數十年前，有商人左膊上有瘡如人面，亦無它苦。商人戲滴酒口中，其面亦赤。以物食之，凡物必食，食多覺膊内肉漲起，疑胃在其中也。或不食之，則一臂痹焉。有善醫者，教其歷試諸藥，金石草木悉與之。至貝母，其瘡乃聚眉閉口。商人喜曰：“此藥必治也。”因以小葦筒毀其口灌之，數日成痂，遂愈。

工部員外張周封言，今年春，拜掃假迴，至湖城逆旅。説去年秋有河北軍將過此，至郊外數里，忽有旋風如斗器，^㉝常起於馬前，軍將以鞭擊之轉大，遂旋馬首，鬣起如植。軍將懼，下馬觀之，覺鬣長數尺，中有細綆如紅綫焉。^㉞馬時立嘶鳴，^㉟軍將怒，乃取佩刀拂之。風因散滅，馬亦死。軍將割馬腹視之，腹中亦無傷，^㊱不知是何怪也。

【校釋】

①“毆”上，“學津”本有“相”字。

②“言”上，“明初”本有“又”字。

③“陸紹郎中言”至“因瘡毁其鼻如剮焉”，原另作一條，據“明初”“津逮”“學津”本與上條相接合爲一條。此條“馮坦者”至“因瘡毁其鼻如剮焉”，“明初”本與上條相接合爲一條。

④“犬”，原作“大”，據“學津”本改。

⑤ "凡"，"明初""津逮""學津"本無。

⑥ "蠕蠕而長"，"明初"本作"蠕蠕如長"。"竅中"，"明初"本作"勁中"。

⑦ "驟至"，"明初"本作"惣至"，"津逮""學津""稗海"本作"忽至"，同。

⑧ "承水"，"明初""津逮""學津""稗海"本作"取水"。

⑨ 東平未用兵：意爲唐憲宗元和末年對東平（今山東東平）用兵出戰之前。元和末年，唐憲宗派兵討伐割據稱雄的平盧（治所東平）節度使李師道。李命平盧兵馬使劉悟率軍抵抗。劉悟（？—825）發動兵變，斬殺李師道父子首級獻與京師，歸附朝廷。

⑩ 昭義：唐方鎮名，又名澤潞，至德元年（756）置節度使，治所在潞州（今山西長治）。

⑪ "某"，"明初""津逮""學津"本作"其"。

⑫ "戒"，"明初"本作"誡"，同。

⑬ "稍工"，"明初""津逮"本作"稍上"。

⑭ 鋪公、鋪母：唐時婚俗，女家特請福壽雙全的夫婦鋪設新房，以取吉利，被請的夫婦稱之爲鋪公、鋪母。

⑮ "之"，原作"至"，據"學津"本改。

⑯ "讀"，原脫，据"學津"本補。

⑰ "野乂"，"明初""津逮""學津"本作"野乂"，蔣氏校本影宋本作"夜乂"，通，即野叉。"乂（chà）"爲象形字。

⑱ "有分"，"學津"本作"友善"。

⑲ "火"下，"學津"本有"其"字。

⑳ "鑿"上，"學津"本有"復"字。

㉑ "遽白衆曰"，"明初"本作"遽白衆人"。

㉒ "矣"，"明初"本作"也"。

㉓ "彌於一谷。史下山未半"，"明初"本作"彌於一谷中。下山未半"。

㉔ "且無所見"，"明初"本作"且無所光"。

㉕ "早"，"明初"本作"蚤"，同。

㉖ "一作金"，"明初""津逮""學津"本無此注。

㉗ "工"，"明初""津逮""學津""稗海"各本均作"功"。

㉘ "赤白相間"，"津逮"本作"赤白相見"。

㉙ "魋"，原作"蕭"，據"津逮""學津""稗海"本改。

㉚ 鳥都、豬都、人都，全爲獸名，都是山都的一種。山都，又稱豚尾狒狒，是狒狒類最大的一種。狒狒，晉郭璞《爾雅·釋獸》："其狀如人，面長，唇黑，身有毛，反踵，見人則笑。交廣及南康郡山中有此物，俗呼之曰'山都'。"

㉛ "腋"，原作"液"，據"津逮""學津"本改。

㉜ "緩迹"，"明初"本作"纔迹"，"津逮"本作"纔跳"。

㉝ "城牆"，"明初"本作"城培"。培，爲保護牆基礎而堆積的土。

㉞ 翳形草：一種可讓人隱形的草，又名隱身草。

㉟ "以"，"明初"本無。

㊱ "若不可得"，"明初"本作"若不可卞"。卞，此爲角力、搏鬥之意。

㊲ 街司：管理街坊事務的官。金吾：古官名，漢有執金吾，唐宋以後有金吾衛、金吾將軍、金吾校尉等，主要管理城防治安。

㊳ 亡新：指漢新王莽政權。故事：舊事。閣：閣樓，此指藏書閣樓。驪山本：驪山，今陝西臨潼驪山，秦始皇陵墓修建於此。本，奏本，指秦相李斯關於修建秦始皇陵之奏章。

㊴“七十二萬”，“明初”本作“七十二方”。“韋一作章程”，“明初”“津逮”“學津”本作“韋程”，無注。《太平廣記》徑引作“章程”，似是，章程，指秦始皇陵修建之設計案。三十七歲：指秦始皇三十七年，即公元前210年。

㊵“有”，“津逮”本作“存”。

㊶ 言展：申述。此指真官（仙官）的兒子爲士人（讀書人）講解書。

㊷“節使之門”，“明初”本作“節使才門”。蔣氏校本影宋本、《太平廣記》卷四百七十六引作“節使牙門”。

㊸“臂”，“津逮”“學津”本作“背”。

㊹“已五更矣”，“明初”本作“向五更矣”。

㊺“古培下”，“津逮”“學津”本作“古牆下”。

㊻“即率數夫發之”，“明初”本作“即夜數夫發之”。

㊼“捕器，又云器鍇，物頭也”，“明初”本作“補器，又云器物、物頭”，“津逮”“學津”本缺。鍇，用金屬貼蓋器物的頭端，即金屬套。筆鍇即指銅筆套。

㊽“筆鍇乃油桶也，菌即其人也”，“明初”本作“筆鍇乃油桶矣，菌復人矣”。

㊾“里有沽其油者”，“明初”本作“其家沽其油”。

㊿“忽”下，“津逮”“學津”本有“然”字。

(51)“人”，“明初”“津逮”“學津”本作“奴”。

㉒ "兄"，"明初"本無。

㉓ "斗"，"明初""津逮""學津""稗海"各本均作"升"。

㉔ "焉"，原脱，據"明初""津逮""學津""稗海"本補。

㉕ "馬時"，"明初""津逮""學津"本作"時馬"。

㉖ "腹中亦無傷"，《太平廣記》卷三百六十五引作"腹中亦無腸"。

酉陽雜俎前集卷之十六

廣動植之一并序

　　成式以天地間造化所産，①突而旋成形者樊然矣，故《山海經》《爾雅》所不能究。因拾前儒所著，有草、木、禽、魚未列經史，或經史已載事未悉者，或接諸耳目，簡編所無者，作《廣動植》，冀掊土培丘陵之學也。昔曹丕著論於火布，②滕循獻疑於蝦鬚，③蔡謨不識彭蜞，④劉紹誤呼荔挺，⑤至今可笑，學者豈容略乎？

　　總叙　○羽嘉生飛龍，飛龍生鳳，鳳生鸞，鸞生庶鳥。○應龍生建馬，⑥建馬生麒麟，麒麟生庶獸。○分鱗生蛟龍，蛟龍生鯤鯁，鯤鯁生建邪，建邪生庶魚。○分潭生先龍，先龍生玄魚冘，玄魚冘生靈龜，靈龜生庶龜。○日馮生玄陽閼，玄陽閼生鱗胎，鱗胎生幹木，幹木生庶木。○招搖生程君一曰若，程君生玄玉，玄玉生醴泉，醴泉生應黃，應黃生黃華，黃華生庶草。○海間生屈龍，屈一曰尾龍生容華，容華生菜，

199

菜生藻，藻生浮草。○甲蟲影伏，羽蟲體伏。○食草者多力
而愚，食肉者勇敢而悍。○齕吞者八竅而卵生，咀嚼者九竅
而胎生。○無角者膏而先前，有角者脂而先後。○食葉者有
絲，食土者不息。食而不飲者蠶，飲而不食者蟬，不飲不食
者蜉蝣。蚓一曰蜿屬卻行，蛇屬紆行，蜻蜒屬注鳴，[7]蜩屬旁
鳴，發皇翼鳴，蚣蝑股鳴，榮原胃鳴。○蜩三十日而死。
○鱣魚三月上官於孟津。○鷓鴣向日飛。○鯿與鼊魚，車螯
與移角，並相似。○鳳雄鳴節節，雌鳴足足，行鳴曰歸嬉，
止鳴曰提帙。[8]○麒麟牡鳴曰逝一曰游聖，牝鳴曰歸和，春鳴曰
扶助，夏鳴曰養綏。[9]○鱉無耳爲守神。○虎五指爲貙。○魚
滿三百六十年則爲蛟龍，引飛去水。○魚二千斤爲蛟。○武
陽小魚，一斤千頭。○東海大魚，瞳子大如三斗盆。○桃支
竹以四寸爲一節，木瓜一尺一百二十一節。○木蘭去皮不死，
荆木心方。○蛇有水、草、木、土四種。○孔雀尾端一寸名
珠毛。○鶴左右脚裏第一指名兵爪。○蜀郡無兔鴿。○江南
無狼馬。[10]○朱提以南無鳩鵲。○鳥有四千五百種，獸有二千
四百種。○鴞楚鳩所生。○騾不滋乳。○蔡中郎以反舌爲蝦
蟆，[11]《淮南子》以蚤爲蟣蟣，《詩義》以蟊爲螻蛄，高誘以
乾鵲爲蟋蟀。○兔吐子，鸒鶒吐雛。○瓜瓠子曰犀，胡桃人
曰蝦蟆。○蝦蟆無腸。○龜一曰電腸屬於頭。[12]○科斗尾脱則足
生。○鳥獸未孕者爲禽，[13]鳥養子曰乳。○蛇蟠向王，[14]鵲巢背
太歲，[15]燕伏戊巳，虎奮沖破，乾鵲知來，猩猩知往。○鸛影

抱，蝦蟆聲抱。○蟬化齊后，鳥生杜宇。[16]○椰子爲越王頭。
壺樓爲杜宇項。[17]○鷦鴿鳴曰"向南不北"，逃閭鳴"懸壺盧
繫項一曰頸"。[18]○豆以二七爲族，粟累十二爲寸。

　　人參處處生，蘭長生爲瑞。○有實曰果，又在木曰果。
○小麥忌戌，[19]大麥忌子。○薺、葶藶、菥蓂爲三葉，孟夏煞
之。○烏頭殼外有毛，石劫應節生花。○木再花，夏有雹。
李再花，秋大霜。○木無故叢生，[20]枝盡向下，又生及一尺至
一丈自死，皆凶。○邑中終歲無烏，有寇。郡中忽無烏者，
曰烏亡。○雞無故自飛去，家有蠱。雞日中不下樹，妻妾奸
謀。○見蛇交，三年死。蛇冬見寢室，主急兵。[21]　人夜臥無
故失髻者，鼠妖也。[22]○屋柱木無故生芝者，白爲喪，赤爲
血，黑爲賊，黃爲喜。其形如人面者，亡財。如牛馬者，遠
役。如龜蛇者，田蠶耗。○德及幽隱，則比目魚至一曰生。○
妾媵有制，則白燕來巢。○山上有葱，下有銀。山上有薤，
下有金。山上有薑，下有銅錫。山有寶玉，木旁枝皆下垂。
○葛稚川嘗就上林令魚泉得朝臣所上草木名二十餘種，[23]鄰人
石瓊就之求借，一皆遺棄。語曰：買魚得鱧，不如食茹。寧
去累世宅，不去鬐魚額。洛鯉伊魴，貴於牛羊。○得合瀾蠵，
雖不足豪，亦足以高。○檳榔扶留，可以忘憂。○白馬甜榴，
一實直牛。○草木暉暉，蒼黃亂飛。[24]

【校釋】

① "造化所産"，"明初""津逮""學津""稗海"各本均作"所化所産"。

② 火布：即火浣布，又稱石棉布，具不燃性。葛洪《抱朴子·論仙》云："魏文帝窮覽洽聞，自呼於物無所不經，謂天下無切玉之刀，火浣之布，乃著《典論》，嘗據此言事。期間未期二物畢至。帝乃嘆息，遽毀斯論。"曹丕即魏文帝，公元220年至226年在位。

③ 滕循：生平不詳。《太平廣記》卷四百六十五《水族二·海蝦》記載："滕循爲廣州刺史，有客語循曰：'蝦鬚有丈長者，堪爲拄杖。'循不之信，客去東海，取鬚四尺以示循，方伏其異。"

④ "蔡謨"，原作"蔡謀"，據"津逮""學津"本改。蔡謨（281—356），字道明，陳留考城（今河南民權縣）人，東晉重臣。《晉書》卷七十七記載："謨博學……謨初渡江，見彭蜞，大喜曰：'蟹有八足，加以二螯。'令烹之。既食，吐下委頓，方知非蟹。後詣謝尚而說之。尚曰：'卿讀《爾雅》不熟，幾爲《勸學》死。'"彭蜞，又稱螃蜞，類似螃蟹，但形體比螃蟹小。蔡謨誤其爲螃蟹食之。荀子《勸學》有"蟹八跪二螯"，故《晉書》說"幾爲《勸學》死"。

⑤ 劉綽：字言明，平原高唐（今山東德州禹城）人，劉昭之子。約公元547年前後在世。好學，通三禮。荔挺：荔，一種蘭草，亦稱馬蘭。挺，挺拔之意。北齊顏之推所著《顏氏家訓》："《月令》云：'荔挺出。'鄭玄注云：'荔挺，馬薤也。'《廣雅》云：'馬薤，荔也。'蔡邕《月令章句》云：'荔似挺。'高誘注《吕氏春秋》云：'荔草挺出也。'然則《月令注》荔挺爲草名，誤矣。河北平澤率生之。江東頗有此物，人或種於階庭，但呼爲旱蒲，故不識馬薤。講《禮》者乃以爲

馬莧。馬莧堪食，亦名豚耳，俗名馬齒。江陵嘗有一僧，面形上廣下狹。劉緩幼子民譽，年始數歲，俊晤善體物，見此僧云：'面似馬莧。'其伯父綯因呼爲荔挺法師。綯親講《禮》名儒，尚誤如此。"劉綯以爲"荔挺"是一個詞，因呼僧人爲"荔挺法師"，故被嘲。

⑥ "建馬"，原作"建鳥"。《淮南子·墬形訓》："毛犢生應龍，應龍生建馬，建馬生麒驎，麒驎生庶獸。"因形近誤，據改。

⑦ "蜋"，原作"蚹"；"注"，原作"往"。鄭注《周禮·考工記·梓人》："注鳴，精列屬。"《爾雅·釋蟲》云："蟋蟀，蛬。"注云："今促織也，亦名青蜋。"據改。

⑧ "提袂"，《初學記·鳥部》作"提扶"。唐徐堅編撰《初學記·鳥部》卷三十云："行鳴曰歸禧，止鳴曰提扶，夜鳴曰善哉，晨鳴曰賀世，飛鳴曰郎都。"

⑨ 此句內容與《初學記》所記稍有出入。《初學記·麟部》卷二十九云："麒麟者毛蟲之長，仁獸也。牡曰麒，牝曰麟；牡鳴曰游聖，牝鳴曰歸昌；夏鳴曰扶幼，秋鳴曰養綏。"

⑩ "南"下，原有注"一曰末"。明葉子奇撰《草木子》卷四："蜀郡無兔鴿，江南無狼馬，朱提以南無鳩鵲。"故據此刪注。朱提，泛指今滇東、黔西一帶。

⑪ "蔡中郎"，"明初"本作"蔡郎中"。

⑫ "一曰䰠"，此注原在"腸"字下，據"津逮""學津"本改。

⑬ "獸"，"津逮""學津""稗海"本無。

⑭ "王"，疑作"壬"。《説文》："壬，北方也。"

⑮ 鵲巢背太歲：意爲鵲會避開太歲方位築巢。《説文》："鵲，知太歲之所在。"

⑯ 齊后：指齊女。晉崔豹《古今注·問答釋義》："牛亨問曰：'蟬名齊女者何？'答曰：'齊王后忿而死，尸變爲蟬，登庭樹嘒唳而鳴，王悔恨，故世名蟬曰齊女。'"杜宇：傳說中古代蜀國國王，號望帝，後歸隱，讓位於其相開明。時適二月，子鵑鳥鳴，蜀人懷之，因呼鵑爲杜鵑。一說，通於其相之妻，慚而亡去，其魂化爲鵑。

⑰ "宇"，"明初"本作"預"。

⑱ 逃間：疑爲鵜鴣。鵜鴣又名"淘河""溏鵝"，一種水鳥，其特徵是具有彈性的喉囊。"懸"，"津逮""稗海"本作"玄"。"學津"本作"元"，因避清康熙皇帝名"玄燁"諱。

⑲ 戌：此指花甲六十年中帶有"戌"的年份。下之"忌子"同，意即忌諱帶"子"的年份。

⑳ "生"，原脫，據"學津"本補。

㉑ "主"，原作"爲"，據"津逮""學津"本改。

㉒ "人夜臥無故失髻者，鼠妖也"，原與上句相接，據"津逮""學津"本與上句空格斷開。

㉓ "葛稚川"，似作"劉歆"。葛稚川即葛洪（284—364），字稚川，號抱朴子，東晉丹陽句容（今江蘇句容）人，相傳《西京雜記》爲其所著，且抄自漢劉歆《漢書》而成。《西京雜記》卷一："余就上林令虞淵得朝臣所上草木名二千餘種。"故"余"似指劉歆，非成式認爲的葛稚川。"魚泉"，即"虞淵"，或因避唐高祖李淵及代宗李豫諱改。"二十餘種"，似當"二千餘種"。

㉔ "葛稚川嘗就上林令魚泉"至"蒼黃亂飛"，"津逮""學津""稗海"本提行另作一條。

羽　篇

鳳，骨黑，雄雌夕旦鳴各異。黃帝使伶倫制十二籥寫之，其雄聲，其雌音。樂有鳳凰臺，此鳳腳下物如白石者。鳳有時來儀，候其所止處，掘深三尺，有圓石如卵，正白，服之安心神。

孔雀。釋氏書言，孔雀因雷聲而孕。

鸛。江淮謂群鸛旋飛爲鸛井。鶴亦好旋飛，必有風雨。人探巢取鸛子，六十里旱。能群飛，薄霄激雨，雨爲之散。

烏鳴地上無好聲。人臨行，烏鳴而前引，多喜，此舊占所不載。○貞元四年，[①]鄭、汴二州，群烏飛入田緒、李納境內，銜木爲城，高至二三尺，方十餘里，納、緒惡而命焚之，信宿如舊，烏口皆流血。[②]

俗候烏飛翅重，天將雨。[③]

鵲巢中必有梁。崔圓相公妻在家時，與姊妹戲於後園，見二鵲構巢，共銜一木，如筆管，長尺餘，安巢中，衆悉不見。俗言見鵲上梁必貴。

大曆八年，乾陵上仙觀天尊殿有雙鵲，銜柴及泥補葺隙壞一十五處，宰臣上表賀。[④]

貞元三年，中書省梧桐樹上有鵲，以泥爲巢。焚其巢，可禳狐魅。

燕。凡狐、白貉、鼠之類，燕見之則毛脫。或言燕蟄於水一曰井底，⑤舊説燕不入室，是井之虛也。取桐爲男女各一，投井中，燕必來。胸班黑，聲大，名胡燕，其巢有容匹素者。⑥

雀。釋氏書言，雀沙生，因浴沙塵受卵。蜀弔鳥山，⑦至雉雀來弔最悲，百姓夜燃火伺取之。⑧無嗉不食，似持一日特悲者，以爲義，則不殺。

鴿。大理丞鄭復禮言，波斯舶上多養鴿，鴿能飛行數千里，輒放一隻至家，以爲平安信。

鸚鵡，能飛，衆鳥趾前三後一，唯鸚鵡四趾齊分。凡鳥下瞼眨上，獨此鳥兩瞼俱動，如人目。

玄宗時，有五色鸚鵡能言，上令左右試牽帝衣，鳥輒瞋目叱咤。岐府文學熊延京獻《鸚鵡篇》，⑨以贊其事，張燕公有表賀，稱爲時樂鳥。⑩

杜鵑，始陽相催而鳴，先鳴者吐血死。嘗有人山行，見一群寂然，聊學其聲，即死。初鳴先聽其聲者，主離別。廁上聽其聲，不祥。厭之法，當爲大聲應之。

雛鵂，舊言可使取火，效人言勝鸚鵡。取其目睛和人乳研，滴眼中，能見烟霄外物也。

鵝。濟南郡張公城西北有鵝浦。南燕世，有漁人居水側，常聽鵝之聲，衆中有鈴聲甚清亮，候之，見一鵝咽頸極長，羅得之，項上有銅鈴，綴以銀鎖，隱起“元鼎元年”字。

晉時，營道縣令何潛之，於縣界得鳥，大如白鷺，膝上髀下，自然有銅鐶貫之。

鶂鶒，舊言辟火災，巢於高樹，生子穴中，銜其母翅，飛下養之。

鴆，[⑪]相傳鵰生三子，一爲鴆。肅宗張皇后專權，每進酒，常置鴆腦酒。鴆腦酒令人久醉健忘。

異鳥。天寶二年，平盧有紫蟲食禾苗。時東北有赤頭鳥，群飛食之。

開元二十三年，榆關有蚄蟲，[⑫]延入平州界，亦有群雀食之。○又開元中，貝州蝗蟲食禾，有大白鳥數千，小白鳥數萬，盡食其蟲。[⑬]

大曆八年，大鳥見武功，群鳥隨噪之，行營將張日芬射獲之。肉翅，狐首，四足，足有爪，廣四尺三寸，狀類蝙蝠。又邠州有白頭鳥，乳鶂鶒。

王母使者。齊郡函山有鳥，足青，嘴赤，黃素翼，絳顙，名王母使者。昔漢武登此山，得玉函，長五寸。帝下山，玉函忽化爲白鳥飛去。世傳山上有王母藥函，常令鳥守之。

吐綬鳥。魚復縣南山有鳥，大如鶂鶒，羽色一曰毛多黑，雜以黃白，頭頰似雉，有時吐物長數寸，丹采彪炳，形色類綬，因名爲吐綬鳥。又食必蓄嗉，臆前大如斗，慮觸其嗉，行每遠草木，故一名避株鳥。

鶴鶉，一名墮羿，形似鵲。人射之，則銜矢反射人。

鶚雕，喙大而勾，長一尺，赤黃色，受二升，南人以爲酒杯也。

菘節鳥，四脚，尾似鼠，形如雀，終南深谷中有之。

老鸛。秦中山谷間有鳥如梟，色青黃，肉翅，好食烟。見人輒驚落，隱首草穴中，常露身。其聲如嬰兒啼，名老鸛。

柴蒿。京之近山有柴蒿鳥，頭有冠如戴勝，大若野雞。

兜兜鳥，其聲自號，正月以後作聲，至五月節不知所在，其形似鴝鵒。

蝦蟆護。南山下有鳥名蝦蟆護，多在田中，頭有冠，色蒼，足赤，形似鷺。

夜行游女，一曰天帝女，一名釣星。夜飛晝隱如鬼神，衣毛爲飛鳥，脫毛爲婦人。無子，喜取人子，胸前有乳。凡人飴小兒不可露處，小兒衣亦不可露曬，毛落衣中，當爲鳥祟，或以血點其衣爲志。或言産死者所化。

鬼車鳥。相傳此鳥昔有十首，能收人魂，一首爲犬所噬。秦中天陰，有時有聲，聲如力車鳴，或言是水雞過也。

《白澤圖》謂之蒼鸆，《帝嚳書》謂之逆鶬，[14]夫子、子夏所見。寶曆中，國子四門助教史迴語成式，常見裴瑜所注《爾雅》言鶬麋鴰是九頭鳥也。

細鳥。漢武時，畢勒國獻細鳥，以方尺玉爲籠，數百頭，狀如蠅，聲如鴻鵠。此國以候日，因名候日蟲。集宮人衣，輒蒙愛幸。

嗽金鳥，出昆明國，形如雀，色黃，常翱翔於海上。魏明帝時，其國來獻此鳥，飴以真珠及龜腦，常吐金屑如粟，鑄之，乃爲器服。宮人爭以鳥所吐金爲釵珥，謂之辟寒金，以鳥不畏寒也。宮人相嘲弄曰："不服辟寒金，那得帝王心。不服辟寒鈿，那得帝王憐。"

背明鳥。吳時越巂之南獻背明鳥，形如鶴，止不向明，巢必對北，其聲百變。

岢嵐鳥，出河西赤塢鎮，狀似烏而大，飛翔於陣上，多不利。

鸓鸓，狀如燕稍大，足短，趾似鼠。未常見下地，常止林中，偶失勢控地，不能自振，及舉，上凌青霄。出涼州也。

鷞鳥。武周縣合火山，山上有鷞鳥。形類烏，觜赤如丹。一名赤觜鳥，亦曰阿鷞鳥。

訓胡，惡鳥也，鳴則後竅應之。

百勞，博勞也。相傳伯奇所化。取其所踏枝鞭小兒，能令速語。南人繼,[15]母有娠乳兒，兒病如瘧，唯鵙毛治之。

【校釋】

① "貞元四年"，原作"貞元十四年"，據"明初"本改。《舊唐書·五行志》亦記載："四年夏，汴、鄭二州群烏皆飛入田緒、李納境內，銜木爲城，高二三尺，方十里。緒、納惡之，命焚之，信宿而復，烏口皆流血。"所題"四年"即貞元四年（788）。

② 此條"明初"本與上條相接，之間空格。

③ 此條"津逮""學津"本與上條相接合爲一條。

④ 此條"明初""津逮""學津"本與上條相接，之間空格。

⑤ "一曰井"，"明初"本作"一曰月"。

⑥ "素"下，"津逮""學津""稗海"本有"練"字。

⑦ "弔鳥山"，原作"弔烏山"。《水經注》卷三十七記載，益州郡有葉榆縣（古縣名，漢置，今雲南大理縣東北），"縣西北八十里，有弔鳥山，衆鳥千百爲群，共會鳴呼啁哳……俗言鳳凰死於此山，故衆鳥來弔，因名弔鳥"。據改。

⑧ "燃"，"明初"本作"然"，同。

⑨ "熊"，原作"能"，據"學津"本改。《唐書》卷九百二十四亦記載："玄宗有五色鸚鵡，能言，育於宮中。上命左右試牽御衣，鳥輒瞋目叱咤。歧王文學熊延京因獻《鸚鵡篇》，以贊其事，上以示百僚。"

⑩ 此條"明初"本與上條相接，之間空格，據文意，當是。

⑪ "鶷"下，"津逮""學津""稗海"本有"即鷗字"的注文。

⑫ "蚄"，原作"蚼"。《新唐書·五行志》記載："蠃蟲之孽：開元二十二年八月，榆關蚄蚐蟲害稼，入平州界，有群雀來食之，一日而盡。二十六年，榆關蚄蚐蟲害稼，群雀來食之。"屬形誤，據改。

⑬ 此條"明初""津逮""學津"本與上條相接，之間空格。

⑭ "《帝嚳書》"，原作"《帝鵠書》"，據"津逮""學津""稗海"本改。

⑮ 繼：指繼病，中醫小兒病症名。宋劉昉《幼幼新書》卷七《被第五》："繼病。《本草》伯勞毛，主小兒繼病。繼病者，母有娠乳兒，兒有病如瘧、痢，他日亦相繼腹大，或差或發。他人相近，亦能相繼。北人未識此病，懷妊者取毛帶之。"

毛　篇

師子。釋氏書言，師子筋爲弦，鼓之衆弦皆絕。

西域有黑獅子、捧師子。○集賢校理張希復言，舊有師子尾拂，夏月蠅蚋不敢集其上。[①]

舊説蘇合香，師子糞也。

象。舊説象性久識，見其子皮必泣，一枚重千斤。釋氏書言，象，七久柱地，[②]六牙。牙生理，必因雷聲。[③]

又言，龍象六十歲骨方足。今荆地象色黑，兩牙，江猪也。

咸亨三年，[④]周澄國遣使上表，言呵伽國有白象，首垂四牙，[⑤]身運五足。象之所在，其土必豐。以水洗牙，飲之愈疾。請發兵迎取。

象膽，隨四時在四腿，春在前左，夏在前右，如龜無定體也。鼻端有爪，可拾針。肉有十二般，惟鼻是其本肉。[⑥]

陶貞白言，夏月合藥，宜置象牙於藥旁。南人言象妒，惡犬聲。獵者裹糧登高樹，構熊巢伺之。有群象過，則爲犬聲，悉舉鼻吼叫，循守不復去，或經五六日，困倒其下，因潛殺之。耳後有穴，薄如鼓皮，一刺而斃。胸前小橫骨，灰之酒服，令人能浮水出没。食其肉，令人體重。

古訓言，象孕五歲，始生。

虎，交而月暈。仙人鄭思遠常騎虎，故人許隱齒痛求治，鄭曰："唯得虎鬚，及熱插齒間即愈。"鄭爲拔數莖與之，因知虎鬚治齒也。○虎殺人，能令尸起自解衣，方食之。虎威如乙字，長一寸，在脅兩旁皮内，尾端亦有之。佩之臨官佳，無官，人所娼嫉。⑦○虎夜視，一目放光，一目看物。獵人候而射之，光墜入地成白石，主小兒驚。

馬。虜中護蘭馬，五白馬也，亦曰玉面譜真馬，十三歲馬也。以十三歲已下可以留種。舊種馬，戎馬八尺，田馬七尺，駑馬六尺。○瓜州飼馬以薺草，沙州以茨萁，⑧涼州以敦突渾，蜀以稗草。以蘿蔔根飼馬，馬肥。安北飼馬以沙蓬根針。⑨大食國馬解人語。○悉怛國、怛幹國出好馬。○馬四歲，兩齒，至二十歲，齒盡平。○體名有輸鼠、外鳧、烏頭、龍翅、虎口。○豬槽飼馬，石灰泥槽，汗而繫門，三事落駒。⑩○迴毛在頸，白馬黑毛，⑪鞍下腋下迴毛，右脅白毛，左右後足白。白馬四足黑，⑫目下橫毛，黃馬白喙，旋毛在吻後，汗溝上通尾本，目赤，睫亂及反睫，白馬黑目，目白卻視，並不可騎。夜眼名附蟬，尸肝名懸燋，亦曰雞舌。綠帗方言，⑬以地黃、甘草啖五十歲，生三駒。⑭

牛。北人牛瘦者，多以蛇灌鼻口，則為獨肝。水牛有獨肝者殺人，逆賊李希烈食之而死。○相牛法：岐胡有壽。⑮膺匡欲廣。毫筋欲橫，蹄後筋也。常有聲，有黃也。角冷有病。⑯旋毛在珠泉無壽。⑰睫亂觸人。銜烏角偏妨主。毛少骨多有力。溺射前，良牛也。疏肋難養。三歲二齒，四歲四齒，五歲六齒，六歲以後，每一年接脊骨一節。

寧公所飯牛，陰虹屬頸。陰虹，雙筋自尾屬頸也。

北虜之先索國有泥師都，二妻生四子，一子化為鴻，遂委三子，謂曰："爾可從古旃。"古旃，牛也。三子因隨牛，

牛所糞，悉成肉、酪。○太原縣北有銀牛山。漢建武二十一
年，有人騎白牛躞人田，田父呵詰之，乃曰："吾北海使，將
看天子登封。"遂乘牛上山。田父尋至山上，唯見牛迹，遺糞
皆爲銀也。明年，世祖封禪。

鹿。虞部郎中陸紹弟爲盧氏縣尉，常觀獵人獵，忽遇鹿
五六頭臨澗，見人不驚，毛斑如畫。陸怪獵人不射，問之，
獵者言："此仙鹿也，射之不能傷，且復不利。"陸不信，強
之。獵者不得已，一發矢，鹿帶箭而去。及返，射者墜崖，
折左足。

《南康記》云："合浦有鹿，額上戴科藤一枝，四條直
上，各一丈。"

犀之通天者必惡影，常飲濁水。當其溺時，人趑不復移
足。[18]角之理形似百物。或云犀角通者，[19]是其病。然其理有倒
插、正插、腰鼓插。倒者，一半已下通；正者，一半已上通；
腰鼓者，中斷不通。故波斯謂牙爲白暗，犀爲黑暗。成式門
下醫人吳士皋，常職於南海郡，見舶主説本國取犀，先於山
路多植木，如狙杙，[20]云犀前脚直，常倚木而息，木欄折則不
能起。犀牛一名奴角，有鳩處必有犀也。[21]犀，三毛一孔。劉
孝標言，犀墮角埋之，以假角易之。

駝，性羞。《木蘭篇》"明駝千里脚"，多誤作"鳴"字。
駝臥腹不貼地，屈足漏明，則行千里。

天鐵熊。高宗時，加一曰伽毗葉國獻天鐵熊，擒白象、
獅子。

狼，大如狗，蒼色，作聲諸竅皆沸。胜中筋大如鴨卵，有犯盜者，薰之，當令手攣縮。或言狼筋如織絡，小囊蟲所作也。狼糞烟直上，烽火用之。○或言狼狽是兩物，狽前足絕短，每行常駕兩狼，失狼則不能動，[22]故世言事乖者稱狼狽。○臨濟郡西有狼冢。近世曾有人獨行於野，遇狼數十頭，其人窘急，遂登草積上。有兩狼乃入穴中，負出一老狼。老狼至，以口拔數莖草，群狼遂競拔之。[23]積將崩，遇獵者救之而免。其人相率掘此冢，得狼百餘頭殺之，疑老狼即狽也。

貊澤，大如犬，其膏宣利，以手所承及於銅鐵瓦器中貯，悉透，以骨盛則不漏。

猜猽。徼外勃樊州，熏陸香所出也，如楓脂，猜猽好啖之。大者重十斤，狀似獺。其頭身四肢了無毛，唯從鼻上竟脊至尾有青毛，廣一寸，長三四分。獵得者斫刺不傷，積薪焚之不死，乃大杖擊之，骨碎乃死。

黃腰，一名唐已，[24]人見之不祥，俗相傳食虎。

香狸，取其水道連囊，以酒澆乾之，其氣如真麝。

耶希。有鹿兩頭，食毒草，是其胎矢也。夷謂鹿為耶，矢為希。

蜽，似黃狗，圊有常處，[25]若行遠不及其家一云處，則以草塞其尻。[26]

猳獨。蜀西南高山上有物如猴狀，長七尺，名猳獨，一曰馬化。好竊人妻。多時形皆類之，盡姓楊，蜀中姓楊者往往玃爪。

狒狒，飲其血可以見鬼。力負千斤，笑輒上吻掩額，狀如獼猴，作人言，如鳥聲，能知生死。血可染緋，髮可爲髢。舊説反踵，獵者言無膝，睡常倚物。宋建武高城郡進雌雄二頭。

在子者，鱉身人首，灸之以藿則鳴曰在子。

大尾羊。康居出大尾羊，尾上旁廣，重十斤。

又僧玄奘至西域，大雪山高嶺下有一村養羊，大如驢。罽賓國出野青羊，⑳尾如翠色，土人食之。㉘

【校釋】

① 此條"津逮""學津"本與上條相接合爲一條。

② "久"，"明初""津逮""學津""稗海"各本均作"九"。續集卷五有"六牙生花、七支柱地"語，故"久"或作"支"。

③ "釋氏書言"至"必因雷聲"，"明初""津逮""學津"本提行另作一條。

④ "三"，"明初""津逮""學津"本作"二"。

⑤ "首"，"學津"本作"口"。

⑥ 此條内容，《本草綱目·獸部·象》引作："象具十二生肖肉，其本肉，炙食、糟食更美。又膽不附肝，隨月在諸肉間，如正月即在虎肉也。隨四時，春在前左足，夏在前右足，秋後左足，冬後右足也。"此條與下三條，"稗海"本缺，"明初""津逮""學津"本相接合爲一條，之間空格。

⑦ 虎威：此指一種東西，虎之筋骨類。乙字：即"一字"，意爲"一"字形。"媚嫉"，"學津"本作"憎嫉"。"虎威如乙字"至"人所媚嫉"，《本草綱目·獸部·虎》引作："虎有威骨如乙字，長一寸，在

脅兩傍，破肉取之。尾端亦有，不及脅骨。令人有威，帶之臨官佳。無官則爲人所憎。"

⑧ "茨萁"，"明初"本作"茨箕"。

⑨ "安北"，原作"安比"，據"學津"本改。安北，即安北都護府，在今蒙古及俄羅斯部分地帶。

⑩ 三事落駒：三事，指前面說的三種方法。落駒，即"使馬落駒"，意爲讓懷孕的馬流産。魏賈思勰《齊民要術卷六·養牛馬驢騾第五十六》："凡以豬槽飼馬，以石灰泥馬槽，馬汗繫著門，此三事，皆令馬落駒。"

⑪ "黑毛"，原作"黑馬"，據"明初"本改。北魏賈思勰著《齊民要術》卷六"養馬"亦云："迴毛在頸，不利人，白馬黑髦，不利人。腋下有迴毛，名曰挾尸，不利人。鞍下有迴毛，名負尸，不利人。"毛，通"髦"，指馬頸上的長毛。

⑫ "白"，原缺。《齊民要術》卷六"養馬"："白馬四足黑，不利人，目下有橫毛，不利人。"據補。"白馬四足黑"至"生三駒"，原提行另作一條，據"明初""津逮""學津"本與上條相接合爲一條。

⑬ 綠帙方言：指道家之言論。"綠帙"，義通"祿籍"，舊時謂天上或冥府記録人福、禄、壽的簿册。方言，道家術士之言。

⑭ 以地黃、甘草唉五十歲，生三駒：語出《抱朴子》。《太平御覽》卷八百九十七記載："《抱朴子》曰：'韓子治常以地黃、甘草，哺五十歲老馬，以生三駒，又百三十歲乃死。'"

⑮ 岐胡：《齊民要術卷六·養牛馬驢騾》云，岐胡，"牽兩腋；亦分爲三也"。胡，古代指獸類頸下垂肉。意爲：牛頸下垂肉分爲兩部份以上者(長壽)。

⑯ "冷"，原作"泠"，據"明初""津逮""學津"本改。

⑰ 珠泉：眼的下方。《齊民要術·養牛馬驢騾》："旋毛在珠淵，無壽。珠淵，當眼下也。"

⑱ "趕"，"明初""津逮"本作"趁"，通。

⑲ "或云犀角通者"，《太平廣記》引作"或理不通者"。

⑳ "杙"，原作"杙一作杙"，據"學津"本改，去注。《莊子·人間世》："求狙猴之杙者斬之。"杙，木樁之意。

㉑ "犀牛"，《太平廣記》引作"犀角"。"鴆"，原作"鴆"，據"津逮"本改。《朝野僉載》卷一："鴆鳥食水之處即有犀牛，不濯角其水，物食之必死，爲鴆食蛇之故。"

㉒ "每行常駕兩狼，失狼則不能動"，"津逮""學津""稗海"本作"每行常駕於狼腿上，狼失狼則不能動"。

㉓ "競"，原作"竟"，據"學津"本改。

㉔ "唐"，疑作"虔"。《太平御覽》卷九百一十三："《蜀地志》曰：黃要獸一名埤微，一名虔已。"黃要，亦作"黃腰"。

㉕ "圊"，"明初"本作"清"。

㉖ 此條"明初"本與上條相接，之間空格。

㉗ "厠"，原脱，據"學津"本補。

㉘ 此條"明初""津逮""學津"本與上條相接，之間空格。

酉陽雜俎前集卷之十七

廣動植之二

鱗介篇

龍，頭上有一物，如博山形，名尺木。龍無尺木，不能昇天。

井魚。井魚腦有穴，每翕水輒於腦穴蹙出，如飛泉散落海中，舟人競以空器貯之。海水鹹苦，經魚腦穴出，反淡如泉水焉。成式見梵僧普—曰菩提勝説。[1]

異魚。東海漁人言，近獲魚，長五六尺，腸胃成胡鹿刀槊之狀，或號秦皇魚。

鯉，脊中鱗一道，每鱗有小黑點，大小皆三十六鱗。[2]國朝律，取得鯉魚即宜放，仍不得吃，[3]號赤鯶公。賣者杖—曰決六十，言"鯉"爲"李"也。[4]

黃魚。蜀中每殺黃魚，天必陰雨。

烏賊，舊説名河伯度—曰從事小吏，遇大魚，輒放墨，方數尺，以混其身。江東人或取墨書契，以脫人財物，書迹如淡墨，逾年字消，唯空紙耳。海人言昔秦王東游，棄算袋於海，化爲此魚，形如算袋，兩帶極長。一説烏賊有碇，遇風，則蚪前一鬚下碇。

鮹魚。凡諸魚欲産，鮹魚輒舐其腹，世謂之衆魚之生母。

鮕魚，章安縣出。出入鮕腹，⑤子朝出索食，暮還入母腹。⑥腹中容四子。頰赤如金，甚健，網不能制，俗呼爲河伯健兒。

鮫魚。鮫子驚則入母腹中。⑦

馬頭魚。象浦有魚，色黑，長五丈餘，頭如馬，伺人入水食人。

印魚，長一尺三寸，額上四方如印，有字，諸大魚應死者，先以印封之。

石斑魚。僧行儒言，建州有石斑魚，好與蛇交。南中多隔蜂，窠大如壺，常群螫人。土人取石斑魚就蜂樹側炙之，標於竿上向日，令魚影落其窠上，須臾，有鳥大如燕數百，互擊其窠，窠碎，落如葉，蜂亦全盡。

鯢魚，如鮎，四足，長尾，能上樹。天旱輒含水上山，以草葉覆身，張口，鳥來飲水，因吸食之，聲如小兒。峽中人食之，先縛於樹鞭之，身上白汗出如構汁，⑧去此方可食，⑨不爾有毒。⑩

鱟，雌常負雄而行，漁者必得其雙。南人列肆賣之，雄者少肉。舊説過海輒相負於背，高尺餘，如帆，乘風游行。

今鱟殼上有一物，高七八寸，如石珊瑚，俗呼爲鱟帆。成式荊州常得一枚。至今閩嶺重鱟子醬。鱟十二足，殼可爲冠，次於白角。南人取其尾，爲小如意也。

飛魚。朗山浪水有魚，[11]長一尺，能飛，飛即凌雲空，息即歸潭底。[12]

溫泉中魚。南人隨溪有三亭城，城下溫泉中，生小魚。

羊頭魚。周陵溪中有魚，其頭似羊，俗呼爲羊頭魚，豐肉少骨，殊美於餘魚。[13]

鱧魚。濟南郡東北有鱧坑，傳言魏景明中有人穿井得魚，大如鏡，其夜，河水溢入此坑，坑中居人皆爲鱧魚焉。

玕瑀。蟲不再交者，虎、鴛與玕瑀也。

螺蚌。鸚鵡螺如鸚鵡，見之者凶。蚌當雷聲則瘶一曰瘌。

蟹，八月腹中有芒，芒，真稻芒也，長寸許，向東輸與海神，未輸不可食。

善苑國出百足蟹，長九尺，四螯。煎爲膠，謂之螯膠，勝鳳喙膠也。

平原郡貢糖蟹，[14]采於河間界，每年生貢，斫冰火照，懸老犬肉，蟹覺老犬肉即浮，因取之。一枚直百金。以氈蜜束於驛馬，馳至於京。

蝤蛑，大者長尺餘，兩螯至強。八月，能與虎鬥，虎不如。隨大潮退殼，一退一長。

奔䱐。奔䱐一名䱐，非魚非蛟，大如船，長二三丈，色如鮎，有兩乳在腹下，雄雌陰陽類人。取其子著岸上，聲如嬰兒啼。頂上有孔通頭，氣出嚇嚇作聲，必大風，行者以爲候。相傳懶婦所化。殺一頭得膏三四斛，取之燒燈，照讀書、紡績輒暗，照歡樂之處則明。

係臂，如龜，入海捕之，人必先察。又陳所取之數，則自出，因取之。若不信，則風波覆船。⑮

蛤梨，候風雨，能以殼爲翅飛。

擁劍，一螯極小，以大者鬥，小者食。

寄居，殼似蝸，一頭小蟹，一頭螺蛤也。寄在殼間，常候蝸一曰螺開出食，螺欲合，遽入殼中。

牡蠣，言牡，非謂雄也。介蟲中唯牡蠣是鹹水結成也。⑯

玉桃，似蚌，長二寸，廣五寸，殼中柱炙之如牛頭胘項。

數丸，形似彭蜞，競取土各作丸，丸數滿三百而潮至。一曰沙丸。

千人捏，形似蟹，大如錢，殼甚固，壯夫極力捏之不死，俗言千人捏不死，因名焉。

【校釋】

①"普一曰菩"，"津逮""學津"本作"菩"，無注。

②"大小"，"明初"本作"大者"。

③"吃"，"明初"本無。

④"杖一曰決"，"津逮""學津"本作"杖"，無注。"言'鯉'爲'李'也"，"明初"本缺。

⑤"出入鯌腹"，疑作"子出入鯌腹"，即其下句"子"字移前。《太平廣記》引作"章安縣出焉。鯌子朝出索食，暮還入母腹"。

⑥ "還"，"津逮""學津"本無。

⑦ 此條"明初"本與上二條相接合爲一條。

⑧ 構汁：構樹汁。構樹，又名穀漿樹。樹皮爲造紙原料。其汁液白粘。

⑨ "去"，"明初"本無。

⑩ 此條"明初"本與上條相接，之間空格。

⑪ "有"下，原衍"之"字，據"明初""津逮""學津"本删。

⑫ "即"，"明初"本無。

⑬ 此條"明初"本與上條相接，之間空格。

⑭ "糖"，"學津"本作"螗"。

⑮ 此條"明初"本與上條相接，之間空格。

⑯ 此條與下二條，"明初"本相接合爲一條，之間空格。

蟲　篇

蟬，未脱時名復育，相傳言蛣蜣所化。秀才韋翾—曰翻莊在杜曲，常冬中掘樹根，見復育附於朽處，怪之。村人言蟬固朽木所化也，翾因剖一視之，腹中猶實爛木。

蝶。白蛺蝶，尺蠖繭所化也。秀才顧非熊少年時常見鬱樓中壞緑裙幅，旋化爲蝶。工部員外郎張周封言，百合花合之，泥其隙，經宿化爲大胡蝶。

蟻。秦中多巨黑蟻，好鬥，俗呼爲馬蟻。次有色竊赤者。細蟻中有黑者，遲鈍，力舉等身鐵。有竊黄者，最有兼弱之智。成式兒戲時，常以棘刺標蠅，置其來路，此蟻觸之而返，或去穴一尺或數寸，纔入穴中者如索而出，疑有聲而相召也。其行每六七有大首者間之，整若隊伍。至徙蠅時，大首者或翼或殿，如備異蟻狀也。○元和中，成式假居在長興里。[①]庭中有一穴蟻，形狀如竊赤之蟻之大者，[②]而色正黑，腰節微赤，首銳足高，走最輕迅，每生致蠖及小魚<small>一曰蟲</small>入穴，[③]輒壞坥室穴，[④]蓋防其逸也。自後徙居數處，更不復見此。

山人程宗义<small>一曰文</small>云：“程執恭在易、定，野中蟻樓三尺餘。”

蜘蛛。道士許象之言，以盆覆寒食飯於暗室地上，入夏悉化爲蜘蛛。

吳公。綏安縣多吳公，大者兔尋，[⑤]能以氣吸兔<small>一云大者能以氣吸兔</small>，小者吸蜥蝪，相去三四尺，骨肉自消。

蠷螋，[⑥]成式書齋多此蟲，蓋好窠於書卷也。或在筆管中，祝聲可聽。有時開卷視之，悉是小蜘蛛，大如蠅虎，旋以泥隔之，時方知不獨負桑蟲也。[⑦]

顛當。成式書齋前，每雨後多顛當。窠<small>秦人所呼</small>深如蚓穴，[⑧]網絲其中，土蓋與地平，大如榆莢。常仰捍其蓋，伺蠅蠖過，輒翻蓋捕之，纔入復閉，與地一色，並無絲隙可尋也。其形似蜘蛛<small>如牆角亂綱中者</small>。《爾雅》謂之王蛛<small>一作蛛蝪</small>，[⑨]《鬼谷子》謂之蛛母。秦中兒童戲曰：“顛當顛當牢守門，蠷螋寇汝無處奔。”

蠅。長安秋多蠅，成式蠹書，常日讀《百家》五卷，[10]頗爲所擾，觸睫隱字，毆不能已。偶拂殺一焉，細視之，翼甚似蜩，冠甚似蜂。性察於腐，嗜於酒肉。按理首翼，其類有蒼者聲雄壯，負金者聲清聒，其聲在翼也。青者能敗物。巨者首如火，或曰大麻蠅，茅根所化也。[11]

壁魚。補闕張周封言，嘗見壁上白瓜子化爲白魚，因知《列子》言"朽瓜爲魚"之義。

蛄蛢。草中有蛄蛢樹。

天牛蟲，黑甲蟲也。長安夏中，此蟲或出於籬壁間，[12]必雨，成式七度驗之皆應。

異蟲。溫會在江州，與賓客看打魚。漁子一人，忽上岸狂走。溫問之，但反手指背，不能語。漁者色黑，細視之，有物如黃葉，大尺餘，眼遍其上，齧不可取，溫令燒之方落。每對一眼，底有觜如釘，漁子出血數升而死，莫有識者。

冷蛇。申王有肉疾，[13]腹垂至骭，每出則以百練束之，至暑月，常鼾息不可過。玄宗詔南方取冷蛇二條賜之，蛇長數尺，色白，不螫人，執之冷如握冰。申王腹有數約，夏月置於約中，不復覺煩暑。[14]

異蜂。有蜂如蠟蜂稍大，飛勁疾，好圓裁樹葉，卷入木竅及壁罅中作窠。成式常發壁尋之，每葉卷中實以不潔，或云將化爲蜜也。

白蜂窠。成式修竹里私第，[15]果園數畝。壬戌年，有蜂如麻子蜂，膠土爲窠於庭前檐，大如雞卵，色正白可愛。家弟惡而壞之，其冬果釁鍾手足。《南史》言，宋明帝惡言白門。[16]《金樓子》言：子婚日，[17]疾風雪下，幛幕變白，以爲不祥。抑知俗忌白久矣。

毒蜂。嶺南有毒菌，夜明，經雨而腐化爲巨蜂，黑色，喙若鋸，長三分餘。夜入人耳鼻中，斷人心繫。

竹蜜蜂。蜀中有竹蜜蜂，好於野竹上結窠，窠大如雞子，有蒂，長尺許。窠與蜜並紺色可愛，甘倍於常蜜。

水蛆，南中水磧澗中多此蟲，[18]長寸餘，色黑，夏深變爲虻，螫人甚毒。[19]

水蟲。象浦其川渚有水蟲，攢木食船，[20]數十日船壞，蟲甚微細。

抱槍，[21]水蟲也，形如蛞蝓稍大，腹下有刺，似槍，如棘針，螫人有毒。[22]

負子，水蟲也，有子多負之。

避役。南中有蟲名避役，一曰十二辰蟲，狀似蛇醫，脚長，色青赤，肉鬣。暑月時見於籬壁間，俗云見得多稱意事。[23]其首倏忽更變，爲十二辰狀，成式再從兄郡常觀之。

食膠蟲，夏月食松膠，前脚傅之，後脚聶之，内之尻中。

蟪蝸，形如蟬，其子如蝦，著草葉，得其子，則母飛來就之。煎食，辛而美。[24]

竈馬，狀如促織稍大，脚長，好穴於竈側。俗言竈有馬，足食之兆。

謝豹。虢州有蟲名謝豹，常在深土中，司馬裴沈子常治坑獲之。[25]小類蝦蟆，而圓如球，見人，以前兩脚交覆首，如羞狀。能穴地如鼢鼠，頃刻深數尺。或出地聽謝豹鳥聲，則腦裂而死，俗因名之。

碎車蟲，狀如唧聊，蒼色，好棲高樹上，其聲如人吟嘯，終南有之。　一本云，滄州俗呼爲搔前。太原有大而黑者，聲唧聊。碎車，別俗呼爲"沒鹽蟲"也。

度古，似書帶，色類蚓，長二尺餘，首如鑣，背上有黑黃襴，稍觸則斷。常趁蚓，蚓不復動，乃上蚓掩之，良久蚓化，惟腹泥如涎。有毒，雞吃輒死。俗呼土蠱。

雷蜞，大如蚓，以物觸之乃蹙縮，圓轉若鞠。良久引首，鞠形漸小，復如蚓焉。[26]或云嚙人毒甚。

矛，蛇頭鱉身，入水緣樹木，生嶺南，南人謂之矛。膏至利，銅瓦器貯浸出，惟雞卵殼盛之不漏。主腫毒。[27]

藍蛇，首有大毒，尾能解毒，出梧州陳家洞。南人以首合毒藥，謂之藍藥，藥人立死。取尾爲臘，反解毒藥。

蚺蛇，長十丈，常吞鹿，鹿消盡乃繞樹出骨。養創時肪腴甚美。或以婦人衣投之，則蟠而不起。其膽上旬近頭，中旬在心，下旬近尾。

蝎，鼠負蟲巨者多化爲蝎。蝎子多負於背，成式常見一蝎負十餘子，子色猶白，[28]纔如稻粒。成式常見張希復言，陳州古倉有蝎，形如錢，螫人必死。江南舊無蝎，開元初，常有一主簿，竹筒盛過江，至今江南往往而有，[29]俗呼爲主簿蟲。蝎常爲蝸所食，以迹規之，蝎不復去。舊說過滿百，爲蠍所螫。蠍前謂之螫，後謂之蠆。

蠱。舊說蠱蟲飲赤龍所浴水則愈。蠱惡水銀。人有病蠱者，雖香衣沐浴不得已。道士崔白言，荆州秀才張告，常押得兩頭蠱。有草生山足濕處，葉如百合，對葉獨莖，莖微赤，高一二尺，名蠱建草，能去蟻蠱。有水竹，葉如竹，生水中，短小，亦治蠱。

蝗。荆州有帛師，號法通，本安西人，少於東天竺出家，言蝗蟲腹下有梵字，或自天下來者，乃忉利天，[30]梵天來者，西域驗其字，作本天壇法禳之。[31]今蝗蟲首有“王”字，固自不可曉。或言魚子變，近之矣。舊言蟲食穀者，部吏所致，侵漁百姓則蟲食穀。蟲身黑頭赤，武吏也；頭黑身赤，儒吏也。

野狐鼻涕，蠦蛸也，俗呼爲野狐鼻涕。

【校釋】

① “成式”，“明初”“津逮”“學津”本無。

② “如竊赤之蟻之大者”，“明初”“津逮”“學津”本作“大如次竊赤者”。

③ 小魚：疑指壁魚，亦稱蟫、蠹魚、白魚、書蟲，潮濕的牆縫中多有。

④ “垤窒穴”，“明初”本作“埋穴”。

⑤ “兔尋”，《太平廣記》卷四百七十八引無此二字，引作：“綏縣多蜈蚣，氣大者，能以氣吸兔，小者吸蜥蜴。相去三四尺，骨肉自消。”尋，古長度單位，八尺爲尋。意爲：如兔弓曲，長度亦有一尋。

⑥ 蠮螉：一種細長腰的蜂，俗稱"細腰蜂"，身體黑色，翅帶黃色，在地下做巢。

⑦ "時"，"學津"本無。

⑧ "秦"，"明初"本空格，"津逮""學津""稗海"本作"俗"。

⑨ "一作蛛"，"明初"本無此注。

⑩ "常日讀《百家》五卷"，"明初"本作"後日讀《百家》五卷"。

⑪ "茅"，《太平廣記》引作"芋"。此條"明初"本與上條相接，之間空格。

⑫ "籬"，原作"離"，據下"避役"條中"暑月時見於籬壁間"句改。

⑬ 申王：指李撝（？—724），又名李成義，唐睿宗第二子，唐玄宗之兄長。唐睿宗復位，進封申王，遷右衛大將軍。

⑭ "暑"，原作"者"，據"明初""津逮""學津"本改。

⑮ "修竹里"，"明初"本作"修行里"。前集卷十九"異菌"條之"修竹里"同。

⑯ "白門"，原作"白問"。《南史‧本紀‧明帝》載曰："宣陽門，民間謂之白門，上以白門之名不祥，甚諱之。"據改。

⑰ "子"，當作"予"。梁蕭繹撰《金樓子》卷五："余丙申歲婚。初婚之日，風景韶和，末乃覺異。妻至門而疾風大起，折木發屋，無何而飛雪亂下，帷幔皆白。"

⑱ "此蟲"，"津逮""學津"本作"有蛆"。

⑲ 此條"明初"本與上條相接，之間空格。

⑳ "木"，"明初"本作"水"。

㉑ "抱槍"及下之"似槍"，原作"抱搶""似搶"，據"學津"本改。

㉒ 此條"津逮""學津"本與上條相接合爲一條。

㉓ "得"，"明初"本作"者"，似是。

㉔ 此條"明初"本與上條相接合爲一條。

㉕ "治坑"，"明初"本作"獲坑"，"學津"本作"掘地"。

㉖ "復"，"明初"本作"後"。

㉗ "腫毒"，"明初"本作"毒腫"。

㉘ "色"上，"明初"本有"其"字。

㉙ "而"，"津逮""學津"本作"亦"。

㉚ "叨"，"明初"本作"切"，"津逮""學津"本作"刃"。

㉛ "本"，"明初""津逮""學津"本作"木"。

酉陽雜俎前集卷之十八

廣動植之三

木　篇

松，凡言兩粒、^①五粒，粒當言鬣。成式修竹里私第，大堂前有五鬣松兩株，大財如碗，^②甲子年結實，味與新羅、南詔者不別。五鬣松，皮不鱗。中使仇士良水碾亭子在城東，有兩鬣皮不鱗者。又有七鬣者，不知自何而得。俗謂孔雀松，三鬣松也。松命根下遇石則偃，^③蓋不必千年也。

竹，竹花曰覆－曰覆，死曰箹，六十年一易根，則結實枯死。

箘墮竹，大如脚指，腹中白幕欄－曰蘭隔，^④狀如濕麵。將成竹而筒皮未落，輒有細蟲嚙之隑籜，後蟲嚙處成赤迹，似綉畫可愛。^⑤

棘竹，一名笆竹，節皆有刺，數十莖為叢。南夷種以為城，卒不可攻。或自崩根出，大如酒瓮，縱橫相承，狀如繰

230

車，食之落人齒齒一作髮。⑥

筋竹，南方以爲矛，筍未成竹時，⑦堪爲弩弦。

百葉竹，一枝百葉，有毒。○《竹譜》：竹類有三十九。⑧

慈竹，夏月經雨，滴汁下地，生蓐似鹿角，色白，食之已痢也。

異木。大曆中，成都百姓郭遠，因樵獲瑞木一莖，理成字曰“天下太平”，詔藏於秘閣。⑨

京西持國寺，寺前有槐樹數株，金監買一株，令所使巧工解之。及入内迴，工言木無他異，金大嗟悗，令膠之，曰：“此不堪矣，但使爾知予工也。”乃别理解之，每片一天王，塔、戟成就焉。⑩

都官陳修古員外言，西川一縣，不記名，吏因换獄卒木薪之，天尊形像存焉。⑪

異樹。婁約居常山，据禪座，⑫有一野嫗手持一樹，植之於庭，言此是蜻蜓樹。歲久，芬芳鬱茂，有一鳥，身赤尾長，常止息其上。

異果。贍披國有人牧牛千百餘頭，⑬有一牛離群，忽失所在。至暮方歸，形色鳴吼異常，群牛異一曰長之。⑭明日，遂獨行，主因隨之，入一穴。行五六里，豁然明朗，花木皆非人間所有。牛於一處食草，草不可識。有果作黄金色，牧牛人竊一將還，爲鬼所奪。又一曰，復往取此果，至穴，鬼復欲奪，其人急吞之，身遂暴長，頭纔出，身塞於穴，數日化爲石矣。

甘子。天寶十年，上謂宰臣曰："近日於宮內種甘子數株，今秋結實一百五十顆，與江南、蜀道所進不異。"宰臣賀表曰："雨露所均，混天區而齊被。草木有性，憑地氣而潛通。故得資江外之珍果，爲禁中之華實。"相傳玄宗幸蜀年，羅浮甘子不實。嶺南有蟻，大於秦中馬蟻，結窠於甘樹。實時，[15]常循其上，故甘皮薄而滑。往往甘實在其窠中，冬深取之，味數倍於常者。

樟木，江東人多取爲船，船有與蛟龍鬥者。

石榴，一名丹若。[16]梁大同中，東州後堂石榴皆生雙子。南詔石榴，子大，皮薄如藤紙，味絕於洛中。石榴甜者謂之天漿，能已乳石毒。[17]

柿。俗謂柿樹有七絕，[18]一壽，二多陰，三無鳥巢，四無蟲，五霜葉可玩，六嘉實，七落葉肥大。[19]

漢帝杏。濟南郡之東南有分流山，山上多杏，大如梨，色黃如橘，[20]土人謂之漢帝杏，亦曰金杏。

脂衣柰。[21]漢時紫柰大如升，核紫花青，研之有汁，可漆，或著衣，不可浣也。

仙人棗。晉時太倉南有翟泉，[22]泉西有華林園，園有仙人棗，[23]長五寸，核細如針。

楷。孔子墓上，特多楷木。

梔子。諸花少六出者，唯梔子花六出。陶貞白言，[24]梔子、剪花六出，刻房七道，其花香甚。相傳即西域薝蔔

花也。㉕

仙桃，出郴州蘇耽仙壇。有人至心祈之，輒落壇上，或至五六顆，形似石塊，赤黃色，破之，如有核三重，研飲之，愈衆疾，尤治邪氣。

娑羅。巴陵有寺，僧房牀下忽生一木，隨伐隨長。外國僧見曰：“此娑羅也。”元嘉初，出一花如蓮。天寶初，安西道進娑羅枝，狀言：“臣所管四鎮，有拔汗那，最爲密近，木有娑羅樹，特爲奇絕。不庇凡草，不止惡禽，聳幹無慚於松栝，成陰不愧於桃李。近差官拔汗那使令采得前件樹枝二百莖，如得托根長樂，擢穎建章。布葉垂陰，鄰月中之丹桂；連枝接影，對天上之白榆。”

赤白檉，出涼州，大者爲炭，入以灰汁，㉖可以煮銅爲銀。

仙樹。祁連山上有仙樹實，㉗行旅得之止飢渴，一名四味木。其實如棗，以竹刀剖則甘，鐵刀剖則苦，木刀剖則酸，蘆刀剖則辛。

木五香，㉘根旃檀，節沉香，㉙花雞舌，葉藿，膠薰陸。㉚

椒，可以來水銀。茱萸氣好上，椒氣好下。

構，穀田久廢必生構。葉有瓣曰楮，無曰構一作大曰楮，小曰構。㉛

黃楊木，性難長，世重黃楊以無火。或曰以水試之，沉則無火。取此木必以陰晦，夜無一星則伐之，爲枕不裂。

蒲萄，俗言蒲萄蔓好引于西南。庾信謂魏使尉瑾曰：㉜

"我在鄴，遂大得蒲萄，奇有滋味。"陳昭一作招曰：[33]"作何形狀？"徐君房曰："有類軟棗。"信曰："君殊不體物，何得不言似生荔枝。"[34]魏肇師曰："魏武有言，末夏涉秋，尚有餘暑，酒醉宿醒，掩露而食，甘而不飴，酸而不酢。道之固以流沫稱奇，[35]況親食之者。"瑾曰："此物實出於大宛，張騫所致。有黄、白、黑三種，成熟之時，子實逼側，星編珠聚，西域多釀以爲酒，每來歲貢。在漢西京，似亦不少。杜陵田五十畝，中有蒲萄百樹。今在京兆，非直止禁林也。"信曰："乃園種戶植，接蔭連架。"昭曰："其味何如橘柚？"信曰："津液奇勝，芬芳減之。"瑾曰："金衣素裹，見苞作貢。向齒自消，良應不及。"

貝丘之南有蒲萄谷，谷中蒲萄可就其所食之。或有取歸者，即失道，世言王母蒲萄也。天寶中，沙門曇霄因游諸岳，至此谷，得蒲萄食之。又見枯蔓堪爲杖，大如指，五尺餘，持還本寺植之，遂活。長高數仞，蔭地幅員十丈，仰觀若帷蓋焉。其房實磊落，紫瑩如墜，時人號爲草龍珠帳焉。[36]

凌霄花中露水，損人目。

松楨，即鍾藤也。葉大者，晉安人以爲盤。

侯騷，蔓生，子如雞卵，既甘且冷，輕身消酒。《廣志》言，因王太僕所獻。

蠡薺，子如彈丸，魏武帝常啖之。[37]

酒杯藤，大如臂，花堅可酌酒，實大如指，食之消酒。

白奈，出涼州野猪澤，大如兔頭。

234

比閭，出白州，其華若羽，伐其木爲車，終日行不敗。㊳

菩提樹，出摩伽陀國，在摩呵菩提寺，蓋釋迦如來成道時樹，一名思惟樹。莖幹黃白，枝葉青翠，經冬不凋。至佛入滅日，變色凋落，過已還生。至此日，國王、人民大作佛事，收葉而歸，以爲瑞也。樹高四百尺，下有銀塔周迴繞之。㊴彼國人四時常焚香散花，繞樹作禮。唐貞觀中，㊵頻遣使往，於寺設供，并施袈裟。至高宗顯慶五年，㊶於寺立碑，以紀聖德。此樹梵名有二：一曰賓撥梨婆—曰梨娑力义，㊷二曰阿濕曷咃婆—曰娑力义。《西域記》謂之卑鉢羅，以佛於其下成道，即以道爲稱，故號菩提。婆—曰娑力义，漢翻爲樹。㊸昔中天無憂王剪伐之，令事大婆羅門，積薪焚焉。熾焰中忽生兩樹，無憂王因懺悔，號灰菩提樹，遂周以石垣。至賞設迦王復掘之，㊹至泉，其根不絕，坑火焚之，漑以甘蔗汁，欲其燋爛。後摩揭陀國滿冑王，無憂之曾孫也，乃以千牛乳澆之，信宿，樹生故舊。更增石垣，高二丈四尺。玄奘至西域，見樹出垣上二丈餘。

貝多，出摩伽陀國，長六七丈，經冬不凋。此樹有三種：一者多羅娑—曰娑力义貝多，二者多梨婆—曰娑力义貝多，三者部婆—曰娑力义多羅多梨—曰多梨貝多。並書其葉，部閣一色取其皮書之。貝多是梵語，漢翻爲葉，貝多婆—曰娑力义者，漢言葉樹也。㊺西域經書，用此三種皮葉，若能保護，亦得五六百年。〇《嵩山記》稱嵩高寺中有思惟樹，即貝多也。〇釋氏有貝多樹下《思惟經》，顧徽《廣州記》稱貝多葉似枇杷，並謬。〇交趾近出貝多枝，彈材中第一。[46]

龍腦香樹，出婆利國，婆利呼爲固不婆律。亦出波斯國。樹高八九丈，大可六七圍，葉圓而背白，無花實，其樹有肥有瘦，瘦者有婆律膏香，一曰瘦者出龍腦香，肥者出婆律膏也。在木心中，斷其樹劈取之，膏於樹端流出，斫樹作坎而承之。入藥用，別有法。

安息香樹，出波斯國，波斯呼爲辟邪。樹長三丈，皮色黃黑，葉有四角，經寒不凋。二月開花，黃色，花心微碧，不結實。刻其樹皮，其膠如飴，名安息香。六七月堅凝，乃取之。燒之通神明，辟眾惡。[47]

無石子，出波斯國，波斯呼爲摩賊。樹長六七丈，圍八九尺，葉似桃葉而長。三月開花，白色，花心微紅。子圓如彈丸，初青，熟乃黃白。蟲食成孔者正熟，皮無孔者入藥用。其樹一年生無石子。一年生跋屢子，大如指，長三寸，上有殼，中仁如栗黃，可啖。

紫鉚樹，出真臘國，真臘國呼爲勒佉。亦出波斯國。樹長一丈，枝條鬱茂，葉似橘，經冬而凋，三月開花，白色，不結子。天大霧露及雨沾濡，其樹枝條即出紫鉚。波斯國使烏海及沙利深所說並同。真臘國使折沖都尉沙門施沙尼拔陀言，蟻運土於樹端作窠，蟻壤得雨露凝結而成紫鉚。昆侖國者善，波斯國者次之。

阿魏，出伽闍那國，即北天竺也。伽闍那呼爲形虞，亦出波斯國，波斯國呼爲阿虞截。樹長八九丈，皮色青黃。三月生葉，葉似鼠耳，無花實。斷其枝，汁出如飴，久乃堅凝，名阿魏。拂林國僧彎所説同。[48]摩伽陀國僧提婆言，取其汁和米豆屑合成阿魏。[49]

婆那娑樹，出波斯國，亦出拂林，呼爲阿蔀𩾌。[50]樹長五六丈，皮色青緑，葉極光淨，冬夏不凋，無花結實。其實從樹莖出，大如冬瓜，有殼裹之，殼上有刺，瓤至甘甜，可食。核大如棗，一實有數百枚，核中仁如栗黄，[51]炒食之甚美。

波斯棗，出波斯國，波斯國呼爲窟莽。樹長三四丈，圍五六尺，[52]葉似土藤，不凋。二月生花，狀如蕉花，有兩甲，[53]漸漸開罅，中有十餘房。子長二寸，黄白色，有核，熟則紫黑，[54]狀類乾棗，味甘如餳，可食。

偏桃，出波斯國，波斯呼爲婆淡。[55]樹長五六丈，圍四五尺，葉似桃而闊大，三月開花，白色，花落結實，狀如桃子而形偏，故謂之偏桃。其肉苦澀，不可啖。核中仁甘甜，西域諸國並珍之。

槃砮一作碧礧樹，[56]出波斯國，亦出拂林國，拂林呼爲群漢。樹長三丈，圍四五尺，葉似細榕，經寒不凋。花似橘，白色。子緑，大如酸棗，其味甜膩，可食。西域人壓爲油以塗身，可去風痒。

齊暾樹，出波斯國，亦出拂林國，拂林呼爲齊虛音陽分反。樹長二三丈，皮青白，花似柚，極芳香。子似楊桃，五月熟。西域人壓爲油以煮餅果，如中國之用巨勝也。

胡椒，出摩伽陀國，呼爲昧履支。其苗蔓生，莖極柔弱，[57]葉長寸半，有細條與葉齊。條上結子，兩兩相對，其葉晨開暮合，合則裹其子於葉中。子形似漢椒，[58]至辛辣，六月采，今人作胡盤肉食皆用之。[59]

白豆蔻，出伽古羅國，呼爲多骨。形似芭蕉，葉似杜若，長八九尺，冬夏不凋，花淺黄色，子作朵如蒲萄。其子初出微青，熟則變白，七月采。

蓽撥，出摩伽陀國，呼爲蓽撥梨，拂林國呼爲阿梨呵咃。苗長三四尺，莖細如箸，葉似蕺葉，子似桑椹，八月采。

齁齊，出波斯國，拂林呼爲頂勃梨咃。[60]長一丈餘，圍一尺許。皮色青薄而極光淨，葉似阿魏，每三葉生於條端，無花實。西域人常八月伐之，至臘月更抽新條，極滋茂。若不剪除，反枯死。七月斷其枝，有黄汁，其狀如蜜，微有香氣，入藥療病。

波斯皂莢，出波斯國，呼爲忽野檐默。拂林呼爲阿梨去伐。樹長三四丈，圍四五尺，葉似构緣而短小，[61]經寒不凋。不花而實，其莢長二尺，中有隔。隔内各有一子，大如指頭，赤色，至堅硬，中黑如墨，甜如飴，可啖，亦入藥用。

没樹，出波斯國，拂林呼爲阿縒。長一丈許，皮青白色，葉似槐葉而長，花似橘花而大。子黑色，大如山茱萸，其味酸甜，可食。

阿勃參，出拂林國，長一丈餘，皮青白色，[62]葉細，兩兩相對，花似蔓菁，正黄，子似胡椒，赤色。斫其枝，汁如油，以塗疥癬，無不瘥者。其油極貴，價重於金。

榛祇，出拂林國，苗長三四尺，根大如鴨卵，葉似蒜葉，中心抽條甚長，莖端有花六出，紅白色，花心黃赤，不結子。其草冬生夏死，與蕎—作蕎麥相類。[63]取其花，壓以爲油，塗身，除風氣，拂林國王及國内貴人皆用之。

野悉蜜，出拂林國，亦出波斯國。苗長七八尺，葉似梅葉，四時敷榮。其花五出，白色，不結子。花若開時，遍野皆香，與嶺南詹糖相類。西域人常采其花，壓以爲油，甚香滑。[64]

底稱實（阿驛），[65]波斯國呼爲阿驛，[66]拂林呼爲底珍—作稱。[67]樹長四五丈，[68]枝葉繁茂。葉有五出，似椑麻。無花而實，實赤色，類椑子，味似乾柿，而一月—作年一熟。[69]

【校釋】

① "凡"，"明初""津逮""學津""稗海"各本均作"今"。

② 財：通"才"，僅僅。

③ "下"，"明初""津逮""稗海"本無。

④ "欄一曰蘭"，"明初""津逮""學津"本作"蘭一曰闌"。

⑤ 此條"明初"本與上條相接合爲一條。

⑥ "齒一作髮"，"明初""津逮""學津"本無此注。北魏賈思勰《齊民要術》卷五十一引《竹譜》曰："棘竹筍味淡，落人鬢髮。"故"食之落人髮"似是。

⑦ "竹"，原脱，據"學津"本補。

⑧ "《竹譜》：竹類有三十九"，"明初""津逮""學津"本提行另

作一條。

⑨ 此條"明初"本與上條相接，之間空格。

⑩ "焉"，"明初""津逮""學津"本無。

⑪ 此條"明初""津逮""學津""稗海"各本均與上條相接，之間空格。

⑫ "婁約居常山，据禪座"，"明初"本作"婁約君常山居禪座"，似是。

⑬ "牛"及下出現之"牛"，"津逮""學津""稗海"本均作"羊"。"明初"本作"羊"，下之"牛"，或作"牛"，或作"羊"。

⑭ "群牛異之"，《太平廣記》引作"牛主異之"，似是。

⑮ "實"上，"明初""津逮""學津"本有"甘"字。

⑯ "丹若"下，原有注"一作丹茗"，據"明初""津逮""學津"本刪注。《本草綱目·果二·安石榴》載："若木乃扶桑之名，榴花丹頹似之，故亦有丹若之稱。"

⑰ "石榴甜者謂之天漿，能已乳石毒"，"明初"本缺。

⑱ "七絶"，"學津"本作"七德"。

⑲ "大"下，宋曾慥編撰《類説》引有"可用以書"四字。

⑳ "色"，"明初"本無。

㉑ "脂衣奈"，原作"脂衣柰"，據"明初"本改。從下句"漢時紫柰大如升"，亦應當作"脂衣柰"。

㉒ "太倉"，"明初""津逮""學津"本作"大倉"。

㉓ "有"，"明初"本作"存"。

㉔ "陶貞白"，原作"陶真白"，因音諧誤。陶貞白即陶弘景。

㉕ "蒼葡花"，"明初"本作"瞻葡花"。

㉖ "入以灰汁"，"津逮""學津"本作"復一曰傷人以灰汁"，"明初"本作"復一曰傷人一曰入灰汁"。

㉗ "實"，"明初"本無，據文意，似是。

㉘ "木"上，"明初""學津"本有"一"字。

㉙ "香"，"明初""津逮""學津"本無。

㉚ 此條"學津"本與上條相接合爲一條。

㉛ "一作大曰楮，小曰構"，"明初""津逮""學津"本無此注。

㉜ "尉"，"學津"本無。"蒲萄，俗言蒲萄蔓好引于西南。庾信謂魏使尉瑾曰"，"明初""津逮"本缺。

㉝ "一作招"，"明初""津逮""學津"本無此注。

㉞ "何得不言"，"明初""津逮""學津"本作"可得言"。

㉟ "流沫"，"明初""津逮"本作"流味"。

㊱ "焉"，"明初"本無。

㊲ 此條"明初"本與上條相接，之間空格。

㊳ 此條"津逮""學津""稗海"本缺。

㊴ "下"上，"明初""津逮""學津"本有"已"字。

㊵ "唐"，疑爲後來抄校者所加。

㊶ "高宗"，"明初""津逮""學津"本無。

㊷ "婆"，原缺，據《太平廣記》引補。

㊸ "樹"上，"學津"本有"道"字。

㊹ "王"，原作"至一曰王"，據文意徑作"王"，去注。

㊺ "漢言"，"明初"本作"漢書"。

㊻ "《嵩山記》稱……""釋氏有……""交趾近出……"，"明初""津逮""學津"本均各提行另起，作三條。

㊼ 此條“明初”本與上條相接，之間空格。

㊽ 拂林國：對古羅馬的稱謂，古代亦稱大秦或海西國。《隋書》《舊唐書》等均作“拂菻”。

㊾“和”，“明初”“津逮”“學津”本作“如”，通。

㊿“蔀”，原作“蔀”，據“津逮”“學津”“稗海”本改。阿蔀𠰷：即菠蘿蜜，又名婆那娑、曩伽結、優珠曇、天婆羅、牛肚子果，隋唐時從印度傳入中國，稱爲“頻那挲”。

(51)“栗”，原作“粟”，據“津逮”“學津”本改。

(52)“五六尺”，“明初”本作“三六尺”。

(53)“兩甲”，“明初”本作“兩脚”。

(54)“二寸”，原作“二尺”，據“津逮”“學津”“稗海”本改。“紫黑”，“津逮”“學津”“稗海”本作“子黑”。

(55)“呼”上，“津逮”“學津”本有“國”字。

(56)“一作碧”，“明初”“津逮”“學津”本無此注。

(57)“莖”，原缺，據“學津”本補。

(58)“子”，原缺，據“學津”本補。

(59) 此條“明初”本與上條相接，之間空格。

(60)“䅚齊”，“學津”本作“䣱齊”。“頊勃梨咃”，“學津”本作“項勃梨咃”。

(61)“緣”，“明初”“學津”本作“橼”。

(62)“皮青白色”，“明初”“津逮”“學津”本作“皮色青白”。

(63)“蒿一作薺”，“明初”“津逮”“學津”本徑作“薺”，無注。

(64) 此條“明初”本與上條相接合爲一條。

(65)“底稱實（阿驛）”，“明初”本作“阿馹”，“津逮”“學津”

"稗海""四庫全書"各本均作"阿驛"。

⑥⑥"阿驛","明初"本作"阿馳","津逮""學津""稗海""四庫全書"各本均作"阿馳",《本草綱目》卷三十一引作"阿馳"。

⑥⑦"底珍一作楄","明初""學津"本逕作"底楄",無注。

⑥⑧"四五丈","明初""津逮""學津""稗海"各本均作"丈四五"。

⑥⑨"乾柿","津逮""學津"本作"甘柿"。"一作年","明初""津逮""學津"本無此注。"一熟","明初"本作"而熟"。

酉陽雜俎前集卷之十九

廣動植之四

草 篇

芝。天寶初，臨川郡人李嘉胤所居柱上生芝草，形類天尊，太守張景佚截柱獻之。[①]

大曆八年，廬州廬江縣紫芝生，[②]高一丈五尺。芝類至多。

參成芝，斷而可續。

夜光芝，一株九實，實墜地如七寸鏡，夜視如牛目，[③]茅君種於句曲山。[④]

隱辰芝，狀如斗，以屋爲節，以莖爲剛屋一作星，剛一作網。[⑤]

鳳腦芝，[⑥]《仙經》言穿地六尺，以環寶一枚種之，[⑦]灌以黃水五合，以土堅築之。三年生苗如匏一日刻，實如桃，五色，名鳳腦芝。食其實，唾地爲鳳，乘升太極。

白符芝，大雪而華。[⑧]

五德芝，如車馬。

菌芝，如樓。○凡學道三十年不倦，天下金翅鳥銜芝至。羅門山食^一曰生石芝，得地仙。⑨

蓮石。⑩蓮入水必沉，唯煎鹽鹹鹵能浮之，雁食之，糞落山石間，百年不壞。相傳橡子落水爲蓮。

苔。慈恩寺唐三藏院後檐階，開成末，有苔狀如苦苣，布於磚上，色如藍緑，⑪輕嫩可愛。談論僧義林，太和初改葬基法師⑫初開冢，香氣襲人，側卧磚臺上，形如生，磚上苔厚二寸餘，作金色，氣如栴檀。⑬

瓦松。崔融《瓦松賦》序曰："崇文館瓦松者，產於屋霤之下。謂之木也，訪山客而未詳。謂之草也，驗農皇而罕記。"賦云："煌煌特秀，狀金芝之產霤；歷歷虛懸，若星榆之種天。葩條郁毓，根柢連卷。間紫苔而裹露，淩碧瓦而含烟。"又曰："慚魏宮之烏韭，⑭惡漢殿之紅蓮。"崔公學博，無不該悉，豈不知瓦松已有著説乎？○《博雅》："在屋曰昔耶，在牆曰垣衣。"《廣志》謂之蘭香，生於久屋之瓦。魏明帝好之，命長安西載其瓦於洛陽以覆屋。前代詞人詩中多用昔耶，梁簡文帝《咏薔薇》曰："緣階覆碧綺，依檐映昔耶。"或言構木上多松栽土，木氣泄則瓦生松。○大曆中，修含元殿，有一人投狀請瓦，且言："瓦工惟我所能，祖父已嘗瓦此殿矣。"衆工不服，因曰："若有能瓦畢不生瓦松乎？"衆方服焉。○又有李阿黑者，亦能治屋。布瓦如齒，間不通綖，亦無瓦松。《本草》："瓦衣謂之屋游。"⑮

瓜惡香，香中尤忌麝。鄭注太和初赴職河中，姬妾百餘盡騎，香氣數里，逆於人鼻。是歲自京至河中所過路，瓜盡死，一蒂不獲。⑯

芰，今人但言菱芰，諸解草木書亦不分别，惟王安貧《武陵記》言：⑰四角、三角曰芰，兩角曰菱。今蘇州折腰菱多兩角。成式曾於荆州，有僧遺一斗郢城菱，三角而無芒一曰刺，可以捼莎。⑱

芰，一名水栗，一名薢茩一作薢苔。⑲○漢武昆明池中有浮根菱，根出水上，葉淪没波下，亦曰青水芰。○玄都有菱碧色，⑳狀如雞飛，名翻雞芰，仙人鳧伯子常采之。㉑

兔絲子，多近棘及藋，山居者疑二草之氣類也。

天名精，一曰鹿活草。昔青州劉愫一作炳，㉒宋元嘉中射一鹿，剖五藏，以此草塞之，蹶然而起，愫怪而拔草，復倒。如此三度，愫密録此草種之，多主傷折，俗呼爲劉愫草。

牡丹，前史中無説處，惟《謝康樂集》中言竹間水際多牡丹。成式檢隋朝《種植法》七十卷中，初不記説牡丹，則知隋朝花藥中所無也。開元末，裴士淹爲郎官，奉使幽冀迴，至汾州衆香寺，得白牡丹一窠，植於長安私第，天寶中，爲都下奇賞。當時名公，㉓有《裴給事宅看牡丹》詩，詩尋訪未獲。㉔一本有詩云："長安年少惜春殘，爭認慈恩紫牡丹。別有玉盤乘露冷，無人起就月中看。"太常博士張乘嘗見裴通祭酒説。又房相有言："牡丹之會，琯不預焉。"至德中，馬僕射鎮太原，又得紅紫二色者，移於城中。○元和初猶少，[25]今與戎葵角多少矣。○韓愈侍郎有疏從子侄自江淮來，年甚少，韓令學院中伴子弟，子弟悉爲淩辱。韓知之，遂爲街西假僧院令讀書。經旬，寺主綱復訴其狂率，[26]韓遽令歸，且責曰："市肆賤類營衣食，尚有一事長處。汝所爲如此，竟作何物？"侄拜謝，徐曰："某有一藝，恨叔不知。"因指階前牡丹曰："叔要此花青、紫、黃、赤，唯命也。"韓大奇之，遂給所須，試之。乃豎箔曲，盡遮牡丹叢，不令人窺。掘窠四面，[27]深及其根，寬容人座。唯齎紫礦、輕粉、朱紅，旦暮治其根。凡七日，乃填坑，白其叔曰："恨校遲一月。"時冬初也。牡丹本紫，及花發，色白紅歷綠，每朵有一聯詩，字色紫分明，乃是韓出官時詩。一韻曰"雲橫秦嶺家何在，雪擁藍關馬不前"十四字，韓大驚異。侄且辭歸江淮，竟不願仕。○興唐寺有牡丹一窠，元和中，著花一千二百朵。其色有正暈、倒暈、淺紅、淺紫、深紫、黃白檀等，獨無深紅。又有花葉中無抹心者，重臺花者，其花面徑七八寸。○興善寺素師院，牡丹色絕佳，元和末，一枝花合歡。[28]

金燈，一曰九形，花葉不相見，俗惡人家種之，一名無義草。

合離，根如芋魁，有游子十二環之，相須而生，而實不連，以氣相屬，一名獨搖，一名離母，若士人所食者，[29]合呼爲赤箭。

蜀—作荌葵，㉚本胡中葵也，一名胡葵，似葵，大者紅，㉛可以緝爲布。枯時燒作灰，藏火，火久不滅。花有重臺者。

茄子，茄字本蓮莖名，㉜革遐反。今呼伽，未知所自。成式因就節下食伽子數蔕，㉝偶問工部員外郎張周封伽子故事，張云：“一名落蘇，事具《食療本草》。”此誤作《食療本草》，元出《拾遺本草》。成式記得隱侯《行園》詩云：“寒瓜方臥壟，秋菰正滿陂。紫茄紛爛漫，綠芋鬱參差。”又一名昆侖瓜。嶺南茄子，宿根成樹，高五六尺，姚向曾爲南選使，親見之。故《本草》記廣州有慎火樹，樹大三四圍。慎火即景天也，俗呼爲護火草。〇茄子熟者，食之厚腸胃，動氣發痰，根能治龜瘃。㉞欲其子繁，待其花時，取葉布於過路，以灰規之，人踐之，子必繁也，俗謂之嫁茄子。僧人多炙之，甚美。有新羅種者，色稍白，形如雞卵，西明寺僧造玄—日玄造院中，有其種。〇《水經》云：“石頭西對蔡浦，浦長百里，上有大荻浦，㉟下有茄子浦。”

異菌。開城元年春，成式修竹里私第書齋前，有枯紫荊數枝蠹折，因伐之，餘尺許。至三年秋，枯根上生一菌，大如斗，下布五足，頂黃白兩暈，緣垂裙如鵝鞴—日鞴，㊱高尺餘。至午，色變黑而死，焚之氣如芋香。㊲成式常置香爐於栟臺上，㊳每念經，門生以爲善徵。㊴後覽諸志怪，南齊吳郡褚思莊，素奉釋氏，眠於梁下，㊵短柱是楠木，去地四尺餘，有節。

大明中，^㊶忽有一物如芝，生於節上，黃色鮮明，漸漸長數日，遂成千佛狀，^㊷面目爪指及光相衣服，莫不完具，如金鍱隱起，摩之殊軟。常以春末生，秋末落，落時佛形如故，但色褐耳。至落時，其家貯之箱中。積五年，思莊不復住其下，亦無他顯盛，闔門壽考，思莊父終九十七，兄年七十，健如壯年。

又梁簡文延香園，大同十年，竹林吐一芝，長八寸，頭蓋似雞頭實，黑色。其柄似藕柄，内通幹空一曰柄幹通空。皮質皆絶白，根下微紅。雞頭實處似竹節，脱之又得脱也。自節處別生一重，如結網羅，四面，周可五六寸，^㊸圓繞周匝，以罩柄上，相遠不相著也。其似結網衆目，輕巧可愛，其與柄皆得相脱。^㊹驗仙書，與威喜芝相類。

舞草，出雅州，獨莖三葉，葉如決明，一葉在莖端，兩葉居莖之半，相對。人或近之，歌及抵掌謳曲，必動，葉如舞也。

護門草，常山北。草名護門，置諸門上，夜有人一曰物過，輒叱之。

仙人條，出衡岳，無根蒂，生石上，狀如同心帶，三股，色緑，亦不常有。

睡蓮。南海有睡蓮，夜則花低入水。屯田韋郎中從事南海，親見。

蔓金苔。晋時外國獻蔓金苔，色如金，若螢火之聚，大如雞卵。投之水中，蔓延波上，光泛鑠日—作目如火，㊺亦曰夜明苔。

異蒿。田在實，布之子—作田布悦之子也，大和中，嘗過蔡州北，路側有草如蒿，莖大如指，其端聚葉，似鶄鶹巢在顛，折視之，葉中有小鼠數十，纔若皂莢子，目猶未開，啾啾有聲。

蜜草。北天竺國出蜜草，蔓生，大葉，秋冬不死，因重霜露，遂成蜜，如塞上蓬鹽。

老鴉笟籬，葉如牛蒡而狹，㊻子熟時色黑，狀如笟籬。

鴨舌草，生水中，似菋。俗呼爲鴨舌草。

胡蔓草，生邕、容間，叢生，花偏如梔子稍大，不成朵，色黃白，葉稍黑，誤食之，數日卒，飲白鵝、白鴨血則解。或以一物投之，祝曰：“我買你。”食之立死。

銅匙草，生水中，葉如剪刀。

水耐冬，此草經冬在水不死，成式於城南村墅池中有之。

天芋，生終南山中，葉如荷而厚。㊼

水韭，生於水湄，狀如韭而葉細長，可食。

地錢，葉圓莖細，有蔓，生溪澗邊，一曰積雪草，亦曰連錢草。

蚍蜉酒草，一曰鼠耳，象形也，亦曰無心草。㊽

盆甑草，即牽牛子也。結實後斷之，狀如盆甑。其中有子似蝈，蔓如署預。㊾

蔓胡桃，出南詔，大如扁螺，兩隔，味如胡桃。或言蠻中藤子也。

油點草，葉似莙薘，每葉上有黑點相對。[50]

三白草，此草初生不白，入夏葉端方白。農人候之蒔田，三葉白，草畢秀矣。其葉似署預。

落迴一曰博落迴，有大毒，生江淮山谷中。莖葉如麻，莖中空，吹作聲如勃邏迴，因名之。

蒟蒻，根大如碗，至秋葉滴露，隨滴生苗。

鬼皂莢，生江南地，澤如皂莢，高一二尺，沐之長髮，葉亦去衣垢。

通脫木，如蓖麻，生山側，花上粉主治惡瘡，心空，中有瓤，輕白可愛，女工取以飾物。

毗尸沙花，[51]一名日中金錢花，本出外國，梁大同一年進來中土。

左行草，使人無情，范陽長貢。[52]

青草槐。龍陽縣神牛山南有青草槐，叢生，高尺餘，花若金燈，仲夏發花，一本云“迄千秋”。

竹肉。江淮有竹肉，生竹節上，如彈丸，味如白雞，竹皆向北。[53]有大樹雞，[54]如杯棬，呼爲胡孫眼。

石耳。[55]廬山有石耳，性熱。

野狐絲。庭有草，蔓生，色白，花微紅，大如粟，秦人呼爲野狐絲。[56]

金錢花，一云本出外國，梁大同二年進來中土。梁時，荊州掾屬雙陸，賭金錢，錢盡，以金錢花相足，魚弘謂得花勝得錢。

荷。漢明帝時，池中有分枝荷，一莖四一曰兩葉，狀如駢蓋，子如玄珠，可以飾珮也。○靈帝時，有夜舒荷，一莖四蓮，其葉夜舒晝卷。

夢草，漢武時，異國所獻，似蒲，晝縮入地，夜若抽萌。懷其草，自知夢之好惡。帝思李夫人，懷之輒夢。

烏蓬，葉如烏翅，俗呼爲仙人花。

雀芋，狀如雀頭，置乾地反濕，置濕處復乾。飛鳥觸之墮，走獸遇之僵。

望舒草，出扶支國，草紅色，葉如蓮葉，月出則舒，月沒則卷。

紅草。山戎之北有草，莖長一丈，葉如車輪，色如朝虹。齊桓時，山戎獻其種，乃植於庭，以表霸者之瑞。

神草。魏明時，苑中合歡草狀如蓍，一株百莖，晝則眾條扶疏，夜乃合一莖，謂之神草。^㊼

三蔬。晉時有芳蔬園，在墉一曰金墉之東。有菜名芸薇一作薇，^㊽類有三種：紫色爲上蔬，味辛；黃色爲中蔬，味甘；青者爲下蔬，味鹹。常以三蔬充御菜，可以藉食。

掌中芥，末多國出也。取其子，置掌中吹之，一吹一長，長三尺，乃殖於地。^㊾

水網藻。漢武昆明池中有水網藻，枝橫側水上，長八九尺，有似網目。鳧鴨入此草中，皆不得出，因名之。

地日草。南方有地日草。三足烏欲下食此草，羲和之馭以手掩鳥目，食此則美悶不復動。^⑩○東方朔言，爲小兒時，井陷，墜至地下，數十年無所寄托。有人引之，令住此草中，^⑪隔紅泉不得渡，其人以一隻屐，因乘泛紅泉，得至草處食之。

挾劍豆。樂浪東有融澤，之中生豆莢，形似人挾劍，橫斜而生。

牧靡。建寧郡烏句山南五百里，牧靡草可以解毒。百卉方盛，烏鵲誤食烏喙中毒，必急飛牧靡上，啄牧靡以解也。

【校釋】

① 本條與前集卷十"芝，天寶初"條重出，僅個別文字不同。

② "廬州"，"明初""津逮""學津"本無。

③ "夜"，"津逮"本無。

④ 此條"明初"本與上條相接，之間空格。

⑤ "屋一作星，剛一作綱"，"明初""津逮"本無此注。

⑥ "鳳腦芝"，"明初""津逮""學津""稗海"各本均無。

⑦ "環寶"，"明初"本作"鐶寶"，"津逮""學津""稗海"本作"環寶"。

⑧ "華"上，"學津"本有"白"字。

⑨ "大曆八年"條至此條即"菌芝，如樓"條，共八條，"津逮""學津""稗海"本相接合爲一條。"鳳腦芝"條至此條即"菌芝，如樓"條，共四條，"明初"本相接合爲一條，之間空格。

⑩ "蓮石"，"學津"本作"蓮實"，似是。蓮實，指蓮子。

⑪ "藍綠"，"明初""津逮"本作"鹽綠"，似是。鹽綠即綠鹽，

爲鹵化物類礦物氯銅礦的礦石，可入藥，點眼，亦可做顏料。

⑫ 基法師：指窺基（632—682），唐代僧人，爲玄奘弟子，法相宗創始人之一。《宋高僧傳》卷四有《唐京兆大慈恩志窺基傳》。

⑬ “栴檀”，“明初”本作“熱檀”。

⑭ “烏韭”，原作“烏悲”。烏韭，一種苔蘚類植物，多生於潮濕的地方，又名昔邪、垣衣等。《廣雅》卷十：“昔邪，烏韭也，在屋曰昔邪，在牆曰垣衣。”《本草綱目·釋草·垣衣》：“……恭曰：此即古牆北陰青苔衣也，其生石上者名昔邪，一名烏韭，生屋上者名屋游，形並相似，爲療略同。”故改。

⑮ “《博雅》”至“瓦衣謂之屋游”，“津逮”“學津”本提行另作一條。

⑯ 此條“明初”本與上條相接合爲一條。

⑰ “王安貧”，《太平廣記》卷四百九引作“伍安貧”。

⑱ “挼莎”，原作“接一曰挼莎”，屬形誤，據《太平廣記》卷四百九引改。《集韻》平聲“戈”韻：“挼、捼、撋，奴禾切，《説文》：推也，一曰兩手相切摩也。”唐元稹《酬孝甫見贈》詩亦説到“挼莎”一詞，云：“十歲荒狂任博徒，挼莎五木擲梟廬。”

⑲ “一作蘚苔”，“明初”“津逮”“學津”本無此注。

⑳ “菱”，“學津”本作“芰”。

㉑ 此條“明初”“津逮”“學津”本與上條相接合爲一條。

㉒ “懼一作炳”，“明初”“四庫全書”本作“懼”，無注。《本草綱目》引《異苑》作“懼”。

㉓ “名公”，“明初”“津逮”本作“明公”。

㉔ “詩”，“明初”“津逮”“學津”本作“時”。

㉕ "元和初猶少"至本條之"其花面徑七八寸"，"明初"本提行另作一條。

㉖ "訴"，原作"訢"，據"明初"本改。

㉗ "掘"，原作"握"，據"明初""津逮""學津""稗海"本改。

㉘ "興善寺"至"一枝花合歡"，"明初""津逮""學津"本提行與下三條相接合爲一條。

㉙ "若"上，"明初""津逮""學津""稗海"本有"言"字。

㉚ "一作茂"，"明初""津逮""學津"本無此注。

㉛ "本胡中葵也，一名胡葵，似葵，大者紅"，"明初""津逮""學津""稗海"本缺。

㉜ "經"，"明初""津逮""學津""稗海"各本均作"莖"。

㉝ "節下食"，《太平廣記》引作"廊下食"。"節下食"下，"明初""津逮""學津"本均有"有"字。節下食，指節日食品。

㉞ "發瘀"，"明初""津逮""稗海"本作"發疾"。"龜瘃"，原作"竃瘃"，形近誤，據《太平廣記》卷四百一十一引改。龜瘃，指手足因寒冷皸裂凍傷。

㉟ "荻"上，原衍"荻"字，據"明初""津逮""稗海"本删。

㊱ "緣"，"明初""津逮"本作"綠"，"學津"本無。

㊲ "芋香"，"明初""津逮"本作"麻香"。

㊳ "枋臺上"，"明初"本作"折臺"。

㊴ "門生"，《太平廣記》卷四百一十三引作"問僧"，似是。

㊵ "梁下"，"明初"本作"渠下"。

㊶ "大明"，似應作"永明"。南齊無"大明"年號，但有"永明"年號，即武帝蕭賾的年號（483—493）。

㊷“漸漸長數日，遂成千佛狀”，“津逮”“學津”本作“漸漸長數尺，數日遂成千佛狀”。

㊸“周”，“明初”“津逮”“學津”本作“同一曰周”。

㊹“其與柄皆得相脱”，“明初”“津逮”“學津”“稗海”各本均作“其柄又得脱也”。

㊺“一作目”，“明初”“津逮”“學津”本無此注。

㊻“葉如牛蒡而狹”，“明初”本作“葉如牛蒡而莢”，“津逮”本作“葉如牛蒡而美”。莢，古代傳説中的一種瑞草，名蓂莢。

㊼ 此條“明初”本與上條相接，之間空格。

㊽“無心草”，“明初”本作“尤心草”。

㊾“署預”，“津逮”“學津”本作“薯蕷”。下之“三白草”條中之“署預”同。

㊿“莙達”，“明初”本作“君達”，“津逮”“學津”本作“莙薘”。此條“明初”本與上條及下條相接合爲一條，之間空格。

(51)“花”，“明初”本無。

(52) 此條“明初”本與上條相接，之間空格。

(53)“白雞”，“明初”本作“白樹雞”。“竹皆向北”，“明初”本缺。

(54)“有”上，“明初”“稗海”本有“代北”二字，似是。代北，唐方鎮名。唐置代州，中和年間，置代北節度，亦叫雁門節度，治代州，今山西代縣一帶。

(55)“石耳”，“明初”“津逮”“學津”本無。

(56)“粟”，“明初”“津逮”本作“栗”。“野”，“津逮”本無。此條“明初”本與上條相接，之間空格。

(57) 此條“明初”本與上二條相接合爲一條，之間空格。

(58)“虈一作薇”，“學津”本徑作“薇”，無注。“明初”“津逮”本作“虈”，無注。

(59)“殖”，“津逮”“學津”本作“植”。此條與下四條，“明初”本相接合爲一條，之間空格。

(60)“美”，“學津”本無。

(61)“引之”，“明初”“津逮”本作“別之”。“住”，“明初”“津逮”本作“往”。

酉陽雜俎前集卷之二十

肉攫部

取鷹法，七月二十日爲上時，内地者多，塞外者殊少。八月上旬爲次時，八月下旬爲下時，塞外鷹畢至矣。○鷹網目方一寸八分，縱八十目，橫五十目，以黃蘗和杼汁染之，令與地色相類。螽蟲好食網，以蘗防之。○有網竿，都杙，吳公。①○磔竿二：一爲鶉竿，一爲鴿竿。②鴿飛能遠察見鷹，常在人前，若竦身動盼，則隨其所視候之。

取木雞、木雀、鷦，網目方二寸，縱三十目，橫十八目。

凡鷙鳥，雛生而有惠，出殼之後，即於窠外放巢。大鷙恐其墮墜及爲日所曝，熱喝致損，乃取帶葉樹枝，插其巢畔，防其墜墮及作陰涼也。欲驗雛之大小，以所插之葉爲候。若一日二日，其葉雖萎而尚帶青色。至六七日，其葉微黃。十日後枯瘁，此時雛漸大可取。③

凡禽獸，必藏匿形影同於物類也。是以蛇色逐地，茅兔必赤，鷹色隨樹。

鷹巢，一名菆，鷹呼菆子者，雛鷹也。鷹四月一日停放，五月上旬拔毛入籠。拔毛先從頭起，必於平旦過頂，④至伏鶉則止，從頸下過揚毛，至尾則止。尾根下毛名揚毛。其背毛并兩翅大翎覆翩，及尾毛十二根等并拔之，兩翅大毛合四十四枝，覆翩翎亦四十四枝。八月中旬出籠。

雕角鷹等，三月一日停放，四月上旬置籠。

鶻，北回鷹過盡停放，四月上旬入籠，不拔毛。

鷂，五月上旬停放，六月上旬拔毛入籠。

凡鷙擊等，一變爲鴿，二變爲鴗，轉鴗，三變爲正鴗。自此已後，至累變，皆爲正鴗。

白鴿，觜爪白者，從一變爲鴗，至累變，其白色一定，更不改易。若觜爪黑者，臆前縱理，翎尾斑節，微微有黃色者，一變爲鴗，則兩翅封上，及兩胜之毛間似紫白，其餘白色不改。

齊王高緯武平六年，得幽州行臺僕射河東潘子光所送白鴗，⑤合身如雪色。視臆前微微有縱白斑之理，理色曖昧如纁，觜本之色微帶青白，向末漸烏，其爪亦同於觜，蠟脛並作黃白赤，是爲上品。黃麻色，一變爲鴗，其色不甚改易，惟臆前縱斑漸闊而短，鴗轉出後，乃至累變，背上微加青色，臆前從理轉就短細，漸加膝上鮮白，此爲次色。⑥青麻色，其變色一同黃麻之鴗，此爲下品。又有羅鳥鴗、羅麻鴗一曰鶻。⑦

白兔鷹，觜爪白者，從一變爲鴗，乃至累變，其白色一定，更不改易。觜爪黑而微帶青白色，臆前縱理及翎尾斑節，微有黃色者，一變，背上翅尾微爲灰色，臆前縱理變爲橫理，變色微漠若無，脛間仍白。至於鷂轉已後，其灰色微褐，而漸漸向白，其觜爪極黑，體上黃鵲斑色微深者，一變爲青白鷂，鷂轉之後，乃至累變，臆前橫理轉細，則漸爲鶻色也。

齊王高洋，天保三年，獲白兔鷹一聯，不知所得之處。合身毛羽如雪，目色紫，爪之本白，向末爲淺烏之色—日目赤色、觜爪之本色白。蠟脛並黃，當時號爲金脚。

又高帝—日高齊，武平初，領軍將軍趙野义獻白兔鷹一聯，頭及頂遥看悉白，近邊熟視，乃有紫迹在毛心。其背上以白地紫迹點其毛心，紫外有白赤周繞，白色之外，以黑爲緣。翅毛亦以白爲地，紫色節之。臆前以白爲地，微微有纁赤縱理。眼黃如真金，觜本之色微白，向末漸烏。蠟作淺黃色，脛指之色亦黃，爪色與觜同。⑧

散花白，觜爪黑而微帶青白色者，一變爲紫理白鷂，鷂轉以後，乃至累變，橫理轉細，臆前紫漸滅成白。其觜爪極黑者，一變爲青白鷂，鷂轉之後，乃至累變，橫理轉細，臆前漸作灰白色。

赤色，一變爲鷂，其色帶黑，鷂轉已後，乃至累變，橫理轉細，臆前微微漸白。其背色不改，此上色也。

白唐，一變爲青鷂，而微帶灰色，鷂轉之後，乃至累變，橫理轉細，臆前微微漸白。

鷅爛堆—日雌、一日雄黃，⑨一變之鷂，色如鶩鷩，鷂轉之後，乃至累變，橫理轉細，臆前漸漸微白。

黃色，一變之後，乃至累變，其色似於鷟鷩，而色微深，大況鸇爛雄黃變色同也。

青斑，一變爲青父鶬，鶬轉之後，乃至累變，橫理轉細，臆前微微漸白，此次色也。

白唐，唐者黑色也，謂斑上有黑色，一變爲青白鶬，雜帶黑色，鶬轉之後，乃至累變，橫理轉細，臆前漸漸微白。

赤斑唐，謂斑上有黑色也。一變爲鶬，其色多黑，鶬轉之後，乃至累變，橫理轉細，臆前黑雖漸褐，世人仍名爲黑鶬。⑩

青斑唐，謂斑上有黑色也。一變爲鶬，其色帶青黑，鶬轉之後，乃至累變，橫理雖細，臆前之色仍常暗黪，此下色也。鷹之雌雄，⑪唯以大小爲異，其餘形相本無分別。雄鷹雖小，而是雄鷹，羽毛雜色，從初及變，既同兔鷹，更無別述。雄鷹一歲，臆前縱理闊者，世名爲鶬斑。至後變爲鶬鶬之時，其臆縱理變作橫理，然猶闊大，若臆前縱理本細者，後變爲鶬鶬之時，臆前橫理亦細。

荊窠白者，短身而大，五斤有餘，便鳥而快，一名沙裏白。生代北沙漠裏荊窠上，向雁門、馬邑飛。

代都赤者，紫背黑鬣，白精，⑫白毛。三斤半已上、四斤已下便兔，生代川赤巖裏，向虛丘、中山、白崡飛。

漠北白者，身長且大，五斤有餘，細斑短脛，鷹內之最。生沙漠之北，不知遠近，向代川、中山飛。一名西道白。

房山白者，紫背細斑，三斤已上、四斤已下便兔，生代東、房山白楊根樹上，向范陽、中山飛。[13]

漁陽白，腹背俱白，大者五斤便兔，生徐無及東西曲。一名大曲、小曲。白葉樹上生，向章武、合口、博海飛。

東道白，腹背俱白，大者六斤餘，鷹内之最大。生盧龍、和龍以北，不知遠近，向渙林、巨黑—曰墨、[14]章武、合口、光州—曰川飛。雖稍軟，若值快者，越於前鷹。[15]

土黄，所在山谷皆有，生柞櫟樹上，或大或小。[16]

黑皂驪，[17]大者五斤，生漁陽山松、杉樹上，多死，時有快者，章武飛。

白皂驪，大者五斤，生漁陽、白道、河陽、漠北，所在皆有。生柏枯樹上，便鳥，向靈丘、中山、范陽、章武飛。

青斑，大者四斤，生代北及代川白楊樹上，細斑者快，向靈丘山、范陽飛。[18]

鴉鷹萑子，青黑者快，蛻淨眼明，是未嘗養雛，尤快。若目多眵，蛻不淨者，已養雛矣，不任用，多死。又條頭無花，[19]雖遠而聚，或條出句然作聲，短命之候。口内赤，反掌熱，隔衣蒸人，長命之候。疊尾、振捲打格、隻立理面毛、藏頭睡，長命之候也。凡鷙鳥飛，尤忌錯喉，[20]病入叉，十無一活。汊在咽喉骨前皮裏，缺盆骨内，膝之下。[21]

吸筒，[22]以銀鋸爲之，大如角鷹翅管，鷹以下，筒大小准其翅管。

凡夜條不過五條數者短命，條如赤小豆汁與白相和者死。

凡網損、攞傷、兔蹋傷、鶴兵爪傷，^㉓皆爲病。^㉔

【校釋】

① "網竿"與"都杙"之間、"都杙"與"吳公"之間，原圈斷，據文意刪圈。

② "鴿竿"，"明初""津逮""學津"本作"鵠竿"。

③ 此條"明初"本與上條相接，之間空格。

④ "過頂"至下"齊王高緯武平六年"條之"此爲次色"，"明初"本因損毀缺葉，此段文字内容缺失。"平旦過頂"至下"齊王高緯武平六年"條，"稗海"本缺。

⑤ "潘子光"，《北齊書·列傳》作"潘子晃"。潘子晃爲北齊司徒潘樂之子，尚公主，拜駙馬都尉。武平末，爲幽州道行臺右僕射、幽州刺史。隋大業初卒。"鶻"，"津逮""學津"本作"鴿"。

⑥ "色"，"津逮""學津"本無。

⑦ "羅鳥鴿"，"明初""津逮""學津"本作"羅烏鴿"。"青麻色"至"羅麻鴿一曰鶻"，原提行另作一條，據"津逮""學津"本與上條相接合爲一條。

⑧ "色"，"津逮""學津"本無。

⑨ "一曰雌、一曰雄"，原作"一曰唯、一曰難"，據"津逮""學津""稗海"本改。鷃爛堆：即鴳雀，亦作"鴳濫堆"。西漢史游《急就篇》"鳩鴿鶉鴳中網死"，唐顔師古注："鴳謂鴳雀也。一名雇。今俗呼爲鴳爛堆。"

⑩ 此條"明初"本與上條相接，之間空格。

⑪ "鷹之雌雄"至"臆前横理亦細"，"津逮""學津"本提行另作一條。

⑫ "白精"，"津逮""稗海"本作"白睛"，通。"學津"本無。

⑬ 此條"明初""津逮""學津"本與上條相接，之間空格。

⑭ "向渙林"，"津逮""學津"本作"向渙休"。"一曰墨"，"明初""津逮""學津""稗海"各本均作"一曰里"。

⑮ 此條"明初"本與上條相接，之間空格。

⑯ 此條"津逮""學津""稗海"本與上條相接，之間空格。

⑰ "驪"，及下條之"驪"，"津逮""學津"本作"鸝"。據文意，疑爲"雕"之誤。

⑱ 此條至下"鵂鷹茌子"條之"短命之候"，"明初"本相接合爲一條，之間空格。

⑲ 條：指鷹糞便。鷹排便叫"出條"。

⑳ 錯喉：指飲食誤入氣管。

㉑ "口內赤……""疊尾、振捲……""凡鷙鳥飛……"，"明初"本各提行另起，作三條。"凡鷙鳥飛……"，"津逮""學津""稗海"本提行另作一條。

㉒ 吸筒：爲鷹療傷（瘡腫）的管，內可置入藥物。

㉓ "傷"，原缺，據文意補。本書前集卷十六："鶴左右脚裏第一指名兵爪。"此處是説鷹捉鶴時，爲其兵爪所傷而得病，故當補"傷"字。

㉔ "凡網損"至"皆爲病"，"津逮""學津"本提行另作一條。

酉陽雜俎續集卷之一

支諾皋上

新羅國有第一貴族金哥，其遠祖名旁㐌，有弟一人，甚有家財。其兄旁㐌因分居，乞衣食。國人有與其隙地一畝，乃求蠶穀種於弟，弟蒸而與之，㐌不知也。至蠶時，有一蠶生焉，日長寸餘，①居旬大如牛，食數樹葉不足。其弟知之，伺間殺其蠶。經日，四方百里內蠶，飛集其家，國人謂之巨蠶，意其蠶之王也，四鄰共繰之，不供。穀唯一莖植焉，其穗長尺餘，旁㐌常守之，忽爲鳥所折，銜去。旁㐌逐之。上山五六里，鳥入一石罅，日没徑黑，旁㐌因止石側。至夜半月明，見群小兒赤衣共戲。一小兒云：“爾要何物？”一曰：“要酒。”小兒露一金錐子擊石，酒及樽悉具。一曰：“要食。”又擊之，餅餌羹炙羅於石上。良久，飲食而散，以金錐插於石罅。旁㐌大喜，取其錐而還，所欲隨擊而辦，因是富侔國力。常以珠璣贍其弟，弟方始悔其前所欺蠶穀事，仍謂旁㐌：“試以蠶穀欺我，我或如兄得金錐也。”旁㐌知其愚，諭之不及，乃如其言。弟蠶之，止得一蠶如常蠶；穀種之，復一莖植焉。將熟，亦爲鳥所銜，其弟大悦，隨之入山，至鳥入處，遇群鬼，怒曰："是竊予金錐者。"乃執之，謂曰："爾欲爲我築糠—作搪三版乎？②欲爾鼻長一丈乎？"其弟請築糠三版。三日飢困，不成，求哀於鬼，乃拔其鼻，③鼻如象而歸，國人怪而聚觀之，慚恚而卒。其後子孫戲擊錐求狼糞，因雷震，錐失所在。

臨瀨—作湍西北有寺，寺僧智通，常持《法華經》入禪。每晏坐，必求寒林靜境，殆非人迹所至。④經數年，忽夜有人環其院呼智通，至曉聲方息。歷三夜，聲侵户，智通不耐，應曰："汝呼我何事？可入來言也。"有物長六尺餘，皂衣青面，張目巨吻，見僧初亦合手。智通熟視良久，謂曰："爾寒乎？就是向火。"物亦就坐。智通但念經，至五更，物爲火所醉，因閉目開口，據爐而鼾。智通睨之，乃以香匙舉灰火置其口中。物大呼，起走，至闉若蹶聲。其寺背山，智通及明視蹶處，得木皮一片。登山尋之，數里，見大青桐，樹稍已童矣，其下凹根若新缺然。僧以木皮附之，合無踪隙。其半有薪者創成一蹬，深六寸餘，蓋魅之口，灰火滿其中，火猶熒熒。智通以焚之，其怪自絶。

南人相傳，秦漢前有洞主吳氏，土人呼爲吳洞。娶兩妻，一妻卒，有女名葉限。少惠，善陶—作鈞金，父愛之。末歲父卒，爲後母所苦，常令樵險汲深。時嘗得一鱗二寸餘，頳鬐金目，遂潛養於盆水，日日長，易數器，大不能受，乃投於後池中。女所得餘食，輒沉以食之。女至池，魚必露首枕岸，他人至不復出。其母知之，每伺之，魚未嘗見也。因詐女曰：
"爾無勞乎，吾爲爾新其襦。"乃易其弊衣。後令汲於他泉，
計里數百一作里也。母徐衣其女衣，袖利刃行向池呼魚，魚即
出首，因斤殺之。⑤魚已長丈餘，膳其肉，味倍常魚，藏其骨
於鬱棲之下。逾日，女至向池，不復見魚矣，乃哭於野。忽
有人被髮粗衣，自天而降，慰女曰："爾無哭，爾母殺爾魚
矣！骨在糞下，爾歸，可取魚骨藏於室，所須第祈之，當隨
爾也。"女用其言，金璣衣食隨欲而具。及洞節，⑥母往，令
女守庭果。女伺母行遠，亦往，衣翠紡上衣，躡金履。母所
生女認之，謂母曰："此甚似姊也。"母亦疑之。女覺，遽
反，遂遺一隻履，爲洞人所得。母歸，但見女抱庭樹眠，亦
不之慮。其洞鄰海島，島中有國名陀汗，兵強，王數十島，⑦
水界數千里。洞人遂貨其履於陀汗國，國主得之，命其左右
履之，足小者履減一寸。乃令一國婦人履之，竟無一稱者。
其輕如毛，履石無聲。陀汗王意其洞人以非道得之，遂禁錮
而拷掠之，⑧竟不知所從來，乃以是履棄之於道旁，即遍歷人
家捕之，若有女履者，捕之以告。陀汗王怪之，乃搜其室，
得葉限，令履之而信。葉限因衣翠紡衣，躡履而進，色若天
人也。始具事於王，載魚骨與葉限俱還國。其母及女即爲飛
石擊死，洞人哀之，埋於石坑，命曰懊女冢。洞人以爲媒祀，
求女必應。陀汗王至國，以葉限爲上婦。一年，王貪求，祈
於魚骨，寶玉無限。逾年，不復應。王乃葬魚骨於海岸，用
珠百斛藏之，以金爲際，至徵卒叛時，將發以贍軍。一夕，

爲海潮所淪。成式舊家人李士元所説。士元本邕州洞中人，
多記得南中怪事。

太和五年，復州醫人王超善用針，病無不差。於午，忽
無病死，經宿而蘇。言始夢至一處，城壁臺殿如王者居，見
一人臥，召前袒視，左髀有腫大如杯，令超治之，即爲針出
膿升餘。顧黄衣吏曰：“可領畢也。”⑨超隨入一門，門署曰畢
院，庭中有人眼數千聚成山，視肉迭瞬明滅。黄衣曰：“此即
畢也。”俄有二人形甚奇偉，分處左右，鼓巨簸吹激，眼聚扇
而起，或飛或走，或爲人者，傾刻而盡。超訪其故，黄衣吏
曰：“有生之類，先死而畢。”⑩言次忽活。

前秀才李鵠覲於潁川，夜至一驛，纔臥，見物如豬者突
上廳階。鵠驚走，透後門投驛厠，潛身草積中，屏息且伺之。
怪亦隨至，聲繞草積數匝，瞪目相視鵠所潛處，忽變爲巨星，
騰起數道燭天。鵠左右取燭索鵠於草積中，已卒矣。半日方
蘇，因説所見，未旬，無病而死。

元和中，國子監學生周乙者，常夜習業，忽見一小鬼鬅
鬙，頭長二尺餘，滿頭碎光如星，眨眨—作熒熒可惡。戲燈弄
硯，紛搏不止。⑪學生素有膽，叱之，稍卻，復傍書案，因伺
其所爲，漸逼近，乙因擒之，踞坐求哀，辭頗苦切。天將曉，
覺如物折聲，視之，乃弊木杓也，其上粘粟百餘粒。

貞元—作上元中，蜀郡有僧志功—作志誓，言住寶相寺持
經。⑫夜久，忽有飛蟲五六枚，大如蠅，金色，迭飛起燈焰，
或蹲於炷花上鼓翅，與火一色，久乃滅焰中，如此數夕。童

子擊墮一枚，乃薰陸香也，亦無形狀，自是不復見。

元和初，上都東市惡少李和子，父努眼。和子性忍，常攘狗及貓食之，爲坊市之患。常臂鷂立於衢，見二人紫衣呼曰：“公非李努眼子名和子乎？”和子即遽祗揖。又曰：“有故，可隙處言也。”因行數步，止於人外，言：“冥司追公，可即去。”和子初不受，曰：“人也，何紿言。”又曰：“我即鬼。”因探懷中，出一牒，印窠猶濕。見其姓名分明，爲貓犬四百六十頭論訴事。和子驚懼，乃棄鷂子拜祈之，且曰：“我分死，爾必爲我暫留，具少酒。”鬼固辭，不獲已。初，將入畢羅肆，[13]鬼掩鼻不肯前，乃延於旗亭杜家。揖讓獨言，人以爲狂也。遂索酒九碗，自飲三碗，六碗虛設于西座，且求其爲方便以免。二鬼相顧：“我等既受一醉之恩，須爲作計。”因起曰：“姑遲我數刻當返。”未移時至，曰：“君辦錢四十萬，爲君假三年命也。”和子諾許，以翌日及午爲期。因酬酒直，且返其酒，嘗之味如水矣，冷復冰齒。和子遽歸，貨衣具鑿楮，如期備酹焚之，自見二鬼挈其錢而去。及三日，和子卒。鬼言三年，蓋人間三日也。

貞元末，開州軍將冉從長，輕財好事，而州之儒生、道者多依之。有畫人寧采圖爲《竹林會》，[14]甚工。坐客郭萱、柳成二秀才，每以氣相軋。柳忽睨圖謂主人曰：“此畫巧於體勢，失於意趣。[15]今欲爲公設薄技，不施五色，令其精彩殊勝，如何？”冉驚曰：“素不知秀才藝如此！然不假五色，其理安在？”柳笑曰：“我當入彼畫中治之。”郭撫掌曰：“君欲給三尺童子乎？"柳因邀其賭，郭請以五千抵負，冉亦爲保。柳乃騰身赴圖而滅，坐客大駭。圖表於壁，衆摸索不獲。久之，柳忽語曰："郭子信來？"聲若出畫中也。食傾，瞥自圖上墜下，指阮籍像曰："工夫只及此。"衆視之，覺阮籍圖像獨異，吻若方笑。寧采睹之，不復認。冉意其得道者，與郭俱謝之。數日，竟他去。宋存壽處士在釋時，⑯目擊其事。

奉天縣國盛村百姓姓劉者病狂，發時亂走，不避井塹，其家爲迎禁咒人侯公敏治之。公敏纔至，劉忽起，曰："我暫出，不假爾治。"因杖薪擔至田中，袒而運擔，狀若擊物。良久而返，笑曰："我病已矣。適打一鬼頭落，埋於田中。"兄弟及咒者猶以爲狂，不實之，遂同往驗焉。劉掘出一髑髏，戴赤發十餘莖，其病竟愈。是會昌五年事。

柳璟知舉年，有國子監明經，失姓名，晝寢，夢徙倚於監門。有一人負衣囊，衣黃，訪明經姓氏，明經語之，其人笑曰："君來春及第。"明經因訪鄰房鄉曲五六人，或言得者。明經遂邀入長興里畢羅店常所過處。店外有犬競，驚曰："差矣！"遽呼鄰房數人語其夢。⑰忽見長興店子入門曰："郎君與客食畢羅計二斤，何不計直而去也？"明經大駭，褫衣質之，且隨驗所夢，相其榻器，皆如夢中。乃謂店主曰："我與客俱夢中至是，客豈食乎？"店主驚曰："初怪客前畢羅悉完，疑其嫌置蒜也。"來春，明經與鄰房三人夢中所訪者，悉及第。

潞州軍校郭誼，先爲邯鄲郡牧使，因兄亡，遂於鄆州舉其先，同塋—作兄柩葬於磁州滏陽縣之西崗。縣界接山，土中多石，有力葬者，率皆鑿石爲穴，誼之所卜亦鑿焉。積日倍工，忽透一穴，穴中有石，長可四尺，形如守宮，支體首尾畢具，役者誤斷焉。誼惡之，將別卜地，白於劉從諫，從諫不許，因葬焉。後月餘，誼陷於廁，體僕幾死，骨肉、奴婢相繼死者二十餘人。自是常恐悸，唵囈不安，因哀請罷職，從諫以都押衙焦長楚之務與誼對換。及賊積—作劉積阻兵，誼爲其魁，軍破梟首。其家無少長，悉投井中死。鹽州從事鄭賓于言，石守宮見在磁州官庫中。

伊闕縣令李師晦，有兄弟任江南官，與一僧往還，常入山采藥，遇暴風雨，避於欹—作橙樹。須臾大震，有物瞥然墜地，倏而朗晴，僧就視，乃一石，形如樂器，可以懸擊者。其上平齊如削，其中有竅可盛，其下漸闊而圓，狀若垂囊，長二尺，厚三分，其左小缺，斑如碎錦，光澤可鑒，叩之有聲。僧意其異物，置於樵中歸，櫃而埋於禪牀下，爲其徒所見，往往有知者。李生懇求一見，僧確然言無。忽一日，僧召李生。既至，執手曰："貧道已力衰弱，無常將至。君前所求物，聊用爲別。"乃盡去侍者，引李生入卧内，撤榻掘地，捧匣授之而卒。

賊積阻命之時，臨洛市中百姓有推磨盲騾無故死，因賣之。屠者剖腹中得二石，大如合拳，紫色赤斑，瑩潤可愛。屠者遂送積，乃留之。

韋溫爲宣州，病瘡於首，因託後事於女婿，且曰："予年二十九爲校書郎，夢澾水中流，見二吏齎牒相召。一吏至，言：‘彼墳至大，功須萬日，今未也。’今正萬日，予豈逃乎！”不累日而卒。

醴泉尉崔汾仲兄居長安崇賢里，夏月乘涼於庭際。疏曠月色，方午風過，覺有異香。傾間，聞南垣土動簌簌，崔生意其蛇鼠也。忽睹一道士，大言曰：“大好月色。”崔驚懼遽走。道士緩步庭中，年可四十，風儀清古。良久，妓女十餘，排大門而入，輕綃翠翹，艷冶絕世。有從者具香茵，列坐月中。崔生疑其狐媚，以枕投門闐警之。道士小顧，怒曰：“我以此差靜，復貪月色。初無延佇之意，敢此粗率！”復厲聲曰：“此處有地界耶？”欻有二人，長纔三尺，巨首儋耳，唯伏其前。道士頤指崔生所止，曰：“此人合有親屬入陰籍，可領來。”二人趨出，一餉間，崔生見其父母及兄悉至，衛者數十，摔曳批之。[18]道士叱曰：“我在此，敢縱子無禮乎？”父母叩頭曰：“幽明隔絕，誨責不及。”道士叱遣之。復顧二鬼曰：“捉此癡人來。”二鬼跳及門，以赤物如彈丸遙投崔生口中，乃細赤綆也。遂釣出於庭中，又詬辱之。崔驚失音，不得自理，崔僕妾號泣。其妓羅拜曰：“彼凡人，因訝仙官無故而至，非有大過。”怒解，乃拂衣由大門而去。崔病如中惡，五六日方差。因迎祭酒醮謝，亦無他。崔生初隔紙隙見亡兄以帛抹唇如損狀，僕使共訝之，一婢泣曰：“幾郎就木之時，[19]衣忘開口，其時匆匆就剪，誤傷下唇，然傍人無見者。不知幽冥中二十餘年，猶負此苦。”

辛秘五經擢第後，常州赴婚。行至陝，因息於樹陰。傍有乞兒箕坐，痂面蟣衣，訪辛行止，辛不耐而去，乞兒亦隨之。辛馬劣不能相遠，乞兒強言不已。前及一衣綠者，辛揖而與之語，乞兒後應和。行里餘，綠衣者忽前馬驟去，辛怪之，獨言此人何忽如是。乞兒曰："彼時至，豈自由乎？"辛覺語異，始問之曰："君言時至，何也？"乞兒曰："少頃當自知之。"將及店，見數十人擁店，問之，乃綠衣者卒矣。辛大驚異，遽卑下之，因褫衣衣之，脫乘乘之，乞兒初無謝意，語言往往有精義。至汴，謂辛曰："某止是矣，公所適何事也？"辛以娶約語之，乞兒笑曰："公士人，業不可止，此非君妻，公婚期甚遠。"隔一日，乃扛一器酒，與辛別，指相國寺剎曰："及午而焚，可遲此而別。"如期，剎無故火發，壞其相輪。臨去以綾帕復贈辛，帶有一結，語辛異時有疑，當發視也。積二十餘年，辛爲渭南尉，始婚裴氏。洎裴生日，會親賓，忽憶乞兒之言，解帕復結，得楮幅大如手板，署曰"辛秘妻，河東裴氏，某月日生"，乃其日也。辛計別乞兒之年，妻尚未生，豈蓬瀛籍者謫於人間乎！方之蒙袂輯屨，有慚於黔婁，摘植索塗，見稱於楊子，差不同耳。"方之蒙袂"五句不屬，當有缺文。⑳

【校釋】

①"日"，原作"月"，據《太平廣記》卷四百八十一引改。

②"搪"，"津逮""學津"本作"塘"。築糠三版：用礱糠建成三版土牆。古時築牆以兩版相夾，中填泥土夯實。

③"乃"上，《太平廣記》引有"鬼"字。

④ “迹”，原缺，据“學津”本及《太平廣記》引補。

⑤ “斤”，“學津”本作“斫”。

⑥ 洞節：古代南方少數民族聚會的節日。

⑦ “王”，原作“三”，屬形誤，據“津逯”“學津”本改。

⑧ “拷掠”，原作“栲掠”，據“學津”本改。拷掠，拷打逼供之意。

⑨ “畢”上，“學津”本有“視”字。

⑩ “而”，“學津”本作“爲”。

⑪ “紛搏”，“學津”本作“紛紜”。紛搏，同“紛薄”，紛雜交錯。漢賈誼《旱雲賦》：“遂積聚而合沓兮，相紛薄而慷慨。”

⑫ “蜀郡有僧志功—作志誩，言住寳相寺持經”，“功”與下句首字“言”似爲“誩”字誤分爲二，似應作“蜀郡有僧志誩—作志誩，住寳相寺持經”。“誩”與“誩”實爲“辯”之訛俗字。《玉篇·言部》：“誩，挾件切，俗辯字。”《正字通·言部》：“辯，俗作誩，訛從功。”又《正字通·言部》：“誩，誩字之訛。”宋宋祁《宋景文公筆記》卷中：“後魏北齊時，里俗作訛字最多，如巧言爲辯，文子爲學之比。隋有柳誩傳，又誩之訛以巩易巧矣。予見佛書以言‘辯’字，多作‘誩’，世人不復辯詰。”可見“誩”與“誩”二字來源於“誩”，均是由於形近而衍生的俗字。

⑬ 畢羅：唐代一種有餡面食，或蒸或烤。唐李匡乂《資暇集》卷下：“畢羅者。蕃中畢氏、羅氏好食此味，今字從‘食’，非也。”可見畢羅是由外族傳進來的食品。《酉陽雜俎》卷七《酒食》亦提到，當時有“韓約櫻桃饆饠”，爲京城名食。

⑭ 《竹林會》：描寫三國魏末“竹林七賢”相聚的人物畫。魏正始

年間（240—249），嵇康、阮籍、山濤、向秀、劉伶、王戎及阮咸七人聚當時的山陽縣（今河南輝縣、修武一帶）竹林之下，肆意酣暢，世謂竹林七賢。

⑮ "失"，原作 "先"，據 "津逮" "學津" 本改。

⑯ "釋"，"學津" 本作 "冉家"。

⑰ "驚曰"，原作 "驚日"，據《太平廣記》卷二百七十八引改。"遽呼" 上，"學津" 本、《太平廣記》引有 "夢覺" 二字。

⑱ 捽（zuó）：方言，揪，抓。"批"，"學津" 本作 "抶"，皆作擊打之意。

⑲ 幾郎：家中叔伯兄弟排行第幾，稱爲幾郎。這里指崔生的亡兄。

⑳ "'方之蒙袂'五句不屬，當有缺文"，"津逮" "學津" 本無此注。

酉陽雜俎續集卷之二

支諾皋中

上都渾瑊宅，戟門內一小槐樹，樹有穴，大如錢。每夜月霽後，有蚓如巨臂，長二尺餘，白頸紅斑，領蚓數百條，^①如索，緣樹枝條。及曉，悉入穴。或時衆鳴，往往成曲。學士張乘言渾令公時，堂前忽有一樹從地踊出，蚯蚓遍挂其上。已有出處，忘其書名目。

東都尊賢坊田令宅，中門內有紫牡丹成樹，發花千朵。花盛時，每月夜有小人五六，長尺餘，游於上。如此七八年。人將掩之，輒失所在。

太和七年，上都青龍寺僧契宗，俗家在樊州一作川。^②其兄樊竟因病熱，乃狂言虛笑，契宗精神總持，遂焚香敕勒。兄忽訴罵曰："汝是僧，第歸寺住持，何橫於事？我止居在南柯，愛汝苗碩多獲，故暫來耳。"契宗疑其狐魅，復禁桃枝擊之。其兄但笑曰："汝打兄不順，神當殛汝，可加力勿止。"契宗知其無奈何，乃已。病者欻起牽其母，母遂中惡。援其

妻，妻亦卒。乃摹其弟婦，[③]回面失明，經日悉復舊。乃語契
宗曰："爾不去，當喚我眷屬來。"言已，有鼠數百，縠縠作
聲，大於常鼠，與人相觸，驅逐不去。及明，失所在。契宗
恐怖加切，其兄又曰："慎爾聲氣，吾不懼爾。今須我大兄弟
自來。"因長呼曰："寒月、寒月，可來此。"至三呼，有物
大如狸，赤如火，從病者脚起，緣衾止於腹上，目光四射。
契宗持刀就擊之，中物一足，遂跳出戶，燭其穴，踪至一房，
見其物潛走瓮中。契宗舉巨盆覆之，泥固其隙。經三日發視，
其物如鐵，不得動，因以油煎殺之，臭達數里，其兄遂愈。
月餘，村有一家父子六七人暴卒，衆意其興蠱。

　　貞元中，望苑驛西有百姓王申，手植榆於路傍成林，構
茅屋數椽，夏月常餽漿水於行人，官者即延憩具茗。有兒年
十三，每令伺客。忽一日白其父，路有女子求水。因令呼入。
女少年，衣碧襦，白幅巾，自言家在此南十餘里，夫死無兒，
今服禫矣，將適馬嵬訪親情，丐衣食。言語明悟，舉止可愛。
王申乃留飯之，謂曰："今日暮夜可宿此，達明去也。"女亦
欣然從之。其妻遂納之後堂，呼之爲妹。倩其成衣數事，自
午至戌悉辨，針綴細密，殆非人工。王申大驚異，妻猶愛之，
乃戲曰："妹既無極親，能爲我家作新婦子乎？"女笑曰：
"身既無托，願執粗井竈。"王申即日賃衣賷禮爲新婦。其夕
暑熱，戒其夫："近多盗，不可辟門。"即舉巨椽捍而寢。及
夜半，王申妻夢其子披髮訴曰："被食將盡矣。"驚欲省其
子。王申怒之："老人得好新婦，喜極囈言耶！"妻還睡，復

夢如初。申與妻秉燭呼其子及新婦，悉不復應。啓其戶，戶牢如鍵，乃壞門闔，纔開，有物圓目鑿齒，體如藍色，沖人而去，其子唯餘腦骨及髮而已。

枝江縣令張汀，子名省躬，汀亡，因住枝江。有張垂者，舉秀才下第，客於蜀，與省躬素未相識。太和八年，省躬晝寢，忽夢一人，自言姓張名垂，因與之接，歡狎彌日。將去，留贈詩一首曰：“戚戚復戚戚，秋堂百年色。而我獨茫茫，荒郊遇寒食。”驚覺，遂録其詩。數日卒。

江淮有何亞秦，彎弓三百斤，常解鬥牛，脱其一角。又過蘄州，遇一人，長六尺餘，髯而甚口，呼：“亞秦，可負我過橋。”亞秦知其非人，因爲背，覺腦冷如冰，即急投至交午柱，④乃擊之，化爲杉木，瀝血升餘。

長慶初，洛陽利俗坊有百姓行車數輛，出長夏門。有一人負布囊，求寄囊於車中，且戒勿妄開，因返入利俗坊。纔入坊内，有哭聲起，受寄者發囊視之，其口結以生絚，内有一物，狀如牛胞，及黑繩長數尺，百姓驚，遽斂結之。有頃，其人亦至，復曰：“我足痛，欲憩君車中數里，可乎？”百姓知其異，許之。其人登車，覽其囊，不悦，顧曰：“何無信？”百姓謝之。又曰：“我非人，冥司俾予録五百人，明歷陝、虢、晉、絳及至此，人多蟲，唯得二十五人耳。今須往徐、泗。”又曰：“君曉予言蟲乎？患赤瘡即蟲耳。”車行二里，遂辭：“有程，不可久留。君有壽者，不復憂矣。”忽負囊下車，失所在。其年夏，天下多患赤瘡，少有死者。

　　元和中，光宅坊百姓失名氏，其家有病者將困，迎僧持念，妻兒環守之。一夕，衆仿佛見一人入戶，衆遂驚逐，乃投於瓮間，其家以湯沃之，得一袋，蓋鬼間所謂搐氣袋也。忽聽空中有聲求其袋，甚哀切，且言：「我將別取人以代病者。」其家因擲還之，病者即愈。

　　相傳人將死，蝨離身。或云取病者蝨於牀前，可以卜病。將差，蝨行向病者，背則死。

　　興州有一處名雷穴，水常半穴，每雷聲，水塞穴流，魚隨流而出。百姓每候雷聲，繞樹布網，獲魚無限。非雷聲，漁子聚鼓於穴口，⑤魚亦輒出，所獲半於雷時。韋行規爲興州刺史時，與親故書説其事。

　　上都務本坊，貞元中有一家，因打牆掘地，遇一石函。發之，見物如絲滿函，⑥飛出於外。驚視之次，忽有一人起於函，⑦被白髮，長丈餘，振衣而起，出門失所在。其家亦無他。前記之中多言此事，蓋道門太陰煉形，⑧日將滿，人必露之。

　　于季友爲和州刺史，時臨江有一寺，寺前漁釣所聚。有漁子下網，舉之重，壞網，視之，乃一石如拳。因乞寺僧置於佛殿中，石遂長不已，經年重四十斤。張周封員外入蜀，親睹其事。

　　進士王惲，才藻雅麗，猶長體物，著《送君南浦賦》，爲詞人所稱。會昌二年，其友人陸休符，忽夢被録至一處，有騶卒止之。屏外見若胥靡數十，王惲在其中。陸欲就之，惲面若愧色，陸強牽與語，惲垂泣曰："近受一職司，厭人間。"⑨指其類："此悉同職也。"休符恍惚而覺。時惲往揚州，有妻子居住太平側。休符異所夢，遲明訪其家信，得王至洛書。又七日，其訃至，計其卒日，乃陸之夢夕也。

武宗元年，金州軍事典鄧儼先死數年，其案下書手蔣古者，忽心痛暴卒，如有人捉至一曹司，見鄧儼，喜曰："我主張甚重，籍爾録數百幅書也。"蔣見堆案繞壁，皆涅楮朱書，乃紿曰："近損右臂，不能搦管。"有一人謂鄧："既不能書，令可還。"蔣草草被遣還，隕一坑中而覺。因病，右手遂廢。

姚司馬者，寄居汾州，⑩宅枕一溪，有二小女常戲釣溪中，未常有獲。忽撓竿各得一物，若鱣者而毛，若鱉者而鰓，其家異之，養以盆池。經年，二女精神恍惚，夜常明燈挫箴，染藍涅皂，未常暫息，然莫見其所取也。時楊元卿在邠州，與姚有舊，姚因從事邠州。又歷半年，女病彌甚。其家張燈戲錢，忽見二小手出燈下，大言曰："乞一錢。"家人或唾之，又曰："我是汝家女婿，何敢無禮。"一稱烏郎，一稱黃郎，後常與人家狎熟。楊元卿知之，因爲求上都僧瞻。瞻善鬼神部，持念治魅，病者多著效。瞻至其家，摽扛界繩，⑪印手敕劍，召之。後設血食、盆酒於界外。中夜，有物如牛，鼻於酒上。瞻乃匿劍，躍步大言，極力刺之。其物匿刃而走，血流如注。瞻率左右明炬索之，迹其血至後宇角中，見若烏革囊，大可合簀，喘若韝囊，蓋烏郎也。遂毀薪焚殺之，臭聞十餘里，一女即愈。自是風雨夜，門庭聞啾啾。次女猶病，瞻因立於前，舉伐折羅叱之，[12]女恐怖泚額。瞻偶見其衣帶上有皁袋子，因令侍婢解視之，乃小篸也。遂搜其服玩，篸得一簀，[13]簀中悉是喪家搭帳衣，衣色唯黃與皁耳。瞻假將滿，不能已其魅，因歸京。逾年，姚罷職入京，先詣瞻，爲加功治之。浹旬，其女臂上腫起如漚，大如瓜。瞻禁針刺之，出血數合，竟差。

東都龍門有一處，相傳廣成子所居也。天寶中，北宗雅禪師者，於此處建蘭若。庭中多古桐，枝幹拂地。一年中桐始華，有異蜂，聲如人吟咏，禪師諦視之，具體人也，但有翅長寸餘，禪師異之，乃以捲竹幂巾網獲一焉，置於紗籠中，意嗜桐花，采華致其傍。經日集於一隅，微聆吁嗟聲。忽有數人翔集籠者，若相慰狀。又一日，其類數百，有乘車輿者，其大小相稱，積於籠外，語聲甚細，亦不懼人。禪師隱於柱聽之，有曰：“孔昇翁爲君筮不祥，君頗記無？”有曰：“君已除死籍，又何懼焉。”有曰：“叱叱，予與青桐君奕，勝獲琅玕紙十幅，君出可爲禮星子詞，當爲料理。”語皆非世人事，終日而去。禪師舉籠放之，因祝謝。經次日，有人長三尺，黃羅衣，步虛止禪師屠蘇前，狀如天女：[14]“我三清使者，上仙伯致意多謝。”指顧間失所在，自是遂絕。

倭國僧金剛三昧、蜀僧廣昇，峨眉縣，與邑人約游峨眉。同雇一夫負笈，荷糗藥。山南頂徑狹，俄轉而待，負笈忽入石罅，僧廣昇先覽，即牽之，力不勝，視石罅甚細，若隨笈而開也。眾因組衣斷蔓，屬其腰肋出之。笈纔出，罅亦隨合。

衆詰之，曰：“我常薪於此，有道士住此隙内，每假我春藥。適亦招我，我不覺入。”時元和十三年。

上都僧太瓊者，能講《仁王經》。開元初，講於奉化縣京遥村，⑮遂止村寺。經兩夏，於一日，持鉢將上堂，闔門之次，有物墜檐前。時天纔辨色，僧就視之，乃一初生兒，其褓褐甚新。僧驚異，遂袖之，將乞村人。行五六里，覺袖中輕，探之，乃一弊帛也。

陝州西北白徑嶺上邏村村人田氏，常穿井得一根，大如臂，節中粗，皮若茯苓，氣似术。其家奉釋，有像設數十，遂置於像前。田氏女名登娘，年十六七，有容質，父常令供香火焉。經歲餘，女常見一少年出入佛堂中，白衣躡履，女遂私之，精神舉止，有異於常矣。其物根每歲至春擢芽，其女有娠，乃以其事白於母，母疑其怪。常有衲僧過門，其家因留之供養，僧將入佛宇，輒爲物拒之。一日，女隨母他出，僧入佛堂，門纔啓，有鴿一隻拂僧飛去。其夕，女不復見其怪，視其根，頓成朽蠹。女娠纔七月，產物三節，其形如像前根也。田氏併火焚之，其怪亦絶。成式常見道者論枸杞、茯苓、人參、术形有異，服之獲上壽。或不葷血、不色欲遇之，必能降真爲地仙矣。田氏無分，見怪而去，宜乎。

寶曆二年，明經范璋居梁山讀書。夏中深夜，忽聽厨中有拉物聲，范悚省之。至明，見束薪長五寸餘，齊整可愛，積於竈上，地上危累蒸餅五枚。又一夜，有物叩門，因轉堂上，^⑯笑聲如嬰兒。如此經三夕。璋素有膽氣，乃乘其笑，曳巨薪逐之。其物狀如小犬，璋欲擊之，變成火滿川，久而乃滅。

建中初，有人牽馬訪馬醫，稱馬患脚，以二十鐶求治。其馬毛色骨相，馬醫未常見，笑曰："君馬大似韓幹所畫者，真馬中固無也。"因請馬主繞市門一匝，馬醫隨之。忽值韓幹，幹亦驚曰："真是吾設色者。"乃知隨意所匠，必冥會所肖也。遂摩挲，馬若蹶，因損前足，幹心異之。至舍，視其所畫馬本，脚有一點黑缺，方知是畫通靈矣。馬醫所獲錢，用歷數主，乃成泥錢。

萊州即墨縣有百姓玉豐兄弟三人，豐不信方位所忌，常於太歲上掘坑，見一肉塊，大如斗，蠕蠕而動，遂填。其肉隨填而出，^⑰豐懼，棄之。經宿，長塞於庭，豐兄弟奴婢數日內悉暴卒，唯一女存焉。

虢州玉城縣黑魚谷，^⑱貞元中，百姓王用業炭於谷中，中有水方數步，常見二黑魚，長尺餘，游於水上，用伐木饑困，遂食一魚。其弟驚曰："此魚或谷中靈物，兄奈何殺此？"有傾，其妻餉之。用運斤不已，久乃轉面，妻覺狀貌有異，呼其弟視之。忽褫衣號躍，變爲虎焉，徑入山。時時殺獐鹿，夜擲庭中，如此二年。一日日昏，叩門自名曰："我用也。"弟應曰："我兄變爲虎三年矣，何鬼假吾兄姓名？"又曰："我往年殺黑魚，冥讁爲虎，比因殺人，冥官笞余一百，今免放，杖傷遍體，汝第視予無疑也。"弟喜，遂開門，見一人頭猶是虎，因怖死，舉家叫呼奔避，竟爲村人格殺之。驗其身有黑子，信王用也，但首未變。元和中，處士趙齊約常至谷中，見村人説。

元和初，上都義寧坊有婦人風狂，俗呼爲五娘，常止宿於永穆牆垣下。時中使茹大夫使於金陵，有狂者，衆名之信夫，或歌或哭，往往驗未來事。盛暑擁絮，未常沾汗；沍寒袒露，體無拘折。中使將返，信夫忽叫，攔馬曰："我有妹五娘在城中，今有少信，必爲我達也。"中使素知其異，欣然許之。乃探懷出一袂，内中使靴中，仍曰："爲語五娘，無事速歸也。"中使至長樂坡，五娘已至，攔馬笑曰："我兄有信，大夫可見還。"中使久而方悟，遂令取信授之。五娘因發袂，有衣三事，乃衣之而舞，大笑而歸，復至牆下，一夕而死，其坊率錢葬之。經年有人自江南來，言信夫與五娘同日死矣。

元和中，有淮西道軍將使於汴州，止驛。[19]夜久，眠將熟，忽覺一物壓己，軍將素健，驚起與之角力，其物遂退，因奪手中革囊，[20]鬼暗中哀祈甚苦。軍將謂曰："汝語我物名，我當相還。"良久，曰："此搯氣袋耳。"軍將乃舉甓擊之，語遂絶。其囊可盛數升，無縫，色如藕絲，携於日中無影。

建中末，書生何諷常買得黄紙古書一卷，讀之，卷中得髮卷，規四寸，如環無端，何因絶之，斷處兩頭滴水升餘，燒之作髮氣。諷嘗言於道者，吁曰："君固俗骨，遇此不能羽化，命也。據《仙經》曰：蠹魚三食'神仙'字，則化爲此物，名曰脈望，夜以規映當天中星，星使立降，可求還丹，取此水和而服之，即時換骨上賓。"因取古書閱之，數處蠹漏，尋義讀之，皆神仙字，諷方哭伏。

華陰縣東七級趙村，村路因水嚙成谷，梁之。村人日行車過橋，橋根壞，墜車焉，村人不復收。積三年，村正嘗夜度橋，見群小兒聚火爲戲，村正知其魅，射之，若中木聲，火即滅，啾啾曰："射着我阿連頭。"村正上縣回，尋之，見敗車輪六七片，有血，正銜其箭。

相國李公固言，元和六年，下第游蜀，遇一老姥，言："郎君明年芙蓉鏡下及第，後二紀拜相，當鎮蜀土。某此時不復見郎君出將之榮也。"明年，果然狀頭及第，詩賦題有"人鏡芙蓉"之目。後二十年，李公登庸，其姥來謁，李公忘之，姥通曰："蜀民老姥，嘗囑季女者。"李公省前事，具公服謝之，延入中堂見其妻女。坐定，又曰："出將入相定矣。"李公爲設盛饌，不食，唯飲酒數杯，即請別，李固留不得，但言乞庇我女。贈金皂襦幗並不受，唯取其妻牙梳一枚，題字記之，李公從至門，不復見。及李公鎮蜀日，盧氏外孫子，九齡不語，忽弄筆硯，李戲曰："爾竟不語，何用筆硯爲?"忽曰："但庇成都老姥愛女，何愁筆硯無用也。"李公驚悟，即遣使分詣諸巫。巫有董氏者，事金天神，即姥之女，言能語此兒，請祈華岳三郎。如其言，詰旦，兒忽能言。因是蜀人敬董如神，祈無不應，富積數百金，恃勢用事，莫敢言者。洎相國崔鄲來鎮蜀，遽毀其廟，投土偶於江，仍判責事金天王董氏杖背，遞出西界。今在貝州，李公婿盧生舍之於家，其靈歇矣。

登封嘗有士人，客游十餘年歸莊，莊在登封縣。夜久，士人睡未著，忽有星火發於牆堵下，初爲螢，稍稍芒起，大如彈丸，飛燭四隅，漸低，輪轉來往，去士人面纔尺餘。細視光中有一女子，貫釵，紅衫碧裙，搖首擺尾，具體可愛。士人因張手掩獲，燭之，乃鼠糞也，大如雞栖子。破視，有蟲，首赤身青，殺之。

融州河水有泉半巖，將注其下，相次九磴，每磴下一白石浴斛承之，如似鐫造。嘗有人携一婢，取下浴斛中浣巾，須臾風雨忽至，其婢震死，所浣巾斛碎於山下。自別安一斛，新於向者。

有人游終南山一乳洞，洞深數里，乳旋滴瀝成飛仙狀，洞中已有數十，眉目衣服，形製精巧。一處滴至腰已上，其人因手承漱之。經年再往，見其所承滴，^㉑像已成矣，乳不復滴，當手承處，衣缺二寸不就。

滕王圖。一日，紫極宮會，秀才劉魯封云，嘗見滕王《蜂蝶圖》，^㉒有名江夏斑、大海眼、小海眼、村裏來、菜花子。

【校釋】

①"蚓"，原缺，據"學津"本補。

②"樊州一作川"，似應徑作"樊川"，去注。

③"乃"，原作"遁"，據"津逮""學津"本改。"四庫全書"本作"迺"，通"乃"。

④ "交午柱"，原作"交牛柱"。交午柱，木製或石製的柱子，亦名"華表"。木柱華表用以王者納諫，石柱華表一般用來立在地面以指路、指方向。屬形誤，故改。

⑤ "於"上，《太平廣記》引有"擊"字。

⑥ "滿"上，原有"蒲"字，據"津逮""學津"本刪。

⑦ "函"下，"學津"本有"中"字。

⑧ 太陰煉形：道教之術，讓死者煉形於地下，爪髮潛長，尸體如生，久之成道。

⑨ "間"，《太平廣記》卷二百七十九引作"聞"。

⑩ "汾州"，《太平廣記》卷三百七十引作"邠州"。汾州，今屬山西汾陽。邠州，今陝西彬縣。

⑪ "摽扛"，"津逮""學津"本作"標紅"。《太平廣記》卷三百七十引作"標釭"。釭，油燈之意，似是。

⑫ "伐折羅"，原作"伐析羅"，據"津逮""學津"本改。伐折羅，梵文的音譯，又譯"縛曰羅""伐闍羅"，即金剛杵。

⑬ "籥得"，"學津"本作"勘得"。

⑭ "女"下，疑脫"曰"字。

⑮ "奉化縣"，"學津"本作"奉先縣"，似是。唐開元四年（716）改同州蒲城縣爲奉先縣，隸京兆府，見《新唐書·地理志》。

⑯ "因轉堂上"，"學津"本作"因拊掌大笑"。

⑰ "肉"上，"學津"本有"坑"字。

⑱ "玉"，原作"五"，《新唐書·地理志》記載，唐時虢州弘農郡有玉城縣（治今河南靈寶縣東南），故改。

⑲ "驛"下，"學津"本有"中"字。

⑳ "奪"下，"學津"本有"得"字。

㉑ "其所"，原作"所其"，據"津逮""學津"本改。

㉒ "《蜂蝶圖》"，"津逮""學津"本作"《蛺蝶圖》"。滕王：即李元嬰（？—684），隴西成紀（現甘肅秦安）人。唐高祖李淵第二十二子，唐太宗李世民之弟。貞觀十三年（639）封滕王。因建滕王閣而名垂。工書畫，妙音律，喜蝴蝶，爲"滕派蝶畫"鼻祖。

酉陽雜俎續集卷之三

支諾皋下

開元末，蔡州上蔡縣南李村百姓李簡痾疾卒。瘞後十餘日，有汝陽縣百姓張弘義，素不與李簡相識，所居相去十餘舍，亦因病死，經宿卻活，不復認父母妻子，且言："我是李簡，家住上蔡縣南李村，父名亮。"遂徑往南李村，入亮家。亮驚問其故，[①]言方病時，夢有二人著黃，齎帖見追。行數里，至一大城，署曰王城。引入一處，如人間六司院，[②]留居數日，所勘責事悉不能對。忽有一人自外來，稱錯追李簡，可即放還，一吏曰："李簡身壞，須令別托生。"時憶念父母親族，不欲別處受生，因請卻復本身。少頃，見領一人至，通曰："追到雜職汝陽張弘義。"吏又曰："弘義身幸未壞，速令李簡托其身，以盡餘年。"遂被兩吏扶持卻出城，但行甚速，漸無所知，忽若夢覺，見人環泣，及屋宇，都不復認。亮訪其親族名氏及平生細事，無不知也。先解竹作，因自入房索刀具，破篾成器，語音舉止，信李簡也，竟不返汝陽。

時成式三從叔父攝蔡州司戶，親驗其事。昔扁鵲易魯公扈、趙齊嬰之心，^③及寤，互返其室，二室相諮。以是稽之，非寓言矣。

武宗六年，揚州海陵縣還俗僧義本且死，托其弟言："我死，必爲我剃鬚髮，衣僧衣三事。"弟如其言。義本經宿卻活，言見二黃衣吏追至冥司，有若王者問曰："此何州縣?"吏言："揚州海陵縣僧。"王言："奉天符沙汰僧尼，海陵無僧，因何作僧領來? 令迴，還俗了領來。"僧遽索俗衣，衣之而卒。

汴州百姓趙懷正，住光德坊。太和三年，妻阿賀常以女工致利。一日，有人携石枕求售，賀一環獲焉。趙夜枕之，覺枕中如風雨聲，因令妻子各枕一夕，無所覺，趙枕輒復如舊，或喧悸不得眠，其侄請碎視之。趙言："脫碎之無所見，棄一百之利也，待我死後，爾必破之。"經月餘，趙病死。妻令侄毀視之，中有金銀各一鋌，如模鑄者。所函鋌處無絲隙，不知從何而入也。鋌各長三寸餘，闊如巨臂。遂貨之，辦其殮及償債，不餘一錢。阿賀今住洛陽會節坊，成式家雇其紉針，親見其説。

成式一作段文昌三從房叔父某者，貞元末，自信安至洛，暮達瓜洲，宿於舟中。夜久彈琴，覺舟外有嗟嘆聲，止息即無。如此數四，乃緩軫還寢。夢一女子年二十餘，形悴衣敗，前拜曰："妾姓鄭名瓊羅，本居丹徒，父母早亡，依於婿嫂，嫂不幸又歿，遂來揚子尋姨。夜至逆旅，市吏子王惟舉，乘

醉將逼辱，妾知不免，因以領巾絞項自殺，市吏子乃潛埋妾
於魚行西渠中。其夕，再見夢揚子令石義留，竟不爲理。復
見冤氣於江石上，謂非烟之祥，圖而表奏。抱恨四十年，無
人爲雪。妾父母俱善琴，適聽郎君琴聲，奇音翕響，心感懷
嘆，不覺來此。"尋至洛北河清縣溫谷訪内弟樊元則，元則自
少有異術，居數日，忽曰："兄安得此一女鬼相隨，請爲遣
之。"乃張燈焚香作法，頃之，燈後窣窣有聲，元則曰："是
請紙筆也。"即投紙筆於燈影中。少頃，旋紙疾落燈前，視
之，書盈於幅。書雜言七字，辭甚淒恨，元則遽令録之，言
鬼書不久輒漫滅。及曉，紙上若煤污，無復字也。元則復令
具酒脯紙錢，乘昏焚於道。有風旋灰直上數丈，及聆悲泣聲。
詩凡二百六十二字，率叙幽冤之意，語不甚曉，詞故不載。
其中二十八字曰："痛填心兮不能語，寸斷腸兮訴何處。春生
萬物妾不生，更恨魂香不相遇。"

　　廬州舒城縣蚓。成式三從房伯父，太和三年，任廬州某
官。庭前忽有蚓出，大如食指，長三尺，白項下有兩足，足
正如雀脚，步於垣下，經數日方死。

　　荆州百姓孔謙蚓。成式侄女乳母阿史，本荆州人，嘗言
小兒時，見鄰居百姓孔謙籬下有蚓，口露雙齒，肚下足如蚿，
長尺五，行疾於常蚓，謙惡，遽殺之。其年，謙喪母及兄，
謙亦不得活。

　　越州有盧冉者，時舉秀才，家貧未及入京，因之顧頭堰。
堰在山陰縣顧頭村，與表兄韓確同居。自幼嗜鱠，在堰嘗憑

吏求魚。韓方癘，④夢身爲魚在潭，有相忘之樂，見二漁人乘
艇張網，不覺入網中，⑤被擲桶中，覆之以葦。復睹所憑吏就
潭商價，吏即擢鰓貫鰓，楚痛殆不可忍。及至舍，歷認妻子
婢僕。有傾，置砧斫之，苦若脫膚，首落方覺，神癡良久。
盧驚問之，具述所夢。遽呼吏訪所市魚處，泊漁子形狀，與
夢不差。韓後入釋，住祇園寺，時開成二年，⑥成式書吏沈邠
家在越州，與堰相近，目睹其事。

　　曹州南華縣端相寺，時尉李蘊至寺巡檢，偶見尼房中地
方丈餘獨高，疑其藏物，掘之數尺，得一瓦瓶，覆以木槃。
視之，有顱骨、大方隅顋下屬骨兩片，長八寸。開罅徹上容
釵股，若合筒瓦，下齊如截，瑩如白牙。蘊意尼所産，⑦因
毀之。

　　中書舍人崔碬弟崔暇，娶李氏。爲曹州刺史，令兵馬使
國邵南勾當障車。後邵南因睡，忽夢崔女在一廳中，女立於
牀西，崔暇在牀東。執紅箋題詩一首，笑授暇，暇因朗吟之，
詩言："莫以貞留妾，從他理管弦。容華難久駐，知得幾多
年。"夢後纔一歲，崔暇妻卒。

　　李正己本名懷玉，侯希逸之内弟也。⑧侯鎮淄青，署懷玉
爲兵馬使。尋構飛語，侯怒，囚之，將置於法。懷玉抱冤無
訴，於獄中墨石象佛，默期冥報。⑨時近臘日，心慕同儕，嘆
咤而睡。覺有人在頭上語曰："李懷玉，汝富貴時至。"即驚
覺，顧不見人，天尚黑，意甚怪之。復睡，又聽人謂曰："汝
看牆上有青鳥子噪，即是富貴時。"及覺，不復見人。有傾，

天曙，忽有青鳥數十如雀，飛集牆上。俄聞三軍叫喚，逐出希逸，壞鍊取懷玉，扶知留後。成式見台州喬庶說，喬之先官於東平，目擊其事。

河南少尹韋絢，少時常於夔州江岸見一異蟲，初疑棘針一枝，從者驚曰：“此蟲有靈，不可犯之，或致風雷。”韋試令踏地驚之，蟲伏地如滅，細視地上若石脈焉。良久漸起如舊，每刺上有一爪，忽入草疾走如箭，竟不知是何物。

永寧王相王涯三怪。淅米匠人蘇潤，本是王家炊人，至荆州方知，因問王家咎徵，言宅南有一井，每夜常沸涌有聲，晝窺之，或見銅厮一作匜羅，⑩或見銀熨斗者，水腐不可飲。○又王相內齋有禪牀，柘材絲繩，工極精巧，無故解散，各聚一處，王甚惡之，命焚於竈下。○又長子孟博，⑪晨興，見堂地上有凝血數滴，踪至大門方絕，孟博遽令鏟去，王相初不知也，未數月及難。

許州有一老僧，自四十已後，每寐熟即喉聲如鼓簧，若成韻節。許州伶人伺其寢，即譜其聲，按之絲竹，皆合古奏，僧覺亦不自知，二十餘年如此。

荆有魏溪，好食白魚，日命僕市之，或不獲，輒笞責。一日，僕不得魚，訪之於獵者可漁之處，獵者紿之，曰：“某向打魚，網得一麞，因漁而獲，不亦異乎？”僕依其所售，具事於溪，溪喜曰：“審如是，或有靈矣。”因置諸榻，日夕薦香火，歷數年不壞，頗有吉凶之驗。溪友人惡溪所為，伺其出，烹而食之，亦無其靈。

　　成都坊正張和。蜀郡有豪家子，富擬卓、鄭，^⑫蜀之名姝，無不畢致，每按圖求麗，媒盈其門，常恨無可意者。或言坊正張和，大俠也，幽房閨稚，無不知之，盍以誠投乎？豪家子乃具簒金篋錦，夜詣其居，具告所欲，張欣然許之。異日，謁豪家子，偕出西郭一舍，入廢蘭若，有大像巋然，與豪家子升像之座，坊正引手捫拂乳，揭之，乳壞成穴如碗，即挺身入穴，因拽豪家子臂，不覺同在穴中。道行十數步，忽睹高門崇墉，狀如州縣。坊正叩門五六，有丸髻婉童啟迎，拜曰：“主人望翁來久矣。”有傾，主人出，紫衣貝帶，侍者十餘，見坊正甚謹。坊正指豪家子曰：“此少君子也，汝可善待之，予有切事須返。”不坐而去，言已，失坊正所在。豪家子心異之，不敢問。主人延於堂中，珠璣緹繡，羅列滿目，又有瓊杯，陸海備陳。飲徹，命引進妓數四，支鬟撩鬢，縹若神仙。其舞杯閃球之令，悉新而多思。有金器容數升，雲擎鯨口，鈿以珠粒。豪家子不識，問之，主人笑曰：“此盜一作次皿也，本擬伯雅。”^⑬豪家子竟不解。至三更，主人忽顧妓曰：“無廢歡笑，予暫有所適。”揖客而退，騎從如州牧，列燭而出。豪家子因私於牆隅，妓中年差暮者，遽就，謂曰：“嗟乎，君何以至是，我輩早為所掠，醉其幻術，歸路永絕，君若要歸，第取我教。”授以七尺白練，戒曰：“可執此候主人歸，詐祈事設拜，主人必答拜，因以練蒙其頭。”將曙，主人還，豪家子如其教。主人投地乞命，曰：“死嫗負心，終敗吾事，今不復居此。”乃馳去。所教妓即共豪家子居。二年忽思歸，妓亦不留，大設酒樂餞之。飲既闌，妓自持鋪開東牆一穴，亦如佛乳，推豪家子於牆外，乃長安東牆堵下。遂乞食，方達蜀。其家失已多年，意其異物，道其初始信。貞元初事。

興元城固縣有韋氏女，兩歲能語，自然識字，好讀佛經。至五歲，一縣所有經悉讀遍。至八歲，忽清晨薰衣靚妝，默存牖下，父母訝移時不出，視之，已蛻衣而失，竟不知何之。荊州處士許卑得於韋氏鄰人張弘郢。

忠州墊江縣縣吏冉端，開成初父死，有嚴師者，善山崗，⑭爲卜地，云合有生氣群聚之物。掘深丈餘，遇蟻城，方數丈，外重雉堞皆具，子城譙櫓，工若雕刻。城內分徑街，小堁相次，每堁有蟻數千，憧憧不絕。徑甚淨滑。樓中有二蟻，一紫色，長寸餘，足作金色；一有羽，細腰，稍小，白翅，翅有經脈，疑是雌者。衆蟻約有數斛。城隅小壞，上以堅土爲盖，故中樓不損。既掘露，蟻大擾，若求救狀。縣吏遽白縣令李玄之，既睹，勸吏改卜，嚴師伐其卜驗，爲其地吉。縣吏請遷蟻於岩側，狀其所爲，仍布石覆之以板。經旬，嚴師忽得病若狂，或自批觸，穢詈叫呼，數日不已。玄之素厚嚴師，因爲祝禱，療以雄黃丸，方愈。

朱道士者，太和八年，常游廬山，憩於澗石，忽見蟠蛇如堆繒錦，俄變爲巨黿。訪之山叟，云是玄武。

朱道士又曾游青城山丈人觀，至龍橋，見岩下有枯骨，背石平坐，按手膝上，狀如鈎鎖，附苔絡蔓，色白如雪。云祖父已嘗見，不知年代，其或煉形濯魄之士乎？⑮

　　武宗之元年，戎州水漲，浮木塞江，刺史趙士宗召水軍接木，約獲百餘段。公署卑小，地窄不復用，因併修開元寺。後月餘日，有夷人逢一人如猴，着故青衣，亦不辯何製，云關將軍差來采木，今被此州接去，不知爲計，要須明年卻來取。夷人説於州人。至二年七月，天欲曙，忽暴水至，州城臨江枕山，每大水猶去州五十餘丈。其時水高百丈，水頭漂二千餘人。州基地有陷深十丈處，大石如三間屋者，堆積於州基，水黑而腥，至晚方落。知州官虞藏玘及官吏纜及船投岸。旬月後，舊州地方乾，除大石外，更無一物，惟開元寺玄宗真容閣去本處十餘步，卓立沙上，其他鐵石像，無一存者。

　　成都乞兒嚴七師，幽陋凡賤，塗垢臭穢不可近，言語無度，往往應於未兆。居西市悲田坊，常有帖衙俳兒干滿川、白迦、葉珪、張美、張翱等五人爲火。七師遇於塗，各與十五文，勤勤若相別爲贈之意。後數日，監軍院晏，滿川等爲戲以求衣糧，少師李相怒，各杖十五，遞出界。凡四五年間，人爭施與，每得錢帛，悉用修觀。語人曰：“寺何足修。”方知折寺之兆也。今失所在。

　　荆州百姓郝惟諒，性粗率，勇於私鬥。武宗會昌二年寒食日，與其徒游於郊外，蹴鞠角力，因醉於壃間。⑯迨宵分方始寤，將歸，歷道左里餘，⑰值一人家，室絶卑陋，⑱雖張燈而頗昏暗，遂詣乞漿。睹一婦人姿容慘悴，服裝羸弊，方向燈紉縫，延郝，以漿授郝。良久，謂郝曰："知君有膽氣，故敢陳情。妾本秦人，姓張氏，嫁於府衙健兒李自歡。自歡自太和中戍邊不返，妾遘疾而歿，別無親戚，爲鄰里殯於此處，已逾一紀，遷葬無因。凡死者肌骨未復於土，魂神不爲陰司所籍，離散恍惚，如夢如醉。君或留念幽魂，亦是陰德，使妾遺骸得歸泉壤，精爽有託，斯願畢矣。"郝謂曰："某生業素薄，力且不辦，如何？"婦人云："某雖爲鬼，不廢女工。自安此，常造雨衣，與胡氏家備作，凡數歲矣。所聚十三萬，備掩藏固有餘也。"郝許諾而歸。遲明，訪之胡氏，物色皆符，乃具以告，即與偕往殯所，毀瘞視之，散錢培櫬，緡之數如其言。[19]胡氏與郝哀而異之，復率錢與同輩合二十萬，盛其凶儀，瘞於鹿頂原。其夕，見夢於胡、郝。

衡岳西原近朱陵洞，其處絕險，多大木、猛獸，人到者率迷路，或遇巨蛇，不得進。長慶中，有頭陀悟空，常裹糧持錫夜入山林，越兕侵虎，初無所懼，至朱陵原游覽累日，捫蘿垂踵，無幽不迹。因是胼胝，憩於岩下，長吁曰："飢渴如此，不遇主人。"忽見前岩有道士坐繩牀，僧詣之，不動。遂責其無賓主意，復告以飢困。道士欻起，指石地曰："此有米。"乃持钁斸石，深數寸，令僧探之，得陳米升餘，即着於釜，承瀑敲火煮飯，勸僧食。一口未盡，辭以未熟。道士笑曰："君飧止此，可謂薄分，我當畢之。"遂吃硬飯。又曰："我爲客設戲。"乃處木裊枝，投蓋危石，猿懸鳥跂，其捷閃目。有頃，又旋繞繩牀，劲步漸趨，以至蓬轉渦急，但睹衣色成規，倏忽失所。僧尋路歸寺，數日不復飢渴矣。

嚴綬鎮太原，市中小兒如水際泅戲，忽見物中流流下，小兒爭接，乃一瓦瓶，重帛冪之。兒就岸破之，有嬰兒，長尺餘，遂走，群兒逐之。頃間，足下旋風起，嬰兒已蹈空數尺。近岸，舟子遽以篙擊殺之。髮朱色，目在頂上。

王哲，虔州刺史，在平康里，治第西偏，家人掘地拾得一石子，朱書其上曰"修此不吉。"家人揩拭，轉分明，乃呈哲。哲意家惰於畚鋪，自磨朱，深若石脈，哲甚惡之。其年哲卒。

世有村人供於僧者，祈其密言，僧紿之曰驢，其人遂日夕念之。經數歲，照水，見青毛驢附於背。凡有疾病魅鬼，其人至其所立愈。後知其詐，咒效亦歇。

秀才田曋云：太和六年秋，涼州西縣百姓妻產一子，四手四足，一身分兩面，項上髮一穗長至足。時朝伯峻爲縣令。

韋斌雖生於貴門，而性頗厚質，[20]然其地望素高，冠冕特盛，雖門風稍奢，而斌立朝侃侃，容止尊嚴，有大臣之體。每會朝，未常與同列笑語。舊制，群臣立于殿庭，既而遇雨雪，亦不移步于廊下。忽一旦密雪驟降，自三事以下，[21]莫不振其簪裾，或更其立位。獨斌意色益恭，俄雪甚至膝。朝既罷，斌于雪中拔身而去，見之者咸嘆重焉。斌兄陟，早以文學識度著名於時，善屬文，攻草隸書。出入清顯，踐歷崇貴，自以門地才華，坐取卿相，而接物簡傲，未常與人款曲。衣服車馬，猶尚奢侈。侍兒閹豎，左右常數十人，或隱几搘頤，竟日懶爲一言。其于饌羞，猶爲精潔，仍以鳥羽擇米，每食畢，視厨中所委棄，不啻萬錢之直。若宴於公卿，雖水陸具陳，曾不下箸。每令侍婢主尺牘，往來復章，未常自札，受意而已，詞旨重輕，正合陟意。而書體遒利，皆有楷法，陟唯署名。嘗自謂所書"陟"字，如五朵雲，當時人多仿效，謂之郇公五雲體。嘗以五彩紙爲緘題，其侈縱自奉，皆此類也。然家法整肅，其子允，課習經史，日加誨勵，夜分猶使人視之。若允習讀不輟，旦夕問安，顏色必悦。若稍怠惰，即遽使人止之，令立于堂下，或彌旬不與語。陟雖家僮數千人，應門賓客，必遣允爲之，寒暑未嘗輟也，頗爲當時稱之。然陟竟以簡倨恃才，常爲持權者所忌。

天寶中，處士崔玄微，洛東有宅，耽道，餌朮及茯苓三十載，因藥盡，領童僕輩入嵩山采芝，一年方回，宅中無人，蒿萊滿院。㉒時春季夜間，風清月朗，不睡，獨處一院，家人無故輒不到。三更後，有一青衣云："君在院中也，今欲與一兩女伴過至上東門表姨處，暫借此歇可乎？"玄微許之。須臾，乃有十餘人，青衣引入。有綠裳者前曰："某姓楊氏。"指一人，曰："李氏。"又一人，曰："陶氏。"又指一緋衣小女，曰："姓石，名阿措。"各有侍女輩。玄微相見畢，乃坐於月下，問行出之由。對曰："欲到封十八姨。數日云欲來相看不得，今夕衆往看之。"坐未定，門外報封家姨來也，坐皆驚喜出迎。楊氏云："主人甚賢，只此從容不惡，諸處亦未勝於此也。"玄微又出,見封氏言詞泠泠,有林下風氣,^㉓遂揖入坐,色皆殊絕,滿座芬芳,馥馥襲人。命酒,各歌以送之,玄微志其一二焉。有紅裳人與白衣送酒,歌曰:"皎潔玉顏勝白雪,況乃青年對芳月。沈吟不敢怨春風,自嘆容華暗消歇。"又白衣人送酒,歌曰:"絳衣披拂露盈盈,淡染胭脂一朵輕。自恨紅顏留不住,莫怨春風道薄情。"至十八姨持盞,性頗輕佻,翻酒污阿措衣,阿措作色曰:"諸人即奉求,余不奉畏也。"拂衣而起。十八姨曰:"小女弄酒。"皆起,至門外別。十八姨南去,諸人西入苑中而別,玄微亦不至異。明夜又來,欲往十八姨處,阿措怒曰:"何用更去封嫗舍,有事只求處士,不知可乎?"諸女皆曰:"可。"阿措來言曰:"諸女伴皆住苑中,每歲多被惡風所撓,居止不安,常求十八姨相庇。昨阿措不能依回,應難取力。處士倘不阻見庇,亦有微報耳。"玄微曰:"某有何力,得及諸女?"阿措曰:"但求處士每歲歲日與作一朱幡,上圖日月五星之文,於苑東立之,則免難矣,今歲已過,但請至此月二十一日平旦,微有東風,即立之,庶可免也。"玄微許之,乃齊聲謝曰:"不敢忘德。"各拜而去。玄微於月中隨而送之,逾苑牆乃入苑中,各失所在。乃依其言,至此日立幡。是日東風振地,自洛南折樹飛沙,而苑中繁花不動。玄微乃悟諸女曰姓楊、姓李及顏色衣服之異,皆眾花之精也。緋衣名阿措,即安石榴也。封十八姨,乃風神也。後數夜,楊氏輩復至愧謝,各裹桃李花數斗,勸崔生服之,可延年卻老,願長如此住護衛某等,亦可至長生。至元和初，玄微猶在，可稱年三十許人。

【校釋】

①“遂徑往南李村，入亮家。亮”，原缺，據《太平廣記》卷三百七十六引補。

② 六司：唐府、州置司功、司倉、司户、司兵、司法、司士六官，總稱六司，亦稱六曹。

③ 扁鵲易魯公扈、趙嬰齊之心：扁鵲爲戰國時名醫。據《列子·湯問篇》記載，魯公扈、趙嬰齊二人得病，共同請扁鵲來治。扁鵲説，你們二人的病與生俱來，必須互换心，纔“均於善”。於是“剖胸探心，易而置之”。二人醒來回家，公扈返嬰齊之室，“妻子弗識”，嬰齊還公扈之室，“妻子亦弗識”。兩家爭吵，找扁鵲評理。扁鵲説出其中原由，事情得以平息。

④“寤”，“津逮”“學津”本作“寢”。

⑤“入”上，“學津”本有“身”字。

⑥“開成”，原作“開元”。所述事在段成式生年間，當是開成二年（837），故改。

⑦“尼所産”，原作“所尼産”，據“津逮”“學津”本改。

⑧“希逸”，原作“逸希”，據“津逮”“學津”本改。侯希逸（？—765），遼寧錦州人，唐朝大臣，原爲安禄山部將，後歸順朝廷，加封其爲平盧、淄青二鎮節度使，後任檢校尚書右僕射、上柱國，受封淮陽郡王。

⑨“冥報”，“學津”本作“冥助”。

⑩“銅斯一作叵羅”，原作“銅一作叵斯羅”，據“學津”本改。“銅斯羅”與“銅叵羅”爲一物。宋邵博《聞見後録》卷八：“近世以

洗爲匜羅。"宋趙彦衛《雲麓漫鈔》卷九："今人呼洗爲沙鑼，又曰厮鑼，凡國朝賜契丹、西夏使人，皆用此語，究其説，軍行不暇持洗，以鑼代之。"據此"厮鑼""匜羅""沙羅"實爲一物。

⑪ "愽"，"津逮""學津"本作"博"。

⑫ 卓、鄭：指卓王孫、程鄭，二人皆漢武帝時因冶鐵成爲蜀郡臨邛（今四川邛崍）巨富。

⑬ 伯雅：酒器名。《太平御覽》卷四百九十七引三國魏曹丕《典論·酒海》："荆州牧劉表跨有南土，子弟驕貴，並好酒，爲三爵，大曰伯雅，次曰仲雅，小曰季雅。伯受七升，仲受六升，季受五升。"

⑭ 山崗：此指陰陽之學。

⑮ "濯"，原作"擢"，據"津逮""學津"本改。

⑯ "醉於"，"學津"本作"醉卧"。

⑰ "左"，原作"在"，據"學津"本改。

⑱ "陋"，原缺，據"學津"本補。

⑲ "其"，原缺，據"學津"本補。

⑳ "厚質"，"學津"本作"質厚"。

㉑ 三事：即三公，以太尉、司徒、司空爲三公。

㉒ "菜"，原作"菜"，據"津逮""學津"本改。

㉓ 林下風氣：形容女子嫻雅飄逸的風采。

酉陽雜俎續集卷之四

貶誤

小戲中於奕局一枰，各布五子角遲速，名"蹙融"。予因讀《坐右方》，謂之"蹙戎"。又嘗覽王充《論衡》之言秦穆爲繆音謬，及往往見士流遇人促裝必謂之曰"車馬有行色"，直臺、直省者云"寓直"，實爲可笑。乃錄賓語甚誤者，著之于此。

予太和初，從事浙西贊皇公幕中，嘗因與曲宴。中夜，公語及國朝詞人優劣，云世人言靈芝無根，醴泉無源，張曲江著詞也，蓋取虞翻《與弟求婚書》，徒以芝草爲靈芝耳。予後偶得《虞翻集》，果如公言。開成初，予職在集賢，頗獲所未見書，始覽王充《論衡》，自云"充細族孤門"，或嗰之，答曰："鳥無世鳳凰，獸無種麒麟，人無祖聖賢。"必當因祖有以效賢號，則甘泉有故源，而嘉禾有舊根也。

范傳正中丞舉進士，省試《風過竹賦》，甚麗，爲詞人所諷，然爲從竹之簫，非蕭艾之蕭也。《荀子》云：如風過蕭，忽然已化。義同。草上之風必偃，相傳至今已爲誤。予讀《淮南子》云：夫播棋丸於地，圓者趣迳，方者止高，各從其所安，夫人又何上下焉。若風之過簫也，忽然感之，可以清濁應矣。高誘注云：清商，濁宮也。

相傳云，釋道欽住徑山，有問道者，率爾而對，皆造宗極。劉忠州晏，嘗乞心偈，令執爐而聽，再三稱"諸惡莫作，諸善奉行"。①晏曰："此三尺童子皆知之。"欽曰："三尺童子皆知之，百歲老人行不得。"至今以爲名理。予讀梁元帝《雜傳》，云晉惠末，洛中沙門耆域，蓋得道者。長安人與域食於長安寺，流沙人與域食於石人前，數萬里同日而見。沙門竺法行，嘗稽首乞言，域升高坐曰："守口攝意，心莫犯戒。"竺語曰："得道者當授所未聽，今有八歲沙彌亦以誦之。"域笑曰："八歲而致誦，百歲不能行。"嗟乎，人皆敬得道者，不知行即是得。

相傳云，韓晉公滉在潤州，夜與從事登萬歲樓，方酣，置杯不說，語左右曰："汝聽婦人哭乎？當近何所？"對：在某街。詰朝，命吏捕哭者訊之，信宿獄不具。吏懼罪，守於尸側。忽有大青蠅集其首，因發髻驗之，果婦私於鄰，醉其夫而釘殺之。吏以爲神，吏問晉公，晉公云："吾察其哭聲疾而不悼，若強而懼者。"王充《論衡》云：鄭子産晨出，聞婦人之哭，拊僕之手而聽。有間，使吏執而問之，即手煞其夫。②異日，其僕問曰："夫子何以知之？"子産曰："凡人於其所親愛，知病而憂，臨死而懼，已死而哀。今哭已死而懼，知其奸也。"

相傳云，德宗幸東宮，太子親割羊脾，③水澤手，因以餅潔之，太子覺上色動，乃徐捲而食。司空贊皇公著《次柳氏舊聞》，又云是肅宗。劉餗《傳記》云：太宗使宇文士及割肉，以餅拭手。上屢目之，士及佯不寤，徐捲而啖。

相傳云，張上客藝過十全。有果毅，因重病虛悸，每語腹中輒響，詣上客請治，曰："此病古方所無。"良久思曰："吾得之矣。"乃取《本草》令讀之，凡歷藥名六七不應，因據藥療之，立愈。據劉餗《傳記》，有患應病者，問醫官蘇澄，澄言："無此方。吾所撰《本草》，網羅天下藥可謂周。"令試讀之，其人發聲輒應，至某藥，再三無聲，過至他藥，復應如初。澄因爲方，以此藥爲主，其病遂差。

今人云，借書、還書等爲二癡。據杜荆州書告貺云：④ "知汝頗欲念學，今因還車致副書，可案錄受之，當別置一宅中，勿復以借人。古諺云：有書借人爲嗤，借人書送還爲嗤也。"

世呼病瘦爲崔家疾。據《北史》，北齊李庶無鬚，時人呼爲天閹。博陵崔諶，暹之兄也，嘗調之曰："何不以錐刺頤，作數十孔，拔左右好鬚者栽之。"庶曰："持此還施貴族，⑤藝眉有驗，然後藝須。"崔家時有惡疾，故庶以此調之。俗呼溥沱河爲崔家墓田。

俗好於門上畫虎頭、書聻字，謂陰刀鬼名，可息癘瘲也。⑥予讀《漢舊儀》，說儺逐疫鬼，又立桃人、葦索、滄耳、虎等。聾合爲滄耳也。⑦

予在秘丘，嘗見同官説，俗説"樓羅"，因天寶中，進士有東西棚，各有聲勢，稍傖者多會於酒樓食畢羅，故有此語。予讀梁元帝《風人辭》云："城頭網雀，樓羅人着。"則知樓羅之言，起已多時。一云："城頭網張雀，樓羅會人着。"⑧

世説曹著輕薄才，長於題目人。常目一達官爲熱鏊上猢猻，其實舊語也。《朝野僉載》云，魏光乘好題目人。姚元之長大行急，謂之趁蛇鶴鵲。⑨侍御史王旭短而黑醜，謂之烟薰木蛇。楊仲嗣躁率，謂之熱鏊上猢猻。

蜀石笋街，夏中大雨，往往得雜色小珠，俗謂地當海眼，莫知其故。蜀僧惠嶷曰："前史説蜀少城飾以金璧珠翠，桓温惡其大侈焚之，合在此。今拾得小珠，時有孔者，得非是乎？"予開成初，讀《三國典略》，梁大同中驟雨，殿前有雜色珠，梁武有喜色，虞寄因上《瑞雨頌》，梁武謂其兄荔曰："此頌清拔，卿之士龍也。"

俗好劇語者云，昔有某氏破產貰酒，少有醒時，其友題其門閣云："今日飲酒醉，明日飲酒醉。"鄰人讀之不解，曰："今日飲酒醉，是何等語？"于今青衿之子，無不記者。《談藪》云：北齊高祖常宴群臣，酒酣，各令歌，武衛斛律豐樂歌曰："朝亦飲酒醉，暮亦飲酒醉。日日飲酒醉，國計無取次。"帝曰："豐樂不詔，是好人也。"

　　相傳玄宗嘗令左右提優人黃幡綽入池水中,^⑩復出,幡綽曰:"向見屈原笑臣:'爾遭逢聖明,何爾至此?'"據《朝野僉載》,散樂高崔嵬善弄癡大,帝令没首水底,少頃,出而大笑,上問之,云:"臣見屈原,謂臣云:'我遇楚懷無道,汝何事亦來耶?'"帝不覺驚起,賜物百段。又《北齊書》,^⑪顯祖無道,內外各懷怨毒。曾有典御丞李集面諫,比帝甚於桀、紂。帝令縛致水中,沉没久之,後令引出,謂曰:"我何如桀、紂?"集曰:"向來你不及矣。"如此數四,集對如初。帝大笑曰:"天下有如此癡漢!方知龍逢、比干非是俊物。"遂解放之。蓋事本起於此。

　　今人每睹棟宇巧麗,必强謂魯般奇工也。至兩都寺中,亦往往托爲魯般所造,其不稽古如此。據《朝野僉載》云:魯般者,肅州敦煌人,莫詳年代,巧侔造化。於涼州造浮圖,作木鳶,每擊楔三下,乘之以歸。無何,其妻有妊,父母詰之,妻具説其故。父後伺得鳶,擊楔十餘下,乘之遂至吳會。吳人以爲妖,遂殺之。般又爲木鳶乘之,遂獲父尸。怨吳人殺其父,於肅州城南作一木仙人,舉手指東南,吳地大旱三年。卜曰:"般所爲也。"齎物具千數謝之,般爲斷一手,其日吳中大雨。國初,土人尚祈禱其木仙。六國時,公輸般亦爲木鳶以窺宋城。

　　俗説沙門杯渡入梁,武帝召之,方奕棋呼殺,閤者誤聽殺之。浮休子云:梁有楂頭師,高行神異,武帝敬之,常令中使召至,陛奏楂頭師至,帝方棋,欲殺子一段,應聲曰:

"煞。"中使人遽出斬之。帝棋罷,命師入。中使曰:"向者陛下令殺,已法之矣。師臨死曰:'我無罪,前生爲沙彌,誤鋤殺一蚓,帝時爲蚓,今此報也。'"

予門吏陸暢,江東人,語多差誤,輕薄者多加諸以爲劇語。予爲兒時,常聽人説陸暢初娶童溪女,每旦,群婢捧匜,以銀盉盛藻豆,陸不識,輒沃水服之。其友生問:"君爲貴門女婿,幾多樂事?"陸云:"貴門禮法甚有苦者,日俾予食辣䴸,殆不可過。"近覽《世説新書》,云王敦初尚公主,[12]如廁,見漆箱盛乾棗,本以塞鼻。王謂廁上下果,食至盡。既還,婢擎金漆盤貯水,琉璃碗進藻豆,因倒著水中,既飲之,群婢莫不掩口。

焦贛《易林·乾卦》云:"道陟多阪,胡言連蹇。譯喑且聾,[13]莫使道通。"據梁元帝《易連山》,每卦引《歸藏》斗圖,立成委化。《集林》及焦贛《易林》乾卦卦辭,與贛《易林》卦辭同,[14]蓋相傳誤也。

予別著鄭涉好爲查語,每云:"天公映冡,染豆削棘,不若致余富貴。"[15]至今以爲奇語。釋氏《本行經》云:自穿藏阿邏仙言,磨棘畫羽爲自然義。蓋從此出也。

《續齊諧記》云:許彥於綏安山行,遇一書生,年二十餘,臥路側,云足痛,求寄鵝籠中,彥戲言許之。書生便入籠中,籠亦不廣,書生與雙鵝並坐,負之不覺重。至一樹下,書生乃出籠,謂彥曰:"欲薄設饌。"彥曰:"甚善。"乃於口中吐一銅盤,盤中海陸珍羞,方丈盈前。酒數行,謂彥曰:

"向將一婦人相隨，今欲召之。"彥曰："甚善。"遂吐一女子，年十五六，容貌絕倫，接膝而坐。俄書生醉臥，女謂彥曰："向竊一男子同來，欲暫呼，願君勿言。"又吐一男子，年二十餘，明恪可愛，與彥叙寒溫，揮觴共飲。書生似欲覺，女復吐錦行障障書生。久而書生將覺，女又吞男子，獨對彥坐。書生徐起謂彥曰："暫眠遂久留君，日已晚，當與君別。"還復吞此女子及諸銅盤，悉納口中，留大銅盤與彥曰："無以籍意，與君相憶也。"釋氏《譬喻經》云：昔梵志作術，吐出一壺，中有女與屏處作家室。梵志少息，女復作術，吐出一壺，中有男子，復與共臥。梵志覺，次第互吞之，柱杖而去。余以吳均嘗覽此事，訝其說，以爲至怪也。

相傳天寶中，中岳道士顧玄績，嘗懷金游市中，歷數年，忽遇一人，強登旗亭，扛壺盡醉。日與之熟，一年中輸數百金，其人疑有爲，拜請所欲。玄績笑曰："予燒金丹八轉矣，要一人相守，忍一夕不言，則濟吾事。予察君神靜有膽氣，將煩君一夕之勞。或藥成，相與期於太清也。"其人曰："死不足酬德，何至是也。"遂隨入中岳，上峰險絶，岩中有丹竈盆，乳泉滴瀝，亂松閉景。玄績取乾飯食之，即日上章封鐍。及暮，授其一板云："可擊此知更，五更當有人來此，慎勿與言也。"其人曰："如約。"至五更，忽有數鐵騎呵之曰避，其人不動。有傾，若王者，儀衛甚盛，問汝何不避，令左右斬之。其人如夢，遂生於大賈家。及長成，思玄績不言之戒。父母爲娶，有三子。忽一日，妻泣："君竟不言，我何用男女

309

爲!"遂次第殺其子。其人失聲，豁然夢覺，鼎破如震，丹已飛矣。釋玄奘《西域記》云：中天婆羅疟斯國鹿野東有一洄池，⑯名救命，亦曰烈士。昔有隱者於池側結庵，能令人畜代形，瓦礫爲金銀，未能飛騰諸天，遂築壇作法，求一烈士，曠歲不獲。後遇一人於城中，乃與同游。至池側，贈以金銀五百，謂曰："盡當來取。"如此數返，烈士屢求效命。隱者曰："祈君終夕不言。"烈士曰："死盡不憚，豈徒一夕屏息乎!"於是令烈士執刀立於壇側，隱者按劍念咒。將曉，烈士忽大呼，空中火下，隱者疾引此人入池。良久出，語其違約，烈士云："夜分後，惛然若夢，見昔事主躬來慰諭，忍不交言，怒而見害，托生南天婆羅門家住胎，備嘗艱苦，⑰每思恩德，未嘗出聲。及娶，生子，喪父母，亦不語。年六十五，妻忽怒，手劍提其子，若不言，殺爾子。我自念已隔一生，年及衰朽，唯止此子，應遽止妻，不覺發此聲耳。"隱者曰："此魔所爲，吾過矣。"烈士慚忿而死。蓋傳此之誤，遂爲中岳道士。

相傳云，一公初謁華嚴，嚴命坐，頃曰："爾看吾心在何所?"一公曰："師馳白馬過寺門矣。"又問之，一公曰："危乎! 師何爲處乎刹末也?"華嚴曰："聰明果不虛，試復觀我。"一公良久，泚顙，面洞赤，作禮曰："師得無入普賢地乎?"集賢校理鄭符云：柳中庸善《易》，嘗詣普寂公。公曰："筮吾心所在也。"柳云："和尚心在前檐第七題。"復問之，在某處。寂曰："萬物無逃於數也，吾將逃矣。"嘗試測

之。柳久之瞿然曰："至矣！寂然不動，吾無得而知矣。"又
《誂禪師本傳》云：日照三藏詣誂，誂不迎接，直責之曰：
"僧何爲俗人囂淰處？"誂微瞋，亦不答。又云："夫立不可
過人頭，豈容摽身烏外？"誂曰："吾前心于市，後心刹末。⑱
三藏果聰明者，且復我。"日照乃彈指數十，曰："是境空
寂，諸佛從自出也。"予按《列子》曰：有神巫自齊而來，
處於鄭，命曰季咸。列子見之心醉，以告壺丘子。⑲壺丘子
曰："嘗試與來，以吾示之。"明日，列子與見壺丘子，壺丘
子曰："嚮吾示之以地文，⑳殆見吾杜德機也。嘗又與來。"列
子又與見壺丘子，壺丘子曰："嚮吾示之以天壤。"列子明日
又與見壺丘子，出曰："子之先生不齊，吾無得而相焉。"
"吾示之以太冲莫朕。嘗又與來。"明日又與之見壺丘子，立
未定，失而走。壺丘子曰："吾與之虛而猗移，因以爲方
靡，㉑因以爲流波，故逃也。"予謂諸説悉互竄是事也。如晋
時有人百擲百盧，王衍曰："後擲似前擲矣。"蓋取於《列
子》均後於前之義，當時人聞以爲名言。人之易欺，多如此
類也。

相傳江淮間有驛，俗呼露筋。嘗有人醉止其處，一夕，
白鳥姑嘬，㉒血滴筋露而死。據江德藻《聘北道記》云：自邵
伯棣三十六里，至鹿筋，梁先有邏。此處足白鳥，故老云，
有鹿過此，一夕爲蚊所食，至曉見筋，因以爲名。

昆明池中有冢，俗號渾子。相傳昔居民有子名渾子者，
嘗違父語，若東則西，若水則火。病且死，欲葬於陵屯處，

矯謂曰：“我死必葬於水中。”及死，渾泣曰：“我今日不可
更違父命。”遂葬於此。據盛弘之《荆州記》云：固城臨洱
水，洱水之北岸有五女墩。西漢時有人葬洱北，㉓墓將爲水所
壞。其人有五女，共創此墩，以防其墓。又云：一女嫁陰縣
佷子，子家貲萬金，自少及長，不從父言。臨死，意欲葬山
上，恐子不從，乃言必葬我於渚下磧上。佷子曰：“我由來不
聽父教，今當從此一語。”遂盡散家財，作石冢，以土繞之，
遂成一洲，長數步。元康中，始爲水所壞。今餘石成半榻許，
數百枚，聚在水中。

今軍中將射鹿，往往射棚上亦畫鹿。李續封君義《聘梁
記》曰：梁主客賀季指馬上立射，嗟美其工。繪曰：“養由
百中，楚恭以爲辱。”季不能對。又有步從射版，版記射的，
中者甚多。繪曰：“那得不射獐？”季曰：“上好生行善，故
不爲獐形。”自獐而鹿，亦不差也。

今言梟鏡者，㉔往往謂壁間蛛爲鏡，見其形規而圖。伏
子，必爲子所食也。《西漢》云：春祠黄帝，用一梟、破鏡，
以梟食母，故五月五日作梟羹也。破鏡食父，如貙虎眼。黄
帝欲絶其類，故百物皆用之。㉕傅玄賦云：“薦祠破鏡，膳用
一梟。”

《朝野僉載》云：隋末有昝君謨善射，㉖閉目而射，應口
而中，云志其目則中目，志其口則中口。有王靈智學射於謨，
以爲曲盡其妙，欲射殺謨，獨擅其美。謨執一短刀，箭來輒
截之，唯有一矢，謨張口承之，遂嚙其鏑。笑曰：“學射三

年，未教汝嚙鏃法。"《列子》云：甘蠅，古之善射者，弟子名飛衛，巧過於師。紀昌又學射於飛衛，以燕-作徵角之弧，朔蓬之簳，射貫蝨心。既盡飛衛之術，計天下敵己者，一人而已，乃謀殺飛衛。相過於野，二人交射，矢鋒相觸，墜地而塵不揚。飛衛之矢先窮，紀遺一矢，既發，飛衛以棘刺之端搏之而無差焉。㉗於是二子泣而投弓，請爲父子，刻臂以誓，不得告術於人。《孟子》曰：逢蒙學射於羿，盡羿之道，唯羿爲愈己，於是殺羿。

予未齔齒時，嘗聞親故説，張芬中丞在韋南康皋幕中，有一客於晏席上以筋碗中綠豆擊蠅，十不失一，一坐驚笑。芬曰："無費吾豆。"遂指起蠅，拈其後脚，略無脱者。又能拳上倒碗，㉘走十間地不落。《朝野僉載》云：僞周藤州録事參軍袁思中，㉙平之子，能於刀子鋒杪倒箸，揮蠅起，拈其後脚，百不失一。

士林間多呼殿榱桷護雀網爲罘罳，其淺誤也如此。《禮記》曰：疏屏，天子之廟飾。鄭注云：屏謂之樹，今罘罳也。列之爲雲氣蟲獸，如今之闕。張揖《廣雅》曰：復思謂之屏。㉚劉熙《釋名》曰：罘罳在門外。罘，復也。臣將入請事，此復重思。《西漢》曰：文帝七年，未央宮東闕罘罳災。㉛罘罳在外，諸侯之象。後果七國舉兵。又王莽性好時日小數，遣使壞渭陵、延陵園門罘罳，曰："使民無復思漢也。"魚豢《魏略》曰：黄初三年，築諸門闕外罘罳。予自筮仕已來，凡見搢紳數十人，皆謬言梟鏡、罘罳事。

世説蘚泥爲窠，聲多稍小者謂之漢燕。陶勝力注《本草》云：紫胸、輕小者是越燕，胸斑黑、聲大者是胡燕，其作巢喜長。越巢不入藥用。越于漢，亦小差耳。

予數見還往説，天后時，有獻三足烏，左右或言一足僞耳。天后笑曰："但史册書之，安用察其真僞乎?"《唐書》云：天授元年，有進三足烏，天后以爲周室嘉瑞。睿宗云："烏前足僞。"天后不悦。須臾，一足墜地。

世説挽歌起於田横，爲横死，從者不敢大哭，爲歌以寄哀也。摯虞《新禮》議：[32]挽歌出於漢武帝，役人勞苦，歌聲哀切，遂以送終，非古制也。工部郎中嚴厚本云："挽歌其來久矣。據《左氏傳》，公會吳子伐齊，將戰，公孫夏命其徒歌《虞殯》，示必死也。"○予近讀《莊子》曰：紼謳於所生，必於斥苦。司馬彪注云：紼讀曰拂，引柩索。謳，挽歌，斥疏緩，苦急促。言引紼謳者，爲人用力也。

舊言藏鈎起於鈎弋，蓋依辛氏《三秦記》，云漢武鈎弋夫人手拳，時人效之，目爲藏鈎也。《列子》云：瓦摳者巧，鈎摳者憚，黄金摳者昏。[33]殷敬順《敬訓》曰：彄與摳同，衆人分曹，手藏物，探取之。又令藏鈎剩一人，則來往於兩朋，謂之餓鴟。《風土記》曰：藏鈎之戲，分二曹以校勝負。若人耦則敵對，若奇則使一人爲游附，或屬上曹，或屬下曹，名爲飛鳥。又今爲此戲必於正月。據《風土記》，在臘祭後也。庾闡《藏鈎賦序》云：予以臘後，命中外以行鈎爲戲矣。

《世説》云：彈棋起自魏室，妝奩戲也。《典論》云：予於他戲弄之事少所喜，唯彈棋略盡其巧。京師有馬合鄉侯、東方世安、張公子，恨不與數子對。起於魏室明矣。今彈棋用棋二十四，以色別貴賤，棋絶後一豆。《座石一云右方》云：白黑各六棋，依六博棋形一云依大棋形，頗似枕狀。又魏戲法，先立一棋於局中，餘者聞一作鬥白黑圍繞之，[34]十八籌成都。

《梁職儀》曰：八座尚書以紫紗裹手版，[35]垂白絲於首如筆。《通志》曰：今録僕射、尚書手版，以紫皮裹之，名曰笏。梁中世已來，唯八座尚書執笏者，白筆綴頭，以紫囊之，[36]其餘公卿但執手版。今人相傳云，陳希烈不便稅笏騎馬，以帛裹，令左右執之。李右座見云，便爲將來故事，甚失之矣。[37]

今人謂醜爲貌寢，誤矣。《魏志》曰：劉表以王粲貌侵，體通侻，[38]不甚重之。一云貌寢，體通侻，甚重之。注云：侵，貌不足也。

予太和末，因弟生日，觀雜戲，有市人小説，呼“扁鵲”作“褊鵲”，字上聲，予令座客任道昇字正之。[39]市人言，二十年前，嘗於上都齋會設此，有一秀才甚賞某呼“扁”字與“褊”同聲，云世人皆誤。予意其飾非，大笑之。近讀甄立言《本草音義》引曹憲云：扁，布典反。今步典，非也。案扁鵲姓秦，字越人，扁縣郡屬渤海。

今六博齒采妓乘，[40]乘字去聲呼，無齒曰乘。據《博塞經》云：無齒爲繩，三齒爲雜繩。今樗蒲塞行十一字。據《晉書》，劉毅與宋祖、諸葛長民等東府聚戲，並合大擲，制應至數百萬，餘人並黑犢已還，毅後擲得稗。[41]

今閤門有宮人垂帛引百寮，或云自則天，或言因後魏。據《開元禮疏》曰：晉康獻褚后臨朝不坐，則宮人傳百寮拜，有虜中使者見之，歸國遂行此禮。時禮樂盡在江南，北方舉動法之。周、隋相沿，國家承之不改。

侍中，西漢秩甚卑，若今千牛官。舉中者，皆禁中。言中嚴，謂天子已被冕服，不敢斥，故言中也。今侍中品秩與漢殊絕，猶奏中嚴外辦，非也。

《禮》，婚禮必用昏，以其陽往而陰來也。今行禮於曉祭，質明行事。今俗祭先又用昏，謬之大者矣。夫宮中祭邪魅及葬殯則用昏。又今士大夫家昏禮露施帳，謂之入帳，新婦乘鞍，悉北朝餘風也。《聘北道記》云：北方婚禮必用青布幔為屋，謂之青廬。於此交拜，迎新婦。夫家百餘人挾車俱呼曰：“新婦子催出來。”其聲不絕，登車乃止，今之催妝是也。以竹杖打婿為戲，乃有大委頓者。江德藻記此為異，明南朝無此禮也。至於奠雁曰鵝，稅纓曰合髻，見燭舉樂，鋪母坐童，其禮太紊，雜求諸野。

今之士大夫喪妻，往往杖竹甚長，謂之過頭杖。據《禮》，父在，適子妻喪不杖，眾子則杖。據《禮》，彼以父服我，我以母服報之。杖同削杖也。

【校釋】

　①“諸惡”，“津逮”“學津”本作“眾惡”。

　②“夫”下，民國年間上海商務印書館影印出版的《四部叢刊》

本《論衡》卷十《非韓》篇有"者也"兩字。

③ 脾：通"髀"，大腿。

④ 杜荊州：即杜預（222—285），西晉時著名政治家、軍事家和學者。據四川省文史館編《杜甫年譜》（四川人民出版社 1958 年版），杜預子除錫、耽外，尚有躋、尹二人，無覘。

⑤ "持"，原作"特"，據"津逮""學津"本改。

⑥ "癘"，"津逮""學津"本作"疫"。

⑦ "合爲"，原作"爲合"，誤倒。"合"作"當"義，表示推測，故改。此條内容宋高承《事物紀原·書聸》有載："《酉陽雜俎》曰：俗好於門上畫虎頭，書聸字，謂陰府鬼神之名，可息癘癘也。段成式讀《漢舊儀》説儺逐疫鬼，立桃人、葦索、蒼耳、虎頭等，聸蓋蒼耳也。"

⑧ "會人着"，"津逮"本作"人會着"。

⑨ "趁"，《朝野僉載》卷四作"趕"，通。

⑩ "黄幡綽"，原作"黄翻綽"，據本書前集卷十二"明皇封禪太山"條改。

⑪ "《北齊書》"，應作"《北史》"。文中所記顯祖即北齊文宣帝高洋縛李集致水中之事，出自唐李延壽撰《北史》卷七《顯祖文宣帝本紀》，並非出自唐史家李百藥撰《北齊書》。

⑫ "王敦"，原作"王敷"，據"津逮""學津"本改。王敦，字處仲，尚晉武帝女襄城公主，拜馬都尉。

⑬ "陟"，原作"涉"；"阪"，原作"版"；"連"，原作"迷"；"譯"，原作"澤"。據《焦氏易林》卷一《乾卦》改。

⑭ "《集林》及焦贛《易林》乾卦卦辭，與贛《易林》卦辭同"，視前後文意，前一焦贛疑誤。按《舊唐書·經籍志》，除焦氏《易林》

外，尚有費氏、崔氏以及管輅、張滿等家《易林》。

⑮ 天公映冢，染豆削棘，不若致余富貴：天上的雲就像墳冢，死後享用豐盛祭祀的食物還是活著做官，都不如現在給我富貴實在。染，指豆豉醬。《呂氏春秋》卷十一"仲冬紀·當務"："（二勇者）於是具染而已，因抽刀而相啖，至死而止。"高誘注："染，豉醬也。"豆，祭祀的禮器，此指裝滿食物進行祭祀。棘，通"戟"，代指官職。

⑯ "疣"，原作"厐"，據《大唐西域記》卷七改。

⑰ "備嘗"，原作"被常"，據"津逮""學津"本改。

⑱ "末"，原缺，據"津逮""學津"本補。

⑲ "壺"，原作"壼"，據《列子》改，下同。

⑳ "嚮"，原作"響"，據"津逮""學津"本改。下句"嚮吾示之以天壤"之"嚮"同。

㉑ "方靡"，《列子》卷二《黃帝》作"芬靡"，楊伯峻集釋謂當作"弟靡"。

㉒ "姑"，原作"蛄"。《孟子·滕文公上》："狐狸食之，蠅蚋姑嘬之。"姑，通"盬"，吸飲也。據改。

㉓ "北"，原缺，據"學津"本補。

㉔ 梟鏡：梟，鳥名，食母；鏡，即獍，又名破鏡，獸名，食父。忘恩負義之徒或狠毒之人亦稱之爲"梟鏡"。

㉕ "故百物皆用之"，《漢書·郊祀志》孟康注作"黃帝欲絶其類，使百吏祠皆用之"。當是。

㉖ "昝"，原作"督"，據"津逮""學津"本改。

㉗ "以蒸一作徵角之弧，朔蓬之簳……相過於野……飛衛以棘刺之端搏之而無差焉"，《列子·湯問》"蒸"作"燕"，"過"作"遇"，

"搏"作"捍"，當是。"學津"本"搏"作"捍"。"以燕角之弧，朔蓬之簳"，意爲用燕國的牛角做弓，北方的蓬草之杆做箭。

㉘ "碗"，原作"枕—作碗"，據"津逮""學津"本改，去注。

㉙ "藤州"，"津逮""學津"本作"滕州"。

㉚ "罳"，"津逮""學津"本作"思"。

㉛ "闕"，原作"閣"。《漢書·文帝紀》："六月癸酉，未央宫東闕罘罳災。"據改。

㉜ "摯虞《新禮》議"，原作"摯虞《初禮》一曰《新禮》議"。《晉書》卷五十一《摯虞傳》："時荀顗撰《新禮》，使虞討論得失而後施行。"據改，去注。摯虞（250—300），字仲洽，别名摯仲治，京兆長安人。西晉著名譜學家，歷任秘書監、衛尉卿、光禄勋、太常卿。著有《族性昭穆》《文章志》《注解三輔决録》等。

㉝ "瓦"，原作"凡"；"鉤摳者"，原作"鉤樞—作摳者"；"黃金摳者"，原作"黃金樞—作摳者"，均據《列子·黄帝篇》改删。

㉞ "餘者聞—作鬥白黑"，"津逮"本作"鬥餘者思白黑"，"學津"本作"餘聞—作鬥者白黑"。

㉟ 八座尚書：古代中央政府的八種尚書官職。歷朝制度不一，所指不同。《通典》卷二十二《職官四》："後漢以六曹尚書並令、僕二人，謂之八座。魏以五曹尚書、二僕射、一令爲八座，宋齊八座與魏同。隋以六尚書、左右僕射及令爲八座，大唐與隋同。"

㊱ "囊"上，"津逮""學津"本有"紗"字。

㊲ "失"，原作"先"，據"津逮""學津"本改。

㊳ "俍"，原作"説"。《三國志·魏志·王粲傳》："表（劉表）以粲貌寢而體弱通俍，不甚重也。"據改。下"俍"同。通俍：同"通

脱”，放達不拘小節。

㊴ “字正之”，“學津”本作“是正之”。

㊵ 六博：又作陸博，是中國古代一種擲采行棋的博戲類游戲，因使用六箸（博具，六根，竹爲之，長六分）所以稱爲六博。行棋方法主要分爲“大博”和“小博”。《顔氏家訓·雜藝》：“古時大博則六箸，小博則二煢（骰子），今無曉者。”

㊶ “制應至數百萬……毅後擲得穉”，《晋書》卷八十五《劉毅傳》“制”作“一判”，“後”作“次”，“穉”作“雉”，當是。

酉陽雜俎續集卷之五

寺塔記上

武宗癸亥三年夏，予與張君希復善繼，同官秘丘一作秘書鄭君符夢復，連職仙署。會暇日，游大興善寺，因問《兩京新記》及《游目記》，多所遺略，乃約一旬尋兩街寺。以街東興善爲首，二記所不具，則別錄之。游及慈恩，初知官將並寺，僧衆草草，乃泛問一二上人及記塔下畫迹，游於此遂絶。後三年，予職於京洛，及刺安成，至大中七年歸京，在外六甲子，所留書籍，揃壞居半，於故簡中睹與二亡友游寺，瀝血淚交，當時造適樂事，邈不可追。復方刊整，纔足續穿蠹，然十亡五六矣。次成兩卷，傳諸釋子。東牟人段成式，字柯古。

靖善坊大興善寺，寺取大興城兩字、[①]坊名一字爲名。《新記》云：優塡像，[②]總章初爲火所燒，據梁時，西域優塡在荆州，言隋自臺城移來此寺，非也。今又有旃檀像，[③]開目，其工頗拙，猶差謬矣。

不空三藏塔前多老松，歲旱則官伐其枝爲龍骨以祈雨，蓋三藏役龍，意其樹必有靈也。④

行香院堂後壁上，元和中，畫人梁洽畫雙松，稍脱俗格。曼殊堂工塑極精妙，外壁有泥金幀，不空自西域齎來者。

髮塔有隋朝舍利塔，下有記云：爰在宮中興居之所，舍利感應，前後非一。時仁壽元年十二月八日。

旃檀像堂中有《時非時經》，界朱寫之，盛以漆龕，僧云隋朝舊物。

寺後先有曲池，不空臨終時忽然涸竭，至惟寬禪師止住，因潦通泉，白蓮藻自生，今復成陸矣。

東廊之南素和尚院，庭有青桐四株，素之手植。元和中，卿相多游此院。桐至夏有汗，污人衣如輤脂，不可浣。昭國東門鄭相，嘗與丞郎數人避暑，惡其汗，謂素曰：「弟子爲和尚伐此樹，各植一松也。」及暮，素戲祝樹曰：「我種汝二十餘年，汝以汗爲人所惡。來歲若復有汗，我必薪之。」自是無汗。寶曆末，予見説已十五餘年無汗矣。素公不出院，轉《法華經》三萬七千部。夜嘗有貉子聽經，齋時鳥鵲就掌取食。長慶初，庭前牡丹一朵合歡。有僧玄幽題此院詩，警句曰：「三萬蓮經三十春，半生不踏院門塵。」今有梵僧憍陳如難陀，以粉畫壇。性狷急我慢，未甚通中華經。

左顧蛤像。舊傳云，隋帝嗜蛤，所食必兼蛤味，數逾數千萬矣。忽有一蛤，椎擊如舊，帝異之，置諸几上，一夜有光。及明，肉自脱，中有一佛、二菩薩像。帝悲悔，誓不食蛤。非陳宣帝。 于闐玉像，高一尺七寸，闊寸餘，一佛、四菩薩、一飛仙，一段玉成，截肪無玷，膩彩若滴。

天王閣，長慶中造。本在春明門內，與南內連牆。其形大，爲天下之最。太和二年，敕移就此寺。折時，腹中得布五百端，漆數十桶。今部落鬼神形像隳壞，唯天王不損。

辭 二十字連絕句⑤ 乘晴入精舍，語默想東林。盡是忘機侶，誰驚息影禽。善繼有松堪繫馬，遇鉢更投針。記得湯師句，高禪朗一作助朗吟。⑥柯古一雨微塵盡，支郎許數過。方同嗅薝蔔，不用算多羅。夢復

蛤像連二十字絕句⑦ 雖因雀變化，不逐月虧盈。縱有天中匠，神工詎可成。柯古相好全如梵，端倪祇爲隋。寧同蚌頑惡，但與鷸相持。善繼

聖柱連句，上有鐵索迹。 天心助興善，聖迹此開陽。柯古載想雷輪重，緪疑電索長。善繼上沖扶蟒蝀，不動束銀鐺。柯古飢鳥未曾啄，乖龍寧敢藏。⑧善繼

語 各徵象事須切，不得引俗書。 一寶之數，元鈎不可。⑨鼎上人唯猊可伏，非駝所堪。柯古坑中無底，迹中無勝。文上人與馬同渡，負猴而行。⑩善繼色青力劣，名香幾重。夢復尾既出牖，身可取興。約上人六牙生花，七支挂地。柯古形如珂雪，力絕羈瑣。善繼園開脅上，河出鼻中。柯古一醉難調，六對曾勝。日高上人

長樂坊安國寺。紅樓。睿宗在藩時舞榭。

東禪院亦曰木塔院，院門北西廊五壁，吳道玄弟子釋思道畫釋梵八部，不施彩色，尚有典刑。禪師法空影堂，⑪世號吉州空者，久養一騾，將終，鳴走而死。有弟子允一作元嵩患風，⑫常於空室，埋一柱鎖之，僧難輒愈。⑬

佛殿。開元初，玄宗折寢室施之。當陽彌勒像，法空自光明寺移來。未建都時，此像在村蘭若中，往往放光，因號光明寺。寺在懷遠坊，後爲延火所燒，唯像獨存。法空初移像時，索大如虎口，數十牛曳之，索斷不動。法空執爐，依法作禮，九拜，涕泣發誓，像身忽嗶嗶有聲，迸分竟地爲數十段。不終日，移至寺焉。

利涉塑堂。元和中，取其處爲聖容院，遷像廡下。上忽夢一僧，形容奇偉，訴曰：“暴露數日，豈聖君意耶？”及明，駕幸驗問，如夢。即令移就堂中，側施帷帳安之。

光明寺中，鬼子母及文惠太子塑像，舉止態度如生。工名李岫。

山庭院，古木崇阜，幽若山谷，當時輦土營之。

上座璘公院，有穗柏一株，衢柯偃覆，下坐十餘人。

辭　紅樓連句隱侯體　重叠碎晴空，餘霞更照紅。⑭蟾踪近鳩鵲，鳥道接相風一作桐。⑮善繼苔靜金輪路，雲輕白日宮元和中，帝幸此處。壁詩傳謝客詞人陳至題此院詩云：藻井尚寒龍迹在，紅樓初啓日光通，門榜占休公。廣宣上人住此院，有詩名，號爲《紅樓集》。柯古

穗柏連句　一院暑難侵，莓苔可影深。標枝爭息鳥，餘

324

吹正開衿。柯古宿雨香添色，殘陽石在陰。乘閒動詩思，助靜入禪心。善繼

題璘公院一言至七言，每人占兩題　靜，虛。熱際，安居。夢復龕燈斂，印香除。[16]東林賓客，西澗圖書。檐外垂青豆，經中發白蘗。縱辯宗因衮衮，忘言理事一作事理如如。[17]柯古竟泉臺定將入流否，鄰笛足疑青梵餘。[18]柯古新續

語　徵釋門中僻事須對　麛字　莎燈　華綿　象薦昇上人集氎地，效殿林。柯古夜續不竟

常樂坊趙景公寺，隋開皇三年置，本曰弘善寺，十八年改焉。南中三門裏東壁上，吳道玄白畫地獄變，筆力勁怒，變狀陰怪，睹之不覺毛戴，吳畫中得意處。

三階院西廊下，范長壽畫西方變及十六對事寶池，[19]池尤妙絶，諦視之，覺水入深壁。[20]院門上白畫樹石，頗似閻立德。[21]予攜立德行天祠粉本驗之，無異。[22]

西中三門裏門南，吳生畫龍及刷天王鬚，筆迹如鐵。有執爐天女，竊眸欲語。

華嚴院中，鍮石盧舍立像，高六尺，古樣精巧。

塔下有舍利三斗四升，移塔之時，僧守行建道場，出舍利，俾士庶觀之，唄讚未畢，滿地現舍利，士女不敢踐之，悉出寺外。守公乃造小泥塔及木塔近十萬枚葬之，今尚有數萬存焉。

寺有小銀像六百餘軀，金佛一軀長數尺。大銀像高六尺餘，古樣精巧。又有嵌七寶字《多心經》小屏風，盛以寶

函，上有雜色珠及白珠，駢㯀亂目。祿山亂，宮人藏於此寺。屏風十五牒，三十行經，後云：發心主司馬恒存，願成主上柱國索伏寶息、上柱國真德，爲法界衆生造。黃金牒經，善繼疑外國物。

辭 吳畫連句 慘淡十堵內，吳生縱狂迹。風雲將逼人，鬼神如脫壁。柯古其中龍最怪，張甲方汗栗。黑夜窸窣時，安知不霹靂。善繼此際忽仙子，獵獵衣烏奕。[23]妙瞬乍疑生，參差奪人魄。夢復往往乘猛虎，沖梁聳奇石一作特。蒼峭束高泉，角睞警欹側。[24]柯古冥獄不可視，毛戴腋流液。苟能水成河，刹那沉火宅。[25]善繼

語 各錄禪師佳語 蘭若和尚云，家家門有長安道。柯古荊州些些和尚云，自看工夫多少。善繼無名和尚云，最後一大息須分明。夢復

題約公院四言 印火熒熒，燈續焰青。善繼七俱胝咒，[26]四阿含經。柯古各錄佳語，聊事素屏。夢復丈室安居，延賓不扃。昇上人

大同坊雲華寺。[27]大曆初，僧儼講經，天雨花，至地咫尺而滅。夜有光燭室，敕改爲雲華。儼即康藏之師也，康本住靖恭里氈曲，忽睹光如輪，衆人皆見，遂尋光至儼講經所滅。 佛殿西廊，立高僧一十六身，天寶初自南內移來，畫迹拙俗。

觀音堂在寺西北隅，建中末，百姓屈儼患瘡且死，夢一菩薩摩其瘡曰："我住雲華寺。"儼驚覺，汗流數日而愈。因

詣寺尋檢，至聖畫堂見之，^㉘菩薩一如其睹。傾城百姓瞻禮，儼遂立社，建堂移之。^㉙

聖畫堂中，構大坊爲壁，設色煥縟。本邵武宗畫，不知何以稱聖？據《西域記》，菩提樹東有精舍，昔婆羅門兄弟，欲圖如來，初成佛像，曠歲無人應召，忽有一人自言善畫如來妙相，但要香泥及一燈照室，可閉戶六月，終怪之。餘四日未滿，遂開戶，已無人矣。唯右膊上工未畢，蓋好事僧侈此説也。^㉚堂中有于闐鍮石立像，甚古。

《游目記》所説刺柏，太和中伐爲殿材。

辭　偶連句　共入夕陽寺，因窺甘露門。昇上人清香惹苔蘚，絟一作忍草雜蘭蓀。夢復捷偈飛箛答，^㉛新詩倚杖論。柯古壞幡標古刹，聖像煥崇垣。善繼豈慕穿籠鳥，難防在牖猿。柯古一音唯一性，三語更三幡。善繼

道政坊寶應寺。韓幹，藍田人。少時常爲貰酒家送酒，王右丞兄弟未遇，^㉜每一貰酒漫游，幹常徵債於王家。戲畫地爲人馬，右丞精思丹青，奇其意趣，乃歲與錢二萬，令學畫十餘年。今寺中釋梵天女，悉齊公妓小小等寫真也。寺有韓幹畫下生幀彌勒，衣紫袈裟，右邊仰面菩薩及二獅子，猶入神。

有王家舊鐵石及齊公所喪一歲子，漆之如羅睺羅，每盆供日出之。^㉝寺中彌勒殿，齊公寢堂也。東廊北面楊岫之畫鬼神，齊公嫌其筆迹，故工止一堵。^㉞

辭　僧房連句　古畫思匡嶺，上方疑傅岩。蝶閒移絟一作忍草，蟬曉揭高杉。柯古香字消芝印，金經發苣函。月通松底

脈，書折洞中緘。善繼

哭小小寫真連句　如生小小真，猶自未棲塵。夢復揄袂將離壁，[35]斜柯欲近人。柯古昔時知出衆，清寵占橫陳。善繼不遣游張巷，豈教窺宋鄰。夢復庾樓吹笛裂，弘閣賞歌新。柯古蟬怯折腰步，蛾驚半額嚬。善繼圖形誰有術，買笑詎辭貧。柯古復隴迷村徑，重泉隔漢津。夢復同心知作羽，比目定爲鱗。善繼殘月巫山夕，餘霞洛浦晨。[36]柯古

安邑坊玄法寺，初，居人張頻宅也。[37]嘗供養一僧，僧以念《法華經》爲業。積十餘年，張門人譖僧通其侍婢，因以他事殺之。僧死後，闔宅常聞經聲不絕。張尋知其冤，慚悔不及。因舍宅爲寺，鑄金銅像十萬軀，金石龕中皆滿，猶有數萬軀。東廊南觀音院盧奢那堂內槽北面壁，畫維摩變，屏風上相傳有虞世南書。其日，善繼令徹障，登榻讀之，有世南“獻之白”，[38]方知不謬矣。[39]

西北角院內有懷素書、顏魯公序，張謂侍郎、錢起郎中一云侍郎贊。

曼殊院東廊，大曆中，畫人陳子昂畫廷下象馬人物，一時之妙也。及檐前額上有相觀法，法擬韓混同。[40]西廊壁有劉整畫雙松，亦不循常轍。

徵內典中禽事，須切對。鷲頭作嶺，雞足名山。夢復孔雀爲經，鸚鵡語偈。善繼共命是化，入數論貪。柯古未解出籠，豈能獻果。昇上人鷄居其上，雁墮於前。柯古巢頂既安，入影

不怖。字中疑鶴一作鸛，珠裏認鵝。㊶柯古

徵獸中事，須切對。金翅鳥王，銀角犢子。柯古地名鹿苑，塔號雀離。善繼啐啄同時，懨恨調伏。昇上人

徵馬事　加諸楚毒昇上人　乾陟善繼　馬寶夢復　馱經柯古　愛馬昇上人　紺馬善繼　馬麥約食粳柯古　鐵馬昇上人　先陀和柯古　勝步昇上人　游入正路柯古

平康坊菩提寺　佛殿東西障日及諸柱上圖畫，是東廊迹，舊鄭法士畫。開元中，因屋壞移入大佛殿內槽北壁。〇食堂東壁上，吳道玄畫《智度論》色偈變，偈是吳自題，筆迹遒勁，如磔鬼神毛髮。次堵畫禮骨仙人，天衣飛揚，滿壁風動。㊷

佛殿內槽後壁面，吳道玄畫《消災經》事，樹石古險。元和中，上欲令移之，慮其摧壞，乃下詔擇畫手寫進。佛殿內槽東壁維摩變，舍利弗角而轉睞。㊸元和末，俗講僧文淑裝之，㊹筆迹盡矣。

故興元鄭公尚書題北壁僧院詩曰："但慮彩色污，無虞臂胛肥。"置寺碑陰，雕飾奇巧，相傳鄭法士所起樣也。初，會覺上人以施利起宅十餘畝。工畢，釀酒百石，列瓶甕於兩廡下，引吳道玄觀之，因謂曰："檀越爲我畫，以是賞之。"吳生嗜酒，且利其多，㊺欣然而許。予以踪迹似不及景公寺畫。中三門內東門塑神，善繼云，是吳生弟子王耐兒之工也。其側一鬼有靈，往往百姓戲犯之者得病，口目如之。寺之制度，鐘樓在東，唯此寺緣李右座林甫宅在東，故建鐘樓於西。寺

内有郭令玳瑁鞭及郭令王夫人七寶帳。^㊻寺主元竟，^㊼多識釋門故事，云：李右座每至生日，常轉請此寺僧就宅設齋。有僧乙嘗嘆佛，施鞍一具，賣之，材直七萬。又僧廣有聲名，口經數年，次當嘆佛，因極祝右座功德，冀獲厚襯。^㊽齋畢，簾下出彩篚，香羅帕籍一物，如朽釘，長數寸。僧歸，失望慚惋，數日，且意大臣不容欺己，遂携至西市，示於商胡。商胡見之，驚曰："上人安得此物？必貨此不違價。"僧試求百千，胡人大笑曰："未也。"更極意言之，加至五百千，胡人曰："此直一千萬。"遂與之。僧訪其名，曰："此寶骨也。"

又寺先有僧，不言姓名，常負束槁，坐卧於寺兩廊下，不肯住院。經數年，寺綱維或勸其住房，曰："爾厭我耶？"其夕，遂以束槁焚身。至明，唯灰燼耳，無血胳之臭，衆方知異人，遂塑灰爲像。今在佛殿上，世號束草師。

辭　書事連句　悉爲無事者，任被俗流憎。夢復客異干時客，僧非出院僧。柯古遠聞疏牖磬，曉辨密龕燈。善繼步觸珠幡響，吟窺鉢水澄。夢復句饒方外趣，游愜社中朋。柯古靜裹已馴鴿，齋中亦好鷹。善繼金塗筆是褧，彩溜紙非繒。^㊾昇上人錫杖已剶鏒一作剶鍛，田衣從壞朕。柯古占牀敷一脅，^㊿卷箔賴長肱。善繼佛日初開照，魔天破幾層。柯古咒中陳秘計，論處正先登。善繼勇帶綻針石，⁽⁵¹⁾危防丘井藤。昇上人

【校釋】

①"靖善坊"，原作"靖恭坊"，據"津逮""學津"本改。北宋宋敏求《長安志》亦提及，朱雀門街東第一街第五坊即靖善坊。"城"，

原缺。《長安志》卷七"靖善坊大興善寺"："寺取大興城兩字。"據補。"兩字"，原作"兩寺—作字"，據"津逮""學津"本及《長安志》卷七改。

② 優填：即阿育王，印度摩揭陀國孔雀王朝的國王。曾大力推廣佛教，建築塔寺，傳布佛經。

③ 旃（zhān）檀像：指旃檀佛像，相傳世界上最早製作的佛像是旃檀佛。旃檀本爲一種古老而又神秘的珍稀樹種，其木香味醇和，歷久彌香，素有"香料之王"美譽。

④ 此條與下七條，"津逮""學津"本相接合爲一條，之間空格。

⑤ "絶"，"津逮""學津"本無。

⑥ "朗一作助朗"，"津逮""學津"本作"助朗"，無注。

⑦ "蛤像連二十字絶句"，"津逮""學津"本作"蛤像二十字連句"。

⑧ "天心助興善……載想雷輪重……上沖扶蟷蜋，不動束銀鐺"，《全唐詩》卷七百九十二"助興善"作"惟助善"；"載想"作"載恐"；"扶"作"挾"；"銀鐺"作"銀鐺"。此條"津逮""學津"本與上條相接，之間空格。

⑨ "元"，"津逮""學津"本作"無"。

⑩ "猴"，"津逮""學津"本作"猿"。

⑪ 影堂：安置宗祠祖或高僧影像之堂宇，又稱祖堂、祖殿、大師堂、開山堂。

⑫ "允一作元"，"津逮""學津"本作"允"，無注。

⑬ 此條與下二條，"津逮""學津"本相接合爲一條，之間空格。

⑭ "照紅"，"津逮""學津"本作"助紅"。

⑮ "蟾踪",《全唐詩》卷七百九十二作"蟬踪"。"風一作桐","津逮""學津"本徑作"風",無注。

⑯ "除",原作"餘",據"津逮""學津"本改。

⑰ "理事一作事理","津逮""學津"本徑作"事理",無注。

⑱ "青","津逮""學津"本作"清"。此條"津逮""學津"本與上條相接,之間空格。

⑲ 范長壽:唐畫家,師法張僧繇,善畫道釋、人物,尤善畫風俗故事、田家景侯。"事寶池",《全唐詩》作"觀寶池"。

⑳ "深壁",《全唐詩》作"浮壁"。

㉑ 閻立德(約596—656):唐代建築家、工藝美術家、畫家。曾主持修建翠微宮、玉華宮及獻陵(高祖李淵墓)、昭陵(太宗李世民墓)等。其繪畫以人物、樹石、禽獸見長,與弟閻立本同爲著名畫家。

㉒ "行天祠粉本驗之,無異",原作"行天詞粉本驗之,無異詞一作伺",據"津逮""學津"本改,去注。此條與下四條,"津逮""學津"本相接合爲一條,之間空格。

㉓ 舄奕:亦作"舃奕"。有光耀,顯耀或光明,光輝之意。此處指衣服光鮮亮麗的樣子。

㉔ "角睞",原作"角膝",據"津逮""學津"本改。角睞,用眼角斜視。《文選》中南朝宋鮑照的《舞鶴賦》有:"奔機逗節,角睞分形。"劉良注:"睞,斜視也。言奔會止節,以眼角斜視,各分退一邊也。"

㉕ "成河",原作"成剎";"剎那",原作"那更",據《全唐詩》改。

㉖ "胝",原作"那",據《全唐詩》改。

㉗ "雲華"，"津逮""學津"本作"靈華"。本條下文"雲華"及下條之"雲華"，同。

㉘ "之"，"津逮""學津"本無。

㉙ 此條與下二條，"津逮""學津"本相接合爲一條，之間空格。

㉚ "侈"，原作"移"，據"津逮""學津"本改。

㉛ "飛箝"，原作"飛箱"，屬形誤。箝，同"鉗"。飛箝，古時一種辯論之法。

㉜ 王右丞兄弟：指唐朝詩人王維及其弟王縉。

㉝ 羅睺羅：釋迦牟尼佛的獨生子，十五歲出家，後爲佛的十大弟子之一，有"密行第一"的稱號。盆供日：指盂蘭盆節。舊俗於農曆七月十五日舉行盂蘭盆會，超度亡靈。

㉞ "齊公嫌其筆迹，故工止一堵"，"津逮""學津"本作"齊公嫌其筆迹不工，故止一堵"，似是。此條"津逮""學津"本與上條相接，之間圈斷。

㉟ "將離壁"，《全唐詩》作"將離座"。下之"清寵"，"學津"本、《全唐詩》作"情寵"。下之"折腰步"，《全唐詩》作"纖腰步"。

㊱ 此條"津逮""學津"本與上條相接，之間圈斷。

㊲ "玄法寺"，原作"立一作玄法寺"。李昉等所纂的《太平廣記》（卷一百一）、錢易的《南部新書》（卷七）及宋敏求的《長安志》（卷八）等宋代文獻，在敘述玄法寺時，寺名徑作"玄法寺"。"學津"本作"元一作立法寺"，清徐松撰《唐兩京城坊考》作"元法寺"，皆因避清康熙帝玄燁之諱，將"玄"改爲"元"。綜上，故徑改作"玄法寺"。"張頻"，《長安志》作"張穎"。《長安志》卷八云："玄法寺，本隋禮部尚書張穎宅，開皇六年立爲寺。"張頻作"張穎"，後代之文

獻多據之。

㊳ 有世南"獻之白"：此指唐初書法家虞世南仿王獻之傳世便箋書信法帖所書之書法。

㊴ 此條與下二條，"津逮""學津"本相接合爲一條，之間圈斷。

㊵ 相觀法：指佛教的禪定觀想之法，所繪製之圖，爲僧侶禪定觀想之種種姿態。《觀無量壽經》載有十六種禪定觀想之法，分別爲：日想觀；水想觀；地想觀；寶樹觀；寶池觀；寶樓觀；華座觀；像想觀；真身觀；觀音觀；勢至觀；往生觀；雜想觀；上輩觀；中輩觀；下輩觀。"韓混"，疑作"韓滉"。韓滉爲唐著名畫家。

㊶ 此條與下二條，"津逮""學津"本相接合爲一條，之間圈斷。

㊷ 此條與下三條，"津逮""學津"本相接合爲一條，之間圈斷。

㊸ "舍利弗角而轉睐"，原作"舍利佛角而轉膝"，據"津逮""學津"本改。舍利弗即大智舍利弗，佛陀十大弟子之一，以智慧第一著稱。

㊹ "文淑"，《太平廣記》《歷代名畫記》作"文潡"，《樂府雜録》作"文叙"。《太平廣記》卷二百四引載："文宗善吹小管。時法師文潡爲入内大德，一日得罪流之。弟子入内，收拾院中籍入家具輩，猶作法師講聲。上采其聲爲曲子，號《文潡子》。"唐張彦遠《歷代名畫記》卷三云："殿西東西北壁並吴畫。其東壁有菩薩轉目視人。法師文潡亡，何令工人布色損矣。"唐段安節《樂府雜録》："《文叙子》：長慶中，俗講僧文叙善吟經，其聲宛暢，感動里人。"

㊺ "且利其多"，《全唐詩》作"且利賞"。

㊻ 郭令：指郭子儀（697—781），唐代著名軍事家。乾元元年（758）晋爲中書令，人稱郭令公。

㊼ "元竟"，"學津"本作"元意"。

㊽ "襯"，"津逮""學津"作"䞋"，通。襯，施捨、布施之意。

㊾ "繒"，原作"罾"，據"津逮""學津"本改。

㊿ "敷"，"津逮""學津"本作"慚"，《全唐詩》作"暫"。

(51) "綻"下，"津逮""學津"本有注"綻疑作磁"。

酉陽雜俎續集卷之六

寺塔記下

宣陽坊奉慈寺，開元中，號國夫人宅。安禄山僞署百官，以田乾真爲京兆尹，取此宅爲府。後爲郭曖駙馬宅。今上即位之初，太皇太后爲昇平公主追福，奏置奉慈寺，賜錢二十萬，綉幀三車，抽左街十寺僧四十人居之。今有僧惟則，以七寶末摹阿育王舍利塔，自明州負米。寺成後二年，司農少卿楊敬之小女，年十三，以六韻詩題此寺，自稱關西孔子二十七代孫，字德鄰。警句云："日月金輪動，旃檀碧樹秋。塔分鴻雁翅，鐘挂鳳凰樓。"事因見，敕賜衣。

徵釋門衣事，語須對。如象鼻，投牛一云羊耳。柯古五納，三衣。善繼慚愧，斗藪。昇上人壞衣，嚴身。約上人畜長十日，應作三志。入上人雜身四寸，掩手兩指。柯古瑣形，刀殘。善繼其形如稻，其色如蓮。昇上人赤麻白豆，若青若黑。柯古

光宅坊光宅寺。本官蒲萄園中禪師影堂。師號惠中，肅宗上元二年，徵至京師，初居此寺。徵詔云："杖錫而來，京

336

師非遠。齋心已久，副朕虛懷。"①

建中中，有僧竭造曼殊堂，將版基於水際，慮傷生命，乃建三月道場，②祝一足至多足、無足，令他去。及掘地至泉，不遇蟲蟻。又以復素過水，有蟲投一井水中，號護生井，③至今涸。又鑄銅蟾爲息烟燈，天下傳之。今曼殊院嘗轉經，每賜香。寶臺甚顯，登之，四極眼界。其上層窗下尉遲畫，下層窗下吳道玄畫，皆非其得意也。丞相韋處厚，自居内廷至相位，每歸，輒至此塔，焚香瞻禮。

普賢堂，本天后梳洗堂，蒲萄垂實，則幸此堂。今堂中尉遲畫頗有奇處，四壁畫像及脫皮白骨，匠意極險。又變形三魔女，身若出壁。又佛圓光，均彩相錯亂目成。④講東壁佛座前錦如斷古標。⑤又左右梵僧及諸蕃往奇，然不及西壁，西壁逼之摽摽然。

辭　中禪師影堂連句　名下固無虛，敖曹貌嚴毅。洞達見空王，圓融入佛地。善繼一言當要害，忽忽醒諸醉。不動須彌山一云不動如須彌，多方一作言辨無匱。⑥夢復坦率對萬乘，偈答無所避。爾如毗沙門，外形如脫履。柯古但以理爲量，不語怪力事。木石摧貢高，慈悲引貪恚。昇上人當時乏支許，何人契深致。隨宜詎說三，直下開不二。柯古

翊善坊保壽寺　本高力士宅，天寶九載捨爲寺。初鑄鐘成，力士設齋慶之，舉朝畢至，一擊百千，有規其意，⑦連擊二十杵。經藏閣規構危巧，二塔火珠受十餘斛。⑧

河陽從事李涿，性好奇古，與僧智增善，嘗俱至此寺，

觀庫中舊物。忽於破瓮中得物如被，幅裂污坌，觸而塵起。涤徐視之，乃畫也。因以縣圖三及縑三十獲之，⁹令家人裝治之，大十餘幅。訪於常侍柳公權，方知張萱所畫《石橋圖》也。⑩玄宗賜高，⑪因留寺中，後爲鬻畫人宗牧言於左軍，尋有小使領軍卒數十人至宅，宣敕取之，即日進入。先帝好古，⑫見之大悅，命張於盧韶院。⑬

寺有先天菩薩幀一作幃，本起成都妙積寺。開元初，有尼魏八師者，常念大悲咒。雙流縣百姓劉乙，名意兒，年十一，自欲事魏尼，尼遣之不去，常於奧室立禪。嘗白魏云，先天菩薩見身此地，遂篩灰於庭。一夕，有巨迹數尺，輪理成就。因謁畫工，隨意設色，悉不如意。有僧楊法成，自言能畫，意兒常合掌仰祝，然後指授之，以近十稔，工方畢。後塑先天菩薩凡二百四十二首，首如塔勢，分臂如意蔓。⑭其榜子有一百四十二日鳥樹，一鳳四翅。水肚樹，所題深怪，不可詳悉。畫樣凡十五卷。柳七師者，崔寧之甥，分三卷，往上都流行。時魏奉古爲長史，進之。後因四月八日，賜高力士。今成都者是其次本。

辭　先天幀贊連句　觀音化身，厥形孔怪。胒腦淫屬，眾魔膜拜。善繼指夢鴻紛，⑮榜列區界。其事明張，何不可解。柯古閻河德川，大士先天。眾像參羅，瞰瞰田田。夢復百億花發，百千燈燃。膠如絡繹，浩汗連綿。善繼焰摩界戚一作滅，洛迦苦霽。正念歸依，眾昔如簀。⑯柯古戾滓可汰，癡膜可蛻。

稽首如空，睟容若睼。善繼闡提墨尿，^⑰睹而面之。寸念不生，未遇乎而。柯古　脆臘一作脆腦、暾暾一作福源、墨尿一作黑師。^⑱

事徵　高力士呼二兄柯古、呼阿翁善繼、呼將軍夢復、呼火老柯古、五輪磑善繼、初施棨戟夢復、常臥鹿牀柯古、長六尺五寸善繼、陪葬泰陵夢復、咏薺柯古、齒成印善繼、上國下國夢復、夢鞭柯古、呂氏生髭善繼。

宣陽坊靜域寺^⑲　本太穆皇后宅。寺僧云，三階院門外是神堯皇帝射孔雀處。禪院門內外，《游目記》云，王昭隱畫。門西裏面和修吉龍王有靈。門內之西，火目藥义及北方天王甚奇猛。門東裏面賢門也，野义部落。鬼首上蟠蛇，汗烟可懼。東廊樹石險怪，高僧亦怪。西廊萬壽菩薩院門裏南壁，皇甫軫畫鬼神及雕，形勢若脫。軫與吳道玄同時，吳以其藝逼己，募人殺之。^⑳

萬菩薩堂內有寶塔，以小金銅塔數百飾之。大曆中，將作劉監有子，合手出胎，七歲念《法華經》。及卒，焚之，得舍利數十粒，分藏於金銅塔中。善繼云：合是劉銘一作銛。佛殿東廊有古佛堂，其地本雍村，堂中像設，悉是石作，相傳云，隋恭帝終此堂。雍村一作維村。

三門外畫，亦皇甫軫迹也。金剛舊有靈，天寶初，駙馬獨孤明宅與寺相近，獨孤有婢名懷春，^㉑稚齒俊俏，嘗悅西鄰一士人，因宵期於寺門，有巨蛇束之，俱卒。

佛殿內西座，蕃神甚古實。^㉒貞元已前，西蕃兩度盟，皆

載此神立于壇而誓。相傳摩時頗有靈。㉓

　　辭　三階院連句　密密助堂堂，隋人歌屢桑。㉔雙鶻摧孔雀，㉕一矢隕貪狼。柯古百步望雲立，九規看月張。獲蛟徒破浪，中無一作一漫如牆。㉖善繼還似貫金鼓，更疑穿石梁。因添挽河力，爲滅射天狂。柯古絕藝卻南牧，英聲來鬼方。麗龜何足敵，殪豕未爲長。善繼龍臂勝猿臂，星芒起箭芒。虛誇絕高鳥，垂拱議明堂。柯古　雙鶻一作雙弧。

　　崇義坊招福寺　本曰正覺，國初毀之，以其地立第賜諸王，睿宗在藩居之。乾封二年，移長寧公主佛堂於此，重建此寺。寺内舊有池，下永樂東街數方土填之，今地底下樹根多露。長安二年，内出等身金銅像一鋪，并九部樂。南北兩門額，上與岐、薛二王親送至寺，㉗彩乘象輿，羽衛四合，街中餘香，數日不歇。景龍二年，又賜真容坐像，詔寺中別建聖容院，是玄宗在春宮真容也。先天二年，敕出内庫錢二千萬，巧匠一千人，重修之。

　　睿宗聖容院，門外鬼神數壁，自内移來，畫迹甚異，鬼所執野雞，似覺毛起。庫院鬼子母，貞元中，李真畫，往往得長史規矩，把鏡者猶工。寺西南隅僧伽像，從來有靈，至今百姓上幡傘不絕。先，寺奴朝來者，常續明塗地，數十年不懈。李某爲尹時，有賊引朝來，吏將收捕，奴不勝其冤，乃上鐘樓，遙啓僧伽而碎身焉。恍惚間，見異僧以如意擊曰："無苦，自將治也。"奴覺，奴跳下數尺地，一毛不損。囚聞

之，悔懊自服，奴竟無事。㉘

辭　贈諸上人連句　翻了西天偈，燒餘梵字香。捻眉愁俗客，支頰背殘陽。柯古洲號唯思沃，山名祇記匡。辦中摧世智，定裏破魔強。善繼許睿禪心徹，湯休詩思長。朗吟疏磬斷，久語貫珠妨。柯古乘興書芭葉，閒來入豆房。漫題存古壁，怪畫匝長廊。善繼

事徵釋門古今謎字　爭田書貞字，善繼焉兜知伯叔，柯古解夢羊負魚，夢復問入曰下人，善繼塔上書師子。柯古

徵前代關釋門佳譜　何充志大宇宙，善繼此子疲於津梁。柯古生天在丈人後。夢復二何佞於佛。善繼問年，答小如來五歲。柯古答四聲，云天寶寺刹。夢復菩薩顰眉，所以慈悲六道。善繼周妻何肉。柯古

招國坊崇濟寺　寺內有天后織成蛟龍披襖子及繡衣六事。㉙東廊從南第二院，有宣律師製袈裟堂。曼殊堂有松數株，甚奇。

辭　宣律和尚袈裟絕句　共覆三衣中夜寒，披時不鎮尼師壇。無因蓋得龍宮地，畦裏塵飛業相殘。㉚善繼

和前　南山披時寒夜中，㉛一角不動毗嵐風。何人見此生慚愧，斷續猶應護得龍。柯古

奇松二十字　柳桂何相疏，榆枷方迴屑。無人擅談柄，一枝不敢折。柯古半庭苔蘚深，吹餘鳴佛禽。至於摧拆枝，凡草猶避陰。善繼僻徑根從露，閒房枝任侵。一株風正好，來助

碧雲吟。夢復時時掃窗聲，重露滴寒砌。風颷一枝迿，^㉜閒窺別生勢。昇上人偃蓋入樓妨，盤根侵井窄。高僧獨惆悵，爲與澄嵐隔。柯古 柳桂一作杉松、榆枷一作榆柳、半庭一作中庭。^㉝

永安坊永壽寺　三門東吳道子畫，似不得意。佛殿名會仙，本是内中梳洗殿。貞元中，有證智禪師，往往著靈驗。或時在張檮蘭若中治田，及夜歸寺，若在金山界，相去七百里。

辭　閒中好　閒中好，盡日松爲侶。此趣人不知，輕風度僧語。夢復閒中好，塵務不縈心。坐對當窗木，^㉞看移三面陰。柯古閒中好，幽磬度聲遲。卷上論題肇，畫中僧姓支。善繼

崇仁一作聖坊資聖寺　淨土院門外，相傳吳生一夕秉燭醉畫，就中戟手，視之惡駭。院門裏盧楞伽，常學吳勢，吳亦授以手訣，乃畫總持三門寺，方半，吳大賞之，謂人曰：“楞伽不得心訣，用思太苦，其能久乎！”畫畢而卒。

中門窗間吳道子畫高僧，韋述贊，李嚴書。中三門外兩面上層，不知何人畫，人物頗類閻令。　寺西廊北隅楊坦畫近塔天女，明睇將瞬一作舞。^㉟團一作圖塔院北堂有鐵觀音，^㊱高三丈餘。觀音院兩廊，四十二賢聖，韓幹畫，元中書載贊。東廊北頭散馬，不意見者，如將嘶蹀。聖僧中龍樹、商那和修絶妙。團塔上菩薩，李異一作真。四面花鳥，邊鸞畫。當藥上菩薩頂，^㊲茂葵尤佳。塔中藏千部《法華經》。

辭　諸畫連句　柏梁體　吳生畫勇矛戟攢，柯古出奇變勢

千萬端一作出奇騁變勢萬端，善繼蒼蒼鬼怪層壁寬，夢復睹之忽忽毛髮寒，柯古棱伽之力所疹瘕一作所痹，柯古李真周昉優劣難，夢復活禽生卉推邊鸞，柯古花房嫩彩猶未乾，善繼韓幹變態如激湍，夢復惜哉壁畫勢未殫，柯古後人新畫何漫汗。善繼　疹瘕一作疲殫。③

楚國寺　寺內有楚哀王等金身銅像。哀王繡襖半袖猶在。長慶中，賜織成雙鳳夾黃襖子，鎮在寺中。門內有放生池。　太和中，賜白氎黃胯衫。　寺牆西朱泚宅。

事徵　地獄等活約上人　八抹洛伽義上人　波吒昇上人　壞從獄不生柯古　鉛河約上人　劍林義上人　烊銅昇上人

諸上人以予該悉內典，請予獨徵。無中蔭五無間黑繩赤樹，③火厚二百肘，風吹二千年。陁陁羅炭，鉢頭摩赫護量五十由旬，舌長三車睞銅鷲鐵蟻阿鼻十一義，九千鉢頭摩如一裟呵麻，百年餘一盡。並柯古

慈恩寺　寺本淨覺故伽藍，⑩因而營建焉，凡十餘院，總一千八百九十七間，敕度三百僧。初，三藏自西域迴，詔太常卿江夏王道宗設九部樂，迎經像入寺，彩車凡千餘輛。上御安福門觀之。太宗常賜三藏衲，約直百餘金，其工無針縱之迹。初，三藏翻因明，譯經僧栖玄，以論示尚藥奉御呂才，才遂張之廣衢，指其長短，著《破義圖》。其序云："豈謂象繫之表，猶開八正之門；形器之先，更弘二知之教。"⑪立難四十餘條，詔才就寺對論。三藏謂才云："檀越平生未見太玄，⑫詔問須臾即解。由來不窺象戲，試造旬日即成。以此有

限之心，逢事即欲穿鑿。"因重申所難，一一收攝，折毫藏耳，⑷袞袞不窮，凡數千言。才屈不能領，辭屈禮拜。塔西面畫濕耳師子，仰摹蟠龍，尉遲畫。及花子鉢、曼殊，皆一時絕妙。

寺中柿樹、白牡丹是法力上人手植。上人時常執爐循諸屋壁，⑭有變相處，輒獻虔祝，年無虛月。又殿庭大莎羅樹，大曆中，安西所進。其木椿賜此寺四橛，橛皆灼固。其木大德行逢自種之，一株不活。⑮

【校釋】

① 此條與下二條，"津逮""學津"本相接合爲一條，之間圈斷。

② "乃"，原作"及"，據"津逮""學津"本改。

③ "生"，原作"圭"，據"津逮""學津"本改。

④ "成"，《説郛》引無此字。

⑤ "講"下，疑脱"堂"字。

⑥ "方一作言"，"津逮""學津"本徑作"方"，無注。

⑦ 規：通"窺"，窺察。

⑧ 此條與下二條，"津逮""學津"本相接合爲一條。

⑨ "縣"上，"津逮""學津"本有"州"字。

⑩ "方"上，原衍"公權"兩字，據"津逮""學津"本刪。張萱：唐開元時爲史館畫直。

⑪ 高：指唐代著名宦官高力士（684—762）。

⑫ 先帝：段成式編次《寺塔記》在唐宣宗大中七年（853），宣宗李忱爲憲宗李純第十三子，則"先帝"當指唐憲宗（806—820）。

⑬ "盧韶院"，"津逮""學津"本作"雲韶院"，當是。雲韶院，

唐代宮中教習流行歌舞的場所之一。時宮中設教坊，有宜春院、雲韶院。宜春院歌舞藝伎常在皇帝前承歡。凡演習大型歌舞人數不足時，則由雲韶院的歌舞藝伎補充。

⑭ "意"，《太平廣記》及宋郭若虛《圖畫見聞志》卷五引無此字。

⑮ "夢"，"津逮""學津"本作"蔓"，似是。

⑯ "眚"，原作"青"，據"學津"本改。《尚書·舜典》："眚災肆赦，怙終賊刑。"孔穎達疏："《春秋》言肆眚者，皆謂緩縱過失之人，是肆爲緩也，眚爲過也。"

⑰ "墨尿"，原作"墨尿"。《列子·力命》："墨尿、單至、嘽咺、……胥如志也。"東晉張湛（字處度）注："墨，音眉；尿，敕夷反。默詐之貌。"據改。闡提：佛教用語，指不具信心、斷了善根之人。墨（méi）尿（chì）：指欺詐之人。

⑱ "脆腦一作脆腦、暾暾一作福源、墨尿一作黑師"，"津逮""學津"本無此注。

⑲ 靜域寺：隋文帝開皇五年（585）建。曾爲唐高祖李淵皇后（謚太穆皇后）宅邸。《太平廣記》卷二百一十二題爲"淨域寺"。

⑳ 此條與下三條，"津逮""學津"本相接合爲一條，之間圈斷。

㉑ "天寶初"，原作"大寶初"，據史實改。天寶，爲唐玄宗李隆基年號（742—756）。獨孤明：出身貴族家庭，娶唐玄宗李隆基女信成公主。"懷春"，"津逮""學津"本作"懷香"。

㉒ "實"，"津逮""學津"本作"質"。

㉓ "摩"，"津逮""學津"本作"當"，似是。

㉔ "檿桑"，原作"壓桑"，據"津逮""學津"本改。檿（yǎn）桑，落葉喬木，葉互生，木材堅韌，可做弓、車轅。

㉕ 雙觠（kuā）：此條末注"雙觠一作雙弧"。《説文》："弧，木弓也。"《國語・鄭語》中也有"檿弧箕服"之説，指以桑木做成的弓箭和箕草編製成的箭袋。

㉖ "無一作一"，"津逮""學津"本作"乙"，無注，似是。

㉗ 岐、薛二王：即岐王李范（？—726）、薛王李業（？—735）。

㉘ 此條"津逮""學津"本與上條相接，之間圈斷。

㉙ "蛟"下，"津逮""學津"本有注"蛟志作紋"。"披"，"津逮""學津"本作"被"，通。

㉚ 此條與下二條，"津逮""學津"本相接合爲一條，之間圈斷。

㉛ "和前"下，"津逮""學津"本有"云"字，作"和前，云"。"披"，原作"抄"，條末注"抄一作披"，據"津逮""學津"本改，去注。

㉜ "遒"，原作"道"，據"津逮""學津"本改。

㉝ "柳桂一作杉松、榆枷一作榆柳、半庭一作中庭"，"津逮""學津"本無此注，徑改"柳桂"爲"杉桂"，"榆枷"爲"榆柳"。

㉞ "木"，《類説》引作"月"。

㉟ "一作舞"，"津逮""學津"本無此注。

㊱ "一作圖"，"津逮""學津"本無此注。

㊲ "藥上菩薩頂"，《全唐詩》作"藥師菩薩頂上"，當是。

㊳ "疼瘶一作疲癉"，"津逮""學津"本無此注。

㊴ "中蔭"，"津逮""學津"本作"中陰"。

㊵ "本"，原作"不"，據"津逮""學津"本改。淨覺故伽藍：指已廢的無漏寺。

㊶ "豈謂"，《全唐文》引作"豈聞"。象繫：本指《周易》的

《象》傳和《繫辭》，借指易學。八正之門：佛教修行的八種基本法門，即正見、正思維、正語、正業、正命、正精進、正念、正定。二知之教：指釋、道二教。知，通"智"。

㊷"太玄"，原作"太女"，據"津逮""學津"本改。太玄，指西漢揚雄《太玄經》。

㊸"折"，"學津"本作"析"。

㊹"時"，原作"是"，據"津逮""學津"本改。

㊺此條"津逮""學津"本與上條相接，之間圈斷。

酉陽雜俎續集卷之七

金剛經鳩異

貞元十七年，先君自荆入蜀，[①]應韋南康辟命。泊韋之暮年，爲賊闢讒構，遂攝尉靈池縣。韋尋薨，賊闢知留後，先君舊與闢不合，聞之，連夜離縣。至城東門，闢尋有帖，不令諸縣官離縣。其夕陰風，及返，出郭二里，見火兩炬夾道，百步爲導。初意縣吏迎候，且怪其不前，高下遠近不差，欲及縣郭方滅。及問縣吏，尚未知府帖也。時先君念《金剛經》已五六年，數無虛日，信乎至誠必感，有感必應，向之導火，乃經所著迹也。後闢逆節漸露，詔以袁公滋爲節度使。成式再從叔少從軍，知左營事，懼及禍，與監軍定計，以蠟丸帛書通謀於袁。事旋發，悉爲魚肉，賊謂先君知其謀。於一時先君念經夜久，不覺困寐，門户悉閉。忽覺，聞開户而入，言“不畏”者再三，若物投案，嗥然有聲。驚起之際，言猶在耳，顧視左右，吏僕皆睡。俾燭樺四索，初無所見，向之關扃，已開闢矣。先君受持此經十餘萬遍，徵應事孔著。

成式近觀晉、宋已來，時人咸著傳記彰明其事。又先命受持講解有唐已來《金剛經靈驗記》三卷，成式當奉先命受持講解。太和二年，於揚州僧栖簡處聽《平消御注》一遍。六年，於荊州僧靖奢處聽《大雲疏》一遍。開成元年，於上都懷楚法師處聽《青龍疏》一遍。復日念書寫，猶希傳照罔極，盡形流通，摭拾遺逸，以備闕佛事，號《金剛經鳩異》。燭樺一作毀權。②

張鎰相公先君齊丘，酷信釋氏，每旦更新衣，執經於像前念《金剛經》十五遍，積數十年不懈。永泰初，爲朔方節度使，衙內有小將負罪懼事露，乃扇動軍人數百，定謀反叛。齊丘因衙退，於小廳閒行，忽有兵數十，露刃走入。齊丘左右唯奴僕，遽奔宅門，過小廳數步，迴顧又無人，疑是鬼物。將及門，其妻女奴婢復叫呼出門，云有兩甲士，身出廳屋上。時衙隊軍健聞變，持兵亂入，至小廳前，見十餘人仡然庭中，垂手張口，投兵於地，衆遂擒縛。五六人暗不能言，餘者具首云：欲上廳，忽見二甲士長數丈，嗔目叱之，初如中惡。齊丘聞之，因斷酒肉。張鳳翔，即予門吏盧邁親姨夫，邁語予云。

劉逸淮在汴時，韓弘爲右廂虞候，王某爲左廂虞候，與弘相善。或謂二人取軍情，將不利於劉。劉大怒，俱召詰之。弘即劉之甥，因控地碎首大言，劉意稍解。王某年老，股戰不能自辯，劉叱令拉坐杖三十。時新造赤棒，頭徑數寸，固以筋漆，拉之不仆，數五六當死矣。韓意其必死，及昏造其家，怪無哭聲，又謂其懼不敢哭。訪其門卒，即云大使無恙。弘素與熟，遂至卧内問之。王云："我讀《金剛經》四十年矣，今方得力。"言初被坐時，見巨手如簸箕，翕然遮背。因袒示韓，都無撻痕。韓舊不好釋氏，由此始與僧往來。日自寫十紙，乃積計數百軸矣。後在中書，盛暑，有諫官因事謁見，韓方洽汗寫經，怪問之，韓乃具道王某事。予職在集仙，常侍柳公爲予説。

梁崇義在襄州，未阻兵時，有小將孫咸暴卒，信宿卻蘇。夢至一處，如王者所居，儀衛甚嚴，有吏引與一僧對事。僧法號懷秀，亡已經年，在生極犯戒，及入冥，無善可録，乃紿云："我常囑孫咸寫《法華經》。"故咸被追對。咸初不省，僧故執之，經時不決，忽見沙門曰："地藏尊者語云，弟子若招承，亦自獲祐。"咸乃依言，因得無事。又説對勘時，見一戎王，衛者數百，自外來。冥王降階，齊級升殿。坐未久，乃大風捲去。又見一人被拷覆罪福，此人常持《金剛經》，又好食肉，左邊有經數千軸，右邊積肉成山，以肉多，將入重論。俄經堆中有火一星，飛向肉山，頃刻銷盡，此人遂履空而去。咸問地藏："向來外國王，風吹何處？"地藏云："彼王當入無間，向來風即業風也。"因引咸看地獄。及門，烟焰扇赫，聲若風雷，懼不敢視。臨回，③鑊湯跳沫，滴落左股，痛入心髓。地藏乃令一吏送歸，不許漏泄冥事。及迴，如夢，妻兒環泣已一日矣。遂破家寫經，因請出家，夢中所滴處成瘡，終身不差。

貞元中，荆州天崇寺僧智燈常持《金剛經》，遇疾死，弟子啓手足猶熱，不即入木，經七日卻活，云：初見冥中若王者，以念經故，合掌降階。因問訊，言更容上人十年在世，勉出生死。又問人間衆僧中後食薏苡仁及藥，④食此大違本教。燈報云：“律中有開遮條，如何？”云：“此後人加之，非佛意也。”今荆州僧衆中後無飲藥者。

公安潺陵村百姓王從貴妹未嫁，⑤常持《金剛經》。貞元中，忽暴疾卒，埋已三日，其家復墓，⑥聞冢中呻吟，遂發視之，果有氣，輿歸。數日，能言，云：“初至冥間，冥吏以持經功德放還。”王從貴能治木，常於公安靈化寺起造，其寺禪師曙中常見從貴説。

韋南康鎮蜀時，有左營伍伯於西山行營與同火卒學念《金剛經》。⑦性頑，初一日纔得題目，其夜堡外拾薪，爲蕃騎縛去，行百餘里乃止。天未明，遂踣之於地，以髮繫橛，⑧覆以駝毯一作罽，寢其上。此人惟念經題，忽見金一鋌放光，止於前。試舉首動身，所縛悉脱，遂潛起逐金鋌走，計行未得十餘里，遲明，不覺已至家。家在府東市，妻兒初疑其鬼，具陳來由。到家五六日，行營將方申其逃。初，韋不信，以逃日與至家日不差，始免之。

元和初，漢州孔目典陳昭，⑨因患，見一人着黃衣至牀前，云趙判官喚爾，昭問所因，云至自冥間，劉闢與竇懸對事，要君爲證，昭即留坐。逡巡，又有一人手持一物如球胞，前吏怪其遲，答之曰：“緣此候屠行開。”因笑謂昭曰：“君勿懼，取生人氣須得猪胞，君可面東側臥。"昭依其言，不覺已隨二吏行。路甚平，可十餘里，至一城，大如府城，甲士守門焉。及入，見一人怒容可駭，即趙判官也。語云："劉闢收東川，[10]竇懸捕牛四十七頭送梓州，稱准闢判殺，闢又云先無牒。君爲孔目典，合知是實？"未及對，隔壁聞竇懸呼陳昭好在，及問兄弟妻子存亡。昭即欲參見，冥吏云："竇使君形容極惡，不欲相見。"昭乃具説殺牛實奉劉尚書委曲，非牒也。紙是麻面，見在漢州某司房架。即令吏領昭至漢州取之，門館扃鎖，乃於節竅中出入。委曲至，闢乃無言。趙語昭："爾自有一過，知否？竇懸所殺牛，爾取一牛頭。"昭未及對，趙曰："此不同人間，不可抵假。"須臾，見一卒挈牛頭而至，昭即恐懼求救。趙令檢格，合決一百，考五十日。因謂昭曰："爾有何功德？"昭即自陳設若干人齋，畫某像。趙云："此來生緣爾！"昭又言："曾於表兄家轉《金剛經》。"趙曰："可合掌請。"昭依言。有頃，見黃幞箱經自天而下，住昭前。昭取視，即表兄所借本也，有燒處尚在。又令合掌，其經即滅。趙曰："此足以免。"便放迴。復令昭往一司曰生禄，檢其修短。吏報云："昭本名釗，是金傍刀，至某年改爲昭，更得十八年。"昭聞惆悵，趙笑曰："十八年大得作樂事，何不悦乎？"乃令吏送昭。至半道，見一馬當路，吏云："此爾本屬，可乘此。"即騎，乃活，死已一日半矣。

　　荆州法性寺僧惟恭，三十餘年念《金剛經》，日五十遍。不拘僧儀，好酒，多是非，爲衆僧所惡，後遇疾且死。同寺有僧靈巂，其迹類惟恭，爲一寺二害。因他故出，去寺一里，逢五六人，年少甚都，衣服鮮潔，各執樂器如龜茲部。問靈巂：“惟恭上人何在？”靈巂即語其處，疑其寺中有供也。及晚迴入寺，聞鐘聲，惟恭已死，因説向來所見。其日合寺聞絲竹聲，竟無樂人入寺。當時名僧云：“惟恭蓋承經之力，生不動國一作罔，⑪亦以其迹勉靈巂也。”靈巂感悟，折節緇門。

董進朝，元和中入軍。初在軍時，宿直城東樓上。一夕，月明，忽見四人着黃，從東來，聚立城下，説己姓名，狀若追捕。因相語曰：“董進朝常持《金剛經》，以一分功德祝庇冥司，我輩久蒙其惠，如何殺之？須枉命相代。若此人他去，我等無所賴矣。”其一人云：“董進朝對門有一人，同姓同年，壽限相埒，可以代矣。”因忽不見，進朝驚異之。及明，已聞對門復魂聲。問其故，死者父母云：“子昨宵暴卒。”進朝感泣説之，因爲殯葬，供養其父母焉。後出家，法號慧通，住興元唐安寺。

元和中，嚴司空綬在江陵時，涔陽鎮將王沔常持《金剛經》。因使歸州勘事，迴至咤灘，船破，五人同溺。沔初入水，若有人授竹一竿，隨波出没，至下牢鎮着岸不死。視手中物，乃授持《金剛經》也。咤灘至下牢三百餘里。

長慶初，荆州公安僧會宗，姓蔡，常中蠱，得病骨立，乃發願念《金剛經》以待盡。至五十遍，晝夢有人令開口，喉中引出髮十餘莖，夜又夢吐大蟆，長一肘餘，因此遂愈。荆山僧行堅見其事。

　　江陵開元寺般若院僧法正，日持《金剛經》三七遍。長慶初，得病卒，至冥司，見若王者問："師生平作何功德?"答曰："常念《金剛經》。"乃揖上殿，令登綉坐，念經七遍。侍衛悉合掌階下，拷掠論對皆停息而聽。念畢，後遣一吏引還，王下階送，云："上人更得三十年在人間，勿廢讀誦。"因隨吏行數十里，至一大坑，吏因臨坑，自後推之，若隕空焉。死已七日，唯面不冷。法正今尚在，年八十餘。荊州僧常靖親見其事。

　　石首縣有沙彌道蔭，常持念《金剛經》。寶曆初一云長慶，因他出夜歸，中路忽遇虎吼擲而前。沙彌知不免，乃閉目而坐，但默念經，心期救護，虎遂伏草守之。及曙，村人來往，虎乃去。視其蹲處，涎流於地。

　　元和三年，賊李同捷阻兵滄景，帝命劉祐統齊德軍討之。⑫初圍德州城，城堅不拔。翌日又攻之，自卯至未，十傷八九，竟不能拔。時有齊州衙內八將官健兒王忠幹，博野人，常念《金剛經》，積二十餘年，日數不闕。其日，忠幹上飛梯，將及堞，身中箭如猬，爲檑木擊落，同火卒曳出羊馬城外，置之水濠裏岸。祐以暮夜命抽軍，其時城下矢落如雨，同火人忽忙，忘取忠幹尸。忠幹既死，夢至荒野，遇大河，欲渡無因，仰天大哭。忽聞人語聲，忠幹見一人長丈餘，疑其神人，因求指營路。其人云："爾莫怕，我令爾得渡此河。"忠幹拜之，頭低未舉，神人把腰擲之空中，久方着地，忽如夢覺，聞賊城上交二更。初不記過水，亦不知瘡，抬手抭面，血塗眉睫，方知傷損。乃舉身強行百餘步，卻倒。復見向人持刀叱曰："起！起！"忠幹驚懼，遂走一里餘，坐歇，方聞本軍喝號聲，遂及本營。訪同火卒，方知身死在水濠裏，即夢中所過河也。忠幹見在齊德軍。

何軫，鬻販爲業，妻劉氏，少斷酒肉，常持《金剛經》。先焚香像前，願年止四十五。臨終心不亂，先知死日。至太和四年冬，四十五矣，悉捨資裝供僧。欲入歲假，遍別親故，何軫以爲病魅，不信。至歲除日，請僧受入關，沐浴易衣，獨處一室，趺坐高聲念經。及辨色悄然，[13]兒女排室入看之，已卒，頂熱灼手。軫以僧禮葬，塔在荆州北郭。

蜀左營卒王殷，常讀《金剛經》，不茹葷飲酒。爲賞設庫子，前後爲人誤累，合死者數四，皆非意得免。至太和四年，郭釗司空鎮蜀，郭性嚴急，小不如意皆死。王殷因呈錦纈，郭嫌其惡弱，令袒背，將斃之。郭有番狗，隨郭臥起，非使宅人，逢之輒噬。忽吠數聲，立抱王殷背，驅逐不去。郭異之，怒遂解。

郭司空離蜀之年，有百姓趙安常念《金剛經》。因行野外，見衣一襆遺墓側，[14]安以無主，遂持還。至家言於妻子，鄰人即告官趙盜物，捕送縣。賊曹怒其不承認，以大關挾脛，折三段。後令杖脊，杖下輒折。吏意其有他術，問之，唯念《金剛經》。及申郭，郭亦異之，判放。及歸，其妻云："某日聞君經函中震裂數聲，懼不敢發。"安乃馳視之，帶斷軸折，紙盡破裂。安今見在。

太和五年，漢州什邡縣百姓王翰，常在市，日逐小利，忽暴卒，經三日卻活，云：冥中有十六人同被追，十五人散配他處，翰獨至一司。見一青衫少年，稱是己侄，爲冥官廳子，遂引見推典。又云是己兄，貌皆不相類。其兄語云："有冤牛一頭，訴爾燒畬枉燒殺之。爾又曾賣竹與殺狗人作篛籚，殺狗兩頭，狗亦訴爾。爾今名未係死籍，猶可以免，爲作何功德？"翰欲爲設齋及寫《法華經》《金光明經》，皆曰不可，乃請曰持《金剛經》日七遍與之，其兄喜曰："足矣。"及活，遂捨業出家。今在什邡縣。

太和七年冬，給事中李公石爲太原行軍司馬。孔目官高涉因宿使院，至䯨䯨鼓起時詣鄰房，忽遇一人，長六尺餘，呼曰："行軍喚爾。"涉遂行，行稍遲，其人自後拓之。不覺向北，約行數十里，至野外，漸入一谷底。後上一山，至頂四望，邑屋盡眼下。至一曹司，所追者呼云："追高涉到。"其中人多衣朱綠，當案者似崔行信郎中。判云："付司對。"復引出，至一處，數百人露坐，與豬羊雜處。領至一人前，乃涉妹婿杜則也。逆謂涉曰："君初得書手時，作新人局，遣某買羊四口，記得否？今被相債，備嘗苦毒。"涉遽云："爾時只使市肉，非羊也。"則遂無言，因見羊人立嚙則。逡巡，被領他去。俄忽，又見一處，露架方梁，梁上釘大鐵環，有數百人皆持刀以繩繫人頭，牽入環中剞剔之。涉懼，走出，但念《金剛經》。俄忽，逢舊相識楊演，云："李尚書時，杖殺賊李英道，爲劫賊事，已於諸處受生三十年。今卻訴前事，君常記得無?"涉辭以年幼不省。又遇舊典段怡,先與涉爲義兄弟,逢涉云:"先念《金剛經》,莫廢忘否?向來所見,未是極苦處,勉樹善業,今得還,乃經之力。"因送至家,如夢,死已經宿。向所拓處,數日青腫。

永泰初,豐州烽子暮出,爲党項縛入西蕃易馬。[15]蕃將令穴肩骨,貫以皮索,以馬數百蹄配之。經半歲,馬息一倍,蕃將賞以羊革數百,因轉近牙帳。贊普子愛其了事,遂令執蠢左右,有剩肉、餘酪與之。又居半年,因與酪肉,悲泣不食。贊普問之,云有老母頻夜夢見。贊普頗仁,聞之悵然,夜召帳中語云:"蕃法嚴,無放還例。我與爾馬有力者兩匹,於某道縱爾歸,無言我也。"烽子得馬極騙,俱乏死,遂晝潛夜走,數日後爲刺傷足,倒磧中。忽有風吹物窸窣過其前,因攬之裹足。有頃,不復痛,試起步走如故。經信宿,方及豐州界。歸家,母尚存,悲喜曰:"自失爾,我唯念《金剛經》,寢食不廢,以祈見爾,今果其誓。"因取經拜之,縫斷,亡數幅,不知其由。子因道磧中傷足事,母令解足視之,所裹瘡物,乃數幅經也,其瘡亦愈。

大曆中,太原偷馬賊誣一王孝廉同情,[16]拷掠旬日,苦極強首,推吏疑其冤,未即具獄。其人惟念《金剛經》,其聲哀切,晝夜不息。忽一日,有竹兩節墜獄中,轉至於前。他囚爭取之,獄卒意藏刃,破視,内有字兩行云:"法尚應舍,何況非法?"書迹甚工。賊首悲悔,具承以匿一曰舊嫌誣之。⑰

【校釋】

① 先君：指段成式父段文昌（773—835）。段文昌《修仙都觀記》云：“貞元十五年，余西游岷蜀……”本句中所題“貞元十七年”與段成式父所記“貞元十五年”稍有出入。

② “燭樺一作毁樺”，“津逮”“學津”本無此注。

③ “回”下，“學津”本有“視”字。

④ 中後：午中以後，佛教詞語。佛教認爲，正午以前爲時，正午以後即“中後”爲非時。時則食，非時則不得食。

⑤ “村”，原作“林”，據“學津”本改。

⑥ 復墓：埋葬死人的第三天，家人至墳上祭奠，亦稱復三或復山。

⑦ 伍伯：亦作“伍百”。古代軍中之役卒，多爲輿衛前導或執杖行刑。晋崔豹《古今注·輿服》：“伍伯，‘伍之伯’。五人曰伍，五長爲伯，故稱伍伯。”同火：古代兵制，十人共爨，稱爲“同火”。

⑧ “橛”，原作“撅”，據《太平廣記》卷一百六引改。橛，小木樁。

⑨ 孔目典：孔目官，或曰孔目吏。唐朝初期設置，專掌皇帝詔令的起草與繕寫。唐朝後期各藩鎮的節度使和都衙門中，都設有孔目官，總理幕府一切大小事務。

⑩ “收”，“學津”本作“敗”。

⑪ “不動國一作罔”，“津逮”本徑作“不動國”，無注。“學津”本徑作“不動罔”。不動國，即不動佛國，意指不爲生死、煩惱所動。

⑫ “元和”，當作“太和”；“劉祐”，當作“李祐”。《舊唐書》中“李同捷傳”“李祐傳”載：太和三年（829），李祐代爲橫海節度使討

李同捷，四月收德州（治所安德，今山東德州陵縣）。李同捷，唐藩鎮橫海節度使李全略之子，李全略死，賄鄰近藩鎮，以求繼任爲節度使。唐文宗李昂繼位後，下令討伐李同捷。

⑬ "辨"，原作"辧"，據"津逮""學津""四庫全書"本改。

⑭ "襆"，原作"樸"，據"津逮""學津"本改。

⑮ "易馬"，《太平廣記》卷一百五引作"養馬"。

⑯ 同情：猶"同謀"，指同謀者、同伙。

⑰ "匿一曰舊嫌"，"津逮"本作"匿嫌"，無注。"學津"本逕作"舊嫌"。"之"下，"學津"本有"也"字。

酉陽雜俎續集卷之八

支　動

北海有木兔，類鰅鶨。[①]

鼠食鹽則身輕。

烏賊魚骨如通草，可以刻爲戲物。

章舉每月三八則多。

蝦姑狀若蜈蚣，管蝦。

南海有水族，前左脚長，前右脚短。口在脅傍背上，常以左脚捉物，置於右脚，右脚中有齒嚼之，方內於口。大三尺餘，其聲术术，南人呼爲海术。

獵者不殺豻，以財爲同聲。　又南方惡豻向人作聲。

衛公幼時，[②]常於明州見一水族，有兩足，觜似雞，身如魚。

衛公年十一過瞿塘，波中睹一物，狀如嬰兒，有翼，翼如鸚鵡。公知其怪，即時不言，晚風大起，方説。

句容赤沙湖食朱砂鯉，帶微紅，味極美。

負朱魚亦絶美，每鱗一點朱。

向北有濮固羊，大而美。

丙穴魚，食乳水，食之甚温。

蜃身一半已下鱗盡逆。

太和七年，河陰忽有蠅蔽天如蝗，止三日，河陽界經旬方散。有李犨時爲尉，向予三從兄説。

南中玳瑁，斑點盡模糊，唯振州玳瑁如舶上者。嘗見衛公先白書，上作此疇暙字。③

衛公言鵝警鬼，鴟鵲壓火，孔雀辟惡。

洪州有牛尾狸，肉甚美。

威遠軍子將臧平者，好鬥雞，高於常雞數寸，無敢敵者。威遠監軍與物十匹強買之，因寒食乃進。十宅諸王皆好鬥雞，④此雞凡敵十數，猶擅場怙氣。穆宗大悦，因賜威遠監軍帛百匹。主雞者想其跖距，奏曰：“此雞實有弟，長趾善鳴，前歲賣之河北軍將，獲錢二百萬。”

韋絢云，巴州兔作狸班。

凡鷙鳥雄小雌大，庶鳥皆雄大雌小。

予同院宇文獻云，吉州有異蟲，長三寸餘，六足，見蚓必嚙爲兩段，纔斷各化爲異蟲，相似無別。

又有赤腰蜂，養子於蜘蛛腹下。

鮸鮧魚，⑤肝與子俱毒。食此魚必食艾。艾能已其毒，江淮人食此魚必和艾。

夔州刺史李貽孫云，嘗見木枝化爲蚓。

道書以鯉魚多爲龍，故不欲食，非緣反藥。庶子張文規又曰：“醫方中畏食鯉魚，謂若魚中猪肉也。”

衛公畫得峽中異蝶，翅闊四寸餘，深褐色，每翅上有二金眼。

公又說，道書中言獐鹿無魂，故可食。

予幼時嘗見說郎巾，謂狼之筋也。武宗四年，官市郎巾。予夜會客，悉不知郎巾何物，亦有疑是狼筋者。坐老僧泰賢云：“涇帥段祐宅在招國坊，嘗失銀器十餘事。貧道時爲沙彌，每隨師出入段公宅，段因令貧道以錢一千詣西市賈胡求郎巾。出至修行南街金吾鋪，⑥偶問官健朱秀，秀曰：‘甚易得，但人不識耳。’遂於古培摘出三枚，⑦如巨蟲，兩頭光，帶黃色。祐得即令集奴婢環庭炙之。蟲栗蠕動，有一女奴臉唇瞤動，詰之，果竊器而欲逃者。”

象管。環王國野象成群，一牡管牝三十餘。牝牙纔二尺，迭供牡者水草，臥則環守。牝象死，⑧共挖地埋之，號吼移時方散。又國人養馴，可令代樵。

熊膽，春在首，夏在腹，秋在左足，冬在右足。

南安蠻江蛇。至五六月，有巨蛇泛江岸，首如張帽，萬萬蛇隨之入越王城。

野牛，高丈餘，其頭似鹿，其角丫戾，⑨長一丈，白毛，尾似鹿，出西域。

潛牛。勾漏縣大江中有潛牛，形似水牛，每上岸鬥，角軟還入江水，角堅復出。

貓，目睛暮圓，及午豎斂如綖，其鼻端常冷，唯夏至一日暖，其毛不容蚤蝨，黑者暗中逆循其毛，即若火星。俗言貓洗面過耳則客至。楚州謝陽出貓，⑩有褐花者。靈武有紅虓撥及青驄色者。⑪貓一名蒙貴，一名烏員。平陵城，古譚國也，⑫城中有一貓，常帶金鎖，有錢飛若蛺蝶，士人往往見之。

鼠。舊説鼠王其溺精一滴成鼠。⑬一説鼠母頭脚似鼠，尾蒼口鋭，大如水中獺，⑭性畏狗。溺一滴成一鼠，時鼠災多起於鼠母，鼠母所至處，動成萬萬鼠。其肉極美。凡鼠食死人目睛則爲鼠王。俗云：鼠嚙上服有喜，凡嚙衣欲得有盖，無盖凶。

千歲燕。齊魯之間謂燕爲乙，作巢避戊巳。《玄中記》云：千歲之燕户北向。《述異要》云：⑮五百歲燕生胡髯。

鷓鴣飛數逐月，如正月一飛而止于窠中，不復起矣。十二月十二起，最難采，南人設網取之。

鵲窠。鵲構窠取在樹杪枝，不取墮地者，又纏枝受卵。端午日午時，焚其窠灸病者，疾立愈。

勾足。鶡鴣交時以足相勾，促鳴鼓翼如鬥狀，往往墜地，俗取其勾足爲媚藥。

壁鏡。一日江楓亭會，衆説單方，成式記治壁鏡用白礬。重訪許君，用桑柴灰汁，三度沸，取汁，白礬爲膏，塗瘡口即差，兼治蛇毒。自商、鄧、襄州多壁鏡，毒人必死。坐客或云，巳年不宜殺蛇。

大蝎。安邑縣北門縣人云，有一蝎如琵琶大，每出來不毒人，人猶是恐，其靈積年矣。

紅蝙蝠。劉君云，南中紅蕉花，時有紅蝙蝠集花中，南人呼爲紅蝙蝠。

青蚨，似蟬而狀稍大，其味辛，可食。每生子，必依草葉，大如蠶子。人將子歸，其母亦飛來，不以近遠，其母必知處。然後各致小錢於巾，[16]埋東行陰牆下。三日開之，即以母血塗之如前。每市物，先用子，即子歸母；用母者，即母歸子，如此輪還，不知休息。若買金銀珍寶，即錢不還。青蚨，一名魚伯。

寄居之蟲如螺而有脚，形似蜘蛛，本無殼，入空螺殼中載以行，觸之縮足，如螺閉戶也。火炙之，乃出走，始知其寄居也。

蜾蠃，今謂之蠮螉也。其爲物純雄無雌，不交不產。取桑蟲之子祝之，則皆化爲己子。蜂亦如此耳。

鯽魚。東南海中有祖州，鯽魚出焉，長八尺，食之宜暑而避風，此魚狀即與江湖小鯽魚相類耳。潯陽有青林湖鯽魚，大者二尺餘，小者滿尺，食之肥美，亦可止寒熱也。

黃魟魚，色黃無鱗，頭尖，身似大檞葉，口在頷下，眼後有耳，竅通於腦，尾長一尺，末三刺甚毒。魟音烘。

螃螖。傍海大魚，脊上有石十二時，一名籬頭溺，一名螃螖，其溺甚毒。

鄞縣侯生者，於漚麻池側得蟬魚，大可尺圍，烹而食之，髮白復黑，齒落更生，自此輕健。

劍魚。海魚千歲爲劍魚，一名琵琶魚，形似琵琶而喜鳴，因以爲名。虎魚老則爲蛟。江中小魚化爲蝗而食五穀者，百歲爲鼠。

金驢。晉僧朗住金榆山，及卒，所乘驢上山失之，時有人見者，乃金驢矣。樵者往往聽其鳴響。土人言：金驢一鳴，天下太平。

聖龜。福州貞元末，有村人賣一籠龜，其數十三，販藥人徐仲以五鐶獲之。村人云：此聖龜，不可殺。徐置庭中，一龜藉龜而行，八龜爲導，悉大六寸，徐遂放於乾元寺後林中，一夕而失。

運糧驢。西域厭達國有寺户，以數頭驢運糧上山，無人驅逐，自能往返，寅發午至，不差晷刻。

鄧州卜者。有書生住鄧州，嘗游郡南，數月不返。其家詣卜者占之，卜者視卦曰："甚異，吾未能了，可重祝。"祝畢，拂龜改灼，復曰："君所卜行人，兆中如病非病，如死非死，逾年自至矣。"果半年，書生歸，云：游某山深洞，入值物蟄，如中疾，四支不能動，昏昏若半醉。見一物自明入穴中，卻返，良久又至，直附身引頸臨口鼻，細視之，乃巨龜也，十息頃方去。書生酌其時日，其家卜吉時焉。

五時雞。影鵝池北有鳴琴苑伺夜雞，鳴，隨鼓節而鳴，從夜至曉，一更爲一聲，五更爲五聲，亦曰五時雞。

鷗鴣似雌雉，飛但南不向北。楊孚《交州異物志》云：鳥像雌雉，名鷗鴣，其志懷南，不向北徂。

猬見虎則跳入虎耳。

鸜子兩翅各有復翎，左名撩風，右名掠草。帶兩翎出獵，必多獲。

世俗相傳云，鸜不飲泉及井水，惟遇雨濡翮，方得水飲。

開元二十一年，富平縣產一角神羊，肉角當頂，白毛上捧，議者以爲獬豸。

獬豸見鬥，不直者觸之；窮奇見鬥，不直者啗之。均是獸也，其好惡不同。故君子以獬廌爲冠，小人以窮奇爲名。

鼠膽在肝，活取則有。

【校釋】

① "鸜"，原作"顋"，據"津逮"本改。"顋鸜"，似衍"顋"字，或爲"鵻鸜"。鵻，即鵻鸜；鸜，即鵂鶹，屬鴟科，小的貓頭鷹。《爾雅·釋鳥》："萑，老鵵。"晉郭璞注："木兔也，似鴟鵵而小，兔頭有角，毛脚，夜飛，好食雞。"

② 衛公：指唐宰相李德裕（787—850）。

③ "鯙鮧"，據《爾雅·釋魚》，似作"鰣鮧"。

④ 十宅諸王：唐玄宗諸子幼時多住在禁內，開元後，在安國寺東附苑城建大宅，命諸王分院居住，號十王宅。有慶、忠、棣、鄂、榮、光、儀、潁、永、延、盛、濟等王，取其整數稱十王。參見《唐會要》卷五、《新唐書》卷八十二。

⑤ 鰤鮧魚：爲河豚的別名。《食療本草》："其肝毒，殺人。"《本草拾遺》："其肝、子毒人。"

⑥ "修行"，原作"修竹"，屬形誤，故改。修行，指修行坊。

⑦ "古培"，原作"古琣"，據"津逮""學津"本改。古培，指

舊牆壁。

⑧ "牝"，據文意，當作"牡"。

⑨ "丫戻"，清陳元龍《格致鏡原》卷八十六引作"了戻"，似是。戻，曲也。了戻，屈曲之意。《説文·了部》："了，尥也……牛行脚相交爲尥。"清段玉裁注："凡物二股或一股結糾紾縛不直伸者，曰'了戻'。"

⑩ "謝陽"，當作"射陽"。唐李吉甫《元和郡縣志》"逸文卷二·淮南道"云："山陽縣，本漢射陽縣地。"明陳耀文《天中記》卷五十四："楚州射陽出貓，有褐花者。"射陽縣，今江蘇淮安。

⑪ "有"，原脱，據"學津"本補。

⑫ "譚國"，原作"潭國"，據"津逮""學津"本改。譚國，西周至春秋時期的諸侯國，位置在今山東章丘。

⑬ "鼠"上，"學津"本有"一"字。

⑭ "獺"，原缺，據《太平廣記》引補。"津逮""學津"本作"者"。

⑮ 《述異要》：似即《述異記》，因本條所引文見於梁任昉《述異記》卷上。

⑯ "錢"，原缺；"於"，原作"子"。均據《太平廣記》卷四百七十七引補改。

酉陽雜俎續集卷之九

支植上

衛公平泉莊有黃辛夷、紫丁香。

都勝花，紫色，兩重心，數葉卷上如蘆，朵蕊黃，葉細。

那提槿花，紫色，兩重葉，外重葉卷心，心中抽莖高寸餘，葉端分五瓣如蒂，瓣中紫蕊，莖上黃葉。

月桂，葉如桂，花淺黃色，四瓣，青蕊，花盛發如柿葉蒂稜，①出蔣山。

溪蓀，如高粱薑，生水中，出茆山。

山茶，似海石榴，出桂州，蜀地亦有。

貞桐，枝端抽赤黃條，條復旁對，分三層，花大如落蘇花，作黃色，一莖上有五六十朵。

俱那衛，葉如竹，三莖一層，莖端分條如貞桐，花小，類木槲，出桂州。

瘴川花，差類海榴，五朵簇生，葉狹長重沓，承於花底，色中第一，蜀色不能及，出黎州按蠻嶺。

木蓮花，葉似辛夷，花類蓮花，色相傍，出忠州鳴玉溪，邛州亦有。

牡桂，葉大如苦竹葉，葉中一脈如筆迹，花蒂葉三瓣，瓣端分爲兩岐，其表色淺黃，近岐淺紅色。花六瓣，色白，心凸起如荔枝，其色紫，出婺州山中。

簇蝶花，花爲朵，其簇一蕊，蕊如蓮房，色如退紅，出溫州。

山桂，葉如麻，細花紫色，黃葉簇生，如慎火草，出丹陽山中。

那伽花，狀如三春無葉花，色白心黃，六瓣，出舶上。

南安有人子藤，[②]紅色，在蔓端有刺，其子如人狀昆侖，燒之集象，南中亦難得。

三賴草，如金色，生於高崖，老子弩射之，魅藥中最切。[③]

衛公言，桂花三月開，黃而不白，大庚詩皆稱桂花耐日。又張曲江詩“桂華秋皎潔”，妄矣。

木中根固柿爲最，俗謂之柿盤。

曹州及揚州淮口出夏梨。

衛公言，滑州櫻桃十二枚長一尺。

韋絢云，湖南有靈壽花，數蒂簇開，[④]視一日規日如槿，紅色，春秋皆發，非作杖者。

又言，衡山祝融峰下法華寺，有石榴花如槿，紅花，春秋皆發。

衛公又言，衡山舊無棘，彌境草木無有傷者。曾録知江南，地本無棘，潤州倉庫或要固牆隙，植薔薇枝而已。

衛公言，有蜀花鳥圖，草花有金粟、石闌、水禮、獨用將軍、藥管。石闌葉甚奇，根似棕葉。大凡木脈皆一脊，唯桂葉三脊。近見菝葜亦三脊。

蓴根，羹之絶美，江東謂之蓴龜。

王旻言，蘿蔔一曰蔔根莖，並生熟俱涼或蓄恐誤。

重臺朱槿，似桑，南中呼爲桑槿。

金松，葉似麥門冬，葉中一縷如金綖，出浙東，台州猶多。

衛公言，迴訖草鼓如鼓，及難，果能菜。

江淮有孟娘菜，並益肉食。

又青州防風子可亂畢撥。

又太原晉祠，冬有水底蘋，不死，食之甚美。

衛公言，蜀中石竹有碧花。

又言，貞元中，牡丹已貴，柳渾善言："近來無奈牡丹何，數十千錢買一窠。⑤今朝始得分明見，也共戎葵校幾多。"成式又嘗見衛公圖中有馮紹正雞圖，當時已畫牡丹矣。

衛公莊上舊有同心蒂木芙蓉。

衛公言，金錢花損眼。

紫薇，北人呼爲猴郎達樹，謂其無皮，猿不能捷也。北地其樹絶大，有環數夫臂者。

衛公言，石榴甜者謂之天漿，⑥能已乳石毒。⑦

東都勝境有三溪，今張文規莊近溪有石竹一竿，生瘦，今大如李。

麻黃，莖端開花，花小而黃，簇生，子如覆盆子，可食，至冬枯死如草，及春卻青。

太常博士崔碩云，汝西有練溪，多異柏，及暮秋，葉上斂，俗呼合掌柏。

洛中鬻花木者言，嵩山深處有碧花玫瑰，而今亡矣。

崔碩又言，常盧潘云，衡山石名懷。

三色石楠花。衡山石楠花有紫、碧、白三色，花大如牡丹，亦有無花者。

衛公言，三鬣松與孔雀松別。⑧又云，欲松不長，以石抵其直下根，便不必千年方偃。

東都敦化坊百姓家，太和中有木蘭一樹，色深紅。後桂州觀察使李勃看宅人，以五千買之。宅在水北，經年，花紫色。

處士鄭又玄云，閩中多佛桑樹，樹枝葉如桑，唯條上勾，花房如桐，花含長一寸餘，似重臺狀，花亦有淺紅者。

獨梪樹，頓丘南應足山有之。山上有一樹，高十餘丈，皮青滑似流碧，枝幹上聳，子若五彩囊，葉如亡子鏡，世名之"仙人獨梪樹"。

木龍樹。徐之高冢城南有木龍寺，寺有三層磚塔，高丈餘，塔側生一大樹，縈繞至塔頂，枝幹交橫，上平，容十餘人坐，枝杪四向下垂，如百子帳，莫有識此木者，僧呼爲龍木，梁武曾遣人圖寫焉。

魚甲松。洛中有魚甲松。

【校釋】

① "葉""稜"，《太平廣記》引無。

② "南安"，"學津"本及《太平廣記》引作"安南"。

③ "切"下，"學津"本及《太平廣記》卷四百八引有"用"字。

④ "蒂"，原作"帶"，據"學津"本改。

⑤ "窠"，"津逮""學津"本作"顆"，同。

⑥ "天"，原作"大"，據"津逮""學津"本改。

⑦ 此條"石榴甜者謂之天漿，能已乳石毒"句，與前集卷十八"石榴"條末段重。

⑧ "三"，"津逮""學津"本作"二"。

酉陽雜俎續集卷之十

支植下

青楊木，出峽中，爲牀，臥之無蚤。

夏州槐。夏州唯一郵有槐樹數株。鹽州或要葉，行牒求之。

蜀楷木。蜀中有木類柞，衆木榮時枯栿，隆冬方萌芽布陰，蜀人呼爲楷木。

古文柱。齊建元二年夏，廬陵長溪水沖擊山麓崩，長六七尺，下得柱千餘根，皆十圍，長者一丈，短者八九尺。頭題古文字，不可識。江淹以問王儉，儉云："江東不閑隷書，①秦漢時柱也。"

色綾木。臺山有色綾木，理如綾文，百姓取爲枕，呼爲色綾枕。

鹿木。武陵郡北有鹿木二株，馬伏波所種，木多節。

倒生木。此木依山生，根在上，有人觸則葉翕，人去則葉舒，出東海。

黝木，節似蟲獸，②可以爲鞭。

桄榔樹。古南海縣有桄榔樹，峰頭生葉，有麵，大者出麵百斛，以牛乳啖之，甚美。

怪松。南康有怪松，從前刺史令畫工寫松，必數枝衰悴。後因一客與妓環飲其下，經日松死。

河伯下材。中宿縣山下有神宇，瀎水至此，沸騰鼓怒。槎木泛至此淪没，竟無出者，世人以爲河伯下材。③

交讓木。《武陵郡記》：白雉山有木名交讓，衆木敷榮後方萌芽，亦更歲迭榮也。

三枝槐。相國李石，河中永樂有宅，庭槐一本，抽三枝，直過堂前屋脊，一枝不及。相國同堂兄弟三人，曰石，曰程，皆登第宰執，唯福一人，歷七鎮使相而已。

無患木，燒之極香，辟惡氣，一名噤婁，一名桓。昔有神巫曰瑤眊，能符劾百鬼，擒魑魅，以無患木擊殺之。世人競取此木爲器，用卻鬼，因曰無患木。

醋心樹。杜師仁常賃居，庭有巨杏樹，鄰居老人每擔水至樹側，必嘆曰：“此樹可惜。”杜詰之，老人云：“某善知木病，此樹有疾，某請治。”乃診樹一處，曰：“樹病醋心。”杜染指於蠹處嘗之，味若薄醋。老人持小鈎披蠹，再三鈎之，得一白蟲如蝠。乃傅藥於瘡中，復戒曰：“有實自青皮時必摽之，十去八九則樹活。”如其言，樹益茂盛矣。又云，嘗見《栽植經》三卷，言木有病醋心者。

女草。葳蕤草一名麗草，亦呼爲女草，江湖中呼爲娃草。④美女曰娃，故以爲名。

山茶花。山茶葉似茶樹，高者丈餘，花大盈寸，色如緋，十二月開。

異木花。衛公嘗獲異木一株，春花紫。予思木中一歲發花唯木蘭。

王母桃，洛陽華林園內有之，十月始熟，形如括蔞。俗語曰：“王母甘桃，食之解勞。”亦名西王母桃。

胡榛子。阿月生西國，蕃人言與胡榛子同樹，一年榛子，二年阿月。

橄欖子。獨根樹東向枝曰水威，南向枝曰橄欖。

東荒栗。東方荒中有木，名曰栗，有殼徑三尺三寸，⑤殼刺長丈餘，實徑三尺，殼亦黃，其味甜，食之令人短氣而渴。

猴栗。李衛公一夕甘子園會客，盤中有猴栗，無味。陳堅處士云：“虔州南有漸栗，形如素核。”

儋崖芥。芥高者五六尺，子大如雞卵。

儋崖瓠。儋崖種瓠，成實，率皆石餘。

童子寺竹。衛公言，北都惟童子寺有竹一窠，纔長數尺。相傳其寺綱維，每日報竹平安。

石桂芝，生山石穴中，似桂樹而實石也，高大如絞尺，光明而味辛，有枝條，搗服之，一斤得千歲也。

石髮。張乘言，南中水底有草如石髮，每月三四日始生，至八九日已後可采，及月盡悉爛，似隨月盛衰也。

席箕，一名塞蘆，生北胡地，古詩云"千里席箕草"。

宋州莆田縣破岡山，武宗二年，巨石上生菌，大如合簣，莖及蓋黃白色，其下淺紅，盡爲過僧所食，云美倍諸菌。

大食勿斯離國，石榴重五六斤。

南中桐花有深紅色者。

東官郡，⑥漢順帝時屬南海，西接高涼郡，又以其地爲司諫都尉。東有蕪地，西鄰大海。有長洲，多桃枝竹，緣岸而生。

楓樹，子大如雞卵，二月華已乃著實，八九月熟，曝乾，燒之香馥。

【校釋】

① 閑：通"嫻"，熟悉。

② "似蟲"，原作"以蟲"，屬形誤，據"津逮""學津"本改。

③ 此條與前集卷十"材"條重。此條中"河伯"原作"河泊"，據前集同條及《太平廣記》引改。

④ "江湖"，似作"江浙"。《說文》"娃"字條："……或曰吳楚之間謂好曰娃。"劉逵注左思《吳都賦》："吳俗謂好女爲娃。"

⑤ "三寸"，"津逮""學津"本作"二寸"。

⑥ "官"，原作"宮"，據"學津"本改。東官郡：始設於東晉成帝咸和元年（326）。其轄區較廣闊，包括今廣東東部及福建部分地區。

附　録

李雲鵠《刻酉陽雜俎序》

　　周官御史主柱下文書，秦因之，有石室蘭臺掌秘書圖籍。漢逮宣室，齊居決事，則令侍御史治書侍側，故御史即古史官也。凡六藝九種之藏，七略四部之府，以及偏方瑣記，幽經秘錄，靡不隸焉。後世專用惠文彈治，而柱後之籍，稍遜于古。余時有遠心，懼弗任也。會臺郎玄度趙君，出其先宗伯所藏《酉陽雜俎》見視，余少時即披誦其策，經緯事物，跌宕古今，可以代捉麈之談，資捫蝨之論，故足述也。而傳寫往往脫誤，因取玄度所緒正而梓之。臺中炙鴉羞鱉，豈獨少卿染俎一指自有真味？柳子厚云：“太羹玄酒，體節之薦，味之至者。而又設以奇異，小蟲、冰草、錫梨、橘柚，苦鹹酸辛，析吻裂鼻，縮舌澀齒，然後盡天下之奇味以足于口，獨文異乎？”爾其標紀唐事，足補子京、永叔之遺。至於《天咫》《玉格》《壺史》《貝編》之所賅載，與夫《器藝》《酒食》《黥盜》之瑣細，《冥迹》《尸疙》《諾皋》之荒唐，《昆蟲》《草木》《肉攫》之汗漫，無所不有，無所不異。使讀者忽而頤解，忽而髮沖，忽而目眩神駭，愕眙而不能禁。辟羹藜含糗者，吸之以三危之露；草蔬麥飯者，供之以壽木之華。屠沽飲市門而淋漓狼藉，令人不敢正視。村農野老，小小治具而氣韻酸薄，索然神沮。一旦進王膳侯鯖，金薤玉膾，能不滿堂變容哉！余間讀古之食經，淮南王、馬踠、劉休、鄭虎亞諸人所撰，不下二百卷，蓋人間之豪幾盡矣。而以《四時御食志》《梁太官食法》按之，則十不得一焉。宇宙大矣，少所見多所異耳。食者以爲奇，知味者以爲尋常，珍俎所供，豈藿肉家思議能到耶？昔斷輪說劍，謔浪於蒙莊；佞幸滑稽，詼諧於司馬。苟小道之可觀，亦大方之不棄，況柯古擅武庫于臨淄，識時鐵于太常，固唐代博古多聞之士，而所傳僅此三十篇，忍使方平之麟脯，劈而不嘗，茂先之龍炙，辨而弗咀哉！嗚呼，老子藏室，王氏青箱，斯亦御史之掌故也夫！不佞亦猶行古之道也。　萬曆戊申中秋日賜進士第南京四川道監察御史內鄉李雲鵠書于清議堂

趙琦美《酉陽雜俎序》

《文獻通考》載，《酉陽雜俎》前集二十卷，續集十卷，

世僅行其前集。吳中廛市閙處，輒有書籍列入檐蔀下，謂之書攤子，所鬻者悉小說、鬥事、唱本之類。所謂鬥事，皆閨中兒女子之所唱說也，或有一二遺編斷簡，如玄珠落地，間爲罔象得之。美每從吳門過，必於書攤子上覓書一遍。歲戊子，偶一攤見《雜俎》，續集十卷，宛然具存，乃以銖金易歸，奮然思校，恨無善本。美堂兄可菴案頭有校本《雜俎》前集，因詢其據何本校定，兄曰：“吾婦翁繆含齋可貞氏，平生好奇，讀書嘗見崑山俞質夫先生有宋刻《雜俎》，因讎是書，吾轉錄此册耳。”美喜甚，便携之歸，開窗拂几，較三四過。其間錯誤，如數則合爲一則者輒分之，脫者輒補之，魚亥者就正之，不可勝屈指矣。又爲搜《廣記》、類書及雜說所引，隨類續補。歲乙巳，嘉禾項群玉氏復以數條見示，又所未備也，復爲續之。乃知是書必經人刪取，不然何放逸之多乎？美每欲刻之，而患力不勝。丁未，官留臺侍御內鄉李公，有士安、元凱之僻，與美同好，自美案頭見之，欣然欲刻焉。美曰：“子不語怪，而《雜俎》所記多怪事，奈何先生廣齊諧也？”先生曰：“否，否，禹鑄九鼎而神奸別，周公序《山海經》而奇邪著，使人不逢不若焉。噫！世有頗行涼德者。”侍御既以章疏爲鼎爲經以別之矣，乃茲刻又大著怪事而廣之，豈謂有若《尸岁》《諸皋》所記，存之於心，未見之於行事者？又章奏所不及攻，而人所不及避也。藉此以誅其心、僇其意，使暗者、昧者皆趨朗日，不至煩白簡矣，是亦息人心奇瑰之一端云。　迪功郎南京督查院照磨所照磨海虞趙琦美撰

淳祐十載序

昔太史公好奇，周游天下，取友四海，歸而爲書。然則是書也，其亦段氏寓其好奇之意歟？余嘗過閩中，號多士之國，見其類書甚多，有所謂通志、天文、七音、六書、昆蟲、草木等略，比事、集句、史韻、姓氏會元等書，浩乎博哉，猶有恨不得見酉陽之雜俎也。己酉夏，被闔檄，攝事于斯，始得其書觀之。嗚呼，何其記之奇且繁也。惜其字畫漫漶，考諸舊籍，乃再刊而新之，廣文彭君奎實董其事。噫！後豈無太史公者，嘉其所好而備采録哉。淳祐十載。

鄧復《酉陽雜俎序》

段成式《酉陽雜俎》三十卷，《唐書·藝文志》載之於丙部子録小説家。今陳君所刊，止前集二十卷，又缺其序。余以家藏續集十卷，並前集之序畀之，遂爲全書。謹

按成式出於將相之胄，襲乎珪組之榮，而史氏稱其博學強記，且多奇篇秘籍。今考其論撰，蓋有書生終身之所不能及者，信乎其爲博矣。然是書也，世所罕睹，是以周使君訪之而無有，管博士得之而未全。余家聚書萬有餘卷，奥編隱帙居多，而此書偶在所錄，陳君知而求之甚力，姑序所以，俾廣其傳。　嘉定癸未六月既望武陽鄧復應甫題

周登後序

右《酉陽雜俎》二十卷，唐段成式少卿所撰也。余舊不識此書，惟見諸家詩詞多引據其説。及假來此，以其書之所名者訪焉，則無有也。郡博士管君容成偶得之，以示余。其書類多仙佛詭怪、幽經秘錄之所出。至於推析物理，《器奇》《藝絶》《廣動植》等篇，則有前哲之所未及知者。其載唐事，修史者或取之。按唐史，成式世居青徐，齊褒公志玄四世孫，宰相文昌子也。文昌少客荆州，酉陽，荆之屬，成式豈嘗寓游于此耶？余聞方輿記云：昔秦人隱學于小酉山石穴中，有所藏書千卷。梁湘東王尤好聚書，故其賦曰："訪酉陽之逸典。"或者成式以所著書有異乎世俗，故取諸逸典之義以名之也。然自唐以前，雜家小説，今既不得，而瑣碎之觀，未有近于此者，詎可棄之而不存乎？且其書以酉陽名，而客之過此者，未嘗不以是書爲問也。因刻之于此，以

備客對。　嘉定七祀甲戌十月既望永康周登書

唐段少卿酉陽雜俎續集跋

吳曾《能改齋漫録》云：

按姚寬《西溪叢語》云："段成式《酉陽雜俎》有《諾
皋記》，又有《支諾皋》，意義難解。《春秋左氏傳》：'襄公
八年秋，齊侯伐我北鄙，中行獻子將伐齊。夢與厲公訴，弗
勝，公以戈擊之，首墜於前，跪而戴之，奉之以手走見梗陽
之巫皋。他日見於道，與之言同，巫曰：今茲主必死，若有
事於東方，則可以逞，獻子許諾。'疑此事也。晁伯宇《談
助》云：'靈奇秘要辟兵法。正月上寅日，禹步，取寄生木
三咒曰：諾皋，敢告日月、震雷，令人無敢見我，我爲大帝
使者。乃斷取五寸，陰乾百日，爲簪二七循頭，乃還著巾
中。'晁説非也。"以上皆《叢語》。余以《叢語》未盡得之，
蓋段氏所載皆鬼神事。雖獻子所夢有巫名皋，而獻子諾之，
是信皋所言之意，亦似可證。然葛洪《抱朴子内篇》載《遁
甲中經》曰："往山林中，當以左手取青龍上草，折半置蓬
星下，歷明堂，入太陰中，禹步而行三咒曰：諾皋，太陰將
軍，獨開曾孫某甲，勿開外人，使人見甲者以爲束薪，不見
甲者以爲非人，則折所持之草置地上，左手取土以傅鼻人中，

右手持草自蔽。左手著前，禹步而行，到六癸下，閉氣而坐，人鬼不能見也。”以是知諸皋乃太陰之名。太陰者，乃隱神之神，晁氏不無所本，二説皆取，今發明于此。